Eine Scheidung wider Willen

Heitere Erzählung von
Angelika Fleckenstein

Lieber Herr Dr. Busch,

ich wünsche Ihnen gute Unterhaltung bei der Lektüre ....

A. Fleckenstein

tredition®

www.tredition.de

Impressum:

2. Auflage
© 2014 Angelika Fleckenstein

Umschlaggestaltung: © Meike Fleckenstein
Diplom-Grafik-/Kommunikationsdesignerin; meifle@web.de
Foto Umschlagvorderseite: © Meike Fleckenstein
Motiv Umschlagrückseite: © Irina Schmidt; 123rf.com

Inserat der Autorin im Anhang: Breyermedia
Agentur für Marketing und Kommunikation
http://www.breyermedia.com

Verlag: tredition GmbH
Published in Germany
ISBN: 978-3-8495-9947-8 (Hardcover)
        978-3-8495-9947-8 (Paperback)
        978-3-8495-9945-4 (e-Book)

Das Werk, einschließlich seiner Teile, ist urheberrechtlich geschützt. Jede Verwertung ist ohne Zustimmung des Verlages und des Autors unzulässig. Dies gilt insbesondere für die elektronische oder sonstige Vervielfältigung, Übersetzung, Verbreitung und öffentliche Zugänglichmachung.

Bibliografische Information der Deutschen Nationalbibliothek: Die Deutsche Nationalbibliothek verzeichnet diese Publikation in der Deutschen Nationalbibliografie; detaillierte bibliographische Daten sind im Internet über http://dnb.d-nb.de abrufbar.

Angelika Fleckenstein

Eine Scheidung wider Willen

Roman

Danksagung

Meinen Söhnen danke ich für eine sehr bereichernde Zeit als Mutter, die gekennzeichnet war von viel Freude, Spaß, Aufregungen, Spannung und vielen Phasen gemeinsamen Wachstums. Ohne diese turbulenten, erfüllten Jahre wäre ich nicht die, die ich heute bin.

Meiner Tochter danke ich für ihre hervorragende Unterstützung mit der Gestaltung des neuen Buchumschlages – und für einiges mehr, über das ich vielleicht in einer Fortsetzung dieser Erzählung berichten werde…

Mein Dank geht auch an alle Menschen, die mich ermutigten und motivierten, meine Geschichten zu veröffentlichen. Ohne sie wäre diese heitere Erzählung nur einigen wenigen Menschen zugänglich geblieben.

Gewidmet meinen Söhnen Frank und Dirk

„Sieh mal, Andreas", sagte ich leise und mein Herz klopfte furchtbar schnell vor lauter Aufregung, „ich habe das Gefühl, unser Scheidungstermin steht kurz bevor. Sollten wir nicht nochmal darüber nachdenken, ob wir das Richtige tun?" Für diese kleine Ansprache hatte ich tagelang Anlauf genommen. Ich war stolz darauf diese Worte, ohne Versprecher und Gestotter über die Lippen gebracht zu haben. Nun war es an Andreas, aus dem Brocken, den ich ihm hingeworfen hatte, etwas zu machen. Wenn ich aber dachte, die Spannung würde sich verflüchtigen, so hatte ich mich getäuscht. Mein Herz hämmerte dermaßen heftig, dass ich glaubte, Andreas müsse es hören oder an den Erschütterungen, die es in meinem Körper sichtbar verursachte, sehen können.

„Wie meinst du das?", fragte er leise und mit fast unheimlichen Ruhe. Seine Stimme klang außerdem fremd. Er rutschte unruhig auf dem Sofa herum.

Sein Unbehagen konnte ich deutlich fühlen. Vermutlich hatte es ihn ähnlich viel Überwindung gekostet, diesem Gespräch zuzustimmen, wie mich, ihn darum zu bitten. Ich wagte kaum, ihn anzusehen. Er hatte sehr abgenommen in den acht Monaten seit unserer Trennung, sein Haar auf dem Oberkopf war noch spärlicher geworden und seine Augen blickten teilnahmslos, als wollten sie weder etwas sehen noch etwas vom Inneren seines Wesens offenlegen.

„Erinnerst du dich noch? Ich hatte dich um eine zeitweilige Trennung gebeten, damit jeder von uns ganz für sich über unsere Beziehung nachdenken kann. Nachdem du zu einer Therapie nicht bereit gewesen bist, hoffte ich, der Abstand voneinander würde auch dich zu neuen Einsichten bringen." Ich stockte einen Moment. Meine Kehle war ganz trocken. „Hätte dein Vater sich mal aus der Angelegenheit rausgehalten…", ich hielt inne, „…aber ich kann die Zeit nicht zurückdrehen. Wir tragen allein die Verantwortung."

Andreas blickte immer wieder kurz zu mir herüber. Ich hoffte, er hört aufmerksam zu.

„Ich bin in den vergangenen Wochen sehr krank gewesen und hatte nicht erst jetzt verdammt viel Zeit zum Nachdenken. Es fällt mir nicht leicht, zu kapitulieren, denn ich bin auch ein Dickschädel. Aber mir ist klar geworden, dass wir nicht einfach alles wegwerfen dürfen. Zehn gemeinsame Jahre wischen sich nicht mal eben so vom Tisch. Ich würde gern, vor allem auch wegen unseren Kindern, einen Neuanfang mit dir wagen. Vielleicht bist du jetzt auch zu einer Therapie bereit?"

Die Worte kamen und glitten über meine Lippen, und schließlich fiel mir ein Stein vom Herzen. Ich schaute ihn an und suchte nach irgendeiner Regung, aber ich sah nur einen großen, scheinbar gelassen dasitzenden Mann, der den Eindruck erweckte, bloß abzuwarten, wann dieses Gespräch ein Ende finden würde.

„Mensch, Andreas! Ich will doch nur, dass wir endlich wie erwachsene Menschen miteinander und mit der Sache umgehen, ohne dass uns jemand hineinredet!"

Herrje, worauf wartete er denn noch? Sollte ich in die Knie gehen? Ihn anflehen? Er ließ mich endlos lange auf seine Antwort warten.

„Das kommt ein bisschen zu spät", begann er. „Erst machst du alles kaputt und jetzt, wo du die Konsequenzen spürst, willst du es schnell wieder in Ordnung bringen. – Nein, ich glaube, das geht nicht."

Wer schon mal versucht hat, in trockener Kehle einen dicken Kloß hinunter zu würgen, weiß, was ich litt. Wieder und wieder schluckte ich, ohne dass das blöde Ding in meinem Hals weichen wollte. Und Andreas sprach weiter.

„Ich bin seit ein paar Wochen mit einer anderen zusammen...", sagte er und schob bedeutungsvoll hinterher: „...und habe Pläne."

Ich fand, er hätte mich ebenso gut ohrfeigen können. Seine Worte hallten in meinen Ohren wider, aber irgendwie verstand ich sie gar nicht.

„Pläne?", fragte ich irritiert.

„Vielleicht nochmal heiraten, eine Familie gründen."

Das waren also keine Gerüchte! Andreas bestätigte soeben, was im 'Dorf' die Runde machte. Aber ich hatte das bis zu diesem Augenblick für eine abenteuerliche Vorstellung gehalten und sagte es ihm jetzt auch so.

„Du hast eine Familie, für die du Unterhalt zahlst, Andreas. Wie stellst du dir das vor?", fragte ich, aber er ging auf meine Frage nicht ein.

„Du hast einmal gesagt, ich würde es schwer haben, eine neue Partnerin zu finden", entgegnete er stattdessen. „Du hattest Recht. Aber ich habe es geschafft. Ich werde auch einen Weg finden, meine Pläne umzusetzen."

In seinen Worten lag etwas Trotziges. Gleichzeitig fühlte ich deutlich, dass mich das nichts angehen sollte und fragte nicht weiter.

„Mit uns, das ist, glaube ich, wirklich vorbei", sagte Andreas mit erstaunlich festem Tonfall.

„Tja, dann", resignierte ich und mein Herz hatte sich beruhigt, verkrümelte sich nun beleidigt in ein Schneckenhaus.

Andreas zog seinen Mantel über und ging, ohne mich noch einmal anzuschauen. Die Tür fiel hinter ihm ins Schloss. Diese Unterhaltung hatte ich vier Wochen später noch Wort für Wort in Erinnerung. Der Stachel meiner Enttäuschung steckte tiefer in meinem Herzen, als mir lieb war. –

***

Wenn man von vornherein immer schon wüsste, was einem hinterher als Erkenntnis einleuchtet, überlegte ich, würde man sehr viel weniger Fehler machen! Das Leben wäre berechenbarer, der Schmerz schlechter Erfahrungen könnte vermieden werden und man träte in keine Fettnäpfe, die einem böse wollende Mitmenschen in den Weg stellen.

'Ja', meldete sich mein kleines Teufelchen gähnend. 'Das Leben wäre berechenbar! – Aber auch schrecklich langweilig.' Er rollte sich schmollend in seiner Kuschelfelsecke zusammen und fügte grummelnd hinzu: 'Und ich wäre entsetzlich arbeitslos!'

Möchte bloß mal wissen, wo sich mein Schutzengel die ganze Zeit rumgetrieben hatte, als ich die vielen kleinen Fehlentscheidungen in meinem 27jährigen Leben traf. Der machte vermutlich Urlaub in der Karibik oder auf Mallorca.

Die Fahrt zum Scheidungstermin hätte fader nicht sein können. Der Himmel war dem Anlass angemessen grau in grau wolkenverhangen. Schwindsüchtige Regentröpfchen nieselten in einem fort herab. Scheidung an so einem Morgen fühlte sich an wie ein Duell im Morgengrauen des 17. Jahrhunderts. Nur die Waffen waren andere. Statt mit Revolver oder Degen, kämpfte man mit Worten, Papier und Kugelschreiber.

Ich fühlte mich schrecklich müde und wie in einem Vakuum. Das Auto fuhr ich mechanisch, jeder Handgriff traumwandlerisch sicher. Der Motor brummte gleichmäßig vor sich hin. Das Radio gab keinen Mucks von sich. Kunststück! Ich hatte es gar nicht eingeschaltet. Musik konnte ich heute nicht ertragen.

An diesem Morgen um 9 Uhr einen Parkplatz am Amtsgericht in Köln zu finden, war schier unmöglich. Ich gurkte mit meinen Kombipassat eine Runde nach der anderen erfolglos um den Parkplatz, während die ohnehin knappe Zeit nur so verflog. Verärgert stellte ich die Karre schließlich irgendwo am Straßenrand ab, warf wütend die Türe zu und eilte im Laufschritt zum Gerichtsgebäude. Ich trat in einige Pfützen und meine Lederpumps wurden innen so patschnass wie außen! Natürlich war ich auch ohne Schirm unterwegs – wie meistens bei Regen. Wenn ich den Schirm brauchte, hing er lustlos und faul zu Hause an der Garderobe herum. Ich zog plötzlich einen Vergleich zu Andreas, meinem Gleich-von-mir-Geschiedenen. Der war auch immer woanders, wenn ich ihn am dringendsten brauchte. Dieser Gedanke trug nicht zur Aufhellung meiner Stimmung bei. Ganz im Gegenteil, ich wurde immer muffiger! Mit finsterer Miene und noch finsterem Gemüt betrat ich das Gerichtsgebäude. Ein Wunder, dass man mich durch die Eingangskontrolle ließ. Mein Blick war garantiert waffenscheinpflichtig!

Wenigstens war durch die gute Beschilderung der Gerichtssaal einfach zu finden. Ich war ziemlich sehr spät dran und huschte ohne besonderen Gruß noch schnell hinein, bevor der Richter die Türe hinter sich zuziehen konnte. Neben meinem Anwalt sitzend fühlte ich mich kein bisschen wohler.

Der Richter las aus seiner Akte vor, was bei Scheidungen vorgelesen werden musste, und ich hörte nur mit halbem Ohr hin, als ginge mich diese Sache hier nichts an. Tat sie doch eigentlich auch nicht! Ich wollte keine Scheidung.

Aber wie gar nicht so selten in meinem Erdendasein war ich da irgendwie rein gerutscht, weil immer andere Menschen in meine Pläne pfuschten. Na ja, nun war ich mal hier, und es gab gerade kein Zurück. Die ganze Sache zog wie in einem dicken Dunstschleier an mir vorbei. Genau wie bei meiner Hochzeit, fuhr es mir durch den Kopf, während ich dem Regen draußen beim Tröpfeln zuschaute. Es war damals, als wäre ich Gast und nicht Hauptperson. Irgendein Zuschauer, der das Geschehen vom Rand der Bühne her beobachtete.

Ich wünschte mich in mein gemütliches Wohnzimmer mit Tee und Kerze auf dem Tisch, meine beiden Blondschöpfe, Tim und Tobias, mit dabei und die böse, böse Welt ganz weit draußen.

Plötzlich wurde es unruhig im Saal. Die Anwälte erhoben sich, der Richter, mein Ex-Gatte und ich tat es ihnen automatisch gleich. Die Verhandlung war vorüber. Gott sei Dank – oder lieber nicht?! Der Dunstschleier dachte nicht daran, zu verschwinden.

„Rein theoretisch könnten Sie jetzt wieder heiraten", sagte mein Rechtsanwalt und drückte mir vor dem Gerichtssaal fest die Hand zum Abschied. „Und Sie natürlich auch, Herr Martens! Ha, ha, ha!", fügte er hinzu und schüttelte Andreas mit markigem Lachen die Hand.

„Nein, danke! Bestimmt nicht!", murmelte ich missgelaunt in meinen hochgeschlagenen Mantelkragen. Wie konnte der Mann bloß auf diesen irrwitzigen Gedanken kommen. Völlig absurd!

Ich riskierte einen Seitenblick auf Andreas. Hochgewachsene Einsachtundneunzig standen unbeholfen in der Gegend herum. Dabei hatte er, wie immer, die Hände in die Hosentaschen versenkt. Die Stirn wurde immer höher mit den wachsenden Geheimratsecken. Rot schimmerte sein Schnauzbart und zuckte nervös herum, als er das eigentlich sympathische Gesicht zu einem unsicheren, schiefen Lächeln verzog. Fühlte er sich vielleicht auch so fehl am Platze wie ich? Hatte er das, was hier gerade passiert war, wirklich gewollt? Oder war ihm genauso seltsam schwammig in der Magengegend zumute wie mir? Was ging wohl gerade in seinem Kopf vor?

Die Anwälte trollten sich gemeinsam von dannen. Sie unterhielten sich scheinbar belustigt. Was die wohl von uns dachten? Ich sah sie vertraulich miteinander reden und lächeln. An uns dachten sie wahrscheinlich gar nicht mehr. Der Fall war ja nun auch erledigt.

Plötzlich wurde mir ganz heiß in meinem Strickkleid und die Wollfasern piekten mir in die Haut, dass es nur so prickelte. Da stand doch tatsächlich Andreas' neue Flamme! Die Frau war mir vorhin schon aufgefallen! Mir rauschte der Puls von knapp über 50 in nur 0,1 Sekunden auf rasante 200 Sachen! Nicht zu glauben, dass Andreas die Stirn hatte, mit seiner Freundin hier aufzutauchen.

Die Frau war mit einem unmöglichen Namen bestraft worden. Wanda! Ich fragte mich, innerlich kopfschüttelnd, was ein kleines Baby seinen Eltern angetan haben mochte, dass sie es mit so einem bescheuerten Namen stempelten. Leider musste ich neidvoll gestehen, dass sie verdammt gut aussah und höchst geschmackvoll gekleidet war. Geschmackvoll *und* vorteilhaft, denn all ihre natürlichen Vorzüge wurden durch das Outfit unterstrichen. Sie hatte lange, dicke Haare bis zum wohlgeformten Popo und Beine vom Fabrikat Endlos! Auch die übrige Figur ließ nichts vermissen, was Männerphantasien beflügeln konnte. Sie himmelte Andreas mit ihren blauumschatteten Äuglein an und strahlte wie eine Schönheitskönigin. Und dann wagte sie, mit einem unverhohlenen Seitenblick aus etwa Einsfünfundachtzig auf meine bescheidenen Einssiebzig zu schielen.

Da wurde mir schlecht! Mein Magen krampfte, meine Beine fühlten sich starr an, als hätte ich sie mit den Absätzen im Boden verankert. Ich musste schnellstens raus hier. Oder sollte ich was sagen? Irgendwas bissig Ironisches? Am liebsten zynisch! – Aber mein spärlicher Mut sackte in die verkrampfte Magengrube und vereinte sich mit der Übelkeit. Ich beschloss, lieber den Mund zu halten und sah zu, dass ich hier weg kam!

Wegen dieser Erscheinung lehnte Andreas mein kleines Waffenstillstandsgesuch ab! Na ja, ich konnte ihn schon ein bisschen verstehen. Trotzdem spürte ich den Stich im Herzen! Verdammt! –

Ich schaute hinter ihnen her, als sie vertraut Hand in Hand zum Aufzug gingen, während ich meine einsamen kalten Hände in den tiefen Taschen meines Trenchcoats verstaute. Auf keinen Fall wollte ich mit den Zweien zusammen einen kleinen Aufzug besteigen, deshalb begann ich zum Schein hektisch, aber eigentlich nach nichts suchend in meiner Handtasche herum zu wühlen. Dabei sah ich zwangsläufig an mir herunter: ein cremefarbenes Wollkleid von gestern, dunkelblauer Trenchcoat aus der Vorvorvorsaison und meine Füße steckten in Pumps, die so bequem aussahen wie ich sie mir in gut drei Jahren eingelaufen hatte. Keine Spur von attraktiver Eleganz! Da konnte ich mit Stöckelschuh-Ballettrock-Wanda keinesfalls in einem drei Quadratmeter großen Aufzuggehäuse stehen! Ich fühlte mich hässlich und klein!

Gehorsam folgten meine Beine dem Befehl meines Hirns, diesen Ort zu verlassen. Leider begegnete ich den beiden auf der Straße zum Parkplatz doch wieder. Sie verließen gerade mit Andreas flottem Sportfiesta den Parkplatz und winkten mir grinsend zu, als ich den Zettel an meiner Windschutzscheibe entfernte – Knolle für verbotenes Parken! Die hatten gut grinsen!

Ich kletterte in meinen Familienpassat und fuhr durch den Nieselregen dieses Märztages zu meiner Freundin Olivia. Ich brauchte dringend Trost, und Olli war jetzt genau die richtige Medizin gegen meine trübe Stimmung! Ihre nüchternen klaren Gedanken gepaart mit einem kräftigen Schuss Humor würden meine Frustgefühle schon verschwinden lassen.

Olivia wohnte im schönen Bergischen Land. Ich fuhr in den Veilchenweg ein, parkte den Passat vor Ollis Carport und flitzte schnell zum Hauseingang. Sie öffnete mir sofort die Türe. Auf dem Fußboden im Flur krabbelte ihre kleine Tochter Anna herum.

„Hallo, Olli."

„Hej, komm schnell rein, ich mach frischen Tee", sagte sie.

Ich hängte meinen Scheidungsmantel auf den Kleiderständer und beschloss, ihn nach dem heutigen Tage nie mehr anzuziehen. Ebenso wie das brave Strickkleid und die fußgesunden Pumps.

„Wo sind deine Kinder?", fragte Olli.

„Noch im Kindergarten bis um 4 Uhr."

„Fein, da haben wir beide ja genug Zeit, ein bisschen zu klönen."

Sie trug das Tablett in ihr gemütliches Esszimmer, das sie mit Mahagonimöbeln sehr geschmackvoll eingerichtet hatte. Während sie uns Tee einschenkte, sah sie mich erwartungsvoll an. Über ihrer Nasenwurzel entstand eine tiefe Falte und ihr Blick wirkte besorgt.

„Na, schieß' los!", forderte sie mich auf.

„Was soll ich sagen? Kurz und schmerzlos war's, wie erwartet."

Olli schüttelte langsam den Kopf.

„Sei froh, dass es vorbei ist, Christine!", sagte sie und es sollte tröstlich klingen. Doch ich fühlte eine große Leere in meinem Innern.

„Ja, sollte ich wohl", entgegnete ich deshalb lustlos. „Wer hätte das gedacht? Ich bin eine geschiedene Frau. Vor zehn Jahren hab ich mir eingebildet, dass Liebe und Ehe so funktionieren, wie wir das praktiziert haben und dass es ein Leben lang so bleibt. Jetzt trägt der Himmel Trauer, die Engel weinen was das Zeug hält – und ich? Ich bin frustriert und kann das alles gerade nicht richtig einordnen, weil alles anders gekommen ist, als ich wollte. Aber so ist das wohl im Leben: erstens kommt es anders und zweitens als gedacht. Ich hatte geglaubt, Andreas würde sich ändern, wenn wir mal eine Auszeit nehmen. Hat er aber nicht. Ich hab mich mit ihm gelangweilt. Und wenn ich ihn wirklich mal brauchte, fühlte ich mich im Stich gelassen. Aber ist es jetzt besser ganz ohne ihn? Wird es noch besser? Ich weiß es einfach nicht."

Olli nickte verstehend und strich sich das lange dunkle Lockenhaar aus der Stirn. Sie schwieg und schaute mich ruhig an. Meine Gedanken irrten durch die zurückliegenden zwei Jahre.

„Richtig schön und aufregend war es eigentlich nur mit Günter", sagte ich plötzlich nachdenklich mehr zu mir selbst als zu Olli, und ich wusste nicht, wie mir ausgerechnet jetzt dieser Hallodri in den Sinn kommen konnte. Ich verscheuchte den Gedanken rasch. „Aber glücklich hat mich das ja auch

nicht gemacht. Und mit Andreas... Manno, der ist so spießig und verständnislos! Hab ich da was falsch gemacht?"
Olli stieg auf meine zweifelnden Gedanken nicht ein.

„Du? Ich meine, dazu gehören immer zwei! Die Episode mit Günter war doch ein Symptom, nicht die Ursache für das Scheitern deiner Ehe."

„Auch wieder wahr! Komisch, Olli, jetzt bin ich weder richtig traurig noch froh, weder erleichtert noch enttäuscht! Diese Scheidung..., ich weiß nicht..."

„Kopf hoch, Christine, das wird wieder", Olli drückte meinen Arm mitfühlend und aufmunternd.

„Andreas Freundin sieht übrigens wirklich klasse aus", sagte ich leise, während ich den Boden meiner Teetasse pausenlos mit dem Löffel malträtierte. Olli nahm meine Hand, legte den Löffel auf die Untertasse und lächelte mich schelmisch an. „Gleich ist der Boden durch!"

Wir lachten. Das tat wohl.

„Ehrlich? Er hatte sie mitgebracht?", fragte sie ungläubig.

„Wanda!", sagte ich und ließ die Buchstaben extra langsam über die Lippen gleiten. „Ja, ihre Majestät geruhte kurzberockt, stöckelbeschuht und coiffeurgestylt das hohe Gericht mit ihrer Anwesenheit zu beglücken."

Olli prustete drauflos: „Mir scheint, sie beeindruckt nicht nur die Herren!"

„Ph!", machte ich verächtlich. „Ich war lediglich im verkehrten Outfit erschienen! Wanda-Baby topgestylt und Christine-Hausback in..." ich wies an mir herunter, „...du siehst ja, was ich trage!"

„Also, Mausi", sagte Olli energisch. „Du warst zur Scheidung dort und nicht zum Miss Germany Contest. Ich finde es allerdings ein starkes Stück von Andreas. Aber Taktgefühl hatte dein Mann ja noch nie."

„Ex-Mann!", warf ich nachdrücklich ein. „Stimmt! Aber ich habe soeben beschlossen, mein Heimchen-am-Herd-Image schleunigst in die Mottenkiste verschwinden zu lassen! Mit der Eliminierung von Scheidungsmantel, Wollkleid und diesen Geh-wohl-bis-Hannover-Pumps fange ich als erstes an."

Meine Freundin schnippte erfreut mit den Fingern.

„Gefällt mir! Ich finde allerdings, dass du dich auch in diesem einfachen Strickkleid überall sehen lassen kannst. Und was diese Wanda – Gott, was für ein komischer Name! – also was diese Riesenfrau betrifft, wozu musste sie eigentlich dabei sein? Händchenhalten im Gerichtssaal?"

„Nee, nee, die musste schön draußen warten."

Der heiße Tee tat meiner frostigen Stimmung wirklich gut. Ich knabberte sogar an einem Plätzchen.

Olivia machte mir weiterhin Mut: „Komm schon, das taube Gefühl geht vorbei, Christine. Ich bin der Ansicht, dass dein Leben sich doch ganz hübsch zum Vorteil entwickelt hat."

Ich zog fragend die Augenbrauen hoch.

„Ach, ja? Wo denn?"

„Du bist freier geworden!", stellte sie lächelnd fest.

Ich wusste, worauf sie anspielte. Olli wusste als einzige von meinen Abenteuern, die während der Trennungszeit von Andreas mein Leben durchaus köstlich bereichert hatten. Wenn man das überhaupt *Abenteuer* nennen konnte, aber immerhin.

„Na ja, das mit Günter ist ja nun aus und vorbei. Der ist wieder bei seiner Angetrauten und den Kindern. Die haben auf meine Kosten ihre Ehe saniert, glaube ich. Aber es war 'ne tolle und lustige Zeit!"

„Die Welt ist voller Männer", flötete Olli und sah mich bedeutungsvoll an. „Du hättest dir die Zeit der Extratouren deines Exgatten schon viel früher versüßen sollen."

„Olli!", entrüstete ich mich.

„Komm schon, sei nicht so entsetzt! Andreas hat dich doch richtig ausgenutzt. Mit zwei kleinen Kindern ist eine junge Mutter doch total abhängig vom Ehemann. Das Geld ist immer knapp, da..."

„...kann immer nur einer das Leben genießen!", beendete ich ihren Satz leiernd und musste dann aber lachen.

„Genau. Hat er das nicht gesagt?"

„Ja."

„Siehste! Dieser elende Spießer! Du bist so viel allein gewesen: Skattouren, Betriebsausflüge..."

„... Bodybuilding und ab und zu die Wochenenden zugepflastert mit irgendwelchen umfangreichen Renovierungsarbeiten für irgendwelche Leute, damit die Skatreisekasse kräftig gefüllt wird", vollendete ich den Satz.

Und ich erinnerte mich sehr gut. Wie hatte es mich genervt, wenn Andreas die knappe Freizeit auch noch ohne uns verbrachte. Wenn ich an die Diskussionen dachte, die wir hatten, weil er nicht einsehen wollte, dass auch wir – die Kinder und ich – etwas mit ihm gemeinsam tun wollten, konnte ich nur den Kopf schütteln. Immer versickerten diese Streitgespräche im Sande. Meistens floh Andreas, weil ihm die Argumente ausgingen. Einmal ließ er mich sogar einfach stehen, schnappte sich seine Sporttasche und zog grinsend ins Bodybuilding-Studio. Das tat sehr weh.

„Gut, dass du es nicht vergessen hast", sagte Olli zufrieden in meine Gedanken hinein. „Andere Frauen machen das von vornherein nicht mit. Wie ich zum Beispiel. Ich würde Klaus was husten, wenn der dauernd auswärts rumturnen würde. Du darfst ein kleines bisschen stolz auf dich sein, weil du das so lange durchgehalten hast. Andererseits..."

„Was?"

Olli guckte mich stirnrunzelnd an und ich glaubte, ihre Gedanken lesen zu können. So piepste ich ganz kleinlaut: „Ich war hübsch blöde, mhm?"

Sie nickte bestätigend und lächelte sanft. Ich war ihr nicht böse. Beste Freundinnen dürfen einem alles sagen, finde ich.

„Na, ich weiß ja, wo der Hase im Pfeffer liegt, Olli, glaube mir. Aber meine Proteste schmolzen unter Andreas' treu bittendem Hab-mich-doch-auch-ein-bisschen-lieb-Blick eben oft dahin."

„Wenn ich mir dir verheiratet wäre, Christine, ich würde mich niemals scheiden lassen", sagte Olli frech grinsend. „Du bist viel zu gut für die Welt und so leicht um den Finger zu wickeln."

„Danke für die Blumen, meine Liebe! Das hat Andreas wohl auch gedacht. Aber nun ist ja Schluss damit! Jetzt kann er mal sehen, ob seine Wanda das mitmacht."

In Anbetracht dieser amüsanten Vorstellung, dass Wanda ihm arge Schwierigkeiten bereiten könnte, hob sich meine Laune allmählich. Olli und ich grinsten uns zufrieden an.

Die Scheidung war nun eine Tatsache, die wie meine Eheschließung damals, einfach feststand. Ob ich sie gewollt hatte oder nicht, ob ich irgendwie nur da hineingeschlittert war oder nicht – was spielte das jetzt für eine Rolle? Mir blieb nur, mich wie immer in das hineinzufinden, was das Leben mir bot. Olivia fand diesen Gedanken zwar nicht erfreulich, aber sie war der Ansicht, dass diese Einstellung zunächst mal helfen konnte, die Angelegenheit gründlich zu verdauen.

Gegen Mittag verabschiedete ich mich. Auf dem Weg Richtung Heimat überlegte ich wie so oft, woher Olli dieses unerhörte Selbstvertrauen nahm, um das ich sie schon immer beneidete. Sie war es auch, die mich nach dem gescheiterten Gespräch vor vier Wochen wieder aufgebaut hatte.

Unterdessen blieb mir das schwammige Gefühl von nicht recht wissen, was ich nun empfinden sollte oder nicht, trotz des Vorsatzes, mich abfinden zu wollen, hartnäckig erhalten. War es wirklich gut, so wie es jetzt gekommen war? War es unausweichlich? Hätte es funktionieren können, mit Andreas einen Neubeginn zu wagen? Vielleicht nicht. Und falls doch?

Na ja, jetzt war es definitiv zu spät. Ich würde das nicht mehr herausfinden können. Besser war es ganz sicher, nach vorne zu schauen und sich nach einer Weile neuen Ufern zu nähern. Ein kleiner Hauch von Zufriedenheit streifte mich im Innern und das seltsame Schwammgefühl verflüchtigte sich ganz langsam. Eigentlich konnte jetzt alles nur besser werden.

Nachdem ich rasch noch ein paar Besorgungen im Supermarkt gemacht hatte, erreichte ich den Kindergarten. Ich musste raus aus dem Auto und schon wieder in den Regen. Meine Haare kringelten sich bereits lustig in alle Himmelsrichtungen, die Dauerwelle war komplett durchgeschlagen. Ich sah aus wie nach dem gescheiterten Versuch, eine Naturkrause mit dem Fön bändigen zu wollen. Meine Kinder erkannten mich trotzdem.

„Mami!", brüllte Tim erfreut, und ehe ich mich versah, hatte ich den Knirps schon am Hals. Er wuselte mir durch die ohnehin versaute Frisur. „Bist du aber strubbig!"

„Hoppla, mein Süßer! Ich bin regenstrubblig und du bist mir zu schwer. Du haust mich ja glatt um!", keuchte ich. „Weißt du, deine Mami ist kein Bodybuilder!"

Während ich die Schuhe zusammensuchte, kam Tobi herbeigetrappelt und setzte sich neben Tim auf die Bank. Ich band ihm die Schnürsenkel und fragte, wie der Tag gewesen wäre.

„Alles okidoki", sagte Tobi, mit dem unschuldigsten Lächeln, dessen Kinder im Alter von vier Jahren fähig sind.

„Gar nich wahr!", widersprach Tim. „Der Tobi hat heute alle mit Bausteinen geworfen!"

„Wie bitte? Stimmt das, Tobi?"

Das Lächeln aus dem Blick des Beschuldigten verschwand urplötzlich, und er blickte sehr interessiert auf den Sand, der in kleinen Häufchen auf dem PVC-Boden verstreut war.

„Wieso denn, Tobi?", fragte ich und hob sein Kinn, damit ich ihm ins Gesicht schauen konnte.

„Weil ihn heute der wilde Floh gebissen hat", erklärte Tim, als ob es die natürlichste Sache der Welt sei, mit Steinen zu werfen, wenn einen die Flöhe beißen.

„Wer ist denn der wilde Floh?", wollte ich wissen.

„Weiß nich, das hat die Frau Klein-Hueber gesagt!", murmelte Tobi ganz leise.

„Hat sie! Hat sie!", tönte der unverkennbare Sopran von Frau Klein-Hueber aus dem Hintergrund.

Die Gruppenleiterin trat aus dem Büro zu uns. Sie nahm ihre Lesebrille, die an einer goldenen Kette baumelte, von der

Nasenspitze und wedelte damit vor ihrer üppigen, korsettgefesselten Brust herum.

„Tobias hat heute seinen Unmut an uns allen ausgelassen, gelt Tobi?", erzählte sie nicht ohne einen leicht vorwurfsvollen Unterton. Wenn Frau Klein-Hueber 'Tobias' sagte, betonte sie das 'i' stets so, als würde der Name mit 'ie' geschrieben. Das klang furchtbar, fand ich.

Nun strich sie mit ihren reichberingten Wurstfingern durch Tobis Stoppelhaar, was dem Knirps überhaupt nicht passte. Er duckte sich rasch beiseite und guckte unwirsch zu ihr hinauf. Wenn Blicke Kindergärtnerinnen verhexen könnten, wäre Frau Klein-Hueber jetzt ein alter Leguan, dachte ich einen kurzen Augenblick und verkniff mir angesichts dieser amüsanten Vorstellung ein Schmunzeln. Mit konzentriert ernster Miene wandte ich mich ihr zu.

„Frau Martens, es war heut' echt schwierig mit Tobias. Er stand auf einem der Tische und warf mit Bausteinen um sich." Sie schüttelte bekümmert den Kopf. „Glücklicherweise hat er niemanden getroffen."

„Ich hätte getroffen", brüstete sich Tim und drückte sich mit seinem rechten Zeigefinger fest auf die schmächtige Brust.

„Quatschkopf", flachste ich und drückte ihn liebevoll an mich.

„Ich konnte Tobias schließlich überreden, damit aufzuhören", berichtete Frau Klein-Hueber weiter. „Aber, Frau Martens, wir müssen uns dringend darüber unterhalten. Das geht nun schon seit einiger Zeit so, dass der Tobias manchmal recht aggressiv mit seinen Kameraden umgeht. Es häuft sich sozusagen und da müssten wir... verstehen Sie mich bitte nicht falsch... in Anbetracht Ihrer veränderten Lebensumstände seit geraumer Zeit...", dann schwieg sie und schaute mich bedeutungsvoll von der Seite an.

Ich fand das unnötig. Frau Klein-Hueber machte ja schon aus reiner Gewohnheit jede Mücke zum Elefanten. Aber seit sie wusste, dass ich nunmehr zu der sich stark vermehrenden

Spezies alleinerziehender Mütter gehörte, hatte ich den Eindruck, sie beobachtete gerade meine Kinder mit Argusaugen.

„Eine Trennung der Eltern geht an keinem dieser kleinen Menschenwesen spurlos vorbei, wissen Sie", pflegte sie zu sagen.

Natürlich war mir das nicht neu und sie hatte durchaus Recht, aber für mein Empfinden hatte ich die Sache recht gut im Griff. Ein aufmüpfiger Vierjähriger war meiner Meinung nach wirklich nichts derart Auffallendes, dass man in tiefe Besorgnis verfallen musste.

„Ach!", machte sie plötzlich laut und ich erschrak fast.

„Sie hatten doch... nicht wahr?", sagte sie nun mit gedämpfter Stimme. „Heute war doch Ihr...?"

Was meinte sie jetzt? Ach, sooo... es dämmerte mir.

„Ja, ich bin seit heute früh eine geschiedene Frau."

Ich sagte das absichtlich etwas laut, damit sie mit der Geheimniskrämerei aufhörte. Es wusste doch sowieso jeder im 'Dorf' Bescheid. Da wurde geplaudert wie im Waschsalon. Jeder kannte beinahe jeden und wusste natürlich auch über alles und jeden Bescheid. Oder glaubte das zumindest.

„Ja, dann Frau Martens, erklärt sich die besondere Aggressivität des Jungen ja von selbst."

Frau Klein-Hueber wirkte erleuchtet.

„Finden Sie?", zweifelte ich gespielt.

„Sicher, meine Liebe, sicher", wisperte sie und legte mir vertrauensvoll die Hand auf den Arm.

„Mama, können wir jetzt endlich gehen? Gleich kommt die Sendung mit der Maus!", maulte Tim.

Wir bewegten uns gemeinsam zum Ausgang. Frau Klein-Hueber ergriff Mantel und Handtasche vom Kleiderhaken, schloss hinter uns allen die Tür ab, und wir gingen langsam zu unseren Autos. Sie überschüttete mich noch mit einer Litanei gut gemeinter Vorschläge für die Erziehung meiner Jungs, die ja nun beileibe kein negatives Vaterbild haben sollten. Dabei fragte ich mich, welches Bild Kinder in diesem Alter überhaupt von ihrem Papi hatten und haben sollten, wenn er sie alle vierzehn Tage fürs Wochenende abholte, um mit ihnen ganz besondere Unternehmungen zu machen. Aber so war das eben mit den Wochenend-Papis. Die Kinder fanden das total in Ordnung, und ich war der Meinung, dass wir uns darüber noch keine weiteren Gedanken machen mussten.

Ich dankte Frau Klein-Hueber jedenfalls artig für ihre gutgemeinten Ratschläge, nahm ihre fleischige Hand, die sie mir huldvoll reichte, und verabschiedete mich. Sie bugsierte ihren vollschlanken Körper in das kleine Auto, dessen Stoßdämpfer ächzend, wie mir schien, nachgaben und fuhr ruckelnd davon.

Schnepfe, dachte ich ein kleines bisschen boshaft, doch tat es mir gleich wieder leid. Irgendwie war sie ja manchmal ganz nett, doch ein andermal konnte ich sie nicht leiden, weil sie nervte. Blieb zu hoffen, dass ihr Gastspiel im Kindergarten nicht länger dauern würde, bis die eigentliche Leiterin von ihrer schweren Krankheit genesen sein würde.

Im Auto zankten sich Tim und Tobias.

„Ich will aber hinter Mama!", rief Tim. „Mensch, Tobi geh weg!"

„Immer sitzt du hinter der Mama und ich nich!", krächzte Tobi. „Du bist blöd! Los, Doofer, geh weg hier!"

Sie rangelten miteinander und schubsten sich hin und her. Keiner wollte auch nur einen Meter Boden abgeben.

„Mama! Der haut mich!", maulte Tobi weinerlich.

„Ach, Jungs! Jetzt gebt Ruhe! Ist doch egal, wer wo sitzt. Hauptsache, wir fahren Auto!", versuchte ich zu schlichten.

Aber die beiden waren ganz anderer Meinung. Vom Platz direkt hinter mir hatten sie 'alles voll im Griff'. Hier fühlten sie sich wie der Kapitän eines Ufos. Mit sicherem Blick beäugte Tim stets Tankanzeige und den Geschwindigkeitsmesser und warnte auch heute rechtzeitig, nachdem ich die Zündung eingeschaltet hatte und die Nadel der Tankanzeige sich nicht mehr aus dem roten Reservebereich bewegte: „Mama, du musst tanken, der Motor ist leer!"

„Mit Reserve kann die Mama aber noch ganz viele Kilometer fahren", widersprachen Tobi und ich fast gleichzeitig.

„Ja", konterte Tim und verschränkte etwas selbstgefällig die Arme vor dem Körper, „bis der Wagen alle ist, und der Papi meckert dann wieder über Frauen am Steuer." Er unterstrich seine Feststellung mit einem eifrigen von wissendem Grinsen begleiteten Kopfnicken.

„Tut er das?", fragte ich.

„Ja."

„Aber die Mama ist ja keine Frauen", schlaumeierte Tobias mit zusammengekniffenen Augen. „Mama ist Mama!"

Ich konnte mir ein Kichern nicht verkneifen. Tobias hatte nämlich Recht, fand ich!

„Ihr seid, wie mir scheint, beide von einem wilden Floh gebissen, wie?", stellte ich lachend fest.

„Nö, ich hab keine Flöhe!", protestierte Tim. „Der René sagt, die Zigeuner haben Flöhe!"

„So?", fragte ich.

„Ja, und ich bin ja keiner."

„Ich auch nich!", meinte Tobi kopfschüttelnd. „Ich bin ein Martens."

„Ich bin auch eine Martens und kein Zigeuner!", stimmte ich mit ein. „Ist der René vielleicht ein Zigeuner, dass er das weiß?"

Tim und Tobias guckten einander fragend an und überlegten kurz. Schweigend vor allem, was höchst selten war.

„Nein, der René ist ein Angeber", sagte Tim entschieden.

Ich schnallte mich an und wollte den Wagen endlich starten.

„Was ist ein wilder Floh, Mama?", wollte Tobi wissen.

Tims Antwort ging im Aufheulen des Motors unter. Ich konnte im Rückspiegel Tobias gerunzelte Kinderstirn sehen und ahnte nur ungefähr, was sein Bruder zum Thema Flöhe so alles zu wissen glaubte. Die beiden waren dann wieder für kurze Zeit ruhig und schauten jeder auf seiner Seite aus dem Fenster.

Der Nieselregen hörte unterdessen noch immer nicht auf. Ich steuerte den Wagen über das kurze Stück Schnellstraße in die Wohnsiedlung, bog in die Sackgasse ein und parkte nach nicht einmal fünf Minuten Fahrt unmittelbar vor dem Haus, in dessen zweitem Obergeschoss sich meine Dreizimmerwohnung befand.

Tim und Tobias wuschen sich die Hände, während ich das Abendbrot zubereitete. Die Sendung mit der Maus sahen wir uns gemeinsam an, dann spielten wir noch im Kinderzimmer: 'Burg erobern'! Die kleinen Kissen flogen von einem Bett..., ach nein! Von einer Burg, natürlich, zur anderen, solange bis eine Partei erschöpft aufgab. Klar, dass ich allein eine Partei und die Knirpse die andere bildeten. Als ich mit einem größeren Kissen zum vernichtenden Gegenschlag ausholen wollte, vernahm ich einen hörbaren und vor allem schmerzhaften Knacks in meinem Nacken. Das machte dem Kampf in der entscheidenden Phase ein jähes Ende.

„Autsch!" Hölle, tat das weh!

„Hör mal auf, Tobi, Mama hat sich verletzt!", befahl Tim energisch.

Aber im gleichen Moment, da es schmerzte, war es auch schon wieder vorbei. Trotzdem war Tim der Ansicht, dass ich für echt harte Kämpfe nicht mehr zu gebrauchen sei. Die Schlacht wurde vertagt.

„Schade, dabei hätte ich doch gleich gewonnen!", neckte ich die beiden.

„Tropsdem", entschied Tobi ernst. „Du kannst ja morgen immer noch gewinnen, Mama."

Ich verfrachtete meine Super-Ritter nach dem Zähneputzen in ihre Nachtlager und befahl den Zapfenstreich.

Zwei Tage später bekam ich Kopfschmerzen, die nicht mehr aufhören wollten! Aber vom Allerfeinsten! Zu allem Übel konnte ich meinen Kopf immer weniger nach links drehen. Zum Kuckuck, verflixt nochmal! Das Autofahren wurde zur

Tortur und meine Arbeit im Büro verrichtete ich mit vor Schmerzen zusammengebissenen Zähnen, was nicht besonders nett auf die Kollegen wirkte.

„Sagen Sie mal", fragte unsere Buchhalterin, „sind Sie schlecht gelaunt? Sie schauen so grimmig."

Meine beiden Kolleginnen, Annette und Petra, kicherten.

„Klar, wer den Schaden hat, spottet jeder Beschreibung", entgegnete ich und versuchte, komisch zu sein. „Ich habe mir wohl den Nacken verrenkt oder sowas."

Die Buchhalterin zog mit bekümmertem Gesicht wieder ab.

„Arme Christine", bedauerte Annette. „Vielleicht gehst du besser zum Arzt?"

Die Burgenschlacht zog ich als Ursache gar nicht in Betracht, obwohl das als Ursache ja eigentlich auf der Hand lag. Mein Chef schaute sich das den Vormittag über noch mit zweifelndem Blick an und sagte kurz vor meinem Feierabend: „Frau Martens, Ihr Kopf ist ja ganz schief!"

Witzbold, dachte ich.

„Schiefer Kopf?", fragte ich stirnrunzelnd. „Schmeichelhaftes Kompliment, Herr Hofmann. Lassen sie das meine Mutter nicht hören, die glaubt an die Makellosigkeit ihrer Kinder!"

Er lächelte mitfühlend. Die Hände in den Hosentaschen, auf den blankgewienerten Schuhen vorwärts-rückwärts wippend schaute er auf mich herunter und schien zu überlegen.

„Möglicherweise haben Sie sich einen Nerv eingeklemmt?", diagnostizierte er. „Sie müssen zum Orthopäden! Machen Sie gleich Feierabend und lassen Sie's untersuchen! Das ist ja kein Zustand."

Ich wählte die Nummer meines Doktors. Die Sprechstundenhilfe Silvia meldete sich nett wie immer und gab mir einen Termin für den späten Nachmittag.

Bevor ich zum Arzt gehen konnte, musste ich erst die Kinder abholen, denn hinterher würde es zu spät, da der Kindergarten ja um 16 Uhr schloss. Tim und Tobi freuten sich, mit mir zum Arzt zu fahren. Schelmisch wechselten sie vielsagende Blicke, in denen lauter bunte Smarties leuchteten.

„Sie Ärmste!", bedauerte mich die attraktive Sprechstundenhilfe Silvia und schlug entsetzt ihre schmalen Hände mit den perfekt knallrotlackierten Fingernägeln zusammen. „Der Doc wird sich sofort um Sie kümmern. Tim und Tobias nehme ich mit in die Anmeldung." Die beiden hüpften in ihren sandigen Jeans erfreut hinter ihr her, denn sie wussten genau, dass Silvia der Schlüssel zur Grabbelbox mit den süßen Leckereien war.

Ich saß unterdessen auf dem Stuhl vor des Doktors mächtigem Schreibtisch und harrte der Dinge, die da kommen würden! Wenn nur diese Schmerzen endlich aufhörten, wäre ich zu allem bereit. Ich würde das Rauchen aufgeben, keinen Wein mehr trinken, alle Mitmenschen lieb haben und sogar kein böses Wort mehr über Wanda verlieren und Andreas seine angeborene Ignoranz verzeihen, so betete ich im Stillen.

„Ja, Brausebonbons!", jubelten die Kinder draußen in der Anmeldung. Ich hätte ja eigentlich was dagegen bei all dem vielen ungesunden Farbstoff in den Dingern und den Unmengen an Zucker, aber ich musste beten und war außerstande, energisch zu protestieren. Meinetwegen, dachte ich ergeben, Brausebonbons statt Abendbrot, wenn's der liebe Gott bloß mit Freude sehen würde und mich im Gegenzug von meinen Schmerzen befreit!

„Hallo, hallöchen, Frau Martens! Lange nicht gesehen!", flötete Dr. Eulenberg, dessen Markenzeichen getigerter Slip unter durchsichtiger weißer Arzthose mir auch heute wieder entgegenleuchtete.

Ich hatte ihn noch nie ohne gesehen. Also, ich meine natürlich ohne Tigerslip unter seiner weißen Arzt-hose; nicht, dass ich hier falsch verstanden werde. War das Zufall, dass er stets so einen trug, wenn ich ihn konsultierte? Oder hatte er keine anderen? Vielleicht hatte man ihm einen Mengenrabatt eingeräumt, als er sie kaufte? Ich hatte keine Zeit mehr, diesen amüsanten Gedanken belustigt zu vertiefen. Erstens schmerzte mein Kopf nach wie vor nervtötend und zweitens stürmte Mr.

Tigerslip herein wie ein frischer Wind und sah mich durch seine übergroße Hornbrille prüfend an.

„Naaa?", fragte er gedehnt. „Der Kopf ist etwas schief, mhm?"

„Toll!", sagte ich unlustig. „Sie sind schon der zweite, der mir das heute sagt. Komplimente sind das!"

„Wie haben Sie das denn gemacht?", fragte er schmunzelnd weiter. Er schwang sich mit einer Pobacke auf den Schreibtisch und erwartete mit gefalteten Händen meinen Bericht.

Ich bemühte mich, sein heißes Höschen unter der weißen Arzthose zu ignorieren, was nicht ganz einfach war, denn sein sportlich gestählter Body war ein Hingucker.

„Ich dachte, das könnten Sie mir sagen", meinte ich schwach, „nur damit ich es in Zukunft vermeiden kann, wieder mal so bescheuert aus der Wäsche zu gucken."

Dr. Eulenberg grinste erst frech, aber dann lächelte er gütig und kratzte sich den flaumigen Kinnbart, der ganz sicher in diesem Leben noch keine Rasierklinge gesehen hatte.

„Mein Chef meinte, ich könnte mir einen Nerv eingeklemmt haben."

„Kann sein", sagte er und wiegte nachdenklich seinen üppig behaarten Wuschelkopf. „Möglicherweise..."

Mir fiel gerade Catweazle ein, aber die Gestalt passte dann nicht zum durchtrainierten Körper des Herrn Doktors. Auch diesen lustigen Gedanken musste ich sausen lassen, denn Dr. Flauschbart rutschte von seinem Schreibtisch und trat hinter mich. Was möglicherweise mit meinem Hals sein konnte oder auch nicht, darüber ließ er mich im Unklaren. Tastend untersuchte er meine Halswirbel.

„Mhm", machte er. „Ich vermute, Sie sind gegen eine Spritze?"

„Und ob", sagte ich und wollte mich zu ihm umdrehen, zuckte in der Bewegung aber sofort wieder zurück. Der Schmerz war zu groß.

„Tja, auf Ihre Wünsche kann ich aber heute keine Rücksicht nehmen, meine liebe Frau Martens. Hier ist alles total verspannt! Und den einen Halswirbel hat es heftig erwischt... passen Sie mal auf... bitte ganz locker sitzen... ich strecke das jetzt ein wenig...", sprach er und streckte schon drauflos, ohne dass ich Einwände hätte vorbringen können. Knacks, knacks machte es in meinem Hals. Locker bleiben... ha ha ha! So im Würgegriff des Orthopäden gefangen, hörte ich meinen Sohnemann Tim draußen dozieren: „Mama ist jetzt mit Papa geschieden."

„Mhm, mit Papa geschieden", plapperte Tobi ihm, hörbar kauend, nach. Ich hörte ihn auch laut schmatzen.

„Aba, der wohnt nicht weit weg", plauderte Tim weiter. „Wir brauchen nur über die Straße zu gehen, wenn kein Auto kommt und dann so und so...", sicher sprach er mit Händen und Füßen.

„Reizend!", ächzte ich leise, und der Herr Doktor grinste amüsiert.

Er kurbelte meinen Hals ganz sanft in die Länge, drehte meinen Kopf sehr langsam und vorsichtig hin und her und ließ mich schließlich los. Oh, welch' eine Erleichterung! Erstaunlicherweise spürte ich sofort eine Besserung. Dr. Eulenberg ging um seinen Schreibtisch herum und griff nach dem Rezeptblock. Wäre es eine Bibel gewesen…, danke lieber Gott.

„Tja, Frau Martens, wie gesagt alles total verspannt! Sie brauchen Massagen, altes Lied, kennen Sie ja!", stellte er sachlich fest. „Und das mit der Strickerei sollten sie lassen! Tun Sie doch immer noch, ja? Das belastet zu einseitig, weil Sie..., aber das hab ich Ihnen schon öfters gesagt!"

Ich nickte vorsichtig ein bisschen, das klappte ja nun wieder. Was mein Hals mit dem Stricken zu tun hatte, wo das einseitig oder sonst wie belastete und was der Arzt überhaupt davon wusste, daran erinnerte ich mich jetzt gar nicht. Ich wollte bloß hier raus und hielt den Mund.

„Treiben sie mal 'n bisschen Sport. Schwimmen ist am besten! Vielleicht ein bisschen Jogging! Das baut übrigens auch Aggressionen ab!"

Was wusste der von meinen Aggressionen?

Um die Spritze kam ich trotz eingetretener Erleichterung natürlich nicht herum. Da ließ Dr. Flauschbart nicht mit sich handeln. Ungeahnt feinfühlig hantierte er mit der Spritze, und so war die Sache bei weitem nicht so unangenehm, wie ich befürchtet hatte.

Nach diesem Arztbesuch musste ich mich erst mal stärken. Die einzige Schwäche, der ich nicht widerstehen wollte: Speiseeis! Am liebsten in meinem Lieblingscafé „Da Tonio".

„Kinder, Abendessen fällt aus, wir gehen Eis essen!"

„Hurra! Mama du bist die beste Mama der Welt!", jubelte Tim.

„Bist du denn wieder heile?", fragte Tobias und schob mir seine kleine warme, von Brausebonbons verklebte Patschhand in meine Linke.

„Ja, mein Schatz, es ist schon besser!"

Er strahlte mich mit seinen blitzeblauen Augen selig an. In Tobis Augen schien die Sonne, obwohl Köln noch immer im trüben Grau der tiefhängenden Regenwolken vor sich hindüsterte.

„Ciao, Christina!", begrüßte uns Babette, die kleine, untersetzte Ehefrau von Tonio in der Eisdiele.

„Ciao, Babette! Wir brauchen extra große Eisportionen Marke Trostpflaster!", sagte ich augenzwinkernd, half den Jungs aus den Jacken und setzte mich dann zu ihnen an den Tisch.

„Was iste loss?", fragte sie mit ihrem lustigen Akzent. „Wer von euch iste kranke?"

„Die Mama!", antworteten meine Blondschöpfe wie aus einem Munde.

„Ach, Mama, musst du zum Eisbecher noch meinen Cappuccino trinken, dann wird wieder gutt!"

Ich staunte jedes Mal nicht schlecht, welche Mengen an Eiscreme in zwei so kleinen Kinderkörpern verschwinden konnten, erst recht in Anbetracht der schon verputzten Brausebonbons. Beim Mittagessen musste ich die Bengel für jeden Bissen manchmal bestechen. Vielleicht sollte ich die Mahlzeiten künftig bunt dekorieren wie Babette es mit dem Eis machte? Fähnchen auf die Buletten pieken oder Biene Maja auf Zahnstocher in die Kartoffeln stecken? Das Auge isst ja bekanntlich mit.

Tim hatte wie immer kein Sitzfleisch und stromerte mit dem letzten Löffel Eis im Mund schon im Café umher. Schließlich landete er hinter der Theke bei Babette und half ihr bei ihrer schweren Arbeit. Als Tobias hinter ihm her wollte, zahlte ich schnell und verabschiedete mich von Babette, um ein mögliches Chaos zu verhindern. Schließlich kannte ich meine Söhne. Wenn die in ihrem Element waren, gab es kein Halten mehr.

„Kannste die Jungen ruhig hier lassen", lachte sie. „Die sind so lieb."

Ich lachte: „Ein anderes Mal vielleicht. – So, Jungs! Morgen holt der Papi euch ab. Husch, husch nach Hause, in die Wanne und ins Bett!"

Auf dem letzten Wegstück nach Hause spürte ich die Wirkung der Spritze sehr deutlich. Sie entspannte nicht nur meine Nackenmuskeln, sondern anscheinend auch das Hirn. Jedenfalls spürte ich eine leichte Müdigkeit. Ich freute mich auf einen ruhigen Abend.

An der Ampel wartend, wanderten meine Gedanken kurz zu Andreas... – Andreas, der Wochenend-Papi! Tja, anfangs war der nur überhaupt nicht begeistert, als ich ihm den Vorschlag machte, die Kinder jedes zweite Wochenende zu sich zu nehmen. Schon ein starkes Stück, dass er nicht selber die Sehnsucht verspürte, mit den Kindern zusammen sein zu wollen! Anstatt mir also dankbar für meinen Geistesblitz zu sein, schmollte er zuerst. Dann hatte er so Ausreden wie: seine Wohnung sei zu klein oder er würde doch einem anstrengenden Beruf nachgehen, da hätte er sein freies Wochenende wohl mehr als verdient. Nicht zu vergessen, die enorm aufwändigen Freizeitaktivitäten, weswegen wir früher alle drei den Ernährer der Familie häufig vermissten, fügte ich in diesem Stadium der Diskussionen bissig hinzu.

Schließlich gab er klein bei. Dem Argument, dass es auch seine Kinder seien und er doch nicht wollen könnte, dass der Draht abreiße, überzeugte ihn. Welche Qualität dieser sogenannte Draht hatte, weiß ich selbst bis heute nicht. Aber ich brauchte neben Job, Haushalt und Kindern auch mal eine Atempause.

Seitdem verbrachten Tim und Tobi gern jedes zweite Wochenende mit dem Papi. Zumindest von den Kindern konnte ich behaupten, dass sie es sogar ausgesprochen genossen, denn Andreas bot ihnen all die Dinge, die sie bei mir nicht haben konnten: Zoobesuche, Phantasialand, Spaßschwimmbad Montemare und noch einige andere aufregende – und vor allem kostspielige – Unternehmungen.

Endlich kletterten wir die Treppen im Flur nach oben. Frau Fieger, meine ungeliebte Nachbarin, war schon wieder mal beim Putzen. Sie bewohnte die Wohnung unter uns und machte uns ab und an das Leben ein bisschen schwer. Auf die Kinder wirkte sie erschreckend, weil sie eine starke Ähnlichkeit zu den Hexen in Märchen hatte, wenn sie in ihren dunkelgemusterten Hauskitteln, alten Gummistiefeln und Zwiebeldutt auf dem kleinen Kopf versuchte, zu ihnen freundlich zu sein. Das von Falten zerfurchte graue Gesicht verzog sich zu einem grimassenhaften Lächeln. Leider fehlte den eisgrauen Augen jeglicher freundlicher Glanz. Sie blickten stets kalt, misstrauisch und geringschätzig. Manchmal entdeckte ich auch eine Spur von Traurigkeit, die ganz kurz aufblinkte, wenn sich unsere Blicke trafen. Sie war ganz bestimmt kein glücklicher Mensch und einsam.

„Sie haben Mittwoch die Treppe nicht geputzt!", meckerte sie mich grußlos an. Dass die immer so sticheln musste! Sie stemmte die dürren Ärmchen in ihre knochigen Hüften und schloss die Augen zu schmalen Schlitzen.

„Guten Abend, Frau Fieger", grüßte ich betont artig, probierte sogar ein Lächeln und fügte etwas ironisch hinzu: „Die Treppe war nicht schmutzig genug."

Sie schnappte nach Luft und wackelte mit dem Kopf, dass der grauhaarige kleine Dutt abzustürzen drohte, den sie heute besonders hoch gesteckt hatte.

„Wo kommen wir denn da hin, wenn jeder die Hausordnung so auslegt, wie er will?!", meckerte sie.

„Tut ja nicht jeder, Frau Fieger, nur ich! Kümmern Sie sich bitte um Ihre Etage und überlassen die meine mir."

Bevor sie weitere Vorwürfe von Stapel ließ, klemmte ich mir Tobi unter den Arm und marschierte an ihr vorbei, schloss unsere Wohnung auf und warf die Türe nach dem Eintreten mit dem Fuß rasch hinter mir zu. Peng! Draußen tobte Frau Fieger deutlich hörbar noch weiter, von wegen „junge Dinger von heute" und „unverschämtes Frauenzimmer". In der Wohnung unter uns kläffte ihr Pudel.

Die hatte aber auch eine Art... es reizte mich ungemein, mich mit ihr zu streiten. Wie unsinnig das war, wusste ich wohl, und meistens tat es mir hinterher auch ein bisschen leid. – Ein bisschen aber nur!

Ich setzte Tobi schnell wieder ab.

„Junge, bist du schwer!", stöhnte ich und griff mir auf die schmerzende Schulter.

Tim und Tobias schnitten Grimassen an der Türe.

„Na, ihr beiden", ermahnte ich sie, nicht wirklich ernsthaft.

„Ach, Frau Fieger ist ein oller Drachen", sagte Tim mit ernster Stimme. „Das sagst du auch immer, Mami."

„Ja, Timmi, aber das verraten wir ihr lieber nicht."

Halb acht war's, die Kinder lagen frisch gebadet und erschöpft in ihren Betten, da ließ ich mich vorsichtig in meinen Lieblingssessel fallen. Kaum hatte ich es mir so richtig gemütlich gemacht und wollte meine Post durchsehen, da bimmelte das Telefon.

Eigentlich hatte ich Entspannung nötig, denn mein Kopf schmerzte, nachdem ich die Überschwemmung im Bad beseitigt hatte, die Tim und Tobi nach ihrem Plantschvergnügen wie stets hinterlassen hatten.

Mal sehen, wer's nicht lassen konnte, meinen friedlichen Feierabend zu stören.

„Martens."

„Hallo, Christine", rief Olli in die Leitung.

„Hallo, was gibt's?"

„Wie war's beim Doktor?"

„Na, danke. Er hat mich wieder hingeknebelt, mir eine Spritze verpasst und die üblichen Massagen verordnet. Darüber hinaus soll ich mir das Stricken abgewöhnen, ich hätte keine Chance, in dieser Disziplin die Olympiareife zu erreichen."

Olli lachte herzlich: „Wenn du schon wieder witzeln kannst, meine Liebe, dann bist du bereits auf dem Weg der Besserung."

„Lach trotzdem nicht! Ich bin froh, dass es etwas besser ist, und die Kopfschmerzen verschwinden auch gleich. Sport soll ich übrigens treiben. Schwimmen, Joggen oder sowas!"

„Da schließe ich mich glatt an", sagte Olli und ich hörte einen gereizten Unterton in ihrer Stimme. „Das baut nämlich nicht nur überflüssige Pfunde, sondern auch Aggressionen ab."

„Sagt Dr. Eulenberg auch. Du willst Sport treiben?", fragte ich ungläubig.

Olli kicherte, allerdings wenig vergnügt.

„Aggressionen abbauen! Ist mit Sport auf alle Fälle billiger, als Tassen und Teller kaputt zu schmeißen!"

„Was ist denn passiert?"

„Klaus muss schon wieder für drei Monate ins Ausland! Und das ausgerechnet jetzt! Gerade mal eine Woche ist er wieder daheim, Anna hat ihn als Papi wiedererkannt, wir haben schon Tapeten und Farbe für die Renovierung im Keller stehen..., ach nee, da schickt ihn sein Chef Ende kommender Woche nach Südafrika!"

„Tja", machte ich, „aber so ist sein Job nun mal, meine Liebe! Das hast du doch immer gewusst und auch so gewollt."

„Du hast ja Recht, und ich freue mich für Klaus, denn es bringt ihn in der Firma um einiges weiter. Ich weiß auch die Abwesenheitszeiten für mich zu schätzen – unter normalen Bedingungen. Aber wer renoviert mir jetzt die Bude? Solange hätte er wohl noch bleiben können. In einer Woche schafft Klaus das mit seinen zwei linken Händen nie!" Olivia seufzte. „Na, schön. Notfalls suche ich mir einen Maler."

Ich versuchte, ein bisschen witzig zu sein, um sie aufzuheitern.

„Na, na, was höre ich da? Fremde Männer in eurer Wohnung, während Kläuschen sich für das Wohl der Familie im afrikanischen Busch krummlegt? Nimm mich, Olli, ich kann auch renovieren."

„Ja, weiß ich! Aber guck' du erst, dass dein Nacken wieder heilt. – Aber mal Spaß beiseite, Christinchen, ich wollte dich zum Abendessen einladen. Bevor mein geliebter Klausi nämlich wieder abdüst, möchte er für euch alle kochen, also auch für Krekels und Zankers. Ob Inge und Peter Weizenberg kommen können, wussten sie noch nicht. Geht für dich der Samstag in Ordnung?"

„Na, klar", freute ich mich, „das passt mir sogar prima. Morgen holt Andreas nämlich die Kinder. Ich habe Zeit!"

„Ich freu mich, Christinchen. Dann bis morgen Abend."

Am Samstagmorgen kam ich nur mühsam zu mir. Das Mittel, das Dr. Eulenberg mir so großzügig gespritzt hatte, wirkte ein bisschen wie ein Schlafmittel. Von sehr weit her hörte ich flüsternde Stimmen.

„Guck mal, die blinzelt schon", flüsterte Tobias in mein linkes Ohr und schaute mir ins Gesicht. Er war so dicht vor mir, dass ich seinen warmen Kinderatem spürte, der eindeutig nach Schokolade duftete. – Bengel!

„Dann isse wach!", stellte Tim fest. Und dann laut: „Guten Mooogen, Mama!"

Ich gähnte. Mit halbgeöffneten Augen linste ich auf meinen Wecker: halb 9. Na, schön! Gute Zeit, um aufzustehen, damit wir noch in Ruhe frühstücken konnten.

Ich bewegte mal vorsichtig meinen Kopf hin und her, hob ihn noch vorsichtiger vom Kissen, richtete mich ganz auf und... jaaa, das war schon bedeutend besser, fand ich.

„Guten Morgen, ihr Banausen", sagte ich und zog Tobi unter meine Decke. „Na, du Racker, wo hast du die Schokolade her?"

Tobias gab sich unschuldig, obwohl die Kakaospuren um seinen kleinen Schmollmund eindeutig den unerlaubten Genuss der geliebten Süßigkeit signalisierten. Naschkater!

„Die war in den Schrank in Wohnzimmer", gab er zu. „Tim hat auch welche gegessen."

Tims Gesicht war allerdings blitzsauber. Mein Blick wanderte eine Etage tiefer und da war er dann entlarvt: Er hatte die Schokolade großzügig auf seinem Schlafanzug verteilt.

„Wann kommt der Papi?", fragte Tim.

„Um 10, mein Schatz. Frühstück?"

„Cornflakes!!!", rief Tobi, sprang mit einem Satz aus dem Bett und flitzte los. Tim lief hinterdrein.

Ich hockte noch auf der Bettkante, auf die ich schnell wieder zurück gesunken war, weil mir etwas schwindlig wurde. Es gelang mir, das Karussell in meinem Kopf zu stoppen, und ich schleppte mich nach kurzem Umweg über das Badezimmer in die Küche. Nach dem ersten Kaffee wurde es gleich viel besser.

Wir saßen gemütlich am Frühstückstisch in der kleinen Küche und legten die Füße hoch. Das heißt, Tim und ich teilten uns den dritten Küchenstuhl, Tobias stellte seine Füße auf einen kleinen Schemel, weil seine Beine noch zu kurz waren. Jeder aß, was er mochte. Cornflakes waren der Renner bei Tobi, und Tim liebte fingerdick Nutella auf frischen Brötchen. Wir alberten herum und erzählten uns alles, was wichtig war. Und wichtig war meistens *alles!*

Ich erfuhr dann, wer gerade besonders doof oder supernett im Kindergarten war, dass der Sascha mal wieder vor die Türe musste, weil er sich mit René eine Wasserschlacht im Kinderklo geliefert hatte. Die Sabrina, die *„doofe Ziege aus der*

Bärengruppe" hatte alle Zahnbürsten in die Klos geschmissen, weil sie wütend darüber war, ihre Zähne ein zweites Mal putzen zu müssen. Und so lösten sich für mich auch mancherlei Rätsel. Zum Beispiel wieso ich letzte Woche gleich zweimal neue Zahnbürsten kaufen musste!

Ja, und die Frau Klein-Hueber würde die andere Gruppe jetzt für immer übernehmen! Das war der Schock des Morgens für mich! Da ich nie zu den Elternversammlungen des Kindergartens ging, erfuhr ich solche Neuigkeiten immer zuletzt.

„Aber wieso? Kommt denn die Frau Schreiber nicht wieder?", fragte ich entgeistert.

„Doch. Aba die Frau Müller geht dann weg", erklärte Tim. „Die Frau Klein-Hueber nimmt die Bärengruppe. Wir brauchen die dann nich mehr."

„Ja, und wieso geht die Frau Müller weg?" Ich verstand gar nichts mehr.

„Die kriegt ein Baby!", sang Tobias und streckte präsentierend die Hände aus.

„Aha", machte ich nur platt und kaute am Rest meines Brötchens.

„Jetzt hat Mama das auch kapiert", stellte Tim fest und tauchte aus seinem Kakaobecher wieder auf. „Ah, lecker! Hauptsache Frau Schreiber ist wieder bei uns", sagte er, „und die olle Klein-Hueber ist erledigt."

Damit war ich umfassend informiert und das Thema sofort vom Tisch. Ich goss mir noch Kaffee in die Tasse und nahm eine von den Schmerztabletten, die Dr. Eulenberg mir noch zugesteckt hatte, bevor ich die Praxis verließ.

„Was macht der Papi mit uns?", wollte Tobi wissen.

„Keine Ahnung."

„Hoffentlich ist die Wanda wieder da", sagte Tobi süßlich und faltete seine kleinen Hände wie zum Gebet.

Du liebe Zeit, dachte ich erschrocken. Sollte mir da irgendwas entgangen sein? Tim lieferte die Erklärung, als hätte er meine stille Frage gehört.

„Die liest uns immer was vor, bis wir eingeschlafen sind. Die ist lieb!", erörterte Tim, und ich brauchte nicht weiter fragen.

„Ja, das glaube ich gerne", murmelte ich mehr zu mir als zu Tim.

Den Grund ahnte ich auch schon. Ich stellte mir das vor: ein Einzimmer-Appartement, in dem zwei Kinder im Alter von vier und sechs Jahren schliefen, und zwar in dem einzig vorhandenen Bett – und ein Liebespaar...? Die Kinder wurden mit Gutenachtgeschichten in den Schlaf gelullt, damit... Das Liebespaar musste dann wohl umständehalber in der Küche oder im Bad...? Wie ungemütlich! Und das meinem Ex-Gatten, der ohnehin keinen Sinn für solche Unbequemlichkeiten hatte!?

Ich belustigte mich an dieser Vorstellung und grinste vor mich hin. Das war gemein, ich weiß, aber Schadenfreude ist nun mal nach der Vorfreude die schönste! Einen Augenblick nahm ich meinen kleinen inneren Teufel wahr, der sich genüsslich in seiner Hängematte rekelte und mit dem einen seiner drei Finger an der Linken die kleinen Härchen zwischen den roten Hörnern zwirbelte, wobei er versonnen vor sich hin grinste. Ein süßer Kerl!

„Schlaft ihr denn alle in einem Bett?", fragte ich aber doch sicherheitshalber, und es klang auf jeden Fall beiläufig.

„Die Wanda schläft doch nich beim Papi", meinte Tobias entrüstet und riss die blauen Kulleraugen fassungslos auf. Mensch, Mama, wo denkste denn hin, schien er zu fragen.

„Nein!", betonte Tim kopfschüttelnd. „Die sind doch nicht verheiratet! Die Wanda hat eine eigene Wohnung und eine eigene Katze!"

Da war ich aber erleichtert. Wegen der Wohnung. Die Katze war mir wurscht.

„Aba, die küssen sich in der Küche immer so und so und so...", zeigte Tobi verschmitzt, hielt sich das kleine Speckhändchen vor den Mund und kicherte.

„So?", tat ich überrascht und war schwer bemüht nicht zu lachen.

„Das kann man durch die Glasscheibe sehen", sagte Tim sachlich. „Immer wenn die denken, wir schlafen schon, gucken wir zu!"

So!

„Und das machen die ganz viel!", fügte Tobias nachdrücklich hinzu, bevor er mit dem Gesicht wieder im Milchbecher verschwand.

Ich schaute auf die Küchenuhr. Viertel vor 10!

„Ihr könnt mal eure Zähne putzen", ordnete ich an. „Ich packe die Rucksäcke und dann geht's los!"

Zwischenzeitlich legte ich die Jacken zurecht und sprang selbst in eine Jeans und ein frisches T-Shirt, und schon klingelte es an der Tür. Tim und Tobias stürmten aus dem Kinderzimmer an die Wohnungstür, stritten darum, wer den Klingelknopf betätigt und rangelten um die Türklinke.

„Platz da, ihr Rabauken", schimpfte ich und öffnete die Tür. „Bis ihr euch geeinigt habt, ist das Wochenende vorbei."

Andreas kam die letzten Stufen herauf, sehnsüchtig erwartet von seinen Söhnen, die auf dem letzten Treppenabsatz unruhig herumhüpften.

„Guten Morgen", sagte er kurz angebunden und wandte sich an die Jungs.

Er wollte schnell wieder weg, wie mir schien, und mir war's recht. Unser Umgang seit dem letzten offenen Gespräch war merkwürdig geworden, als wären uns die Begegnungen seitdem peinlich. – Und überhaupt: Wie unterhält man sich denn mit dem geschiedenen Partner, fragte ich mich eine Sekunde lang. Mir fiel keine Antwort ein.

„Wir können sofort los, Papi", sagte Tim eifrig. „Ich hab schon alles gepackt."

„Ich auch, Papi", sagte Tobi stolz und wurstelte seine Arme durch die Rucksackgurte.

„Ich bringe sie morgen Abend gegen 8 wieder zurück", sagte Andreas, „ist dir das recht?"

„Natürlich."

Die Tür fiel hinter den dreien ins Schloss. Vom Balkon aus winkte ich ihnen nach. Komisches Gefühl, geschieden zu sein. Ich wehrte mich gegen jeden vertiefenden Gedanken und klatschte, mich selbst aufmunternd, in die Hände.

„Hallo, freies Wochenende", murmelte ich vor mich hin.

Ich stürzte mich sofort ins Getümmel. Spritzen- und tablettenbetäubt quälte ich zu fetziger Discomusik den Staubsauger über die Teppichböden. Staubwischen kombinierte ich mit gymnastischen Übungen, wie Strecken in die obersten Regale, abwechselnd mal mit dem rechten mal mit dem linken Bein auf den Stuhl steigen, weil auch meine Vitrinen an der Wand ziemlich staubflusig waren. Mein Nacken schmerzte glücklicherweise kaum! Trotzdem war ich bei allem vorsichtig und wollte das wieder eintretende Wohlgefühl nicht gefährden. Und weil die Treppe mir am Mittwoch so gar nicht schmutzig erschien, kam sie mir heute umso dreckiger vor! Also gab ich mir die allergrößte Mühe beim Fegen und Wischen. Und, das war ja mal sonnenklar, dass Frau Fieger prompt von ihrem Einkauf mit vollen Tüten beladen die Treppen herauf gekeucht kam, gerade so, als wären wir verabredet. Sie schaute nach oben und erspähte mich mit ihrem scharfen Adlerblick durchs Treppengeländer. Sie machte einen langen Hals und musterte kontrollettiblickmäßig die noch nassen Stufen. Um den Mund spielte ein seltsames Zucken, das bei ganz konzentriertem Hingucken eventuell ein Lächeln hätte sein können.

„Guten Morgen, Frau Martens", flötete sie ausnahmsweise nett.

„Huch", machte ich überrascht. „Guten Morgen, Frau Fieger." Keine Spur mehr vom Vortagsärger? Die alte Dame war einfacher als gedacht, zumindest ein bisschen glücklich zu machen. Gleichzeitig dachte ich aber: launische Ziege!

Drinnen fing ihr Pudel an zu bellen.

„Mama kommt ja gleich", hörte ich sie zu der Wohnungstüre tuscheln. „Pscht, Jackilein, pscht!"

Ich schüttelte den Kopf. Wie konnte sie zu ihrem Hund wie zu einem Kind sprechen? Aber lassen wir das! Über Frau Fieger konnte ich mich allenfalls wundern.

Nach der Putzaktion flitzte ich rasch hinüber zum Edeka-Markt. In der Gemüseabteilung erspähte ich Lisbeth, die schwatzhafte Gattin eines Freundes von Andreas. Um ihr zu entgehen, bedurfte es schon einer Tarnkappe, deshalb war jeder Fluchtversuch meinerseits jetzt zwecklos. Ich nahm den Stier also lieber gleich bei den Hörnern und ging direkt auf sie zu. Natürlich hatte sie mich ohnehin längst entdeckt.

„Na, Wochenendeinkauf?", fragte sie und schaute grinsend in meinen Einkaufswagen, in dem sich drei kleine Tomaten und eine Salatgurke ein Stelldichein gaben.

„Wie du siehst."

Lisbeth schüttelte ihre lange schwarze Lockenmähne, die umso üppiger wirkte, da sie ansonsten ziemlich kleingewachsen und super schlank war. Sie betonte ihre Erscheinung mit eng anliegenden T-Shirts und knalligen Jeans, die sich in Westernstiefeln verloren. Außer der Freundschaft zwischen Bruno, ihrem Ehemann, und Andreas verband uns der Kindergarten, den ihr Sohn René und meine beiden Lausejungs besuchten. Aus diesen Umständen heraus war sie immer bestens informiert, wie es um die Familie Martens stand. Gleichzeitig galt sie als zuverlässige Nachrichtenzentrale für Gerüchte aller Art. Wollte man etwas unter die Leute bringen, bitteschön: man sage es Lisbeth.

Ihre nette Seite bestand darin, dass sie bis zum Umfallen hilfsbereit war. Eine Eigenschaft, die ich gerade in Bezug auf den Kindergarten schätzte und für die ich den Umstand ihrer Schwatzhaftigkeit und unersättlichen Neugierde in Kauf nahm.

Lisbeth schien auf ihren Einkauf konzentriert und wollte sich nicht weiter unterhalten, dachte ich – besser: hoffte ich! - und versuchte, in die Wurstabteilung zu entwischen. Ohne Erfolg! Ungeschoren schleicht sich niemand an Lisbeth vorbei. In der Schlange der wartenden Kunden trafen wir uns also wieder.

„Sag mal, Christine, wie geht es dir denn? Ihr hattet doch Scheidungstermin diese Woche", fragte sie und in ihrer gedämpften Stimme schwang bedeutungsvoll ein mitleidiger Unterton. Das 'Dir' betonte sie mir dabei ein wenig zu sehr, sodass ich aufhorchte. Ich sah in ihre großen braunen Augen, deren Blick erwartungsvoll auf mich geheftet war. Was dachte sie denn? Dass ich mit einem Trauerflor am Ärmel schwindsüchtig durch die Gegend wandeln musste vor lauter Schmach, geschieden zu sein?

„Mir geht es ganz gut, Lisbeth", antwortete ich deshalb fast heiter.

„Wie ist denn das?", wollte sie unverhohlen neugierig wissen.

„Wie so etwas eben ist", gab ich kurz angebunden zur Antwort und erinnerte mich nur zu gut an den grauen Regentag, dessen besondere Würze im Auftritt von Riesenbaby Wanda bestanden hatte!

Lisbeth hatte einen Riecher dafür, wenn ihr jemand Informationen vorenthalten wollte und sie bohrte ein wenig: „Komm schon, mir kannst du es doch erzählen. Es interessiert mich einfach."

Was soll's, dachte ich und gab mich geschlagen.

„Du kommst in den Gerichtssaal", sagte ich, „der Richter liest was vor und du unterschreibst ein Papier. Peng! Dann bist du geschieden. Eigentlich ist es nicht viel anders als bei einer standesamtlichen Trauung - bloß, dass es nicht verbindet."

Wohlwollend registrierte ich ihren überraschten Blick. Einige der Schlange stehenden Hausfrauen hörten zu oder schauten verlegen nach irgendwo.

„Ich finde das ganz furchtbar, Christine. Macht es dir wirklich so gar nichts aus? All die Jahre umsonst! Also ich würde damit nicht so einfach fertig und könnte mir das nicht vorstellen - ein Leben ohne Bruno, nein, wirklich nicht! Andreas war gestern Abend mit Wanda bei uns." Der letzte Satz klang zwar belanglos, aber Lisbeth beobachtete mein Gesicht mit aufmerksamem Blick. „Er geht jedenfalls mit der Tatsache scheinbar genauso gelassen um wie du. Schade um euch! Ich dachte immer, ihr wäret ein ideales Paar."

Das hatte ich auch lange gedacht. So kann man sich irren. Und dass es mir wenig ausmachte, stimmte ja nicht ganz. Doch ich verdrängte das klitzekleine Ärgergefühl darüber, dass die Angelegenheit letztlich vor dem Scheidungsrichter endete. Stattdessen blieb ich scheinbar entspannt und sagte: „Der Schein trügt manchmal, liebe Lisbeth, die Probleme deiner Ehe trägst du doch auch nicht als Etikett auf der Stirn. Und Andreas hat ja jetzt seine Wanda, die den Kindern so schöne Geschichten vorliest. Als ich sie beim Scheidungstermin sah, hatte ich noch daran gezweifelt, ob eine so schöne Frau überhaupt lesen kann! Aber so kann man sich täuschen!"

Nun war ich doch etwas aus der Reserve gekommen. Genau das nämlich hatte ich eigentlich nicht sagen wollen, vor allen Dingen nicht zu Lisbeth. Aber nun war es mir so ironisch herausgefluscht und nicht mehr zurückzunehmen. Ja, ich war tatsächlich auch immer noch sauer, dass dieser Ex-Gatte sein Anhängsel zum Scheidungstermin mitgebracht hatte.

„Naaa? Das klingt ja fast etwas eifersüchtig!", stellte Lisbeth fest und wartete auf meine Reaktion.

Aber ich lieferte ihr nach der kurzen Gefühlsaufwallung lieber keinen weiteren Anhaltspunkt mehr für Spekulationen um mein wirkliches Befinden. Es entstand eine winzige Gesprächspause, in der wir einander nur stumm ansahen.

„Deinem Andreas liest sie jedenfalls nix vor!", sinnierte sie anzüglich. „Ich bin übrigens deiner Meinung, Christine, es war geschmacklos, dass sie mit zum Scheidungstermin gegangen war. Aber sie hatte es sich nicht ausreden lassen. Ich habe es echt versucht."

Ich schluckte die Tatsache, dass Wanda mit meinem Ex-Gatten bei Lisbeth und Bruno offenbar aus und ein ging sowie das „deinem Andreas" rasch hinunter, ohne dass es Übelkeit verursachte und dachte schnell an Olivia und ihren Kommentar dazu. Das ließ mich grinsen und ich sagte: „Vielleicht musste sie Händchenhalten?"

„Nein, bestimmt nicht!", sagte Lisbeth schnell und lächelte mich ihrerseits mit ihren langen, etwas schiefen Zähnen an. „Die wollte sich bloß nichts entgehen lassen. Und sie wollte dich unbedingt sehen. Hat sie mir doch verraten."

Mir entging nicht, dass Lisbeth es darauf anlegte, das Thema „Wanda" weiter zu vertiefen. Aber ich wusste ja, dass die Verbindung über den seltsamen Karnevalsverein schon lange bestand. Ich wollte das Thema lieber beenden.

„Schön, nun hat sie mich gesehen."

War es das? Konnte mich jetzt mal jemand bedienen?

Lisbeth war offenbar anderer Meinung und fragte weiter.

„Und wie findest du sie?"

„Ich habe sie nur flüchtig wahrgenommen", log ich, „schließlich war ich wegen meiner Scheidung da und nicht zur Modenschau."

Das war leider wieder eine Aussage nach Lisbeths Geschmack.

„Recht hast du! Die ist vielleicht immer rausgeputzt! Wie ein Fotomodell! Und Bruno hat sie auch schon schöne Augen gemacht."

„Na, dann pass auf Bruno auf", riet ich ihr und probierte einen Scherz. „Man weiß doch nie... womöglich möchte sie ihm mal was vorlesen?"

Es klappte und wir lachten kurz. Dann wurde Lisbeth aber sehr ernst.

„Nein, um den sorge ich mich nicht. Du weißt ja, dass wir eine wirklich gute Ehe führen und über alles reden können."

Endlich wurde ich erlöst, denn die Wurstfrau wollte wissen, was ich wünschte. Da hatte ich für einen Moment aber vergessen, was ich haben wollte und kaufte aufs Geratewohl irgendeine Wurst, von der ich schon jetzt ahnte, dass ich die nicht essen würde. Sowas Doofes!

Ich hob nur die Hand und winkte leicht zum Abschied, dann schob ich meinen Wagen weiter, denn Lisbeth war bereits an der Reihe und nannte der Verkäuferin ihre Wünsche. Ziellos schlich ich am Marmeladenregal entlang und überlegte, was ich noch brauchen würde. Musste ich überhaupt essen?

In meine Überlegungen hinein hörte ich Lisbeths klappernde Absätze nahen. Wieso unter Westernstiefeln diese Metallplättchen klebten, hatte mir bis jetzt noch niemand erklären können. Anschleichen war so jedenfalls nicht möglich. So holte Lisbeth Klapperstiefel mich wieder ein, als ich die Kasse ansteuerte.

„Du weißt schon, dass die olle Klein-Hueber nun dauerhaft bleibt?"

„Ja, leider."

„Die hat es auf die Alleinerziehenden abgesehen! Wahrscheinlich hat die mal einen Psychokursus gemacht oder sowas und glaubt, die Therapeutin raushängen lassen zu müssen. – Als ob die Alleinerziehenden immer Schuld dran sind, dass sie sich allein um die Kinder kümmern müssen."

Was die gute Lisbeth über Alleinerziehende wusste, entzog sich zwar meiner Kenntnis, aber sie hatte Recht.

„Eben", bestätigte ich deshalb gern. „Was macht es auch für einen Unterschied, ob man verheiratet ist oder nicht? Mutter erzieht in der Regel auch dann alleine, wenn sie einem Ehemann Obdach gewährt. Der Trauschein garantiert kein Teamwork."

Und Liebe, Vertrauen und für den anderen da sein auch nicht, dachte ich grimmig, behielt das aber für mich. Ich wollte auch den Gedanken nicht haben, denn es piekte in mein immer noch verletztes Herz.

„So hab ich das noch gar nicht gesehen!", stellte Lisbeth erstaunt fest. „Aber das ist bei mir ja auch nicht nötig. Ich hab es doch gut mit Bruno. Wenn er abends nach Hause kommt, hat er immer Zeit für die Kinder und geht mir zur Hand. Kaum ein Tag, an dem die Kinder nicht mit ihm noch eine

Radtour machen oder Schiffchen auf dem Rhein fahren lassen."

„Wie schön", sang ich. „Da hast du es wirklich gut. Bruno scheint den Vorstellungen eines echten Göttergatten rundum zu entsprechen."

Lisbeth grinste höchst zufrieden und zwinkerte. Dabei wusste ich genau, dass der Haussegen bei Brausens schief hängen würde, wenn Bruno auch nur den Wunsch äußern würde, am Abend mal lieber nur die Füße hochlegen zu wollen. Aber sowas besprach er natürlich nicht mit Lisbeth, sondern mit Andreas. Und der hatte es mir erzählt. Es gab eben einfach keine problemfreie Beziehung. Irgendwie fand ich das grundsätzlich richtig.

Ein bisschen beneidete ich allerdings Lisbeth wie Olli. Lisbeth ordnete unmissverständlich an, dass Bruno abends mit den Kindern etwas unternahm, damit sie Zeit für sich hatte. Klaus las Olivia die Wünsche sogar regelrecht von den Augen ab. – zumindest, wenn er zu Hause war. Ich kam hingegen nie auf den Gedanken, überhaupt mal Zeit für mich beanspruchen zu wollen.

Lisbeth brauchte die freie Zeit, um mal ein entspanntes Bad zu nehmen oder eine Stunde in Ruhe mit ihrer Freundin zu plaudern. Und Oma Brausen übernahm gern das Babysitten damit Bruno mit Lisbeth gelegentlich zusammen ausgehen konnte.

Ich hatte Andreas das auch mal vorgeschlagen. Da meinte er nur, dass uns andere Leute nicht interessierten. Wir würden unser Leben so leben, wie wir es für richtig hielten! Die Betonung lag dann auch immer auf dem 'Wir'! Ansonsten ließ Andreas ein 'Wir' recht gerne unter den Tisch fallen. Im Grunde genommen meinte er sowieso bloß sich selber – mit oder ohne 'wir'. Das Thema habe ich dann nie mehr angesprochen.

Ich schob die Erinnerungen beiseite, kehrte zu meinem Einkaufswagen zurück und packte die wenigen Utensilien aufs

Förderband. Rasch zahlte ich und verabschiedete mich winkend noch einmal von Lisbeth.

„Ja, tschüss, mach es gut, Christine! Und wenn du mal jemanden zum Reden brauchst, melde dich ruhig. Wir können ja mal gemütlich bei einer Tasse Kaffee plaudern."

Ich antwortete nicht mehr und ging flotten Schrittes über die Straße. Mit Lisbeth plaudern, wenn ich jemanden zum Reden brauchte? Nee, is klar, dachten ich, und 'n Ei vom Konsum! Zum Reden hatte ich meine Freundin Olivia.

Zu Hause leerte ich den Briefkasten. Zwei Briefe von der Bank, eine Rechnung vom Elektrizitätswerk und – die Nebenkostenabrechnung der Wohnungsgesellschaft! In keinem der Umschläge durfte ich eine gute Nachricht erwarten. Mein Magen krampfte sich schon mal vorsorglich etwas zusammen.

Ebenso vorsorglich kochte ich mir einen Kaffee, bevor ich die Umschläge dann doch öffnete und die Briefe der Reihe nach durchlas. Mein Kontostand trieb mir die Tränen in die Augen, die Nebenkostenabrechnung wies ein hässliches Ergebnis zu meinen Ungunsten aus (wie immer!) und mit ihrem schon zweiten Brief wies die Bank höflich darauf hin, dass das Konto ausgeglichen werden sollte und bis dahin nun nichts mehr ausgezahlt würde. – Tja, und nichts mehr abgebucht! Dieses verdammte Geld! Mehr als arbeiten konnte ich nicht, und Andreas zahlte genug und vor allem problemlos regelmäßig, wofür ich außerordentlich dankbar war. Aber die Jungs wuchsen ständig aus ihren Klamotten. Ich kaufte schon vieles im Secondhand-Shop oder bestellte im Katalog mit kleiner Ratenzahlung, aber... selbst C&A hatte schließlich nichts zu verschenken! Irgendwie reichte es vorne und hinten immer nicht.

Ich faltete die Briefe sehr sorgfältig zusammen und legte sie ordentlich auf meinen Schreibtisch. Hier sollten sie übers Wochenende bleiben. Am Montag würde ich mir Gedanken darüber machen, wie ich das Problem lösen könnte.

Der Nachmittag zog sich lange hin. Ich nutzte die Zeit für ein ausgiebiges Bad, machte Haarpackung und Gurkenmaske und freute mich auf den Abend bei Olivia und den Freunden. Mitten in meine Vorbereitungen platzte ein Anruf.

„Hallo, meine Traumfrau!", hörte ich die schmeichelnde Stimme meines glühendsten Verehrers, Wolfgang Lohmann.

„Grüß dich, Wolfgang! Wie geht's?"

„Es geht um dich, meine Süße", entgegnete er lieb. „Wie fühlt sich die Freiheit an?"

Freiheit? Mein Blick fiel auf die gestapelten Briefe. Definiere Freiheit, lag mir auf der Zunge, aber ich sagte stattdessen: „Die Gefühle sind manchmal gemischt, aber ich bin ok. Und du?"

„Ich!? Ein entsetzlich langweiliges Wochenende steht bevor. Nur du kannst mich retten, Christine!", tönte er theatralisch.

Ich dachte nicht im Traum daran, auf sein gespieltes Gejammer einzugehen und entgegnete möglichst ernst: „Aber Wölfchen, vielleicht brennt am Wochenende halb Köln bis auf die Grundmauern nieder und deine Qualitäten als Feuerwehrmann werden gebraucht?"

„Nein." Der Schmeichler widersprach energisch.

„Keine vernachlässigten und alleingelassenen Ehefrauen in deinem Territorium, die deines Trostes bedürfen?"

„Nee, nichts in Sicht", sagte er. „Und am liebsten würde ich dich trösten..., aber du brauchst mich ja nicht!"

Letzteres klang fast vorwurfsvoll. Ganz ehrlich stimmte es auch nicht ganz, denn mit Wolfgang konnte ich beinahe so gut über problematische Angelegenheiten reden wie mit Olli. Und im Trostspenden war der Mann unschlagbar gut. Allerdings wusste ich um seine Gefühle für mich, und die waren tiefer als meine für ihn jemals werden konnten.

Er war, seit wir uns kannten, verliebt in mich. Das machte es manchmal nicht leicht, mit ihm allein zu sein. Zudem sah er umwerfend gut aus mit seinem dunklen Haar, den sanften braunen Augen und seiner immer gepflegten Erscheinung. Er wusste, wie man(n) Frauen umwarb und beeindruckte. Seine zahlreichen, zumeist verheirateten Affären belegten das für mich ziemlich eindeutig. Seine Komplimente gingen auch an mir nie spurlos vorüber und taten meiner dürstenden Seele gut. Ich konnte mich aber nicht in ihn verlieben.

Wolfgang akzeptierte zwar, dass wir eine vertrauensvolle Freundschaft miteinander pflegten, das hielt ihn jedoch nicht davon ab, sein Glück immer wieder mal zu versuchen.

„Armer Wolfgang", sagte ich bedauernd.

„Möglicherweise könntest du statt dessen mich ein bisschen trösten?", fragte er.

„Unverbesserlicher Schwerenöter!", scherzte ich. „Komm zur Sache, meine Gurkenpampe im Gesicht bröckelt ab."

Wolfgang lachte sein gemütliches, herzliches Männerlachen: „Amüsante Vorstellung, meine Liebe. Also, was machen wir?"

Ich überlegte kurz. Sollte ich...? Aber da war mein Mund schon schneller, als ich denken konnte: „Du könntest mich zu einem gemütlichen Abendessen bei meiner Freundin Olivia begleiten, wenn du magst."

Der Teufel hatte mich geritten, ihm das vorzuschlagen. Und mein kleines Schutzengelchen aalte sich in karibischer Sonne und schlürfte Bacardi-Cola.

„Ich würde den Abend lieber mit dir allein verbringen, ich hätte da so eine nette Vorstellung... Wein... Kerzen... Musik", schmeichelte er.

„Nee, nee, Wölfchen, keine Chance! Geh mit oder lass es."

„Du bist wirklich eine harte Nuss! Also gut, wenn du keine andere Alternative bietest, gehe ich halt mit dir."

„Du musst ja nicht, wenn du nicht willst", neckte ich ihn.

„Doch, doch, sonst fällt mir hier die Decke auf den Kopf. Außerdem ertrage ich für einen Abend in deiner Nähe jede noch so schreckliche Marter!"

„Dann sei bitte so gegen 7 bei mir."

Ich legte den Hörer auf die Gabel und ging schnell ins Bad, um die restlichen Gurkenmaskenbrösel aus dem Gesicht zu waschen, bevor sie sich auf den frisch gesaugten Teppichen verteilten. Gleich danach rief ich Olivia an.

„Du Olli, wärst du mir böse, wenn ich in Begleitung komme?"

„Sei nicht albern, Mausi!", sagte sie erfreut. „Wen bringst du denn Schönes mit?"

„Wolfgang!"

„Endlich!", sagte sie heiter. „Den hast du mir viel zu lange vorenthalten." – Typisch Olli!

Pünktlich einsatzbereit, wie Feuerwehrmänner sein sollten, stand Wolfgang vor meiner Tür. Im feinen Zwirn mit Hemd und Krawatte! Donnerwetter! Ich schmunzelte.

„Wow! – Aber die Einladungen bei Olli sind eher lässig", sagte ich und nahm ihm die Krawatte ab.

„Mach ruhig weiter, Sweetheart!", hauchte er gespielt erotisch und hatte seine warmen Hände schon auf einen Hüften.

„Nö." Ich schob ihn energisch von mir und lachte.

„Und nachher vergesse ich, den Schlips wieder mitzunehmen, was?"

„Keine Sorge, ich denke dran!", sagte ich, warf die Krawatte über die Sessellehne und machte entschlossen die Wohnzimmertüre zu.

Auf der Fahrt zu Olivia unterhielten wir uns angeregt.

„Ja, meine Schöne, nun bist du eine freie Frau und wieder zu haben. Schön und begehrenswert! Bist du nicht doch an einer Beziehung mit mir interessiert? Ich bin ein hübsches Mannsbild, ich bin unverheiratet, sozusagen gut situiert und brennend an dir interessiert. Was gibt es für dich da noch zu zögern? Greif zu! Jetzt oder nie!"

Ich lachte. Seine Art hatte so etwas Liebenswertes und trotz aller ehrlichen und konsequenten Absicht, fühlte ich mich kein bisschen bedrängt. Das gefiel mir.

„Ach, Wolfgang! Rein in die Kartoffeln, raus aus den Kartoffeln, und jetzt wieder rein? Nein, danke! Du bist neben Olli doch mein allerbester Freund, da kommt Beziehung gar nicht gut, finde ich."

„Schade. Du wirst mir nicht verübeln, dass ich nicht aufgebe. Nun denn... wir sind jung und haben Zeit. Falls du bis zu meinem Erfolg zwischendurch mal jemanden brauchst..."

„... zum Reden und so, ja ich weiß..."

„Nein, nicht zum Reden, meine Liebe, für sehr viel mehr! Eine starke Schulter zum Heulen und Wütendsein, zum Anlehnen und auch mal zum Draufhauen, meine ich. Nimm mich ruhig! Es ist mir eine Ehre."

Mir wurde ganz warm ums Herz bei solchen, wenn auch scherzhaft klingenden Worten. Dieser große, liebe Wolfgang meinte es ernst, das wusste ich! Aber ich wollte eben nicht.

„Danke. Es ist gut zu wissen", sagte ich deshalb und drückte vertrauensvoll seinen Arm. Wolfgang legte mir seine warme Linke auf die Schulter und blickte mich kurz an. – Eigentlich schade, dachte ich einen kurzen Moment.

'Alles nur eine Willensfrage', vernahm ich eine mir wohlbekannte innere Stimme: Teufelchen war wieder da.

Blödsinn, dachte ich, schaute aus dem Wagenfenster und grinste in die Nacht.

„War's denn eigentlich schlimm, ich meine, der Gerichtstermin?"

„Komisch war's. Und ich weiß gar nicht, was ich erwartet habe, Wolfgang. Ich hoffe, es war das erste und letzte Mal. Heiraten will ich nicht mehr."

„Mir ging es auch so. Beate ist jetzt mit unserem Kleinen nach Lingen gezogen. Weiß der Teufel, was sie dorthin verschlagen hat! Jedenfalls sehe ich unseren Sohn jetzt kaum noch", erzählte Wolfgang nicht ohne eine Spur von Traurigkeit.

„Da bin ich froh, dass Andreas nicht weit weg wohnt, die Kinder können ihn praktisch jederzeit sehen, wenn sie wollen."

'Na, Christine, jederzeit?', fragte mich mein kleiner Teufel grinsend. 'Wenn nun Wanda und Andreas... du wirst dich ja noch erinnern, nicht wahr?'

'Du dummer alter Quatschkopf!', motzte mein Schutzengel von seiner watteweichen Kuschelwolke herunter. 'Wirst du wohl so alte Geschichten nicht wieder aufwärmen?'

Engelchen hatte also die Nase voll von der Karibik, war ausgeschlafen und meldete sich zurück. Er rekelte sich sonnengebräunt auf seiner Wolke und pfuschte dem Teufel wieder fröhlich ins Handwerk.

'Ach, da sind wir ja wieder! Beinahe hätte ich dich vermisst!', höhnte der Teufel. 'Du hältst jetzt mal die Klappe, Engelchen, sonst komm ich da rauf! Schadenfreude ist angesagt, klar?'

Ich unterdrückte ein Kichern, als ich meine inneren Stimmen vernahm. Natürlich wusste ich, dass Andreas ab und zu schon mal am helllichten Tag so zwischen Mittagessen und Kaffeetrinken... Mein Schutzengel hob drohend den goldenen Zeigefinger. Ich grinste über meine Gedanken und schüttelte den Kopf. Was ging mich das noch an? Ich fuhr das letzte Stück zum Veilchenweg flotter, wollte möglichst schnell unter Leute, damit ich auf andere Gedanken kam.

In Olivias kleiner Dreizimmerwohnung waren bereits die anderen Gäste versammelt. Lautes Stimmengewirr tönte durch die Räume. Paul und Gerda Zanker saßen auf dem einen Sofa und auf dem anderen hatte die üppig gebaute Inge Weizenberg mit ihrem langen dürren Ehemann Peter Platz genommen. Wir kannten uns eher flüchtig von den vielen Partys bei Olli und Klaus.

In der kleinen Küche hatte sie ein Büffet hingezaubert, bei dessen Anblick einem das Wasser im Munde zusammenlaufen konnte, und auf der Spüle stand ein gut gekühltes Fass Bier, um das sich Bernd Krekel und Klaus bemühten, während Christa sich auf dem Balkon mit Klein-Anna beschäftigte. Die Süße war so aufgeregt, dass sie nicht schlafen konnte.

Olli machte Wolfgang mit den Herren am Bierfass bekannt und überließ sie anschließend sich selbst. Mich zog sie am Arm hinter sich her ins Schlafzimmer.

„Sag mal, Christine, Wolfgang sieht ja wirklich sehr gut aus", staunte sie mit kugelrund aufgerissenen Augen. „Wieso hast du den nicht schon letztes Mal mitgebracht?"

Ich schüttelte lachend den Kopf.

„Olli, du weißt genau, warum! Mit diesem Frauentröster vom Dienst will ich nicht so oft ausgehen. Ich lege viel Wert auf seine Freundschaft, und die geht manchmal ohnehin ziemlich weit. Oder was hältst du von einer Freundschaft, in der Händchenhalten und in-den-Arm-nehmen, wobei des Mannes Herzschlag sich deutlich in der Frequenz erhöht, an der Tagesordnung sind?"

'Spießer!!!', meckerte mein kleines Teufelchen.

'Klappe!!!', antwortete ich gemeinsam mit Engelchen im Stillen.

„Das sollte eigentlich immer und überall an der Tagesordnung sein, meinst du nicht?" Olivia zwinkerte. „Ehemänner zum Beispiel verlernen das viel zu schnell im Laufe der Zeit... und überhaupt, was hast du gegen Händchenhalten? Wird man davon schwanger oder zu irgendwas verpflichtet?"

Ich prustete los.

„Wohl kaum!"

„Na, komm, Christine, genießen wir den Abend in vollen Zügen. So schnell wird es einen solchen nicht wieder geben, denn du weißt, Klausi kommt erst in drei Monaten wieder."

„Wie hältst du das bloß aus? Du bist monatelang allein mit Anna, wenn dein Mann in der Weltgeschichte herumreist."

„Weiß ich nicht. Im Moment ärgert mich lediglich, dass ich die Tapezierarbeiten um drei Monate verschieben muss." Sie hielt einen Augenblick inne, lächelte hintergründig und fügte hinzu: „Allerdings verdient Klaus damit ja eine Menge Geld, also profitieren wir davon. Ich habe kein Problem mit dem Alleinsein. Auch allerdings...", über ihr Gesicht huschte ein weiteres, geheimnisvolles Lächeln und sie flüsterte, „ich habe schon mal dran gedacht, mir einen Liebhaber zuzulegen. Gefahrlose Zeiten hätte ich im Überfluss."

„Olli!", entfuhr es mir etwas entrüstet.

„Ganz im Ernst, meine Liebe, ich denke sowieso manchmal, wir Frauen brauchen doch eigentlich zwei Männer! Einen Alltagstauglichen und einen nur für Zärtlichkeiten, Geborgenheit, eben einfach für unsere Seele! Wäre doch was, mhm?"

„Mal grundsätzlich nicht schlecht gedacht", antwortete ich und versenkte augenblicklich meine Entrüstung in einer imaginären Mülltonne. „Ehemänner nutzen tatsächlich im Alltag ziemlich flott ab, ermüden und altern schneller als andere und gehen einem irgendwann vielleicht ganz schön auf die Nerven. Wenn wir da nicht das Recht auf einen Ausgleich haben...".

„Sind wir uns also wieder mal einig!", grinste Olli zufrieden. Wir gingen Arm in Arm zu den anderen zurück.

Kurze Zeit später fanden wir uns alle an der großen Tafel im Esszimmer. Jeder mit einem gut belegten Teller voller Leckereien vor sich und ein Glas gefüllt mit köstlichem Rotwein für die Damen, die Herren blieben beim Bier.

Ich beobachtete Wolfgang am Abend immer wieder mal und staunte, wie nahtlos er sich in die, für ihn ja völlig fremde Gesellschaft, einfügte. Kunststück, dachte ich belustigt, darin war er schließlich sehr geübt. Seine Gesellschaften wechselten ja ständig, da entwickelte man(n) Routine.

Die anwesenden Damen widmeten ihm ihre ungeteilte Aufmerksamkeit. Gerda Zanker verwickelte ihn ständig in Gespräche, in die sich dann konsequent Inge Weizenberg einklinkte, die mit kokettem Augenaufschlag darauf aus war, den Mann ganz für sich einzunehmen. Aber sie war so gar nicht Wolfgangs Geschmack, wie ich sehr wohl wusste, weswegen er sich nur zu gern immer wieder an Christa wandte. Dabei ergab sich dann immer auch die Chance, dass er mit Olli ein paar nette Blicke tauschen konnte.

Vielleicht hatte ich es ja seiner Anwesenheit zu verdanken, dass keiner der Gäste auch nur eine einzige Frage nach Andreas und der Scheidung stellte. Gerade in einer Konstellation wie heute, wären vertiefte Erinnerungen eher was zum Heulen gewesen. Aber niemand verlor ein Wort über Schnee von gestern. Dafür war ich richtig dankbar und fühlte mich rundum pudelwohl.

'Du trinkst zu viel', säuselte unerwartet die warnende Stimme meines Schutzengelchens in mein inneres Ohr.

Der nun wieder!

Ich widmete mich lieber wieder meinen Beobachtungen und amüsierte mich köstlich. Die Herren der Tafelrunde waren in heftige Diskussionen über das neueste Automodell der Firma XY verstrickt – außer Wolfgang – und registrierten gar nicht, dass ihre Frauen sich ein klein wenig lächerlich machten. Olivia und ich wechselten häufig vielsagende und verstehende Blicke über den Rand unserer Weingläser hinweg.

Zu ziemlich später Stunde brachen wir alle auf. Der Wein hatte mich doch ganz schön benebelt, und Wolfgang zog wohlweislich frühzeitig die Bierbremse, weil er ja sowieso noch fahren musste. So bugsierte er mich ohne weitere Umstände kommentarlos auf den Beifahrersitz meines eigenen Autos und klemmte sich hinter das Lenkrad. Ich redete wie ein Buch, guckte in die Sterne und hätte die Welt umarmen können. Wolfgang blickte von Zeit zu Zeit kopfschüttelnd und lächelnd zu mir und ließ mich einfach sein.

Wir kamen nach ewig dauernder Fahrt, so schien es mir jedenfalls, wohlbehalten bei mir zu Hause an. Eine unkontrollierte Heiterkeit hatte sich meiner bemächtigt. Ein leichtes Kribbeln im Kopf, albernes Gekicher und ein leises Brummen in den Öhrchen wiesen für mich eindeutig auf einen heftigen Schwips hin. Ich hakte mich bei Wolfgang ein und schwankte leicht neben ihm her zum Haus. Dort angekommen, fand ich problemlos meinen Haustürschlüssel und dieser wie von selbst das Schlüsselloch. Auch meine Beine gehorchten, als ich ihnen aus der Ferne meines in dichten Nebel gehüllten Hirns befahl, artig die Stufen bis in den zweiten Stock zu steigen.

Eigentlich wollte Wolfgang nur schnell seine Krawatte holen und dann nach Hause fahren. Es war 2 Uhr morgens! Großzügig, redselig und für diese späte-frühe Stunde ungewöhnlich gesellig bot ich ihm eine Tasse Kaffee an.

„Die Nacht is doch sooo jung!", sing-sangte ich.

'Tja, immer dieses Eigentlich!', seufzte mein kleiner Teufel und lehnte sich abwartend mit verschränkten Armen und einem kleinen schelmischen Grinsen an den Eingang zu seiner Höhle.

Schweigend saßen wir auf dem Sofa im Wohnzimmer, ich meine, Wölfchen und ich, und wir schlürften heißen schwarzen Kaffee. Der weckte die Lebensgeister ganz ordentlich!

„Ach, Wolfgang", seufzte ich und lehnte meinen schweren Kopf an seine Schulter. „Das Leben ist ein komisches Theater."

Wolfgang hielt nur zu bereitwillig seine starke Männerschulter hin, legte mir sehr gerne und großzügig den Arm um die Schultern und drückte mich leicht an sich. Mir wurde ganz warm innen wie außen.

„Ja, mein Mädchen, da hast du vollkommen Recht", bestätigte er und blickte mir mit seinen sanftbraunen Augen tief in die meinen.

Etwas unschlüssig streichelte er meine Wange, und ich hielt still. Er küsste meine Stirn, die Augen und die Wange... und wie zufällig verirrten sich seine Lippen auf meinen Mund. Mhm,... konnte doch eigentlich nicht schaden, es drauf ankommen zu lassen, dachte ich einen Moment. Vielleicht könnte... denken war dann nicht mehr...

„Deine Lippen sind so weich und warm", flüsterte Wolfgang in meine Gedanken und küsste mir prompt wieder auf den Mund. Vorsichtig, abwartend erst... aber ich wehrte mich ja nicht... also zunehmend leidenschaftlicher. Und mir gefiel das sehr! Seine Hände waren plötzlich überall, warm und gefühlvoll! Und auch das gefiel mir außerordentlich: lieber Gott, tut das guuut! Ich schloss die Augen. Alles drehte sich so schön im Kreis. Die Musik spielte im Hintergrund ganz leise 'It's a wonderful life', und ich vergaß die Welt um mich herum komplett. Zur Musik erklangen süße Komplimente, leise geflüstert, und drangen tief in mein Herz, wirkten dort wie Balsam und machten mich butterweich. – Dieser gottverdammte

Charmeur hatte es geschafft! Es war einfach so wonderful! Mein Kleid fiel wie von selbst von meinem Körper und landete unter dem Tisch und... neben mir stand plötzlich mein Schutzengel.

'Was glaubst du, was hier passiert?!', fragte er in meine besäuselten Sinne hinein. Er stand da, hatte seine Arme vor der zarten Engelsbrust verschränkt und blitzte mich wenig göttlich, sondern recht erzürnt an. 'Werde wach!', befahl er.

Ach, egal, dachte ich träge und winkte in Gedanken ab.

Meine Wäsche verkrümelte sich nach irgendwo...

'Christine!', meckerte mein Engel jetzt richtig böse. 'Ich bin entrüstet!'

Ach, geh doch weg, dachte ich und ließ mich weiter in Wolfgangs Arme fallen. Das hier war jetzt viel zu schön. Ich durfte doch auch mal an mich denken.

Wie viel Zeit vergangen war, wusste ich nicht. Wir lagen auf der groben, kratzenden Auslegeware: Marke Berber mit Wollsiegel, und ich hatte den Verdacht, dass sie extragroß, extragrob und gemeinkratzig geknüpft worden war, um mich in diesem Moment zu bestrafen. Unterhalb meines Rückens brannte etwas lichterloh und schmerzhaft. Nicht nur deshalb war ich schlagartig nüchtern!

Mein Schutzengel schaute gottergeben zum Himmel. 'Ich hatte dich gewarnt', sagte er und wandte sich enttäuscht ab.

„Was ist?", fragte Wolfgang, der nackt wie Gott ihn erschaffen hatte, neben mir lag, den Kopf in die rechte Hand gestützt. Er gefiel mir so nackt überhaupt nicht. Als er seine Linke nach mir ausstreckte, sprang ich auf und angelte nach meinem Kleid. Ich schämte mich plötzlich.

„Bleib doch so wie du warst", maulte Wolfgang, „du hast so einen wunderschönen weichen Körper. Komm schon."

„Nein", entgegnete ich beinahe schroff und mehr zu mir selbst schimpfte ich: „Ich glaube ja nicht, was ich...

Wolfgang hatte ein riesengroßes Fragezeichen im Gesicht.

„Was ist denn los?"

„Sei mir bitte nicht böse, Wolfgang, aber es ist besser, wenn du jetzt gehst", sagte ich leise.

„Wie bitte? Das verstehe ich jetzt aber nicht. War es denn nicht schön?"

Ich fand die Situation unglaublich unangenehm, peinlich... wie konnte ich denn nur? Wollte ich das? Wollte ich das nicht? Bloß weg hier, dachte ich und wünschte mir, mich wegzubeamen. Aber ich wohnte hier. Er musste gehen. Sofort!

„Alles und nichts ist in Ordnung", erwiderte ich deshalb wenig gesprächig. „Bitte, sei mir nicht böse, aber lass mich jetzt allein."

Wolfgang, ganz und gar perplex, blickte einen kurzen Moment nachdenklich drein. Was war denn schiefgelaufen? So etwas war ihm noch nicht passiert. Doch dann nickte er verstehend und schlüpfte behände in Hemd, Hose und Krawatte(?). Mit dem Handrücken strich er mir tröstend über die Wange und versprach, mich anzurufen, ich solle schön schlafen. Er schlappte zur Tür und zog sie leise zu.

Müde schminkte ich mich ab und wagte nicht, in den Spiegel zu gucken. Ich hatte keine Lust mehr, meinen warmen, weichen Körper zu sehen, geschweige denn, mir ins Gesicht zu schauen. So schlich ich aufgewühlt in mein Bett und schlief mit der Decke über dem Kopf, eingerollt wie eine Katze, einfach ein.

Der Morgen danach... furchtbar! Kopfweh und schlechtes Gewissen zusammen sind schwer zu ertragen. Mein Frühstück schmeckte mir nicht, ich fühlte mich mies. Kommt davon, wenn man so über die Stränge schlägt! Wie konnte ich nur?

Olivia rief an, um zu fragen, ob wir gut nach Hause gekommen wären.

„Mensch, Olivia...", jammerte ich piepsig kleinlaut.

„Wenn du Olivia sagst, ist doch was im Busch?"

„Ich hab mit Wolfgang geschlafen!", sagte ich noch leiser. Sie lachte.

„Das ist *nicht* komisch!", jammerte ich bedröppelt.

„Nee, nicht komisch! Aber ich hoffe doch, es war schön!" meinte sie trocken.

„Kein Kommentar! Aber...", ich wollte ihr erklären, wie schrecklich ernüchternd es hinterher war, aber Olli ließ mich nicht weiter reden.

„Papperlapapp! Christine, sei doch nicht so ein Schaf! Wo ist denn dein Problem? Vergiss deine blöden Moralvorstellungen! Du kannst doch machen, wozu du Lust hast! – Und ganz bestimmt war dein Feuerwehrmann für diese 'Tat' nicht der Verkehrteste!"

„Doch!", widersprach ich trotzig. „Und deswegen hab ich ihn weggeschickt, weil ich mich schäme."

Olli stöhnte. Ich sah sie im Geiste ihre blauen Augen verdrehen und dabei auch noch mitleidig grinsen.

„Du glaubst tatsächlich immer noch das Märchen von... Mannomann, Christine! Du bist ja viel zu artig für diese Welt!"

„Ich bin eben nicht so abgebrüht wie andere."

„Kann sein. Der Mensch lebt nicht allein mit dem Kopf, meine Liebe, sondern mit Herz und Bauch, und bei akutem Lustempfinden, hat der Herr da oben auf dem Hals nix zu melden", fand sie und fügte eindringlich hinzu: „Nimm's doch wenigstens mal ein bisschen leicht und genieße dein Leben! Bitte!"

„Es tat gut", gestand ich nach kurzer Pause und lächelte die Sprechmuschel meines Telefons an. Das musste ich ja nun auch ganz ehrlich zugeben, dass ich die Sache trotz meines benebelten Hirns ziemlich genossen hatte.

„Na, bitte! Also schmeiß' die blöden Bedenken über Bord, ruf Wolfgang an. Sag ihm, dass es dir gefallen hat. Andernfalls trägt er vielleicht ein Trauma davon und zweifelt an sich. Ein Mann wie der sollte keine Komplexe kriegen. Wäre doch schade drum!"

„Olli, das glaube ich nicht! Außerdem sind das dann seine Komplexe. Ober-außerdem will ich ihm keine Hoffnungen auf eine Wiederholung machen."

„Na, und? Klausi fährt ein paar Monate zu den Afrikanern und ich... bin ganz allein... also wenn du..."

„Du kannst gerne seine Nummer haben, meine Liebe."

Wir verabschiedeten einander lachend.

Gerade lag der Hörer wieder auf der Gabel, da rief Wolfgang an.

„Na, mein Engel? Wie geht es dir jetzt?", fragte er mitfühlend mit einem sehr zärtlichen Unterton, der mir schon wieder eine Gänsehaut über den Rücken trieb.

„Ganz gut. Der Kopf brummt immer noch etwas, aber sonst bin ich ok!"

Natürlich sagte ich ihm nicht, dass es sehr schön mit ihm war. Ich traute einfach mich nicht. Er schon.

„Es war sehr schön mit dir, mein Mädchen", sagte er leise.

„Hättest du es vielleicht lieber vermieden?"

Seine Direktheit haute mir öfters mal die Füße weg. Dann fiel mir immer keine Antwort ein. Jetzt würgte ich an einem Kloß im Hals und überlegte, ob ich die Frage beantworten oder übergehen sollte. Und wenn ich ihm die Wahrheit sagte? Wie sollte ich das am richtigsten sagen, ohne ihn zu verletzen? Ich seufzte. Einen Dachschaden verursachende Komplexe hatte ganz offensichtlich ich. Nicht mein Feuerwehrmann.

„Sagen wir, es war schön, aber ich möchte es nicht wiederholen. Verstehst du?"

„Schon. Aber biete mir besser nie wieder eine solche Gelegenheit. Gelegenheit macht Liebe. Und dass ich dich mehr als gern habe, weißt du ja. Ansonsten verbleibe ich unverbesserlich grüßend, dein Don Juan."

Ob sein witziger Ton auch seinem Gefühl im Innern entsprach? Die Frage drängte sich auf, aber ich ließ es auf sich beruhen. Er war doch ein echter Freund!

Irgendwie musste ich mich an diesem Sonntag noch betätigen. Da fiel mir der Ratschlag von Dr. Eulenberg ein, Sport zu treiben. Aspirin und Kaffee hatten den Brummschädel besänftigt. Das Wetter war mal endlich trocken, die Luft roch gut. Ich kramte also meinen Jogginganzug, die Trainingsschuhe und mein altes Fahrrad raus und fuhr in das nahegelegene Wäldchen.

Das Fahrrad versteckte ich im Gebüsch, reckte und streckte mich ein wenig und joggte drauflos. Die Beine wurden mit jedem Schritt hinter der 500-Meter-Marke immer schwerer und die Puste immer knapper. Mein Kopf wurde dagegen freier. Am Ende der Runde, die immerhin über eine Viertelstunde Dauerlaufarbeit erforderte, sah die Welt für mich um einiges besser aus. Die Sonne schien sogar mit einem mal blind durch die Wolkensuppe, als ich mit dem Rad nach Hause fuhr.

Eine ganz heiße Dusche mit abschließendem Kaltguss gab dem Ganzen die richtige Abrundung. Danach cremte ich mich hübsch ein, versorgte die Scheuerstelle am Rückenende und hüllte mich in meinen Lümmeldress. Ich beschloss, ab sofort täglich eine Runde zu laufen, die Qualmerei endlich dranzugeben und überhaupt viel gesünder zu leben.

In dieser Stimmung tätigte ich den Pflichtanruf bei meiner Mutter. Ich erwischte sie beim Tischabräumen nach dem Kaffeetrinken.

„Was gibt's?", wollte sie zackig wissen.

„Nix gibt's! Ich ruf nur mal so an, mal hören wie es euch geht."

„Ach, bei uns geht es wie immer. Wie war der Gerichtstermin? Wo sind die Kinder?", fragte meine Mutter.

„Über den ollen Gerichtstermin mag ich jetzt nichts mehr erzählen, Mutti, es ist halt vorbei! Und Tim und Tobi sind bei Andreas. Ich war diese Woche beim Orthopäden. Der hat mir eine Spritze verpasst und etwas Sport verordnet", berichtete ich. „Du, ich hör auf zu rauchen und werde ab sofort regelmäßig Sport treiben und gesünder essen!"

Ich war richtig stolz auf meinen Entschluss und erwartete Anerkennung.

„Das sind gute Vorsätze, Christine, hoffentlich kannst du sie durchhalten", meinte Mutti ebenso streng wie gewohnt zweifelnd. „Ich versuche, seit über zehn Jahren mit dem Rauchen aufzuhören, und? Du siehst, ich rauche immer noch. Also stell es dir nicht so einfach vor. – Sag mal, sehen wir uns denn kommende Woche?"

„Ja, Mittwoch zum Kaffee wie immer", sagte ich. „Da hole ich die Kinder gleich mittags im Kindergarten ab, wir müssen zum Zahnarzt. Anschließend komme ich und bringe Brötchen mit, einverstanden?"

„Ist gut, Große! Dann schönen Sonntag noch und bis Mittwoch! Tschüss!"

„Grüß den Papi, bis dann!"

Ich hoffte, dass sie die letzten Worte noch mitbekommen hatte. Die war immer sowas von... ach, egal! Immer, wenn wir telefonierten hatte ich das Gefühl, einen Rapport liefern zu müssen. Manchmal kam mir meine Mutter vor wie ein Feldwebel. Aber ich beschloss, mich nicht darüber aufzuregen, dass sie immer so gefühlsarm wirkte.

Ich setzte mich an den Schreibtisch und widmete mich den Umschlägen mit der Post von gestern. Verflixt und zugenäht, wieder mal nix als Rechnungen und Werbung. Meine Kasse war knapper als knapp und ich fragte mich, wie ich aus dieser Finanzmisere herauskommen sollte? Eine Gehaltserhöhung? Das würde mich nicht sofort retten. Ich hatte Geld aus meiner gekündigten Lebensversicherung festgelegt, weil es mehr Zinsen brachte, aber leider war vor Ablauf von vier Jahren da nicht dranzukommen. Eigentlich war das Geld für das neue Auto gedacht. Aber mein Ex-Freund Günter hatte mir abgeraten. Ich sollte seinen Passat mit einem Kredit finanzieren, um bei der Scheidung Kosten zu sparen. Die Lebensversicherungssumme sollte ich besser mittelfristig in namenlosen Wertpapieren anlegen, damit sie nicht in den Zugewinn falle. Schien damals ja clever, aber im Augenblick könnte ich das festgelegte Geld mehr als gut gebrauchen. Davon abgesehen, war diese Taktik völlig überflüssig gewesen, wie mir der Anwalt später sagte. Na ja, nicht immer war guter Rat auch wirklich so hilfreich wie beabsichtigt.

Jetzt allerdings war guter Rat besonders dringend nötig, und ich hatte gerade niemanden, den ich fragen konnte! Meine Eltern wollte ich nicht fragen, Olivia mochte ich nicht behelligen, nicht schon wieder jedenfalls und ansonsten gab es niemanden. Ich seufzte tief, legte die Briefe wieder an ihren Platz und verschob das Problem auf morgen.

Als die Kinder am Abend wieder zu Hause waren, hatte ich mich rein körperlich rundum regeneriert. Heiter und entspannt brachte ich die Kinder, meinen Schutzengel und den kleinen aufmüpfigen Teufel in mir zu Bett.

Gerade hockte ich mit meiner warmen Honigmilch auf dem Sofa, da musste ich schon wieder ans Telefon. Wenig begeistert rappelte ich mich wieder hoch und zögerte noch, nach dem Hörer zu greifen, weil mir irgendetwas sagte, dass der Anruf nix Gutes bedeuten würde.

„Martens?"

Meine eigene Stimme klang fremd in meinen Ohren, so abweisend sprach ich in den Hörer.

„Hallo, Christine", vernahm ich die Stimme meines Ex-Gatten, und in meinem Bauch begann es unangenehm zu grummeln.

„Huch, hatten wir nicht vor ein paar Stunden das Vergnügen der Begegnung?", fragte ich überrascht, und das unbehagliche Gefühl verstärkte sich noch.

„Ja, aber ich habe erst jetzt meine Post vom Wochenende durchgesehen. Ich war ja die ganze Zeit mit den Jungs unterwegs", sagte er verdächtig ruhig und sachlich.

Und was will er damit sagen, fragte ich mich und schwieg abwartend.

„Sag mal, Christine, hast du schon die Rechnung von deinem Anwalt bekommen?"

„Rechnung? Anwalt? Nein."

„Ja, da wirst du sicher staunen. Ich hab hier noch satte Beträge zu zahlen, da haut es einen echt um", sagte er aufgebracht. „Ich verstehe das gar nicht. Ich hab doch zwischendurch schon immer Abschläge gezahlt. Und jetzt präsentiert der mir so eine hohe Endabrechnung!"

Ich überlegte, während er sich weiter aufregte. Ich hatte Prozesskostenhilfe gewährt bekommen. Anwaltskosten hatte ich gar nicht. Lediglich eine Rechnung der Gerichtskasse über neunundzwanzig Mark irgendwas hatte ich vergangene Woche beglichen.

„Hörst du mir überhaupt noch zu?", fragte Andreas plötzlich.

„Ja, klar. Weißt du, Andreas, ich habe Prozesskostenhilfe beantragt und genehmigt bekommen. Ich zahle gar nichts."

Schweigen in der Leitung.

„Bist *du* noch da?", fragte ich vorsichtig.

„Ja, also, da muss ich... das verstehe ich überhaupt nicht! Ich rufe den Rechtsanwalt morgen früh direkt an. Das kann alles nicht stimmen hier", regte er sich auf. „Schönen Abend noch, tschüss."

Bevor ich mich verabschieden konnte, klickte es laut in der Leitung und Andreas hatte aufgelegt. „Ja, auch tschüss", murmelte ich in die Luft und legte den Hörer weg.

Tja, das hatte er nun davon! Erst setzte er die Ehe in den Sand, weil er so hübsch introvertiert und egoistisch war und überhaupt nichts verstand, dann stellt er sich auch noch bockig quer, als ich nach Frieden und Versöhnung suchte und an seinen gesunden Menschenverstand appellierte – nun zahlt er offenbar die Zeche der Scheidung. Ich überlegte einen ganz kurzen Moment, ob er mir leidtun sollte. Ich entschied mich dagegen und dachte fies, dass er es eben selbst schuld war.

Andreas hatte die ganze Zeit das Ruder zumindest fünfzigprozentig in der Hand und alle Chancen ausgelassen. Außerdem: Wer sich von seinem Vater ständig ins Leben pfuschen lässt, wer immer fremdbestimmt sein Dasein fristet, erhält eben die Quittung dafür. Wenn es nach mir gegangen wäre, hätten wir uns das ersparen können. Aber der Herr wollte ja nicht.

Irgendwie fühlte ich Genugtuung, und das war mal nicht das Schlechteste neben dem immer noch sitzenden Stachel der Enttäuschung in meinem dünnen Fell.

Ich ging wieder zu meiner Honigmilch, setzte mich mit angezogenen Beinen gemütlich aufs Sofa und beschloss, jeden Gedanken an Andreas heute weit in die Ferne zu verbannen. Er hatte seiner Wanda den Vorzug gegeben. Jetzt hatte ich mit ihm gar nichts mehr zu tun! Erst recht nicht mit seinen Rechnungen. Sollte er doch gucken, wie er den Karren zusammen mit Wanda aus dem Dreck zieht. Jawoll!

Am Montag in der Früh hatte der Alltag Tim, Tobias und mich wieder voll im Griff. Der Wecker verlangte unentwegt, dass ich aus dem Bett steigen sollte, während mein Plumeau mich liebevoll umarmte und nicht gehen ließ. Die Jungs turnten schon vor dem Fernseher herum, was sie eigentlich ja nicht durften vor dem Kindergarten. Ich verdrängte das Bedürfnis, für Ordnung sorgen zu wollen, erfolgreich, überließ die Kinder einem frühen Zeichentrickfilm und latschte lustlos ins Bad. Ich brauste rasch und machte mich vor dem Spiegel ausgehfertig.

Zu meiner Überraschung waren Tim und Tobi schon angezogen.

„Hi, meine kleinen Teufel!", grüßte ich munter und schaltete ohne Erklärung den Fernseher aus. „Schön, dass ihr schon angezogen seid."

Sie protestierten auch nicht, sondern trabten in die Küche, wo wir schnell jeder noch eine Schale mit Cornflakes verputzten und ich die Brote für den Kindergarten schmierte und verpackte.

Im Eiltempo lieferte ich die beiden im Kindergarten ab, entkam mit einem „Ich hab's eilig!", den Fängen von Frau Klein-Hueber, die gerade nichts Besseres zu tun hatte, als mit der Kaffeetasse in der Gegend herumzustehen. Ich düste mit 130 Stundenkilometern über die Autobahn zur Arbeit. An manchem Tag war es mir ein Rätsel, wie ich das immer wieder pünktlich und unfallfrei schaffte!

Annette und Petra wuselten bereits in Teeküche und Postbüro herum. Sie grüßten wie jeden Morgen fröhlich, doch mir entging nicht, dass sie einen merkwürdig besorgten Blick wechselten. Hier hing eindeutig etwas Unerfreuliches in der Luft.

„Was ist los, Mädels?", fragte ich misstrauisch.

„Das wird Herr Hofmann dir gleich sagen", sagte Annette ernst.

„Du kannst mir ruhig sagen, was los ist!" Mir wurde gerade etwas ungemütlich. „Hab ich was verbrochen? Ist was falsch gelaufen?"

„Nein, nein", entgegnete Petra, die aus dem Postbüro in die Teeküche trat. „Es gibt heute ein paar Krisensitzungen."

„Ach so, aber die gibt es doch schon seit Wochen. Und ihr habt die ganze Zeit gesagt, wir brauchen uns keine Sorgen zu machen."

Annette und Petra schwiegen betreten. Seit einigen Wochen kam unser Geschäftsführer regelmäßig von verschiedenen Meetings und den Monatsbesprechungen der Firmenleitung mit immer düster werdender Miene ins Büro. Die Zahlen stimmten bedenklich. Logisch, wenn mehr ausgegeben wird als hereinkommt, muss man überlegen, wie man das Verhältnis wieder optimiert. Das wusste niemand besser als ich. Dass es nun heute Krisensitzungen geben würde, konnte für mich nur eines bedeuten: es würde Einsparungen geben. Logischerweise wurde in den Betrieben meistens beim Personal gespart. Ade Gehaltserhöhung!

Gleich nachdem ich die Post verteilt hatte, rief Herr Hofmann mich zu sich. Obwohl ich ahnte, was er sagen würde, beschlich mich ein beklemmendes Gefühl.

„Frau Martens", begann Herr Hofmann, faltete die Hände und stützte seine Unterarme auf den Schreibtisch, „ich hoffe, Ihrer Schulter geht es wieder gut?"

„Ja, danke! Ihre Diagnose war absolut richtig, schönen Gruß von meinem Orthopäden", antwortete ich und bemühte mich um etwas Heiterkeit, was in Anbetracht von Hofmanns Leichenbittermiene schwerfiel.

„Also, liebe Frau Martens, ich muss Ihnen leider mitteilen – die Stimmung der Kolleginnen wird Ihnen heute früh nicht entgangen sein – wir sind gezwungen, kürzer zu treten und müssen unsere Mannschaft verkleinern..."

Ich verabschiedete mich endgültig von einer Gehaltserhöhung und suchte nach einem Zipfelchen Optimismus in mir, um die Ruhe zu bewahren. Was dann folgte, war unmissverständlich. Der Chef machte mir klar, dass ich als zusätzliche Kraft kostenmäßig im Sekretariat untragbar geworden war. Um das starke Missverhältnis der Zahlen, die in den Statistiken ausgewiesen seien, würde ich ja wissen. Die Sparmaßnahmen wären unausweichlich, und bedauerlicherweise träfe es eben die Mitarbeiter zuerst, die zuletzt eingestellt worden seien. – Mich zum Beispiel. Herr Hofmann blickte während seiner Rede über seine elegante Nickelbrille und hob ein ums andere Mal bedauernd die Schultern.

So einfach ging das! Was nun? Am 30. Juni würde ich meinen letzten Arbeitstag haben. Natürlich bekäme ich Arbeitslosengeld, aber das wäre weitaus geringer, als mein Nettogehalt. Ob ich schnell was Neues finden könnte? Sorge schlich sich in mein Herz.

Doch auf dem Heimweg breitete sich eine andere Sorge wie ein dickes graues Tuch darüber, die mir viel schwerer zu ertragen schien: Wie würde Andreas auf diese Neuigkeit reagieren? Ausgerechnet jetzt! Ich ahnte bereits, dass er aus der Jacke fliegen würde, wenn ich ihm davon erzählte.

Bei meinem Bestreben nach Eigenständigkeit wollte ich möglichst gut verdienen. Für Andreas lauerte die Katastrophe, mittellos zu sein und am Hungertuch nagen zu müssen, stets und ständig gleich um die nächste Ecke. Arbeitslos zu werden, hatte ich in meine Berechnungen überhaupt nicht einkalkuliert. Arbeitslos? Ich doch nicht! Ich bemühte mich, ruhig zu bleiben. Schließlich war es noch nicht soweit und natürlich sah ich mit dem Rest meines Optimismus, dass es lediglich einer Handvoll Bewerbungen bedurfte, nahtlos in den nächsten Job zu kommen. Ganz ruhig, Christine, wird schon werden!

Trotzdem konnte ich das düstere Gefühl nicht ganz abschütteln, als ich zum Massagetermin fuhr.

Dort wurde ich auch gleich fest in eine Fangopackung eingewickelt und schwitzte vor mich hin. Fango kannte ich noch nicht! Boah, was für eine Hitze! Mal davon abgesehen, dass es sich anfühlte, als würden die Brandblasen auf meinem Rücken nur so blubbern, schlug mir das Herz bis ins Hirn und machte laute Pong-Pong-Echos in meinen Ohren. Dass der Körper über so viel Schweiß verfügte, erstaunte mich sehr. Ich fühlte mich wie eine Kohlroulade im Sud, und garte ergeben vor mich hin. Für einen Moment schloss ich die Augen, entspannte mich mehr und mehr... und schlief ein!

Wie lange ich vor mich hindöste, wusste ich nicht. Ich schreckte hoch, als plötzlich jemand den Vorhang der Kabine aufriss, der mit metallenen Ringen auf einer Aluschiene hing. Rrrtschiong, machte es schrill, das Neonlicht ging wieder an und blendete mich, sodass ich lauter kleine bunte Leuchtpünktchen sah. Masseur Rainer Feldmann erkannte ich hinter all den bunten Blendpunkten auf meinen Pupillen überhaupt nicht. Eher spürte ich seine Anwesenheit. Da stand er im Rahmen der Kabine und grinste auf mich hinunter, dessen war ich mir ganz sicher.

„Na, schon wieder hier?", fragte er amüsiert.

Ja, ich war schon sehr oft Patient in der Praxis, aber so häufig wie er das nun gerade sagte, auch wieder nicht. Was konnte ich dafür, dass mein Rücken ständig muckte.

„Grinsen Sie nur, Sie liegen ja nicht hier!"

Er wickelte mich aus meiner verschwitzten Hülle, wobei ihm das amüsierte Grinsen nicht aus dem Gesicht wich. Die Schweißperlen, die über meinen Bauch und Busen kullerten hinterließen kleine Wasserstraßen auf der Haut. Rainer Feldmann verschwand mit der verbrauchten Fangopackung, und ich drehte mich rasch auf den Bauch. Gleich folgte der noch unangenehmere Teil der Behandlung: das Durchkneten sämtlicher, schmerzhaft knotiger Verspannungen meiner Muskeln. Obendrein hatte ich gerade heute einen furchtbaren Muskelkater, und zwar überall! Zusätzlich zum Joggen, machte ich nämlich auch noch spezielle Gymnastikübungen für die Problemzonen. Was ich machte, machte ich ganz oder gar nicht! Selbst schuld, dachte ich und ergab mich in mein Schicksal, unter Feldmanns Händen, die an den wohlgeformten kräftigen Armen festgewachsen waren, Qualen zu leiden. Ob ich wirklich Brandblasen auf der Haut hatte?

Feldmann war der beste Masseur in der Praxis. Doch meistens ging es mir nach den ersten drei bis vier Behandlungen erst mal viel schlechter als zuvor. Das müsse so sein, erläuterte mir die junge Dame an der Rezeption irgendwann mal gemeinsam mit Feldmann. Völlig normal eine solche Erstverschlimmerung.

„Das kommt vom Heilungsprozess", erklärte die Rezeptionistin mit Heile-Hänschen-Grinsen und lächelte verständnisvoll. „Aber bei unserem Feldmann sind Sie in guten Händen, das können Sie mir glauben!"

Bevor der Feldmann mit seinen guten Händen auch heute wieder sein Bestes tun würde, fragte ich: „Hab ich eigentlich Brandblasen auf dem Rücken?"

Feldmann lachte herzlich.

„Wie kommen Sie denn darauf?"

„Es fühlte sich danach an. Also, hab ich oder hab ich keine?"

„Nein, alles glatt. Nur rot von der Hitze."

Na, da war ich aber erleichtert.

Und dann legte der Meister los! Mir schien, er hatte vor, mich gleich in der ersten von sechs geplanten Massagen restlos von allen Verspannungen zu befreien. Ich versuchte mich in Gelassenheit und biss mir tapfer auf die Unterlippe.

„Sie sind ja heute so still", feixte Meister Feldmann, beugte sich vor und schaute mir lächelnd in die Augen.

„Kunststück, ich beiße mir ständig auf die Unterlippe, da ist das Sprechen äußerst schwierig", presste ich ironisch zwischen den Zähnen hervor.

„Sie brauchen doch nicht Ihre schönen Lippen zu ruinieren. Ich hole Ihnen gern eines unserer Beißhölzer. Welche Holzart bevorzugen Sie denn? Wir hätten da Kiefer, natur oder gewachst, Fichte und für besonders harte Fälle auch tausend Jahre alte Eiche, mhm?"

„Witzig, witzig! Sie sind ein Schinder, Herr Feldmann!"

„Verstehe ich überhaupt nicht! Hier beklagt sich sonst keiner über einen zu festen Griff. Und eigentlich gebe ich auch kaum Druck."

„Von Ihrer Warte aus mag das sein. Aber Sie sollten mal an meiner Stelle hier liegen, dann würden Sie das ganz anders sehen."

Der knetete und wurstelte an mir herum, dass ich mich fühlte, wie ein böser Sklave auf einer mittelalterlichen Folterbank. Schließlich musste ich mich aufsetzen, damit er meiner Nackenmuskulatur und dem Hinterkopf zusetzen konnte. Gut, dass er mir nicht nochmal ins Gesicht sah! Er hätte einen Schrecken fürs Leben davongetragen.

„So, fürs erste war es das", verkündete er fürsorglich und tätschelte mir mit beiden Händen kurzklappsig meine malträtierten Schultern. „Wann haben Sie den nächsten Termin?"

„Schon morgen", antwortete ich grummelnd und verzog das Gesicht.

„Fein, da freue ich mich aber!"

„Mhm, meine Freude hält sich sehr in Grenzen", sagte ich ganz leise zu mir selbst und er hatte es offenbar nicht gehört.

„Ach, sagen sie mal, joggen Sie neuerdings?", fragte er und drehte seinen sportlich trainierten Oberkörper im Weggehen nochmal um.

„Ja", antwortete ich eine Spur zu spontan und fühlte ein warmes Kribbeln, das sich über die Wangen bis in die Ohren zog, wo es verdächtig heiß wurde.

„Dann waren Sie das ja doch neulich im Wäldchen. Ich laufe da auch öfters. Da werden wir uns sicher mal begegnen. Prima!"

Das hätte mir gerade noch gefehlt! Der sportstudierte Muskelschinder, der augenzwinkernd mindestens zehnmal an mir untrainierter Möchtegernmarathonläuferin locker-flockig vorbei trabt – eine ziemlich doofe Vorstellung, fand ich.

„Ich hatte eigentlich gehofft, dass ich mutterseelenallein da rumrenne", sagte ich denn auch. „Also, Sie müssen in Zukunft woanders laufen!"

Rainer Feldmann lachte schon wieder, schüttelte amüsiert den Kopf und seine wasserblauen Augen wurden ganz klein, wobei sich um sie herum ein Kranz feinster Lachfältchen bildete. Er hatte makellos schöne Zähne und ein sehr erotisch wirkendes Grübchen am Kinn. Komisch, dass mir das bisher nicht aufgefallen war? Vielleicht bekamen geschiedene Frauen einen anderen Blick für Männer?

Bei diesem Anblick hätte jedenfalls niemand vermutet, dass dieser Mann einem so schmerzhaft zusetzen konnte. So ein Netter! Und ich musste über drei Jahre lang in diese Praxis gehen, um jetzt festzustellen, wie sympathisch er eigentlich war!

'Siehste', meldete sich eine wohlbekannte Stimme im Innern. Teufelchen lag verträumt in seiner Hängematte, die Hände über dem kleinen Kugelbäuchlein gefaltet. 'Mach nur die Augen auf, Christinchen, und du wirst dein blaues Wunder erleben. Die Welt ist voll mit netten Männern!'

Ja, Recht hatte er, der kleine Süße aus der Hölle!

Ich gönnte mir nach dieser Quälerei und dem Schock des Vormittags trotz Ebbe in der Kasse einen Cappuccino, bevor ich die Kinder im Kindergarten abholte.

Der Abend wurde turbulent! Die Kinder tobten durch die ganze Wohnung und waren überhaupt nicht zu bändigen. Ich dachte immer, sie hätten im Kindergarten genug Bewegung, aber denkste! Ich hockte am Schreibtisch und mir rauchte der

Schädel, weil ich meine Finanzen rauf und runter rechnete, ohne einen vernünftigen Ausweg aus dem Debakel zu finden.

Ein lauter Schrei nach einem Unheil verheißenden Rums ließ mich im Dauerlauf ins Kinderzimmer stürmen. Tobias saß am Boden, hielt sich den Hinterkopf mit blutverschmierten Händen und schrie aus Leibeskräften. Mir trieb es eine Gänsehaut des Grauens in den Nacken, mein Magen krampfte beim Anblick von so viel Blut. Und Tim stand in einiger Entfernung ratlos und kreidebleich herum. Ich löste mich mit einem Ruck aus der Schreckensstarre und ging zu Tobi.

„Was ist denn hier los? Seid ihr von allen guten Geistern verlassen?", schimpfte ich genervt.

„Der Tobi ist an die Heizung gebumst, Mami", piepste Timmi kleinlaut.

„Das sehe ich auch! Ach, du meine Güte! Wie siehst du aus, Tobi!"

Schöne Bescherung! Ich schnappte Tobi und stürzte mit ihm ins Bad, um einen Waschlappen zu holen. Den presste ich auf seinen Hinterkopf, ordnete an, dass Tim einfach nur hinter mir her laufen sollte, schnappte mir Haus- und Autoschlüssel und verließ mit beiden die Wohnung.

Im Auto wimmerte Tobi leise vor sich hin. Tim sagte zur Abwechslung mal gar nichts. Mir fiel erst nach der Abfahrt auf, dass ich ohne Papiere Auto fuhr. Außerdem war ich in viel zu schneller Fahrt Richtung Krankenhaus unterwegs! Aber das alles war mir jetzt völlig schnuppe. Hauptsache, mein Kind käme in ärztliche Hilfe!

Das Krankenhaus tauchte ganz schnell vor uns auf. Raus aus dem Auto, Tobi auf den Arm genommen und losgestürmt Richtung Notaufnahme. Tim trabte brav und still hinter mir her.

Nichts ist mir verhasster, als das Warten in einer Arztpraxis. In der Notaufnahme dieses Krankenhauses war das nicht anders, eher viel schlimmer! Obwohl doch zu sehen war, dass wir dringend ärztliche Hilfe brauchten, wies man mich an, mit den Kindern im überfüllten Warteraum Platz zu nehmen.

Der Waschlappen, mit dem ich die Wunde zuhielt, nahm schon nichts mehr auf, so sehr blutete es noch immer. Eine Krankenschwester brachte mir eine dicke Kompresse, die ich Tobi auf den Hinterkopf drückte. Der kleine Mann hatte sich etwas beruhigt und kauerte wie ein Häufchen Elend auf meinem Schoß.

Mir schliefen ganz allmählich beide Beine ein unter dem Gewicht meines Sprösslings, und ich hätte gerade jetzt ein Königreich gegeben für einen starken, schwarzen Kaffee und eine Zigarette! Zum Teufel mit meinen guten Vorsätzen!

Doch vor uns mussten andere Patienten behandelt werden. Ein Mann brachte seine Frau mit einer Platzwunde über dem Auge herein. Er trug einen verblichenen Jogginganzug, hatte fettiges, strähniges Haar und im Oberkiefer fehlten einige Zähne. Seine Fingerspitzen waren ganz gelb. Ein Kettenraucher? Ich war sicher, die Glimmstängel würden ihm gerade hier sehr fehlen. Zumindest hierin fühlte ich *mit* ihm. Seine Frau blickte gequält drein, und ihr Gesicht war völlig verquollen vom Weinen. Ich schätzte die beiden auf ein Alter um Ende Vierzig. Ob die Frau an die Heizung gefallen war, wagte ich allerdings zu bezweifeln. Gleich schob ich meinen stillen, bösen Verdacht über die Klippe meiner blühenden Phantasie. Es gehörte sich doch nicht, Menschen nach dem äußeren Eindruck zu beurteilen, wies ich mich selbst zurecht und widmete mich wieder meinem Knirps.

Mein Sohnemann Tim, vom Schrecken vollkommen erholt, genierte sich indessen nicht, einfach mal nachzufragen, was denn der Frau Schlimmes passiert sei und ob sie sich beim Sturz an die Heizung verletzt habe, ohne, dass ich es verhindern konnte. Eine Antwort bekam er nicht von den beiden. Sie drehten sich einfach mit dem Rücken zu ihm und überließen ihn ohne eine Antwort sich selbst. Tim wartete noch ein paar Sekunden, doch dann beschränkte er sich darauf, schweigend zu begutachten, welche anderen Notfälle es zu hinterfragen gab.

Ein älterer Herr mit Vollglatze wurde im Rollstuhl herein gerollt: Knöchelbruch, sagte die junge Frau in seiner Begleitung zur Krankenschwester! Auch sie nahmen Platz und mussten warten. Eine junge Frau mit einer Schnittwunde am Arm saß drei Stühle von mir entfernt und schiefte traurig vor sich hin... an diesem Abend war für den Notdienst allerhand zu tun.

Nach einer knappen halben Stunde Wartezeit, die mir gefühlt wie eine Unendlichkeit vorkam, waren wir endlich an der Reihe. Immerhin blutete Tobis Wunde nicht mehr.

„Gehen Sie bitte zum Röntgen, zweiter Stock links, Zimmer 204", sagte die Ärztin, nachdem sie die Platzwunde kurz begutachtet hatte. Bei genauerem Hinsehen stellte sich heraus, dass es ein ganz kleiner Riss in der Kopfhaut war. Da war ich ziemlich erleichtert.

Am Röntgenraum: wieder warten!

„Mamiii, ich hab Durst", maulte Tim ganz leise, als eine Krankenschwester ein Tablett mit Kaffeetassen und Kanne an uns vorbei trug, dem auch ich sehnsüchtig hinterher blickte.

„Bald, mein Schatz, es dauert bestimmt nicht mehr lange", tröstete ich uns.

„Ich hab aber *großen* Durst."

„Ich auch", flüsterte Tobi leidend.

„Ich auch", wimmerte ich gespielt. „Mal sehen, ob wir ein Glas Wasser kriegen können."

„Ich will aber Fanta!", sagte Tim.

„Die gibt's hier bestimmt nicht!"

Da öffnete sich die Türe zum Röntgenzimmer. Eine freundliche, sportlich gekleidete Schwester lächelte uns zu.

„Na, ihr beiden? Ich hörte, ihr habt Durst?", fragte sie und zwinkerte mir zu. „Kommen Sie mit den Kindern herein. Ich habe eine Dose Limonade auf dem Schreibtisch stehen."

„Siehste, Mami, gibt doch Limo!", triumphierte Tim.

Er tauchte tief in den Plastikbecher. Tobi nahm auch einen Schluck. Ich blieb kaffeelos trocken.

Die Röntgenaufnahme von Tobis Kopf ergab keine ernsthafte Verletzung! Gott sei Dank! Die Wunde musste nur mit zwei kleinen Stichen genäht werden. Wir fuhren mit dem Aufzug wieder hinunter in die Notaufnahme und warteten erneut.

„Wie ist denn das passiert?", fragte die Ärztin, als wir schneller als erwartet an die Reihe kamen und beobachtete mich mit aufmerksamem Blick aus graugrünen klaren Augen.

Ich schilderte ihr, wie Tim es mir beschrieben hatte, denn schließlich war ich ja nicht dabei. Darauf schwieg die Ärztin und wirkte nachdenklich. Zweifelte sie womöglich an dem, was ich sagte? Dieser Gedanke schoss mir urplötzlich durch den Sinn.

„Glauben Sie mir etwa nicht?", fragte ich sie.

„Doch, doch", versicherte sie rasch, „und der Tim hat das gesehen, ja?"

Sie drehte sich nach meinem großen Burschen um. Tim schlug die Augen nieder und scharrte verlegen mit dem Fuß auf dem Boden herum.

„Warum ist denn der Tobias an die Heizung gefallen, mhm?"

Nun wurde es mir aber zu bunt! Ich saß mit einem Mal kerzengerade auf dem Hocker und blitzte die Frau Doktor ein bisschen böse an.

„Den hab ich richtig davor gedonnert. Was denken Sie denn?", platzte ich gereizt heraus.

„Stimmt ja nich!", warf Tim entrüstet ein. „*Ich* hab den so mit meiner Waffe geworfen", schilderte er mit weit ausholenden Armbewegungen, „und dann war er tot. Ich hab gewonnen! Die Mami war im Wohnzimmer! Die ist ja gar kein guter Krieger!"

Letzteres klang mitleidig, und ich musste plötzlich lachen. Ein triumphierendes Leuchten huschte über Tims blaue Augen, dann malte er etwas beschämt weiter seine unsichtbaren Kringel auf dem Kunststoffboden. Ich hörte auf zu lachen und sah mich zu einer Erklärung veranlasst.

„Die Kinder bewerfen sich mit Sofakissen und spielen 'Schlacht auf Burg Schreckenstein'", erklärte ich der Ärztin, bevor sie falsche Schlüsse ziehen konnte wegen möglicher Bestände an gefährlichen Waffen in meinem Haushalt.

Aber meine Befürchtungen waren überflüssig. Auch die Ärztin konnte sich ein Schmunzeln nicht verkneifen, und eine gewisse Erleichterung war ihr förmlich ins Gesicht geschrieben, als sie sagte: „Da haben Sie ja zwei wahre Temperamentsbündel, Frau Martens. Bitte verstehen Sie meine etwas argwöhnischen Fragen nicht falsch. Was glauben Sie, welche Geschichten wir hier manchmal aufgetischt kriegen, die einen wirklich bösen Hintergrund haben."

„Schon verziehen", antwortete ich großmütig.

Da Tobias sich mit aller Macht gegen eine Spritze wehrte, was ich nur zu gut verstand, beschloss das dreiköpfige Notfallteam, den Jungen mit eben solcher Macht festzuhalten, um ohne Betäubung die Wunde zu nähen. Mir wurde allein bei der Vorstellung ganz flau im Magen.

Kaffee! Zigarette! Sauerstoff!!!

„Wie? Ohne Betäubung?", wollte ich wissen. „Geht denn das?"

„Das tut eigentlich kaum weh", erklärte mir die Schwester. „Sehen sie, das Gewebe um die Verletzung herum ist so angeschwollen, dass er die kleinen Piekser nicht bemerken wird."

Verletzung... kleine Piekser... Blut... alles in meinem Kopf drehte sich... ich sah kunterbunte Lichtlein, und der Krankenhausboden unter meinen Füßen gab plötzlich nach. Ich entfernte mich im Zeitlupentempo von der Szenerie und landete auf dem kalten Boden, bevor es jemand bemerkte und mich hätte auffangen können. Als ich wieder zu mir kam, lag ich an Tobis Stelle auf der Liege und die Schwester hielt meine Beine nach oben, Tim tätschelte mir die Hand und die Notfallärztin kam mit einem Becher Kaffee wieder herein. Endlich Coffein!

„Wo war ich?", fragte ich.

„Weggetreten", lachte die Schwester.

„Was ist mit Tobi?"

„Fertich, Mami! Hat gar nich wehgetan", meinte der heldenhaft.

„Der lügt, Mami!", sagte Tim wissend. „Tobi hat geschrien wie ein Löwe und wollte die Doktorfrau hauen."

„Na, dann ist ja alles in Butter."

Wir nahmen Platz in einem kleinen Nebenraum, was ich in Anbetracht meiner immer noch schlabberigen Knie begrüßte, und ich schlürfte dankbar und gierig den heißen Kaffee. Meine Jungs fragten einen netten, jungen Pfleger, der Spritzen in eine Schublade sortierte, ob sie nicht auch eine haben könnten.

„Wenn die Mami mal Hilfe braucht, mach ich das schon", sagte Tim ernsthaft und klang echt fachmännisch. Der liebe Himmel möge diesen Fall nie eintreten lassen, dachte ich.

Jedenfalls war der Schreck der Abendstunde überwunden. Tobias hatte sich von demselben und den Schmerzen erholt, und von tot sein infolge einer Sofakissenschlacht konnte keine Rede sein. Mit einer Bescheinigung für den Kinderarzt, der in drei Tagen die Wunde begutachten sollte, verließ ich die Klinik und fuhr in gemächlichem Tempo nach Hause.

11 Uhr war's! Kein Zweifel: dieser Tag hatte es in sich gehabt! Erschöpft, noch immer leicht geschockt von den Ereignissen und hundemüde waren wir! Die Kinder ließ ich bei mir schlafen. Ich lag mehr oder weniger gemütlich dazwischen und lauschte auf ihre gleichmäßigen Atemzüge, bis ich selbst einschlief.

Der Wecker klingelte uns gnadenlos um 6 Uhr morgens aus den Federn. Aus einem erstaunlich schönen Traum hochgeschreckt, haute ich dem Wecker eins auf die Glocken. Dass Nächte so kurz sein konnten! Vorsichtig krabbelte ich zwischen den Kindern ans Bettende und ging ins Bad zum Duschen.

Um 7 saßen wir drei am Frühstückstisch.

„Mamaaa?", fragte Tobias und stimmte mit seiner leisen, kränklich klingenden Stimme schon mal vorsorglich mein

Mutterherz auf butterweiches Mitgefühl. „Bin ich sehr krank?"

„Na, sagen wir mal, du hast 'ne ganz schön dicke Beule abbekommen, mein kleiner Burggraf!"

„Muss ich nich zu Hause bleiben?"

Sowas hatte ich befürchtet. Aber die Ärztin im Krankenhaus hatte gesagt, wenn keine Komplikationen wie Erbrechen oder Schwindelgefühle auftreten, könne er ohne weiteres in den Kindergarten gehen.

„Nein, Tobi, es ist nicht so sehr schlimm. Du kannst in den Kindergarten gehen. Die Frau Doktor hat dir's ja gesagt."

„Siehste", sagte Tim und drehte Tobi eine lange Nase.

„Schade!", maulte der Kleine und knuffte Tim in die Seite.

„Ich hole euch heute etwas früher ab", sagte ich tröstend. „Ich habe so einen ungünstigen Termin zur Massage. Da nehme euch lieber mit. Sonst wird es nachher zu spät und die Frau Klein-Hueber meckert wieder mit uns."

„Ja, wie 'ne Ziege", riefen meine Söhne und meckerten drauflos.

„Da müsst ihr natürlich brav sein, damit Herr Feldmann auch arbeiten kann", mahnte ich. „Nix von wegen herum rennen und mit allen Leuten kleine Plaudereien anfangen, verstanden?"

„Klar, Mami, Ehrenwort!", versprachen sie.

Wir brachen auf. Im üblichen Eiltempo in den Kindergarten, Küsschen, Küsschen und Tschüss, und dann düste ich über die Autobahn wie gewohnt ins Büro. Wie gewohnt...?

Ich konnte mich des merkwürdigen Gefühls nicht erwehren, das mir der Gedanke an meinen baldigen Abschied verursachte. In drei Monaten wären diese morgendlichen Touren und der Büroalltag zu Ende, und meine finanzielle Situation würde vermutlich die never-ending-story einer Katastrophe, wenn mir nicht bald irgendwas Gutes zur Lösung einfiel.

Die Arbeit mit meinen Kolleginnen machte trotz der Krisenatmosphäre im Büro so viel Spaß, dass ich in zwei Stunden mein komisches Unbehagen verlor. Was sollte es auch? Wir hatten noch ein paar schöne Wochen gemeinsam, und nur, weil ich nicht mehr mit ihnen arbeitete, mussten sich unsere Wege nicht ganz trennen. So war der Vormittag flugs herum.

Mit den Gedanken wieder bei meinen häuslichen Problemen angelangt, fuhr ich kurz nach Hause, holte mein Handtuch und wollte wieder los. Da sah ich, dass die Signalleuchte am Anrufbeantworter blinkte. Jemand hatte auf das Band gesprochen. Ich ignorierte das, weil ich es eilig hatte, packte das Handtuch und die Terminkarte in eine Tasche und holte rasch die Kinder im Kindergarten ab.

Wieder schmorte ich in meiner Fangopackung, litt unter den kräftigen Händen von Rainer Feldmann. Schweigend brütete ich über meinen Gedanken.

„Tut das weh?", fragte Tobias, und gleich war ich wieder hellwach.

„Nein, kleiner Mann", versicherte der Masseur schnell.

„Lügner", flüsterte ich.

„Na, beißen wir heute nicht auf die Unterlippe?"

Ich schüttelte mit dem Kopf.

„Tut das weh, Mami?", fragte Tobias noch einmal und sein sorgenvoller Blick traf mir mitten ins Herz.

„Ein bisschen, mein Schatz."

„Warum tut das weh? Muss das sein?"

„Danach wird es besser, Tobias."

„Bist du denn krank?"

Ohne die Antwort abzuwarten, fragte Tim, der sich schon langweilte, dazwischen: „Wann bist du denn fertig, Mami?"

Er saß auf einem Hocker und ließ die Beine baumeln.

„Frag Herrn Feldmann", sagte ich und wies mit dem Daumen auf meinen Peiniger.

„Es dauert nicht mehr lange", beruhigte er Tim.

„Gehen wir dann ein Eis essen?", wollte Tim wissen.

„Das möchte ich auch gern", meinte Rainer Feldmann. „Nehmt ihr mich mit?"

„Wenn du willst", sagte Tim großzügig. „Bist du ein Freund von der Mami?"

„Das glaube ich kaum", grummelte ich, „wer mich so quält, kann nicht mein Freund sein!"

„Also gehen wir ein Eis essen?", fragte Tim etwas ungeduldig.

„Ja, das haben wir uns verdient", antwortete ich, damit er Ruhe gab. Ich konnte wieder eine Weile still vor mich hin leiden.

„Der Papi hat eine Freundin", erzählte Tobias nach einer kurzen Weile nachdenklichen Schweigens. „Die heißt Wanda!"

„So, so", machte der Feldmann.

Ich spürte förmlich wie er grinste und fuchtelte mit der Hand vor Tobis Gesicht herum, damit dieses Thema nicht weiter besprochen wurde. Das ging Herrn Feldmann nun wirklich nichts an. Mein Sohn wich aber nur meiner wedelnden Hand aus und guckte verständnislos drein, bevor er seine Erläuterungen fortsetzte.

„Der Papi ist nähmich mit Mama geschieden."

„Deshalb ist er auch nich mehr ihr Freund", fügte Tim hinzu. „Die Mami hat keinen Freund."

Ich wünschte mir gerade eine Fernbedienung für Plappermäuler! Das wäre doch mal eine göttliche Erfindung. Schutzengelchen, wo bist du? Mutter könnte in solchen Situationen einfach die Off-On-Taste drücken, und es würde Stille herrschen.

„Dafür hat die Mami ja euch beide. Ich seid doch bestimmt ganz prima Freunde für sie", sagte Rainer Feldmann, so als hätte er mein Unbehagen unter seinen knetenden Fingerspitzen gefühlt.

Gut gemacht, dachte ich anerkennend und hoffte, dass die Kinder mit dieser Antwort zufriedengestellt seien und sich über was anderes unterhalten könnten. Besser noch, sie würden einfach schweigen.

„Ja, aba knutschen tun wir die Mami nich", sagte Tobi verschmitzt. „Die ist ja unsere Mami."

„Tobi, nun lass' gut sein!", murmelte ich und es sollte so harmlos wie beiläufig klingen. Aber der Feldmann bekam nun seinen Spaß, wie es schien.

„Die Jungs haben doch Recht", fiel er mir in den Rücken, wo er gleich noch ein bisschen fieser hinlangte. Hatte der Glück, dass ich im Augenblick wehrlos ausgeliefert war.

„Eben", meinte Tim altklug. „Können wir den mitnehmen zum Eisessen, Mami?", wollte er dann wissen und zeigte dabei mit ausgestrecktem Finger auf Rainer Feldmann.

„Nein, Herr Feldmann muss arbeiten!", entschied ich.

Der knetete nach wie vor professionell hingebungsvoll meine Schultern, und ich muss schon sagen, es schmerzte arg. Tim sah es mir offensichtlich an.

„Mami, du siehst ganz furchtbar aus!"

„Danke, mein Sohn", presste ich neben dem imaginären Beißholz hervor. Kleinste Schweißperlchen bildeten sich fühlbar auf meiner Nase und Stirn.

„Wie gestern in den Krankenhaus", erzählte Tobias kichernd.

„Sie waren im Krankenhaus?" Herr Feldmann war überrascht.

Bevor ich eine Chance hatte, die Geschichte selbst zu erzählen, lieferte Tobias einen kurzen Bericht.

„Ich hab sooo 'ne kleine Beule, und die Mami ist umgefallen. So und so auf den Boden. Das hat geknallt!"

Tobias ließ sich langsam zu Boden gleiten und spielte theatralisch aufführungsreif meine gestrige Ohnmacht. Er schilderte dann auch unaufgefordert seinen dramatischen Tod an der Heizung, und dass ich ganz gelb im Gesicht gewesen wäre. Wirklich reizende Buben hatte ich, daran bestand kein Zweifel. Ich litt noch ein bisschen weiter still vor mich hin. Nach Lachen war mir gerade gar nicht mehr zumute.

Statt Eis gab es dann Pommes mit 'ner Knackwurst, und wir fuhren nach Hause. –

Die Nachricht auf dem Anrufbeantworter war von Andreas, der mich um Rückruf bat. ...? Schon blubberte es wieder unbehaglich in meiner Magengrube. Was wollte der denn?

Am Abend rannte ich mir im Wäldchen erst mal die Seele aus dem Leib, boxte unsichtbare Gegner aus der Luft und baute jede Menge Aggressionen so richtig wütend ab. Doktor Flauschbarttigerslip wäre sehr stolz auf mich gewesen, hätte er mich beobachten können. Der sportliche Feldmann trabte gottlob nicht zeitgleich durch den Wald. Vielleicht hätte ich ihn vom Weg geschubst. Als Dank für meinen Muskelkater, den er mir durch die ersten beiden Massagen verursacht hatte. Nach dem Lauf fühlte ich diesen Schmerz dann fast nicht mehr.

Solchermaßen abreagiert konnte ich später Andreas anrufen. Das traf sich außerdem gut, denn wenn er ein Anliegen hatte und ich eines, schlugen wir sozusagen zwei Fliegen mit einer Klappe. Ich krempelte entschlossen meine Ärmel hoch, griff zum Hörer und wählte die Nummer.

Ich wollte eigentlich forsch und frech mit der Türe ins Haus fallen, aber der eigenartige Tonfall meines Ex-Gatten ließ mich innehalten. Er bat mich um eine Unterhaltung unter vier Augen, wollte sich aber unter keinen Umständen dazu äußern, worum es ging! Schon sehr verdächtig, dass er es so geheimnisvoll machte. Was konnte dahinter stecken? In meinem Innern begannen alle Alarmlämpchen zu glühen.

Ich war so aufgekratzt und chaotisch im Hirn, das ich die Sache mit Olli erläutern musste! Meine Nerven waren zum Zerreißen gespannt.

„Von Pape." Olli klang fröhlich wie immer.

„Hi, Olivia, ich bin's!"

„Oha", machte sie, offensichtlich kauend. „Entschuldige, ich mampfe ein Brötchen. Wo brennt's?"

„Andreas hat gerade mit mir gesprochen."

„Na, und was hatte der Ärmste auf dem Herzchen?"

„Er will mit mir unter vier Augen reden", erzählte ich, „und ich habe keinen blassen Schimmer, was das wieder sein könnte. Worüber könnte ein geschiedener Gatte mit der Ex reden, wenn es nicht um Kohle und Kinder geht? Er wollte nicht mal andeutungsweise durchblicken lassen, was er will. Mein Magen grummelt ganz arg, Olli, mir ist schlecht."

Sie lachte leicht: „Jetzt schon? Vielleicht will er die Scheidung rückgängig machen?"

Erst erschrak ich. Dann musste ich kichern.

„So 'n Quatsch, das glaube ich nicht. Nein, sein Anwalt hat ihm eine dicke Rechnung präsentiert. Vielleicht möchte er, dass ich mich an den Kosten beteilige."

„Das ist ja Oberblödsinn! Seine Kosten sind *seine* Kosten. Damit hast du nun wirklich nichts zu tun. Lass' dich bloß auf nix ein!"

„Mensch, Olli. Mir steht der Kopf ich weiß nicht wo, weil ich pleite bin, und da kommt dieser Ex-Gattenmensch und macht auf geheimnisvoll unter vier Augen! Ich finde das alles doof! Das Leben könnte so viel einfacher sein!", sagte ich verzweifelt.

„Beruhige dich", sagte Olli, „dir bleibt nichts anderes übrig, als abzuwarten. Wann will er denn kommen?"

„Donnerstagabend."

„Und was hast du sonst für Probleme?"

„Der Pleitegeier ist nach langer Umkreisung in meiner Haushaltskasse gelandet und hat sich ein gemütliches Nest eingerichtet, das er partout nicht verlassen will! Vermutlich plant er, dort Eier zu legen und lange zu brüten. Mein Bankkonto ist gesperrt! Die Nebenkostenabrechnung ist überfällig! Herr Hofmann hat mir den Job zum 30. Juni gekündigt...", berichtete ich im Telegrammstil.

„Ach, du Scheiße!", entfuhr es ihr. „Weltuntergangsszenario! Da wirst du dir was einfallen lassen müssen, meine Liebe! Wie hat denn Andreas auf die Kündigung deines Jobs reagiert?"

„Gar nicht. Das muss ich ihm auch noch irgendwie beibringen."

„Wieso hast du es ihm nicht gleich gesagt?"

„Seine Stimme klang mir nicht geheuer, da wurde ich feige und hab es lieber bleiben lassen."

„Tja, nun musst du abwarten und Tee trinken! – Übrigens: wieso verkaufst du nicht dein großes Auto, Christine? Der Passat ist doch noch nicht so alt. Kriegst bestimmt einen guten Preis dafür!"

Ich überlegte: „Ja, könnte ich versuchen. Die 13.000, die er mich gekostet hat, werde ich zwar nicht kriegen, aber sicher auch nicht wesentlich weniger! Ich könnte mich von der blöden Kreditrate trennen oder sie zumindest entscheidend senken, wenn ich einen Teil der Summe zurückzahle. Mensch, Olli, dass ich darauf nicht gekommen bin!"

„Dafür hast du ja mich, Mausi!"

Besser wäre noch gewesen, ich hätte das Geld von der Lebensversicherung für das Auto geopfert, dann wäre der Wagen ganz mein Eigentum, und ich hätte keinen Kredit am Hals, dachte ich etwas bitter. Aber hinterher ist man immer schlauer! Das war die verflixte Sache mit den Fehlentscheidungen und Fettnäpfen.

„Ich rechne nochmal alles durch und dann entscheide ich mich."

„Ja, und was das Ansinnen von Andreas betrifft, da mache dir mal keine Gedanken drum. Was kann denn schon passieren?"

Auch darin hatte Olivia eigentlich Recht. Es konnte doch kaum schlimmer kommen. Der Gedanke, meine Familienkutsche am liebsten möglichst teuer zu verkaufen, erleichterte mein Herz um die Sorge wegen meiner Finanzmisere sofort ein wenig. Mein Optimismus war schlagartig wieder da, und ich sah mich schon mit einem Beutel voller Geldscheine nach dem erfolgreichen und schnellen Verkauf des Vehikels nach Hause tänzeln. Überdies würde ein ganz kleines, altes Auto uns dreien ja auch vollkommen genügen.

Donnerstag war ich dann natürlich völlig durch den Wind.

Ich hatte tags zuvor meiner Mutter erzählt, dass Andreas seinen Besuch angekündigt hatte und ich nicht wisse, was er wolle. Sie quittierte das mit dem für sie typischen, lapidaren Schulterzucken. Was sollte ein geschiedener Mann schon von seiner Ex-Gattin wollen, schien sie zu sagen und meinte sicher: wart's einfach ab, du wirst es ja erleben.

Meine finanziellen Schwierigkeiten hatte ich ihr lieber verschwiegen. Eine mittelschwere Mutter-Tochter-Krise lag gerade mal gut hinter uns, da wollte ich diesen jungen Frieden keinesfalls gefährden, indem wir uns wegen unserer geteilten Ansichten über den Umgang mit Geld und das Leben an sich, erneut in die Haare kriegten. Meine Mutter gehörte zu der Sorte Mensch, die gerne mahnen und warnen, aber selten bessere Ideen haben. Sie tat immer so, als wisse und könne sie alles – vor allen Dingen besser als alle anderen Menschen der Welt. Im Nachhinein hob sie dann auch gern den Zeigefinger: ich hab's ja gleich gewusst. Ach, nein danke! Darauf hatte ich keine Lust.

Die Stunden dieses Donnerstages wollten und wollten nicht vorübergehen. Mein Nervenkostüm war derart gereizt, dass ich sogar leichtes Fieber bekam. Olivia hatte mir noch geraten, dafür zu sorgen, dass ich mich pudelwohl fühlte.

„Dusche, pflege und schminke dich, damit du weißt, dass du gut aussiehst. Zieh dir was Tolles an! Schau, dass du dich rundum sicher in deiner Haut fühlen kannst. Und dann: auf, in den... was immer da kommt!"

Endlich, endlich war es Abend! Die Kinder fielen hundemüde in die Federn, nachdem das Wetter gut und die Kindergartentruppe den ganzen Tag draußen war. So setzte ich mich, bekleidet mit meinem edlen Overall, chic frisiert und geschminkt mit einem großen Becher Honigmilch zur Beruhigung aufs Sofa wie Pik-Sieben. Ich fühlte mich trotzdem nicht viel besser, sondern reichlich overdressed und kurz vor einem Nervenkollaps.

Ich wartete. Es klingelte.

Andreas erschien noch im Anzug direkt von der Arbeit im Büro, hängte seinen Mantel – wie früher gewohnt – auf den Kleiderhaken und ging direkt und selbstverständlich ins

Wohnzimmer. Es war fast so, als wohne er noch hier. Komisches Gefühl! Dann saßen wir jeder auf einem der beiden Sofas einander schräg gegenüber und schwiegen.

„Und, was gibt es?", platzte ich schließlich heraus, weil ich die Spannung nicht aushielt.

„Tja, ich wollte dich fragen... ich meine, du sagtest doch...", stotterte er unbeholfen herum.

Seine offensichtliche Unbeholfenheit, seine Gesichtszüge, die zu zittern schienen, ließen mein Unbehagen ins Unermessliche wachsen. Ich spürte, wie mir der Rücken unter dem Overall zu brennen begann, und es prickelte in meinem Hosenboden wie mit Nadelstichen hinunter bis in die Beine, sodass ich am liebsten auf und davon gelaufen wäre. Wie unangenehm! Was wollte er denn, dass er so verlegen und steif da in meinem Sofa hockte und die Worte nicht fand.

„Was?", fragte ich dann leise.

Der große Mensch da in dem Sofa wirkte plötzlich so viel kleiner als sonst. Seine Augen blickten jetzt verloren umher, als suche er irgendwo Halt. Ich fühlte die Gefahr, Mitleid zu empfinden. Worauf mochte das hinauslaufen?

Er holte einmal ganz tief Luft, legte seine Hände gefaltet ineinander, während er sich zurücklehnte, und dann schaute er mich offen an.

„Ich wollte fragen, ob ich wieder nach Hause kommen kann."

Boing! Wer hätte das gedacht? Hatte ich mich verhört? Nein, ich hatte mich *nicht* verhört. Es verschlug mir die Stimme. Mit allem hatte ich gerechnet: dass er tatsächlich seine Kosten mit mir teilen wollte, was natürlich absurd gewesen wäre, dass er plötzlich die Kinder zu sich nehmen wollte, aus Gründen, die sich selbst meinen kühnsten Phantasien nicht zeigen mochten oder... Aber dass er den Wunsch hatte, jetzt zu mir zurückkehren zu wollen, das hätte ich mir bestenfalls noch vier Wochen vor der Scheidung vorstellen können. Jetzt war ich einfach nur vollkommen perplex und schwieg. Mir fiel nichts zu sagen ein. Im Hirn hakte es, und die Gedanken wollten nicht fließen. Und mein Herz?

'Reizend', hörte ich meinen kleinen Teufel in mir, 'das hat uns gerade noch gefehlt.'

Ja, dachte ich, das hatte uns wirklich gerade noch gefehlt! Jetzt. Ausgerechnet jetzt, wo ich mich mit der Situation beinah völlig abgefunden hatte, jetzt kam dieser Mann mir mit diesem Ansinnen? Musste der verzweifelt sein! Oder war er zu einer späten, wichtigen Erkenntnis gelangt? Gab es Gründe für ihn, die in seinem Herzen lagen und folgte er nun nur seinen Gefühlen? Gefühle... vielleicht doch für mich?

Mit einer Stimme, die wohl meine war, mir aber sehr fremd erschien, hörte ich mich fragen: „Warum?"

Andreas schaute mich so erstaunt an, als hätte er ein neues Weltwunder entdeckt. Hatte er gehofft, dass ich die Arme hochreiße und in Jubelschreie ausbreche? Das konnte er wohl kaum erwarten. Und mein Körper saß ganz fest auf dem Sofa, und kein Muskel bewegte sich in irgendeine Richtung.

Andreas schwieg und schaute betreten vor sich hin.

„Warum, Andreas?", fragte ich erneut und allmählich bekam ich eine kleine Angst vor seiner Antwort.

Die ließ noch immer auf sich warten. Doch dann kam sie ganz leise über seine Lippen: „Weil du es gesagt hast vor ein paar Wochen."

'Weil du es gesagt hast...' Das war der Grund? Ich hörte es. Ich verstand es sofort. Aber ich begriff es nicht.

„Weil ich es gesagt habe?", wiederholte ich und konnte mein Unverständnis über diese Antwort kaum unterdrücken. „Mhm, als ich es sagte, hast du rundheraus abgelehnt! Du hattest *Pläne*, wenn ich mich recht erinnere. Woher rührt denn jetzt dein Sinneswandel?"

Wenn er jetzt einen wirklich guten Grund ausspricht..., dachte ich, und mir wurde immer flauer zumute. Würde er vielleicht sagen, dass... Aber Andreas schaute mich einfach nur an, blass im Gesicht, und wirkte weiterhin hilf- und ratlos.

Der schwieg einfach, brachte die Zähne nicht auseinander und tat gar nichts. Er saß nur da und schaute und schwieg.

„Du hast mir vorgeworfen, dass die Dinge bei uns immer liefen, wie ich es sagte", erinnerte ich ihn. „Jetzt soll das der Grund sein, dass du nach Hause kommen willst? Das verstehe ich nicht."

Andreas richtete sich auf und sagte endlich was.

„Was ist daran falsch? Hast du deine Gefühle seit dem Gespräch vor der Scheidung geändert? Sind die Interessen der Kinder nicht mehr so wichtig?"

„Doch."

„Wir könnten auch eine Therapie machen."

Das klang aus Andreas Mund, als wäre er soeben spontan und von ganz allein auf die Idee gekommen. Irgendwie völlig daneben, fand ich, und das klang in meinen Ohren auch nicht so, als meinte er das wirklich ernst. Ganz, ganz langsam öffnete sich in mir ein Gefäß und tropfenweise sickerte Enttäuschung da hinein. Noch vor unserer Trennung hatte ich zahllose Argumente, Wünsche und Anliegen und vor allem Ideen geäußert, die er alle in den Wind schlug. Er widersprach nicht, er reagierte nicht. Ignoranz! Und das tat immer weh. – Was mochte ihn jetzt bewegt haben, plötzlich diese Türe öffnen zu wollen? Liebe?

Auf einmal also sollte all das möglich sein, was er bisher verweigert hatte? Ich schwankte, was ich ihm abnehmen sollte. Seine leidende Miene, die Hilflosigkeit signalisierende Haltung oder seine Worte? Vielleicht besser beides nicht.

Andreas sah mich unterdessen fast flehend an. Warum sagte er nicht, dass er einen Fehler machte, als er mich so kalt abgefertigt hatte? Konnte er nicht zugeben, dass er sich hübsch was zusammen phantasiert hatte und nun zu einer anderen Einsicht gekommen ist? Noch besser und richtiger wäre es gewesen, wenn er mir seine Liebe erklären würde, dass es ihm leid tat und er die Scheidung – wenn auch erst nachträglich – bedauern würde. Drei kleine Worte, genau in diesem Augenblick ausgesprochen, hätten mich vielleicht umstimmen können... – Aber Andreas äußerte nichts. Gar nichts! Andreas Martens wollte nur schnell wieder nach Hause, weil ich, seine Ex-Dominanzia es so gesagt hatte.

Nö! Und so ging ein Ruck durch meinen Körper. Unsichtbar. Tief im Innern nur für mich selbst spürbar. Ich richtete mich auf und schaute ihn geradewegs an.

„Also, wenn du keinen anderen Grund hast, nach Hause zu wollen, Andreas, dann will ich das nicht", hörte ich mich sehr fest sagen.

Ich hoffte noch ein bisschen, er würde *jetzt* Argumente vortragen, die mich umstimmen könnten oder zumindest um Bedenkzeit bitten ließen. Denn ein bisschen zappeln lassen, wollte ich ihn für diesen Fall schon. Aber er stand auf, nahm seinen Mantel und verabschiedete sich mit einem „da kann man halt nichts machen". Die Türe fiel ins Schloss, und ich blieb still auf meinem Sofa hocken.

Ich weiß nicht, wie lange ich da saß und mir diese kurze Unterredung unter vier Augen wieder und wieder durch den Kopf ging. Mir fiel ein, dass ich nicht einmal nach Wanda gefragt hatte. Was mochte in Andreas Kopf vorgegangen sein? Was waren seine wirklichen Beweggründe? Dass in seinem Herz etwas in Bewegung geraten war, schloss ich gänzlich aus.

Als ich Olli davon berichtete, war sie ebenso überrascht wie ratlos.

„Ich verstehe Andreas nicht", schimpfte sie entrüstet. „Klaus ruft später noch an. Wenn ich ihm das erzähle, das glaubt er nicht."

„Ich bin nur froh, dass dieses Gespräch hinter mir liegt! Ist vielleicht besser, dass ich die tieferen Beweggründe meines Ex-Gatten nicht kenne, falls er welche haben sollte. Womöglich täte es mir am Ende noch leid."

„Männer! Verstehe sie einer", grummelte Olli abfällig.

„Hätte er gesagt, dass er mich liebt und die Kinder, und dass er uns vermisst und einen schrecklichen Fehler gemacht hat...", begehrte ich nochmals kurz auf, „aber nein! Hätte, wenn und aber... nein, Olli! Besser ist: Mama bleibt von Papa geschieden! Punkt und Ende aus!"

In der Nacht schlief ich tief und fest. Ich erwachte seltsam entspannt und befreit noch vor dem Wecker, schwang die Beine aus dem Bett und ging trällernd ins Bad.

Die Kinder genossen meine gute Laune. Meine Kolleginnen genossen meine Späße. Nachmittags hatte ich noch einen Massagetermin und unterhielt mich mit Meister Feldmann über meinen Wagenverkauf.

„Fahren Sie doch zum Autokino", schlug er vor, während er mich mit gewohnt schmerzhafter Grifftechnik bearbeitete.

Die Jungs hockten derweil in der Besucherecke gut beschäftigt mit einem Puzzle am Tisch. Keine Peinlichkeiten aus Kindermündern!

„Autokino? Das ist eine sehr gute Idee", freute ich mich.

Der Feldmann war richtig nett, fand ich. Wenn ich mich anstrengte, an etwas ganz Schönes dachte, schmerzte die Behandlung auch nicht ganz so doll. Phantasie versetzt Berge!

Derart hoffnungsvoll gestimmt besprach ich das Thema Autoverkauf mit meinem Vater am Telefon. Der war viele Jahre für einen Autofabrikanten beschäftigt, kannte sich mit Autos bestens aus und riet mir vom Verkauf am Autokino ab. Er hatte einen besseren Vorschlag. Ich sollte doch auf den großen Parkplatz bei den Ford-Werken fahren. Dort wäre jeden zweiten Samstag großer Gebrauchtwagen-Markt, und es würden gute Preise gezahlt. Ich erhielt noch ein paar Tipps wegen der Preisfindung und der Angaben, die ich auf dem Schild für das Auto machen sollte.

Samstag fuhr ich also bestens gerüstet, optimistisch gestimmt und in Erwartung eines Verkaufserfolges mit meinen Söhnen nach Köln-Niehl, um unseren Passat zum Kauf anzubieten.

Es regnete in Strömen, der Parkplatz war ziemlich aufgeweicht und obendrein waren die Temperaturen wieder in den Keller gesackt. Die Heizung meines Wagens funktionierte nur, wenn der Motor lief. Wir standen drei Stunden lang mit unserem Auto auf dem Parkplatz herum, ohne dass auch nur ein einziger Interessent einen Blick dafür gehabt hätte. Na schön, dachte ich, in zwei Wochen versuchen wir es wieder! Enttäuscht fuhren wir mittags wieder nach Hause.

Im Briefkasten erwartete mich eine angenehme Überraschung! Mein Arbeitgeber hatte nachträglich ein paar Überstunden abgerechnet und den Betrag zusammen mit einer Erfolgsprämie und dem Urlaubsgeld auf mein Konto überwiesen! Ich war kurzfristig mal wieder gerettet und atmete auf!

Gleich zu Anfang der darauffolgenden Woche musste ich mit Andreas reden, da ich ja bei unserer Donnerstagsunterhaltung die Sache mit der Kündigung nicht hatte anbringen können. Ohne die Ärmel hochzukrempeln, dafür mit jeder Menge Unbehagen im Bauch wählte ich seine Telefonnummer. Erwartungsgemäß explodierte er, als ich ihm erzählte, dass ich Ende Juni meinen Job verlieren würde!

„Toll! Super! Das hat mir gerade noch gefehlt!", tobte er – so kannte ich ihn, wenn es um das liebe Geld ging. Der war so laut, dass ich ihn von der Küche nebenan hätte hören können, ohne dass mir ein Wort entgangen wäre. „Und da soll ich jetzt auch wieder bluten!"

„Nun beruhig' mal dein blutrünstiges Gemüt!"

„Beruhigen?!", rief er aufgebracht. „Du hast ja keine Ahnung wie es mir geht! Du setzt mich vor die Tür, dann die Scheidung, die Kosten bleiben allein an meiner Backe hängen, und jetzt wirst du zu allem Überfluss auch noch deinen Job los! Was kommt als nächstes? Und die Zeche zahle allein ich! Da soll ich ruhig bleiben?"

Sein Ausbruch traf mich zwar, aber ich versuchte zumindest ruhig und gelassen zu scheinen. Es brachte ja auch nichts, die Diskussion um Geld mit ihm zu vertiefen. Er hatte sich vor ewig langer Zeit den Opfermantel umgelegt und weigerte sich, ihn wieder auszuziehen. Irgendwie war er das doch auch selbst schuld, fand ich.

„Ich hoffe, dass ich bis zu dem Termin einen neuen Job habe", beschwichtigte ich ihn. „Die Zeitungen sind schließlich voll davon. Das letzte, was ich will, ist doch, dass wir dir unnötig auf der Tasche liegen."

„Du triffst den Nagel haargenau auf den Kopf! Ich könnte mir was Schöneres vorstellen, als für eine Familie zu zahlen, die ich nicht mehr habe."

„Na, hör mal! Das bist du ja selbst Schuld. Du hättest dir früher mal klarwerden können, dass dir deine Familie doch ein bisschen was bedeutet. Also, jetzt mach' mal halblang! Ich regle das schon, so wie ich immer alles geregelt habe. Bis Ende Juni ist es noch ein paar Wochen hin, da wird sich was finden. Ich wollte dich nur vorwarnen, damit du nicht in Ohnmacht fällst, wenn ich wider Erwarten nichts Neues finden sollte und der Unterhalt..."

„Ja, dann mach mal, dass das klappt. Ich finde nämlich, dass ich genug zahle!"

Klick! Aufgelegt! Ohne Gruß! – War der geladen! Ich legte den Hörer langsam auf die Gabel zurück. Ich fühlte mich hin und her gerissen. Einerseits dachte ich, dass ihm das nur recht geschieht und andererseits tat er mir doch ein bisschen leid. Ebenso stritten sich meine zur Untermiete wohnenden Geister lauthals. Das Teufelchen war puterrot vor Rachedurst und der holde Engel pochte auf Mitgefühl.

Da musste Andreas eben durch, dachte ich und streckte mich entschlossen. Aber er verfügte über die Flexibilität einer Eisenbahnschwelle und konnte sehr stur sein. Außerdem wollte er bloß keine Komplikationen! Ja keine Sache aus dem Ruder geraten lassen. Immer hübsch geradeaus sehen und gehen.

Leider war ich eine Frau, die gern auch rechts und links des Weges schaute, manchmal verweilte oder sich auf unbequeme Umwege begab. Unverbesserlich neugierig, Überraschungen liebend und ein wenig unbesonnen und leider, leider durch prophylaktische Belehrungen nicht zu bremsen. Aber es gab immer einen Weg heraus aus den Miseren, in die ich mich gelegentlich selbst manövrierte. Das zumindest, so stellte ich nicht ohne Stolz fest, war eine lobenswerte Eigenschaft, die nicht jeder hatte.

Schade Andreas, dachte ich, dass du mich so gar kein bisschen verstehen kannst.

Die Tage zogen dahin. Meine Arbeit machte mir mittlerweile doch nur noch halb so viel Spaß, und in der Zeitung fand sich keine interessante Arbeitsstelle. Meine finanziellen Probleme bekam ich nicht wirklich in den Griff. Das war Woche für Woche die gleiche halsbrecherische Gratwanderung. Das Auto hatte bisher auch niemand haben wollen. Ich würde es weiter versuchen und setzte auf die Sache mit Rom, das ja auch nicht an einem Tag, aber doch irgendwann fertig wurde.

Ende April platzte der Frühling herein. Die Sonne schien am strahlend blauen Himmel, alles grünte und blühte. Der Sport, den ich immer noch regelmäßig trieb, bekam meiner Kondition ausgezeichnet. Ich holte mir das letzte Rezept bei Dr. Eulenberg ab.

„Wie geht's denn immer so, Frau Martens?", fragte er, als er an der Anmeldung das Rezept unterschrieb.

„Danke, immer besser."

„Man sieht es Ihnen an", sagte er mit gedämpfter Stimme und einem kleinen frechen Augenzwinkern.

„Ich habe Ihren Rat beherzigt, Dr. Eulenberg. Ich jogge, mache Gymnastik und demnächst, wenn es warm genug ist, gehen wir zum Schwimmen. Übrigens, ich rauche seit einigen Wochen nicht mehr!"

„Fantastisch, fantastisch!", lobte er überschwänglich und klopfte mir sportlich auf die Schulter. „Machen Sie nur weiter so."

Er schritt eilends mit federndem Schritt in sein Behandlungszimmer und ich grinste wie stets amüsiert hinter ihm her, wobei ich ungeniert auf seinen tigerbehosten, knackigen Popo schaute.

Ich eilte danach gleich in die Massagepraxis und vereinbarte neue Termine. Seitdem die schlimmsten Verspannungen weggeknetet waren, begann ich sogar, die Massagen richtig zu genießen. Rainer Feldmann hatte Recht behalten: „Es braucht eine gewisse Zeit, bis Besserung eintritt, aber dann werden Sie es genießen."

Und wie ich genoss! Übrigens nicht nur die Massagen! Ich hatte etwas mehr als Sympathie für Rainer Feldmann entwickelt! Er war mir durchs Schlüsselloch einer unsichtbaren Tür meines Herzens in selbiges eingezogen. Ja, ich war ein bisschen verliebt und hoffte, es würde auf Gegenseitigkeit beruhen.

Sorgfältig wählte ich jedes Mal aus, was ich 'drunter' trug, wenn ich zum Termin ging. Frisch geduscht (was blödsinnig war, weil ich ja doch wieder schwitzte in meiner Fangopackung!) und hübsch duftig eingecremt legte ich mich entspannt hin und ließ mich in meine heiße Fangolage einwickeln. Ich nahm Umwege in Kauf, nur um rein zufällig an der Praxis vorbei gehen zu müssen, wenn dort Feierabend war. Ich hätte diesem Feldmann ja überraschend – sozusagen aus heiterem Himmel – begegnen können.

In unseren Gesprächen – mittlerweile ohne das imaginäre Beißholz – glaubte ich, gewisse Zwischentöne gehört zu haben, die meine Vermutung bestärkten, dass ich Rainer Feldmann gefiel und er mich gern mochte. Meinerseits ließ ich natürlich nichts unversucht, ihm das Gefühl zu vermitteln, dass er mir sehr sympathisch war.

'Ja, ja, alles Frühling, oder was?' Der kleine rote Teufel rekelte sich in seiner Hängematte und putzte hingebungsvoll seinen kleinen Dreizack auf Hochglanz.

„Wie ist es?", fragte Feldmann heiter. „Gehen Sie zum Tanz in den Mai?"

„Nein, leider nicht", gab ich nicht ohne eine gewisse Spur von Traurigkeit zurück. „Und Sie?"

„Ja, wir sind eine nette Clique und gehen jedes Jahr in den 'Jägerhof'. Das ist immer sehr lustig!"

Na, komm schon, dachte ich, frag mich, frag mich doch, bitte! Lade mich zum Tanz in den Mai ein, ich werde nicht ablehnen! Doch er sagte nichts dergleichen.

'Ist der doof, oder was?', wunderte sich auch Teufelchen.

Feldmann knetete unverdrossen weiter und erzählte, wie schön es jedes Mal mit der Clique ist.

'Wen interessiert schon deine Clique', dachte ich mit meinem kleinen Teufel gemeinsam. 'Sei doch mal etwas spontaner!' Aber immer noch sagte Feldmann nichts. Ich war enttäuscht, und mein Teufelchen lehnte sich gähnend wieder zurück. 'Lass es bleiben, hier hast du's mit einem Schlappschwanz zu tun', kritisierte er. 'Wenn du hier was erreichen willst, musst du in die Offensive gehen und dich selbst einladen.'

Oho, nein und nein und nein, so etwas kommt für mich nicht in Frage, widersprach ich innerlich. Wo kommen wir denn da hin?

Während einer anderen Behandlung machte er mir endlich mal ein Kompliment über mein Aussehen. Na ja, zugegebenermaßen lobte er nicht direkt, dass ich eine Traumfigur hätte, aber sicher hatte er durch die Blume gesprochen und es so gemeint, als er sagte: „Na, was ich sehe, könnte mich veranlassen, sofort frei zu nehmen und den Tag auf eine ganz andere Art zu verbringen..."

Mhm, der Ton macht die Musik... Diese Äußerung gab mir das Gefühl, dass er gern hatte, was er sah (und wurstelte!).

Die letzte Behandlung stand bevor und immer noch war das Eis an seinem Ufer nicht gebrochen. Nichts passierte, das unmissverständlich darauf hingewiesen hätte, dass er mich endlich auch privat näher kennenlernen wollte.

So genoss ich die letzte Behandlung in besonderem Maße. Wir sprachen dabei über gutes Essen, und da hatten wir was gemeinsam.

„Unser Chef gibt schon mal ein gutes Essen aus. So zu Weihnachten oder wenn er Geburtstag hat", berichtete Rainer Feldmann. „Am liebsten essen wir alle was Süßes!"

„Na, da spendiere ich für die gute Behandlung und die nette Betreuung mal einen selbstgebackenen Kuchen!", erklärte ich spontan.

„Backmischung oder sowas?", fragte er skeptisch und schien belustigt.

„Quatsch! Ich sagte selbstgebacken und *meinte* selbstgebacken, klar? Altes Rezept von meiner Mami, okay?"

„War ja nur Spaß", lachte er.

Was für ein Lachen! Sooo nett!

„Schon verziehen!"

„Dafür gibt's hier immer dankbare Abnehmer", sagte er höflich.

Prompt stand ich schon am gleichen Abend in der Küche und backte meinen besten Kuchen nach einem raffinierten Rezept meiner Frau Mutter. Mit dem Telefonhörer zwischen Ohr und Schulter lief ich hin und her und trug die Zutaten zusammen.

„Du backst Kuchen für deinen Masseur?", fragte Olli soeben ein bisschen verständnislos. „Wie erotisch!"

„Spotte nicht, Olivia!", sagte ich streng. „Erst geht die Liebe durch den Magen und anschließend machen wir in erotisch!"

Sie lachte laut und kriegte sich nicht wieder ein.

„Na, wenn du meinst, dass das wirkt! Vielleicht solltest du ein Aphrodisiakum in den Teig mischen!"

„Aber, hör mal, was soll der Feldmann denn von meiner Mami denken, wenn... nein, Olli, wir gehen die Sache langsam an. Außerdem hab ich sowas nicht nötig. So, meine Liebe, und jetzt muss ich dich auflegen, damit hier nix schiefgeht, denn meine Jungs stehen schon zum Schüsselausschlecken bereit. Ich muss mich beeilen. Ciao, bis bald!"

Und am nächsten Morgen trug ich den Kuchen hinunter zum Auto. Früher als gewöhnlich brachen wir auf, damit ich den Kuchen auch noch in der Praxis abliefern konnte.

„Für wen ist denn der Kuchen?", fragte Tobias zum zehnten Mal. Eigentlich wollte ich es ihnen nicht sagen und zögerte.

„Für Herrn Feldmann", sagte ich dann doch leise.

„Der ganze Kuchen?", fragte er mit weit aufgerissenen Augen. „Das schafft der nich alleine!"

„Der Kuchen ist doch nicht für ihn alleine, sondern auch für seine Kollegen", klärte ich ihn auf.

„Ach, so."

„Und wieso kriegt der einen Kuchen?", fragte Tim. „Wo der dir so wehgetan hat?"

„Weil Herr Feldmann mir trotz alledem geholfen hat, und weil sie da alle so nett sind."

„Ich würde das nich machen, wenn der mich so wehgetan hätte", entrüstete sich Tobi kopfschüttelnd. Er lehnte sich zurück, zog seine Stirn in tiefe Krausfältchen und verschränkte trotzig und ohne jedes Verständnis die Arme vor der Brust.

„Schau, Schatz, jetzt geht's mir aber viel, viel besser. Ich habe keine Kopfschmerzen mehr und der Kopf wird auch nicht mehr schief."

Wieso rechtfertigte ich mich eigentlich? Diese kleinen Naseweise mussten doch nicht alles so genau wissen.

„Hast du den Feldmann gerne?" Das war wieder Tobias.

„Ja, Tobi, schon", antwortete ich leichthin. „Der ist doch nett."

„Ist das dein Freund?"

Schön wär's, dachte ich, nickte aber trotzdem zustimmend.

„Dann wird er die Mama demnächst knutschen!", flüsterte Tim seinem Bruder zu.

Och ja, bitte sehr, das wäre schön, dachte ich.

Wir hatten den Kindergarten erreicht, und die beiden gingen rasch allein hinein. Schnell wendete ich den Wagen – immer noch Familienpassat, den partout keiner kaufen wollte! – und fuhr schnell zur Praxis.

An der Anmeldung traf ich auf Claudia, die sehr verwundert, aber gern den Kuchen entgegennahm. Nein, Herr Feldmann wäre sehr beschäftigt, ließ sie mich wissen und wünschte mir einen schönen Tag.

Schade!

Ich fuhr ins Büro, war mit meinen Gedanken den ganzen Tag bei Rainer Feldmann und meinem Kuchen und brachte unkonzentriert, wie ich war, nichts wirklich Gescheites zustande.

Am Nachmittag musste ich dringend mit Olivia telefonieren und ihr mein Leid klagen.

„Ich gestehe: ich bin sowas von verknallt!"

„Weiß ich doch längst. Wie ist dein Kuchen angekommen?"

„Keine Ahnung", sagte ich matt.

„Wieso? Hast du ihn mit deinen Kindern doch allein verspeist?"

„Quatsch. Aber Feldmann war beschäftigt! Nur die Claudia habe ich getroffen", berichtete ich.

„Tja, schade. Vielleicht ruft er dich an."

„Schön wär's! Glaub ich aber nicht!"

„Denkst du denn wirklich, dass er auch in dich verliebt ist, Christine?", fragte Olli nachdenklich.

„Wenn ich das wüsste", seufzte ich ratlos. „Dann wäre es doch kein Problem."

„Möglicherweise ist er nur schüchtern?", gab sie zu bedenken.

„Vielleicht", entgegnete ich nachdenklich. „In der Praxis kann er natürlich nicht mit mir reden, nicht so offen, meine ich. Aber er könnte mir doch zwischen den Zeilen irgendwas zu verstehen geben."

„Aha."

„Was heißt 'Aha'? Der könnte doch einfach mal anrufen! Also ich hätte mich längst angerufen! Da muss Mann doch offensiv sein!"

„Wieso *Mann*? Ruf du ihn doch an!"

„Na, wie sähe das denn aus?", fragte ich entgeistert. „Ich habe mich für meine Verhältnisse schon ziemlich weit hinaus gelehnt. Kuchen backen, hübsche Dessous und zweideutige Bemerkungen... na, also so etwas hab ich in meinem ganzen Leben noch nicht gemacht. Aber vielleicht lebe ich im falschen

Jahrhundert? War ich etwa blöd, zu glauben, dass er meine Absicht verstehen würde? Ach, ich Schaf!"

„Ich kann dir nicht ganz widersprechen", sagte Olli trocken.

„Ja, lach mich nur aus. Du steckst ja nicht in meiner Haut."

„Warum hast du ihn nicht mal zum Essen eingeladen, wenn er auf sowas steht?", fragte sie.

'Ja, wieso eigentlich nicht?', fragte mein kleiner Teufel.

„Da wäre ich doch mit der Tür ins Haus gefallen!", sagte ich.

'Genau!', bestätigte mein Schutzengelchen huldvoll. 'Und das lassen wir hübsch bleiben, gelle?'

„Aber von ihm erwartest du das?", fragte Olivia kritisch. „Warum soll eine Frau nicht eindeutig zeigen dürfen, dass sie sich für einen Mann interessiert? Schließlich leben wir im Zeitalter der Gleichberechtigung, meine Liebe. Ich verstehe sowieso nicht, warum wir Frauen immer nur reagieren sollen, während die Männer auf Teufel komm raus baggern dürfen! Also, Christine, ran an den Feind! Zeig ihm, dass du ihn willst!"

„Stimmt! – Aber: ich trau mich nicht!"

„Ruf ihn an!", forderte Olli mich auf. „Da brauchst du ihm erstmal nicht in die Augen zu gucken, und er sieht nicht, dass du verlegen bist."

„Lieber nicht", meinte ich kleinlaut.

„Also, du wirst doch imstande sein, einem Mann klarzumachen, dass... Lieber Himmel, weißt du denn nicht, wie man einen Kerl anmacht?" Olli war ganz aus dem Häuschen.

„Nein, ich dachte eigentlich, dass ich bisher genug getan habe", gab ich resigniert zu. „Manno, ich hab in sowas gar keine Übung. Wie geht denn das?"

„Wie hast du es denn mit deinem Mann gemacht?", fragte Olli.

Ich überlegte nur kurz und erinnerte mich an die Tanzschulzeit, in der ich Andreas kennengelernt hatte.

„Wenn ich's recht bedenke, Andreas musste nicht angemacht werden, der ergab sich freiwillig."

„Verstehe. Dann kann ich dir auch nicht helfen."

Olivia war mir in dieser Sache also keine Hilfe, denn ihre Tipps prallten an meiner Hasenfüßigkeit ab. Anrufen? Eine gute Idee, oder lieber nicht? – Doch, ich würde es probieren. Notfalls konnte ich immer noch auflegen oder vorgeben, mich verwählt zu haben. Andernfalls hatte ich zwar keine Ahnung, was ich ihm erzählen würde, aber der Augenblick würde mir dann sicher die richtigen Worte in den Mund legen.

So ging ich am ersten Maiwochenende – Andreas hatte die Kinder schon früh abgeholt, weil sie in den Zoo wollten – in die Offensive. Kaum waren meine Banausen durch die Tür, hockte ich mit dem Telefon in der Küche und rief die Auskunft an. Die Dame am Ende der Leitung gab mir auch bereitwillig die Rufnummer, die Adresse aber durfte sie mir nicht sagen. Trotz all meiner Überredungskünste beharrte sie darauf, dass dies nicht statthaft sei. – Mist!

Doch in mir erwachte die Detektivin. Da er eine Rufnummer in Bergisch Gladbach hatte, überlegte ich, dass ich in einem Gladbacher Telefonbuch doch die Nummern aller Feldmänner durchgehen konnte, dann würde ich die Adresse im Handumdrehen herausbekommen. Wozu ich unbedingt die Adresse wollte, hätte ich niemandem erklären können. Ihn zu besuchen hätte mich ja noch mehr Überwindung gekostet, als ihn anzurufen. Aber über all das dachte ich in meiner beschwingten Gemütsverfassung überhaupt nicht nach.

Fröhlich stieg ich ins Auto, drehte den Kassettenrecorder auf und brauste los. Die Sonne schien warm, das Wetter war traumhaft! Mein Unternehmen würde erfolgreich sein, das ahnte ich!

Gleich das erste Telefonhäuschen hinter der Stadtgrenze stürmte ich. Na, toll! Sämtliche Telefonbücher waren aus der Verankerung gerissen. Vandalen, elende! Man sollte... Aber ich ließ mich nicht entmutigen, stieg elegant wieder in den Wagen und fuhr weiter. Auch die nächsten Versuche scheiterten leider, und das kratzte nun doch etwas an meiner Laune. In dem einen Telefonhäuschen war zwar das Telefonbuch vorhanden, aber die entscheidenden Seiten fehlten. Vielleicht hatte schon mal jemand anders den Feldmann gesucht? Ein Gedanke, der mich amüsiert grinsen ließ. In weiteren Telefonzellen fehlten die Bücher überhaupt und im letzten, in dem ich mein Glück versuchen wollte, stand jemand, der ein Stundengespräch führte und durch keine noch so dringlich angezeigte Gestik meinerseits zu bewegen war, sein Telefonat zu beenden.

Nun doch ziemlich entmutigt, steuerte ich durstig ein Café an, mein Magen meldete Hunger! Der Laden war vollbesetzt. Auf der sonnenbeschienenen Terrasse fand ich aber noch einen kleinen freien Tisch. Die Bedienung kam sofort und fragte nach meinen Wünschen. Ich bestellte eine Tasse Kaffee und ein Stück Apfeltorte mit Schlagsahne. Während ich auf meinen Kuchen wartete, streckte ich mein Gesicht sonnenhungrig gen Himmel. Jetzt fragte ich mich, wozu ich wissen wollte, wo Herr Feldmann wohnt. Würde ich ihn anrufen, könnte er mir ja seine Adresse selbst geben. Falls er überhaupt... aber ich schob jeden zweifelnden Gedanken beiseite. Stattdessen malte ich mir aus, wie erfreut er sein würde, meine Stimme zu hören. Vielleicht war er dann sogar sehr erleichtert, dass ich den ersten Schritt machte?

Die Sonne wärmte mein Gesicht, und ich genoss das sehr. Das Leben war doch eigentlich schön, dachte ich und fragte mich, was Rainer Feldmann wohl gerade machte. Vielleicht war er ja auch unterwegs? Vielleicht würden wir uns hier in diesem Café ja unerwartet begegnen? Ach, wer weiß...

„..hast du denn keine Ahnung, wie man einen Kerl anmacht?" Plötzlich hallten Olivias Worte durch meine Gedanken und Feldmanns nettes Gesicht vor meinem geistigen Auge löste sich augenblicklich auf in Nichts.

'Gute Frage', vernahm ich die strenge Stimme meines kleinen Teufels. 'Unternimm doch endlich mal was. Das ist ja nicht auszuhalten mit dir.'

Was dachten die sich eigentlich? Das konnte ich ja unmöglich auf mir sitzen lassen. Wollen doch mal sehen...

Mit der Sonnenbrille auf der Nase ließ ich den Blick unauffällig über die anwesenden Gäste schweifen. Es waren überwiegend ältere Menschen hier. An zwei großen Tischen saßen mindestens zwanzig recht betagte Herrschaften, die bestimmt mit dem Bus gekommen waren, der auf dem Parkplatz unter den mächtigen Eichen stand. Ein sonnenbankgerösteter Mittfuffziger pries ihnen einen Mixer und ein olles Kaffeeservice zu einem Fabelpreis an. Einen Tisch dahinter hockte ein älteres Ehepaar, das Händchen hielt und das Geschehen bei den Senioren von der Kaffeefahrt mit zweifelhaften, teils belustigten Blicken beobachtete; frei nach dem Motto: kann uns nicht passieren, nicht wahr, Schatz? Ich kicherte bei dieser Vorstellung still in mich hinein.

Aber - ich seufzte - hier würde ich vermutlich kein passendes Übungsobjekt für mein Anliegen in Sachen Flirt finden können.

'Augen auf, Christine!', brüllte mein Teufel. 'Guck mal richtig hin!'

Zwei Omis im Sonntagsstaat hatten die Köpfe zusammen gesteckt und flüsterten sich ständig was zu, schauten dabei immer wieder nickend in meine Richtung. Vielleicht erschien es den beiden Damen trotz herrschender Gleichberechtigung doch noch ungewöhnlich, dass junge Frauen wie ich allein ein Café besuchten? Und tatsächlich war ich das einzige Wesen weiblicher Natur unter 30 hier, das allein an einem Tisch saß! Hier und da saß ein weiteres Paar zusammen, dort links eine Mutter mit ihrer kleinen Tochter und in Begleitung vermutlich der eigenen Mutter. Aber dann, oh!

Da erblickte ich ein eventuell doch geeignetes männliches Wesen für mein Flirtprojekt. An einem der ganz hinteren Tische nämlich saß unter einem Sonnenschirm ein sehr sympathisch aussehender Mann. Er war offensichtlich in Begleitung, nämlich einer sehr gepflegten Dame, doch die wirkte vom Alter und ihrer an die britische Königinmutter erinnernden Erscheinung auf mich, als könnte sie seine Mutter sein.

Ich beobachtete die beiden verstohlen durch meine dunklen Sonnengläser. Queenmama griff nach ihrer Tasche – ganz bestimmt war sie seine Mutter, jetzt war ich mir sicher! – stand auf und ging in das Café hinein. Ich verfolgte sie mit Blicken, bis das Dunkel im Innern sie verschluckte hatte.

Christine, das ist die Gelegenheit zum Üben, dachte ich erfreut! Mal sehen, ob wir die Aufmerksamkeit des äußerst attraktiven Herrn auf uns ziehen können. Wäre doch gelacht, flüsterte ich in Gedanken händereibend meinen beiden Untermietern zu. Schutzengelchen überhörte geflissentlich, was ich sagte. Aber was wusste der schon! Der war ja immer gegen alles!

Ich nahm also die Sonnenbrille von der Nase. Mein Kaffee und Kuchen wurde gebracht, sodass die Aufmerksamkeit in meine Richtung ging, denn die Kellnerin war auch nicht unattraktiv in ihrem engen schwarzen Rock. Der nette Mann, den ich als Versuchskaninchen auserkoren hatte, schaute hinter ihr her, bis sie an meinem Tisch angekommen war. An ihr vorbei, traf sein Blick – mich.

Nur Mut jetzt, Christine, dachte ich und bekam Herzklopfen. Ich schaute ihm direkt in seine Augen, als die Kellnerin sich wieder entfernte. Dann versuchte ich ein Lächeln... er drehte den Kopf weg... schaute wieder in meine Richtung... ich schaute weg... dann versuchte ich, seinen Blick wieder einzufangen... So ging das Spielchen ein paar Minuten.

Aber schade, da kam die Mami wieder, er erhob sich charmant, küsste ihr galant die Hand, was ich ein wenig altmodisch fand, und führte sie am Arm von der Terrasse zu einem ziemlich protzigen Auto mit dunkel getönten Scheiben. Er öffnete die hintere Wagentür, ließ Mylady einsteigen und setzte sich ans Steuer. Was für ein Getue! Und was sollte ich davon halten? Ein Chauffeur? Hatte sie ihn großzügig zum Kaffee eingeladen? Oder war da mehr? Ich meine, wieso nicht? Unsinn, dass ich darüber phantasierte. Hatte ich eben Pech gehabt! Soweit der gescheiterte Flirtversuch einer ungeübten Alt-Ehefrau!

'Gott sei Dank!', stöhnte mein Schutzengelchen und sank - einem Schwächeanfall nahe - auf seine schmusige Kuschelwolke, wo er sich mit einem Zipfel seines seidenen Hemdchens die Schweißperlen von der Stirn tupfte.

'Ach, ihr fehlt einfach die Übung!', winkte mein Teufelchen gelassen ab. 'Der richtige Blick für die richtigen Typen! Das entwickelt sich!'

'Nein, sie sollte es drangeben!', hauchte der treusorgende Engel. 'Schließlich hat sie - gottverdammich noch mal! - andere Sorgen genug!'

'Denkste! Einmal ist keinmal! Und seit wann darfst du überhaupt fluchen? Das petz ich deinem Herrn!', sagte Teufelchen und fuchtelte wild mit dem Dreizack in der Luft herum.

Recht hatte er mal wieder! Die ollen Sorgen hatte ich zu Hause gelassen. Und was das Flirtprojekt betraf, da war ich wild entschlossen, mich nicht so leicht geschlagen zu geben. Ich setzte die Sonnenbrille wieder auf. Die Sonne blendete so sehr, dass ich schon lauter Leuchtpunkte sah.

Bevor die dritte Tasse Kaffee kam, stand ich auf und ging mit betont schwingender Hüfte zur Damentoilette. Ich spürte die Blicke eines Herrn, der am Eingang ebenfalls mit einer Dame lange her gewesenen Jahrgangs zusammen saß, an meinem Rücken heruntergleiten, über meine Beine bis hinunter zu den Füßen.

Nicht unbedingt eine Lady, schon gar nicht mit Chauffeur, stellte ich im Vorbeigehen fest. Sie war recht sportlich gekleidet und trug eine etwas strenge Kurzhaarfrisur. Ich fühlte mich ein bisschen albern in meinem Tun. Aber der kleine innere Teufel ermutigte mich, weiterzumachen und schaukelte qietschvergnügt in seiner Hängematte.

Vor dem Spiegel in der Damentoilette zog ich mir die Lippen nach und schaute mich zufrieden an, solang ich mir die Hände mit dem eiskalten Wasser wusch. Das Lächeln, das ich mir schenkte, machte auf mich zumindest den allerbesten Eindruck.

'Eingebildete Ziege!', meckerte Schutzengelchen missbilligend.
'Auf ein Neues, Christine! Hör nicht auf das Weich-Ei von da oben!', rief das Teufelchen. Der Weich-Ei-Engel schwieg beleidigt.
Ich durchquerte das Café erneut und schenkte dem Herrn am Eingang ein zart angedeutetes, sehr freundliches Lächeln. Es sollte wie zufällig wirken, und ich glaube, es.
Mein Kaffee wurde kalt, so lange rührte ich darin herum. Dann warf ich dem Herrn über meinen Tassenrand hinweg ein weiteres Lächeln zu und: Er lächelte zurück! Na, bitte, dachte ich zufrieden. Seine Mutter lächelte auch. ...?
Jetzt steckten die beiden die Köpfe zusammen, nickten einander verständig zu und schauten wieder milde lächelnd zu mir herüber. Sowas von reizend! Ich hatte offensichtlich Mutter und Sohn gleichermaßen beeindruckt. – Von wegen aus der Übung, liebe Olli, dachte ich zufrieden. Ich war von meinem eigenen Erfolg geradezu überwältigt! Und das gute Gefühl hielt sich noch eine ganze Weile. Ja, Olli würde staunen, wenn ich ihr das berichtete.
Die Kellnerin ging zu den beiden, kassierte und räumte den Tisch ab. Sie erhoben sich von ihren Stühlen und steuerten geradewegs auf mich zu. Ach, du Schreck! Mit so viel Erfolg hatte ich nun gar nicht gerechnet. Mein Herz begann zu plötzlich stolpern. Was sollte ich tun? Was sollte ich sagen, wenn sie an meinem Tisch stehenbleiben würden und meine Bekanntschaft machen wollten? Wollte ich das? Eigentlich... Ich überlegte mir schon hundert nette Ausreden, da legte der Mann mir im Vorbeigehen eine Visitenkarte auf den Tisch und lächelte mich fast warmherzig an.
Wie diskret, dachte ich beeindruckt und schaute ihnen versonnen hinterher. Sie gingen zu einem roten Kleinbus mit vielen Gänseblümchen drauf, stiegen ein und fuhren winkend davon.

Na, bitteschön! Hatte doch prima geklappt! Ich würde ja nicht anrufen müssen! Mit diesem Gedanken nahm ich das kleine weiße Kärtchen und las:

Günther Hochstätter
Auch deine Seele wird gerettet!
Herzlich willkommen in unserer Gemeinde.
Mo.-So. 10:00-20:00 Uhr
Telefon 02209-777

Wie? Was? Seele retten? Meine? Wovor? Wieso? Erschrocken ließ ich die Karte schleunigst in meiner Jackentasche verschwinden. *Dieser* Erfolg war ja umwerfend, denn anscheinend hatte ich gleich mit einer ganzen Kirchengemeinde angebandelt. Oder eine Sekte? Nee, besten Dank!
'Klasse! Christine, wirklich Klasse!', mein Schutzengel fühlte sich wieder mal bestätigt, der olle Moralapostel. 'Das geschieht dir ganz recht!'
Eins stand fest: Das würde ich Olivia sicher *nicht* erzählen!
Während der Heimfahrt entdeckte ich dann überraschend eine intakte Telefonzelle mit einem nagelneuen Telefonbuch. Ob der Feldmann mir nun seine Adresse geben würde oder nicht, war mir jetzt egal. Was ich hatte, hatte ich. Also fuhr ich rechts ran und blätterte in den Seiten unter dem Buchstaben F. Leider stellte sich heraus, dass Rainer Feldmann nur mit seiner Telefonnummer im Verzeichnis stand. So eine Pleite! Und der Spaß im Café hatte mich ein kleines Vermögen gekostet, vom Sprit fürs Auto gar nicht zu reden.
Am Abend schlich ich um das Telefon wie die Katze um den heißen Brei! Verdammt noch mal, Christine, trau dich doch! Was war denn schon dabei? Vielleicht war der Feldmann ja gar nicht zu Hause? Diese Hoffnung machte mir wieder Mut! Doch jedes Mal, wenn ich den Hörer fast in der Hand hatte, malte ich mir erneut aus, wie er ganz erschrocken reagierte und ablehnte, was ich begehrte! Ich wusste noch nicht mal

konkret, was ich ihm sagen wollte. Mhm... andererseits, überlegte ich, konnte er ja auch begeistert sein. Möglicherweise wartete er sogar darauf, dass ich die Initiative ergriff – vor allen Dingen, falls er schüchtern war, wie Olli vermutete.

So, jetzt tief eingeatmet! Hörer in die Hand und die Nummer gewählt! Geschafft! Ich hörte es tuten... dreizehn... vierzehn... fünfzehn... Bei fünfzehn hört jeder anständige Mensch auf zu warten, denn entweder ist der Angerufene nicht da oder schlecht abkömmlich!

Rainer Feldmann war nicht zu Hause, befand ich.

Erleichtert legte ich den Hörer auf die Gabel zurück und seufzte. Uff! Herzklopfen mindern! Angstschweiß abtupfen und Adrenalinfluss stoppen!

Am Sonntag wollte ich einen neuen Anlauf starten! Den ganzen Tag über hing ich mehr oder weniger nur herum und hatte nichts zu tun. Als die Kinder am Abend wieder nach Hause kamen, trugen sie neue T-Shirts und Jeans, denen man das Neue allerdings schon nicht mehr so direkt ansah, denn sie waren schmutzverkrustet.

„Na, lasst mich raten, ihr seid bei der Oma gewesen, was?", sagte ich zur Begrüßung.

„Ja, und mit der Oma im Zoo", rief Tobias. „Wir sind ganz viel auf der Lok rumgeklettert!"

Andreas verabschiedete sich rasch.

„Ja, tschüss Papi! Und nächstes Mal gehen wir echt ins Phantasialand?"

„Klar, Timmi."

Beim Abendessen plapperten die Jungs munter drauflos.

„Die Wanda ist weg!", platzte Tim heraus, und er schien darüber echt entsetzt. Mir rutschte vor Überraschung die Tomatenscheibe vom Brot und platschte auf den Teller.

„Ach!", machte ich.

„Ja, die Freundin von Papi ist abgehauen!", sagte Tobi grimmig. „Jetzt isser ganz alleine!"

„Und sauer!", fügte Tim hinzu. „Die liebt jetzt ihren alten Freund wieder. Der Papi ist ganz trauwig. Das find ich gemein von der Wanda."

„Das heißt traurig, Tim. Und ich finde das auch gemein."

„Aber ich hab den Papi getröstet", sagte Tobi und haute sich mit der kleinen Faust mannhaft auf die Brust.

„Der Freund vom Papi hat gesagt, die Welt ist ganz voll mit Frauen. Das wäre gar nich so schlimm, wenn die eine weg ist!", meinte Tim mit einer wegwerfenden Handbewegung.

„Und die Frauen sind alle dieselben, nämich saublöd!"

„Ja, der Papi findet bestimmt eine andere Freundin", sagte ich und runzelte die Stirn über die sicher eins zu eins übernommene Redewendung. Über die Feststellung, dass alle Frauen saublöd und gleich sind, war ich auch ein bisschen böse. Schimpfen wollte und konnte ich mit meinen Knirpsen aber nicht. Allerdings ahnte ich, aus welcher Ecke dieser Kommentar gekommen war. Bestimmt von Lisbeths Göttergatten Bruno.

„Bestimmt kriegt der Papi eine neue Frau! Wo der so lieb ist!", meinte Tobi.

Tim nickte heftig zustimmend.

„Aber sie hat immer schöne Geschichten vorgelesen", brumelte Tobi schließlich ein wenig versöhnlich.

Ich brachte meine beiden Racker ins Bett und las ihnen noch eine Geschichte von Tim und Struppi vor.

„Du liest genauso schön wie die Wanda", lobte Tim lieb lächelnd. Na, das war doch mal ein dickes Lob!

Ich konnte es kaum erwarten, bis im Kinderzimmer Ruhe herrschte. Doch nach den Aufregungen des Tages waren die beiden sehr aufgekratzt und kaum zu bändigen. Alle fünf Minuten klapperten sie aus dem Zimmer mit ständig neuen Bitten.

„Ich muss nochmal aufs Klo." (Tobi)

„Ich will noch was trinken." (Tim)

„Mama, ist morgen Kindergarten?" (Tim und Tobias, der vorsichtshalber mitgehen musste, weil Tim schon merkte, dass ich sauer wurde.)

Bis ich erneut dazu kam, Rainer Feldmann anzurufen, war es halb 10. Sollte ich es zu dieser späten Stunde nochmal wagen? Oder sollte ich die späte Stunde als Entschuldigung wegen meinem schon wieder schwindenden Mut missbrauchen?

Ich versuchte es. Klopfenden Herzens erwartete ich, dass am anderen Ende der Leitung vielleicht doch lieber nicht abgehoben wurde. Es tutete unablässig, und als ich nach dem dreizehnten das fünfzehnte Tuten betend herbeisehnte, meldete sich...

„Feldmann."

Ich musste mich erst einige Male räuspern, um den Frosch aus meiner Kehle zu vertreiben: „Guten Abend, Herr Feldmann, Sie kommen nie drauf, wer hier am Telefon ist."

Blöd, dachte ich, wie 'Welches Schweinderl hätten's denn gern?'

„Lassen Sie mich raten", hörte Feldmann sagen. Amüsierte der sich etwa?

„Christine Martens", sagte ich schnell.

Es entstand eine kleine Pause.

„Ah, ja", sagte er. Hörte ich da etwa Überraschung gepaart mit einem klitzekleinen Unbehagen?

„Wie geht's denn immer so?", fragte er und damit erübrigte sich zunächst mal die Themenwahl.

„Danke, ich mache Fortschritte", quatschte ich drauflos. Himmel nochmal, war ich aufgeregt.

Engelchen warnte mich: 'Lass' den Himmel aus dem Spiel, damit habe ich nichts zu schaffen!'

'Feigling!', lautete die Antwort aus der Hölle.

Ich erzählte ihm, dass mir das Joggen sehr viel Spaß mache und es mir auch schon deutlich leichter fiele. Am Ziel wäre ich auch nicht mehr so ausgepumpt. Ja, und die Gymnastik erst, die täte mir besonders gut. Nicht zu vergessen, dass ich seit Wochen weder rauchte noch Alkohol trank. Ich quatsche wie eine Dame im unfreiwilligen Vorruhestand, die sich endlich mit ihrer vielen Freizeit angefreundet und ein williges Opfer zum Reden gefunden hatte. – Grässlich!

„Was trinken Sie jetzt?", fragte er. „Den Wein der Redseligkeit?"

Die kleine Anzüglichkeit überhörte ich glatt.

„Nein, wie ich sagte, *kein* Alkohol! Ich bevorzuge Heilwasser."

Der musste ja denken, ich war unter die Gesundheitsfanatiker geraten.

„Aha", machte er nur einsilbig.

Irgendwie erlahmte die Unterhaltung. Unterhaltung? Der sagte ja kaum was.

„Ja, mhm... ich hätte eben beinah wieder aufgelegt, weil es so lange dauerte, bis Sie ans Telefon gegangen sind. Haben Sie so eine große Wohnung?", fragte ich, um das Thema zu wechseln und fand die Frage dann auch gleich schon wieder echt blöd.

„Haben Sie schon öfter angerufen?", wollte er statt einer Antwort auf meine Frage wissen.

Ich errötete und gestand wie aus der Pistole geschossen: „Gestern. Einmal."

„So, so", sagte er und ich bildete mir ein, dass er breit grinste. „Ich war gestern den ganzen Tag zum Sport und gerade eben kam ich vom Waldlauf. Als das Telefon klingelte, stand ich noch unter der Dusche", erklärte er.

Rainer Feldmann mit seinem athletischen Körper nach anstrengendem Sport, über und über mit kleinen Schweißperlen übersät, und dann unter der heißen Dusche... Was mir mein geistiges Auge zeigte, gefiel mir außerordentlich. Ich musste mich zusammenreißen, um nicht stumm weiter zu träumen.

„Eine große Wohnung habe ich nicht", fuhr er fort. „Möchten Sie wissen, wie ich eingerichtet bin?" Wollte er mich auf den Arm nehmen? Ich fühlte mich verwirrt.

„Nein", antwortete ich. War ich zu aufdringlich?

Pause. Verflixt und zugenäht, was konnte ich noch erzählen? Oder was sollte ich fragen? Mein Hirn dampfte. Da fiel mir mein Kuchen ein.

„Ja, ich wollte fragen, wann ich meine Kuchenplatte wieder abholen kann?"

Die Frage war ebenso doof wie alle anderen, aber eine bessere fiel mir nicht ein.

„Ach, die", erwiderte er leichthin. „Holen Sie sie, wann immer Sie wollen. Sie kennen ja die Öffnungszeiten." Das klang reserviert. Aber ich ließ mich nicht beirren.

„Hat der Kuchen geschmeckt?"

„Ich denke, ja, alle haben davon geschwärmt. Ich hab leider kein Stück mehr abbekommen. Wer zu spät kommt, den bestraft das Leben, so ist das eben. Das kennen Sie ja sicher. Bestellen sie Ihrer Mutter mal einen schönen Gruß von Unbekannt. Die alten Rezepte sind die besten!"

Auch das noch! Ich backe, um diesen Mann... ja, was denn? Ihn zu becircen, und der lässt meine Mami grüßen? Mir fiel gerade Olli ein, die sich über meinen Kuchenbackplan lustig gemacht hatte. Jedenfalls war *mein* Pfeil an der Zielperson meilenweit vorbei geflogen.

Und dann war dieses Gespräch restlos erschöpft. Wir wünschten uns gegenseitig höflich eine gute Nacht und legten auf. Das Gespräch war eine totale Pleite, fand ich. Keine Ahnung, ob Feldmann mich nun mochte oder nicht, und damit war ich genauso schlau wie vorher. Alle Aufregung umsonst.

'Was hast du erwartet?', fragten Teufel und Engel im Chor und trommelten in seltener Eintracht auf einer Tischplatte herum.

'Du hättest ihn fragen sollen, ob ihr mal gemeinsam durch den Wald spurten könnt', meinte das Engelchen geistreich.

'Hey, du hast ja mal einen richtig guten Einfall!', lobte das Teufelchen erfreut.

Hinterher fällt einem meistens das Beste ein, was man hätte sagen oder fragen oder antworten können. Für diesen Abend wollte ich vom Thema Feldmann nichts mehr wissen. Schachmatt kroch ich in mein Bett und flüchtete in traumlosen Schlaf.

Am nächsten Morgen holte ich mir meine Kuchenplatte ab. Herr Feldmann war wieder sehr beschäftigt und ließ sich nicht blicken. War mir auch schon egal. Ich fühlte ein bisschen Frust.

Jeden Tag nach Feierabend fuhr ich dennoch an der Praxis vorbei. Welch glückliches Gefühl, wenn ich Feldmanns zerbeulten, roten Golf auf dem Parkplatz sah! Immerhin hätte er ja auch mal höchstpersönlich dort auftauchen können... aber zunächst geschah nichts dergleichen. Mein kleiner Umweg durch die Straße mit der Physiopraxis wurde mir zur lieben Gewohnheit wie das Herzklopfen, wenn ich mich dem kleinen roten Auto näherte.

Doch einige Tage später geschah etwas! Feldmann sprang plötzlich hinter einem Transporter hervor und wollte im Laufschritt die Straße überqueren, da musste ich eine Vollbremsung machen, sonst hätte ich ihn überfahren! Ich würgte dabei den Motor ab, winkte Feldmann grinsend zu, hupte und fand anschließend den Schlüssel nicht mehr, den ich im Eifer des Gefechtes unsinnigerweise vom Zündschloss abgezogen und fallengelassen hatte. Echt verrückt!

Aber Feldmann hatte mich *gesehen*, freundlich *gewunken*, mit seinen wasserblauen Augen mir *zugezwinkert*, und mein Herz hatte einen erschreckten sehr großen Hopser getan und sich gar nicht wieder eingekriegt!

Beim Einkaufen in der Drogerie fiel mir eine schöne Grußkarte in die Hände. So in der Art: „Ruf doch mal an!" Ich kaufte sie und überlegte mir, wie ich sie Rainer zukommen lassen konnte.

Zu Hause dachte ich mir einen möglichst unverfänglichen Text aus. Anschließend rief ich Olli zur Beratung an.

„Du liebe Zeit!", rief sie aus. „Dich hat es ja mächtig erwischt, Mausi. Aber ich freue mich für dich! Es wird höchste Eisenbahn, dass du wieder richtig glücklich bist."

„Und du hältst mich nicht für verrückt?"

„Verliebte müssen doch so sein. Du bist allerdings ein besonders verrücktes Exemplar – auch ganz ohne Verliebtheit!"
„Danke dir für deine Ehrlichkeit, liebste Freundin!"
Früh am nächsten Tag schmuggelte ich die Karte an Feldmanns Auto. Das war ein schwieriges Unterfangen! Ich wollte schließlich vermeiden, dass mir jemand begegnete, der mich kannte. Man stelle sich vor, ich träfe Frau Fieger mit ihrem Pudel, die mich dabei beobachtete, wie ich an einem fremden Auto irgendeine geheimnisvolle Nachricht anbrachte! Oder Lisbeth womöglich! Nein, danke! Frau Fieger hatte meiner Schwiegermutter sogar schon meine so genannten 'zahlreichen Herrenbesuche' gekabelt. Schön wär's, dachte ich insgeheim, wenn es nur der Wahrheit entspräche. Aber meistens war das nur Wolfgang, der mich auf eine Tasse Kaffee zum Plaudern besuchte. Doch wenn die Fieger mich jetzt in meiner geheimnisvollen Aktion an Feldmanns Auto ertappen würde, hätte ich demnächst womöglich den Geheimdienst am Hals.

Ich parkte meinen Wagen in einer Seitenstraße, beobachtete die Gegend ein bisschen und wanderte dann um die Ecke. Natürlich rein zufällig schritt ich auf den roten Golf von Herrn Feldmann zu, steckte rasch den Umschlag unter den Scheibenwischer, nahm mir noch die Zeit, in ein Schaufenster zu sehen, täuschte Harmlosigkeit vor und wanderte dann nach einem Blick auf meine Uhr schnell zu meinem Auto zurück, als hätte ich es plötzlich eilig! Geschafft! Alsdann machte ich mich aus dem Staub wie jemand, der etwas verbrochen hatte.

Auf dem Weg zum Büro überlegte ich, ob es nicht besser gewesen wäre, die Sache mit der Karte zu lassen! Was, wenn jemand anders sich einen Scherz erlaubte, die Karte an sich nähme... Immerhin stand meine Adresse und Telefonnummer drin! Und dann... Christine, das ist paranoid, dachte ich und schüttelte den Kopf.

Vielleicht war Herr Feldmann enttäuscht von mir? Überrascht allemal, oder? Vielleicht würde er sich sehr amüsieren und sich gemeinsam mit Claudia von der Rezeption schieflachen? Über mich lachen? Mich am Ende für verrückt halten?

Letzteres schien mir am wahrscheinlichsten! Als ich im Büro eintrudelte, war's ohnehin zu spät für alle Rückzieher. Die Dinge nahmen ihren Lauf.

Leider liefen die Dinge aber drei Tage lang überhaupt nicht! Das Telefon klingelte nicht. Rainer Feldmann hatte entweder die Nachricht nicht erhalten oder er ignorierte sie. Ich fasste mir also nach einem Beratungsgespräch mit Olli am Abend nochmals ein Herz und rief ihn selbst an.

„Hallo, Herr Feldmann!", rief ich fröhlich in den Hörer und versuchte, so locker wie möglich zu wirken. Dabei schlug mein Herz derart heftig, dass sein Trommeln über ein Mikrofon die lauteste Techno-Veranstaltung übertönt hätte.

„Ja, Frau Martens, ich dachte mir schon, dass Sie anrufen würden."

Na, sowas! War er nun erfreut oder genervt? Hörte ich da eine Spur von Langeweile und sogar Ablehnung in seiner Stimme? Gleichgültigkeit und Interesselosigkeit womöglich? Oder alles zusammen? Dann raus mit der Sprache! Sofort! Aber der Feldmann sagte gar nichts. Und überhaupt erwartete ich eigentlich Ihren Anruf, Mr. Feldmän, dachte ich mit einem Anflug von Verstimmung.

„Ach, was", sagte ich stattdessen trocken. Vielleicht sparte er auch nur Telefonkosten und wartete lieber darauf, dass andere ihn anriefen? Womöglich hatte ich es mit einem charmanten Geizhals zu tun?

„Ja, ich habe Ihre Nachricht erhalten. Unsere Claudia hat sie am Auto stecken sehen und sie mir gegeben", berichtete er.

Ja, ist es denn: *unsere Claudia*! Nein, wie ist sie nicht nett! Ich hielt den Telefonhörer ans Ohr gepresst und schnitt stumm hässliche Grimassen für unsere Claudia!

„Ich hoffe, Sie halten mich nicht für unhöflich, dass ich noch nicht angerufen habe. Ich musste für zwei Tage ins Trainingscamp mit den Handballerinnen und hatte keine Zeit."

Sagte er Handballer*innen*? Der Ärmste! Feldmän ganz allein unter lauter Weibern! Ich unterdrückte mühsam, etwas Ironisches von mir zu geben. Stattdessen log ich großzügig: „Aber nicht doch, das macht überhaupt nichts. - Wie geht's denn so?"

„Ich bin ein bisschen geschafft. Es war anstrengend im Camp, aber es hat auch Spaß gemacht."

„So, so."

Was genau da Spaß gemacht hatte und was anstrengend war, wollte ich lieber nicht wissen. Hatte der Spaß die Anstrengung ausgelöst? Oder die Anstrengung Spaß gemacht? Ich schüttelte den Kopf. Was für unsinnige Gedankengänge, Christine! Ich schimpfte mit mir selbst. Nun bleib mal hübsch auf dem Teppich.

Jedenfalls schien Mr. Feldmän ein richtiger Sportfanatiker zu sein! Na, zumindest hatte er die Absicht, mich anzurufen, und mit diesem guten Willen, den er durchblicken ließ, gab ich mich vorerst zufrieden und war versöhnt mit seiner seltsamen Art der Unterhaltung. Die war allerdings wieder nicht besonders anregend, fand ich, deshalb startete ich ohne weitere Umschweife einen entscheidenden Vorstoß.

„Sagen Sie, wir könnten uns doch mal treffen", schlug ich vor. „Wenn sie Lust haben, meine ich. Vielleicht bei Tonio auf einen Kaffee?"

„Wir könnten auch ein Glas Wein zusammen trinken", machte Feldmann einen Gegenvorschlag. „Weil... tagsüber kann ich ja nicht aus der Praxis, und abends trinke ich keinen Kaffee mehr."

„Bei Tonio gibt es aber keinen Wein", sagte ich und befand mich gerade nicht auf Ballhöhe.

„Bei Ihnen zu Hause auch nicht?", wollte er wissen und hatte wieder diesen leicht neckenden Unterton.

Ich schluckte. Tatsächlich hatte ich nicht mit so einer direkten Attacke seinerseits gerechnet. Ich hatte mich also nicht getäuscht! Bingo!

„Doch, natürlich. Wann treffen wir uns?"

„Am kommenden Freitag? Wenn ich die Praxis zumache, dusche ich und komme dann zu Ihnen. Wo wohnen Sie?"

Donnerwetter! Der schien nur drauf gewartet zu haben, dass ich in die Offensive gehe! Nur meine Karte hatte er wohl nicht ganz gelesen. Aber diese Feststellung wurde von meiner Freude einfach überdeckt.

„Adresse steht auf der Karte!", frohlockte ich.

„Ah, ja! Ich trinke übrigens gern Rosé-Wein", meinte er.

Wir beendeten das Telefonat. Als der Hörer wieder sicher auf der Gabel lag, entfuhr mir ein Freudenjauchzer. Ich war schlagartig auf Wolke sieben gelandet und leistete meinen Schutzengel Gesellschaft. Der verschränkte die Arme und runzelte bedenklich seine blasse Stirn. 'Was soll das nun wieder werden?', fragte er. 'Mhm? Besser, du bleibst auf dem Boden, meine Liebe! Ich hab da irgendwie gar kein gutes Gefühl.'

Die Wolke war aber eine besonders kuschelige und watteweiche! Ich war glücklich und dachte nicht im Traum daran, mich von diesem missmutigen Skeptiker runterschubsen zu lassen.

Ich konnte Freitagabend kaum abwarten!

Klar, dass ich Olli die Neuigkeiten sofort kabelte.

Freitag lief ich den ganzen Tag herum wie Falschgeld. Alles fiel mir aus den Händen. Beim Autofahren blieb ich an einer grünen Ampel stehen und träumte vor mich hin, bis die anderen Autofahrer hinter mir mit Schaum vor dem Mund hupten wie wild. Als ich dann anfahren wollte, war die Ampel leider schon wieder rot. Wütende Blicke und unmissverständliche Gesten meines Hintermanns trafen in meinem Innenspiegel auf mein freundlich, entschuldigendes Lächeln.

Und meine beste Teekanne musste im Laufe des Nachmittags dran glauben. Sie glitschte mir zwischen den nassen Händen hindurch und knallte laut auf den Fliesenboden.

„Au weia, Mami", rief Tim und griff sich bekümmert an den Kopf.

„Ich weiß", seufzte ich. „So eine Sch... Mist!"

Die Zeit lief mir allmählich davon und einkaufen musste ich auch noch. Meine Kinder waren im Supermarkt gottlob keine Nervensägen, sondern mir ganz besonders heute sogar eine richtige Hilfe. Sie karrten den Einkaufswagen durch die Regalgänge, flitzten nach Kleinigkeiten, die ich vergessen hatte, gern nochmal zurück. Zum krönenden Abschluss durften sie sich ein Eis aus der Kühltruhe fischen, wobei sie darin mit dem Oberkörper fast verschwanden. Ich konnte gerade noch verhindern, dass Tobias vollkommen hineinpurzelte, indem ich seine zappelnden Beinchen zu fassen kriegte.

In der endlosen Schlange an der Kasse waren wir dann auch fast an der Reihe. Die Kinder standen vor mir am großen schwarzen Förderband der Kasse und Tobias, der mit seinem Näschen mal gerade an die Oberkante heranreichte, begutachtete die Waren einer Kundin, die hintereinander an ihm vorbei transportiert wurden: Marmeladengläser, Mehlpakete, verschiedene Konserven und zwei tiefgefrorene Regenbogenforellen in Klarsichtfolie...

„Uuiii, Mami!", rief er plötzlich aus. „Guck mal, wie die tot sind!" Dabei riss er seine blauen Augen auf und wies mit dem Zeigefinger auf die toten Fische.

Die Kassiererin unterbrach ihre Tätigkeit und lachte, bis ihr die Tränen aus den Augenwinkeln kullerten. Die erstaunte Kundin schaute erst erschrocken auf ihre Fische, und dann stimmte sie in unser Gelächter mit ein.

„Kindermund tut Wahrheit kund", sagte die Kundin und schenkte meinen Jungs einen Lolli.

Auf dem Parkplatz begegneten wir nach langer Zeit mal wieder Lisbeth. Sie hatte Bruno und die Kinder im Schlepptau und stakste auf hohen Sandaletten in türkisfarbener Caprihose und ziemlich durchsichtigem Sonnentop über den Platz. Natürlich entgingen wir ihrem Adlerblick nicht, und so winkte sie uns laut rufend heran.

„Na, ihr!", grüßte sie und lachte breit. „Lange nicht gesehen. Wie geht's euch denn?"

„Danke, gut. Und selbst?"

„Wir können nicht klagen", antwortete Bruno anstelle seiner Gattin und ließ einen langen Blick anerkennend an mir hinunter und wieder hinauf gleiten. „Und dass es dir gut geht, sieht man!"

Lisbeth war Brunos Blick gefolgt. Sie überspielte ihren kleinen Anflug von Eifersucht und erzählte, dass sie vorhätten, zu ihrer Mutter in den Schrebergarten zu fahren. Bruno schnitt ihr das Wort ab.

„Vielleicht gehen wir aber auch schwimmen. Das Wetter soll am Wochenende herrlich werden. Da könntet ihr gern mitkommen, wenn ihr wollt. Für die Kinder ist das immer schön. Die toben im Wasser und wir haben unsere Ruhe", meinte Bruno. „Überleg es dir, Christine. Gleiches Schwimmbad, gewohnter Liegeplatz, was Tobi?!"

Er lachte verschmitzt und strubbelte Tobias durch die blonden Haare.

„Und was wird mit Mutti und Schrebergarten?", fragte Lisbeth leicht entrüstet.

Bruno überlegte, zuckte dann wortlos die Achseln und trottete mit seinen Söhnen los. Er hob noch die Hand zum Abschied in meine Richtung mit einem Versteh-einer-die-Frauen-Blick.

„Na, dann tschüss", flötete Lisbeth und stöckelte hinter ihm her.

Ich sah ihnen nach und ging lächelnd zum Auto.

„Gehen wir morgen schwimmen?", fragte Tim begeistert.

„Na, mal sehen", antwortete ich, „eigentlich wollte ich versuchen, unser Auto zu verkaufen."

„Ooch, schon wieder!", maulte Tim. „Da warten wir wieder, warten, warten, warten..."

„...und vielleicht ganz umsonst!", vollendete Tobias seinen Satz.

„Halt mal die Luft an, Timmi", sagte ich etwas streng und hielt ihm den Mund zu. „Wir könnten ja vielleicht am Nachmittag zum Schwimmen fahren."

„Aba dann haben wir ja vielleicht doch kein Auto mehr", sagte Tobi mit krächzender Stimme.

„Wir schau'n mal", sagte ich und beendete damit das Thema.

Jetzt hatte ich schließlich auch ganz andere Sorgen. Schnell verstaute ich den Einkauf im Wagen, schnallte die Kinder in ihren Sitzen fest und fuhr nach Hause. Schon auf dem Flur hörte ich das Telefon klingeln.

Rainer Feldmann, dachte ich zuerst. Vielleicht hatte er kalte Füße bekommen? Wollte er womöglich absagen? Alle meine Mühe umsonst? Ich hatte gerade zwei Flaschen Mateus Rosé gekauft, die wollte ich nicht allein trinken.

Aber es war nur Andreas.

„Grüß dich!", sagte er ungewohnt fröhlich, was bei mir sofort die Alarmglocken betätigte. „Wie steht's mit deiner Jobsuche?"

Auch das noch! Und er kam natürlich wie immer in Geldangelegenheiten ohne Umschweife zum Kern seines Anliegens. Das Leben sei doch so teuer, erst recht als Single und ich hätte doch sicher die Möglichkeit, wenigstens aushilfsweise irgendwas zu finden... oder?

„Tut mir leid, Fehlanzeige! Es ist wie verhext!", log ich, denn meine Arbeitslosigkeit passte mir gerade ganz gut ins Konzept. Tim würde nämlich wegen seiner bevorstehenden Einschulung im Spätsommer den Kindergarten schon zu Sommerferienbeginn verlassen müssen. Bis vor ein paar Tagen hatte ich das nicht gewusst. Nun hatte Frau Klein-Hueber mich darüber schriftlich informiert, und es gab keine Möglichkeit mehr für eine Verlängerung bis nach den Ferien. Wohin hätte ich meinen Sohn also sechs Wochen lang geben sollen, wenn ich dann zur Arbeit müsste? Aber von solchen Umständen wollte Andreas selbstverständlich nichts wissen, denn die Angelegenheiten um die Kinder waren seiner einsamen Ansicht nach ganz allein mein Fachgebiet und Steckenpferd. Trotzdem wollte ich ihm weder die Information über die Situation noch meine Meinung dazu vorenthalten.

Erwartungsgemäß platzte seine Fröhlichkeit wie eine Seifenblase, in die ich mit meinen harten, bitteren Fakten hinein gepiekst hatte. Er stöhnte und litt schrecklich.

„Und was jetzt?"

„Erstmal habe ich jetzt zehn Tage Resturlaub", teilte ich ihm mit. „Und dann ist es doch gar nicht so schlecht, wenn ich über die Sommerferien zu Hause bin."

„Was? Wieso?", rief Andreas entgeistert in den Hörer, sodass ich mir denselben vom Ohr weghielt, um mein Trommelfell zu schützen. „Ich hör wohl nicht recht? Wo denkst du hin?"

Ich überging seine gereizte Äußerung.

„Ganz einfach, mein Lieber. Ich muss den Kindergarten für Tim schon vor den Ferien kündigen. Die neuen Kinder fangen jetzt schon an, und da müssen die künftigen Erstklässler Platz machen. Wohin mit Tim, wenn ich dann schon wieder arbeiten gehe? Sechs lange Wochen!"

„Ja, gibt es denn gar keine andere Möglichkeit?"

„Doch."

„Aha! Und die wäre?"

„Du nimmst sechs Wochen Urlaub und kümmerst dich um die Kinder!"

„Ausgeschlossen!", schmetterte es durch die Horchmuschel. Dann meinte er versöhnlicher: „Vielleicht könntest du einen Antrag stellen..."

„Leider schon zu spät."

„Aber es ist doch ein Ausnahmefall. Praktisch extrem dringend."

„Für dich vielleicht, aber das sehen die von der Kindergartenverwaltung ganz anders."

„Verdammt, immer muss ich..."

„Stopp! Das Lied kenne ich schon auswendig, Andreas, die Platte eiert bereits."

Furchtbar, die Frauen waren nicht nur saublöd, sondern auch noch schlagfertig. Armer Andreas!

„Warst du schon beim Arbeitsamt?", fragte er resigniert.

„Klar, was denkst du denn? Zumindest finanziell sieht es gar nicht so übel aus, wie du befürchtest. Es wird dich nicht ruinieren. Da kann ich dich beruhigen. Aber mit einer neuen Arbeitsstelle sieht's weniger gut aus und Behördenmühlen mahlen ja leider sehr langsam."

Die armen Männer, was hatten die alles auszuhalten. Aber Andreas wirkte nun ein bisschen erleichtert, schien mir.

„Ach, der Grund meines Anrufs!", sagte er, als wäre es ihm gerade erst eingefallen. „Ich möchte mit den Kindern gern eine Woche in die Pfalz fahren. Geht das in Ordnung?"

Ich war äußerst angenehm überrascht. Eine Sekunde lang musste ich dieses Gefühl stillschweigend genießen. Eine kinderfreie Woche für mich! Das passte mir außerordentlich gut, auch in Anbetracht meiner „Feldmann-Strategie"!

„Gern, Andreas", antwortete ich also gönnerhaft. „Willst du es den Kindern selber sagen oder soll ich?"

„Sag es ihnen ruhig schon. In zwei Wochen soll es losgehen!"

Die Kinder waren ganz aus dem Häuschen und hüpften vor Freude durch die Wohnung. Laut natürlich, und prompt klopfte die olle Fieger mit ihrem Besenstiel gegen die Decke. Der Pudel kläffte.

„Meine lieben Rabauken", bat ich, „beruhigt euch mal wieder, sonst macht Frau Fieger den Besenstiel kaputt, und der Pudel kriegt die Heiserkeit. Marsch, marsch! Bringt mal bisschen Ordnung in euer Zimmer. Überall fliegen die Legos rum!"

„Oooch, Mamaaa!"

Sie zogen maulend ab und ich hörte, wie die Legosteine mit Schwung in der Spielkiste landeten.

Der Abend rückte immer näher. Lampenfieber machte sich bei mir bemerkbar. Ich fühlte mich wie ein Teenager vor dem allerersten Rendezvous. Am ganzen Körper kribbelte es, alle paar Minuten rannte ich aufs Klo und ebenso oft sah ich auf die Uhr, deren Zeiger sich nicht vorwärts bewegen wollten.

Mein Schutzengel redete behutsam auf mich ein: 'Mach's halblang, Schwester! Erwarte bloß nicht zu viel!'

„Bist du krank, Mami?", fragte Tobias besorgt.

„Nein, mein Schatz, nur aufgeregt", erklärte ich.

„Warum?"

„Weil ich heute Abend wichtigen Besuch bekomme."

„Wer besucht uns denn?"

„*Ich* bekomme Besuch, mein Schatz. Der Besuch ist nur für mich. Ich werdet so lieb sein, artig im Bett zu verschwinden und schlafen."

Tim schaute um die Ecke.

„Bringt der Besuch was mit?", wollte er neugierig wissen.

„Ich glaube nicht."

Und schon zum x-ten Mal ging ich zur Toilette! Bahn frei, ich muss mal! Durch die geschlossene Badezimmertür ging die Unterhaltung mit meinen Knirpsen weiter.

„Wer ist denn der Besuch?", bohrte Tobias. „Papi? Wegen den Urlaub?"

„Nein, nicht der Papa."

'Für den würden wir wohl nicht mehr so oft auf Klo rennen', feixte der kleine Teufel und rieb sich die Hände, 'die Zeiten sind vorbei, was?'

„Aber wer denn?"

Die Kinder ließen nicht locker.

„Ein sehr netter Mann", gab ich mich geschlagen.

Schweigen in der Diele. Ich lauschte angestrengt.

„Ein Freund?", fragte Tim argwöhnisch.

„Vielleicht."

„Knutscht ihr dann?" Draußen wurde gekichert. Hoffentlich, dachte ich lächelnd, sagte allerdings gespielt entrüstet: „Aber Tim!"

Fußgetrappel signalisierte mir, dass die beiden in ihr Zimmer verschwanden. Mit diesen spärlichen Informationen konnten sie ja herzlich wenig anfangen. Doch wie, in Gottes Namen, sollte ich meinen Kindern erklären, dass ich einen neuen Freund hatte? Oder besser: zu haben hoffte. Eigentlich hatte ich ihn noch gar nicht. Und ob ich ihn haben würde, stand in diesem Moment noch in den Sternen.

Etwas später waren die Jungs in ihren Betten. Ich hatte mich beruhigt und traf letzte Vorbereitungen. Eine hübsche Tischdecke auf den Couchtisch, Gläser, ein paar Salzstangen und ein Schälchen Erdnüsse, Kerzen für die romantische Atmosphäre. Natürlich auch Musik: schnulzig, schmusig, trallala...

Ich wartete. Meine Hände wurden feucht und ich wusch sie mit warmem Wasser in der Hoffnung, dass sie warm und trocken bleiben würden, was vergebene Liebesmühe war. Im Bauch kribbelte es schon wieder verdächtig! Aber dann endlich! Es klingelte! Ich ging rasch zur Tür, holte tief Luft und öffnete.

Und da stand er: weiße Jeans, weißes Polohemd, beides kontrastierte traumhaft zur gebräunten Haut, weiße Sportschuhe... und diese schönen blauen Blitzeaugen! Ich hätte mich ihm glatt an den Hals geschmissen, wenn ich nicht so gut erzogen wäre.

Ich bat ihn angespannt artig herein – was auch sonst? - ließ ihn ins Wohnzimmer vorgehen und setzte mich ihm schräg gegenüber auf meinen Sessel. Ich war sehr nervös und ordnete mit leicht zitternden Händen meinen bunten Sommerrock. Das dazu passende weiße T-Shirt harmonierte gut mit meiner immer etwas getönten Hautfarbe. Wir waren doch wirklich zwei schöne, gut zueinander passende Menschen, stellte ich vergnügt im Stillen fest. Mal gucken, ob wir heute Abend auf einen Nenner kommen würden, der Feldmann und ich. Allmählich beruhigte ich mich und lehnte entspannt in meinem gemütlichen Sessel.

Ich wartete. – Worauf? Unsere Unterhaltung!

Aber zunächst herrschte seltsame Stille, und ich fürchtete schon, die würde sich nun endlos hinziehen. Irgendwie mussten zwei Menschen sich doch was zu erzählen haben, dachte ich. In der Massagekabine redeten wir doch auch ohne Punkt und Komma und hatten unseren Spaß dabei. Doch das Gespräch hier, allein in meinem kleinen Wohnzimmer, kam überhaupt nicht in Fahrt. Es begann eher wie bei einem viele Jahre verheirateten Paar. Wie war der Tag? Viel Arbeit gehabt? (Ich.) Schon eine neue Arbeit gefunden? Was machen die Kinder? (Feldmann.)

Mit einem Wort auf den Punkt gebracht: furchtbar!

Und während ich in meinem Kopf nach anderen Gesprächsthemen kramte, vernahm ich plötzlich im Flur Geräusche, die meine neugierigen Kinder machten. Ich blickte zur Tür, und da standen sie und tuschelten miteinander. Rainer Feldmann und ich lächelten uns zu. Ich erhob mich und schlich auf Zehenspitzen zur Tür. Die zog ich mit einem heftigen Schwung auf, und die beiden Ertappten standen erschrocken vor mir. Während Tim nach einer Entschuldigung suchte, linste Tobi schon um die Ecke.

'Schließ die kleinen Quälgeister weg!', befahl mein kleines Teufelchen erbost.

'Quatsch nicht!', schimpfte der Engel von oben herab. 'Das sind doch Kinder!'

„Ach, der ist das", winkte Tobias ab. „Guck mal, Tim, das ist der, wo Mami immer Schmerzen hat."

Wie peinlich! Ich errötete bis in die Haarspitzen.

„Das ist dein wichtiger Freund?", fragte Tim ungläubig und schüttelte den Kopf.

„Willst du die Mami hier heile machen?", fragte Tobias, der schon neben Rainer auf das Sofa gehüpft war.

Rainer lachte herzhaft.

„Nein, ich möchte mich heute mit eurer Mama nur unterhalten."

Nur unterhalten, sagte er. Hoffentlich kam die Unterhaltung dann besser in Gang, als es bisher der Fall war. Und wieso nur unterhalten? Wer weiß, wie sich dieser Abend noch entwickeln konnte, wenn der Feldmann endlich mal ein bisschen auftaute.

„Ihr könnt also beruhigt in die Betten gehen", beendete ich die Fragerei, „marsch, marsch!"

„Oooch, wir wollen aber auch mit unterhalten", meckerte Tobias.

„Ein anderes Mal vielleicht", tröstete ich ihn, und ich hoffte doch sehr, dass es noch viele Male geben würde.

„Kommst du denn nochmal wieder?", fragte Tim Rainer.

Der lächelte ihn (nur) freundlich an und blieb die Antwort schuldig. Meinetwegen hätte er ruhig ja sagen können.

Ich nahm meine Spitzbuben und brachte sie zurück in ihre Betten, wo sie hoffentlich auch bleiben würden. Beim Hinausgehen hörte ich noch, wie Tim zu seinem Bruder in der unteren Etage des Bettes sagte: „Wetten, nachher knutschen sie!"

„Mhm."

Ja, bitte, bitte gern, dachte ich, schloss leise die Türe und widmete mich wieder meinem Gast.

„Nette Jungs", meinte er, und es klang ehrlich.

Ach, Rainer Feldmann war so sympathisch! So höflich! So anständig! Viel zu anständig, fand ich zwar, aber daran konnten wir heute Abend ja noch arbeiten!

Er machte die Weinflasche auf. Wir prosteten einander zu und unterhielten uns weiterhin über Nichtigkeiten. Es schien, als vermieden wir beide, persönlicher zu werden. Wie, in drei Teufels Namen, konnten wir diese unsichtbare Barriere überwinden?

'Wenn ich da wäre, liefe das anders ab, meine Süße!' sprach Teufelchen.

Rainer stellte kaum Fragen, die meinen gingen mir allmählich aus und meine Unsicherheit kehrte wieder zurück. Er zeigte einfach kein bisschen mehr Interesse an meiner Person als vorher. Nach einem zweiten Glas Wein wurde ich mutiger.

„Eigentlich ist es ja Blödsinn, dass wir uns siezen", bemerkte ich und errötete wieder, was Rainer Feldmann im Kerzenschein allerdings nicht bemerken konnte

„Ja."

Wir tranken Brüderschaft.

'Was nun? Wo bleibt der Kuss?', motzte das Teufelchen enttäuscht.

Es gab keinen Kuss. – Ich wurde das Gefühl nicht los, wir hätten das Ganze auch bleiben lassen können. Der Abend zog sich zähflüssig dahin. Von Rainer Feldmann erfuhr ich so gut wie gar nichts, während der Wein meine Zunge erheblich gelockert hatte. Ich betete ohne Punkt und Komma meine ganze Lebensgeschichte herunter. Herz auf der Zunge, meine größte Schwäche, nicht nur nach einem Glas Wein.

Feldmann entkorkte zwischenzeitlich mit lautem Plopper auch die zweite Flasche Mateus. Den Rest der ersten hatte ich mir versehentlich über den Rock gekippt. Donnerwetter, dachte ich, der muss doch noch Autofahren!

„Kannst du überhaupt noch Auto fahren, wenn wir die zweite Flasche auch trinken?", fragte ich ihn.

Ein Blick auf meine Uhr zeigte mir, dass es bereits halb Zwölf war. Doch Rainer lächelte nur, schenkte uns ein und prostete mir zu. Na, bitteschön, dachte ich, dann fährt er notfalls mit dem Taxi.

Etwas später, die zweite Flasche war leer, lag der Mann flach auf meinem Dreisitzersofa und verlangte nach einer Massage. Witzbold, dachte ich wenig amüsiert.

'Nutz' die Chance!', meldete sich mein Teufelchen mal wieder ungebeten zu Wort.

„Soll ich ein Taxi rufen?", fragte ich artig und völlig verunsichert.

'So hatte ich das nicht gemeint. Du bist ja ein Feigling!', meckerte der aufmüpfige Teufel in mir. 'Haste keine Traute? Sei doch nicht so einfallslos!'

Keine Antwort von Rainer. Seine Augen waren geschlossen, und er schien weit fort zu sein. Womöglich war er eingeschlafen?

„Rainer, du kannst unmöglich auf der Couch schlafen", stellte ich fest.

„Nicht?", murmelte er schläfrig.

War der wirklich betrunken? Oder tat er nur so? Ich hatte nur einen klitzekleinen Schwips. Vielleicht hatte es ihn ja voll erwischt? Verantwortungsbewusst wie ich war, bot ich ihm mein Bett zum Schlafen an.

'Pah, verantwortungsbewusst!', lachte das Teufelchen und schlug sich auf die Schenkel. 'Ganz schön gerissen, nenne ich sowas! Der Einfall könnte von mir sein!'

Denk, was du willst, fauchte ich in Gedanken zurück, so kann ich den Mann unmöglich ziehenlassen. Und das Sofa ist unbequem! Wo war denn der Schutzengel eigentlich hin?

Rainer nahm das Angebot, in meinem Bett zu schlafen ohne Zögern sofort an. Im Handumdrehen zog er sich bis auf die Unterhose aus und verschwand unter der Steppdecke in meinem Bett!

Mhm? Und wo schlief ich? – Auf meinem unbequemen Sofa wollte auch ich nicht schlafen. Was sollte schon passieren, überlegte ich, wenn ich... Rainer ist ja völlig k.o. und ich... legte mich ganz einfach neben ihn ins Bett.

Mein kleiner Teufel schwieg betreten. Wie konnte man nur so... ihm fiel gar nichts Rechtes dazu ein, und er kroch enttäuscht in seine Höhle.

Da lagen wir nun in meinem Bett! Traum meiner schlaflosen Nächte... und es passierte nichts! Der Traummann war ganz offensichtlich eingeschlafen. Ich traute mich nicht, ihn anzufassen, mich anzukuscheln oder sonst was zu tun, obwohl es mich ganz arg reizte. Nacht Matthes, dachte ich gerade enttäuscht. Doch es kam anders.

Rainer zog mich unerwartet an sich und schmuste dicht an mich geschmiegt ohne irgendwelche Müdigkeitserscheinungen drauflos. Ich genoss ohne Ende wie er mich krabbelte, streichelte und küsste. Einmal an meinem Körper runter und wieder hinauf. Dann schlief der Rainer zufrieden ein! Dabei hielt er mich fest in seinen Armen wie ein Kind seinen geliebten Teddybären! Ach, wie schön, dachte ich, geht doch! Und auch ich schlief selig ein.

Samstagmorgen! 6 Uhr in Deutschland!

Ein höchst erschrockener Rainer Feldmann sprang urplötzlich aus meinem Bett und ebenso behände in seine Hosen. Er zog sich das Polohemd über den Kopf, und im Auftauchen aus dem Halsausschnitt küsste er mir flüchtig auf die Wange. Rein in die Sportschuhe, dann düste er mit einem „Ich ruf dich an" aus meiner Wohnung. Peng, die Türe fiel laut hinter ihm ins Schloss!

Was war denn das? Eine Art weißer Wirbelwind?

Ich hatte das Gefühl, ein Düsenjäger war dicht über mich hinweggeflogen, bevor er die Schallmauer durchbrach. Jetzt stand ich mit meinem Bett in der kühlen Brise mitten im Raum, und der Flieger war über alle Berge.

Mein Bett wirkte viel zu groß und verlassen. Ich zog die Beine an und umarmte meine Decke.

Tim und Tobias schliefen noch tief und fest. Spontan machte ich einen Dauerlauf zum Bäcker. Die kühle Morgenluft machte meinen Kopf klarer. Durchblick hatte ich allerdings immer noch keinen. Verwirrt und trotzdem gut gelaunt bereitete ich anschließend das Frühstück. Ich sang vor mich hin und träumte von meiner kleinen seltsamen Romanze. Der Abend war zwar etwas anders verlaufen, als ich erwartet hatte, aber unterm Strich war ich zufrieden. Wir waren uns doch ein ganzes Stück nähergekommen. Rainer war wohl nur etwas anders als alle anderen Männer, die ich kannte.

Gähnend trat mein kleiner Teufel aus der Höhle. Natürlich hatte er meine letzten Gedankenfetzen mitbekommen: 'Vorsicht, trag nicht so dick auf, Christine!'

Na schön, oller Besserwisser! So viele waren es nicht.

Rainer erschien mir in der Tat ein bisschen schüchtern. Einfühlsam? Ja, ja, ja! – Und: Er hatte gesagt, er würde anrufen! Ich konnte es kaum erwarten.

Zuerst meldete sich mal Olivia. Halb 8 Uhr morgens war für sie eigentlich noch mitten in der Nacht. Doch sie war zu neugierig, um lange im Bett zu liegen.

„Wie war's?", forderte sie energisch zu wissen.

„Tja, ich weiß nicht so recht, Olli, wie ich das werten soll."

„Ach, nicht? Ist er geblieben?"

„Ja", antwortete ich gedehnt, „aber die Umstände lassen nicht unbedingt darauf schließen, dass er leidenschaftlich und unsterblich in mich verliebt wäre. Ich bezweifle das gerade sehr."

„Musst du eigentlich immer alles analysieren, Christine?", fragte Olli milde. „Ihr hattet einen netten Abend, Feldmaus ist geblieben und..."

„Mann! Feld*mann*!", verbesserte ich. „Und im Übrigen war der Abend eher zäh-unterhaltsam als nett. Ach Olli, es war einfach komisch!"

„Warte ab, du wirst sicher bald erfahren, woran du bist", meinte sie und gähnte ins Telefon. „Ich glaube, ich geh nochmal schlafen. Anna träumt noch süß und Klaus ist sowieso das Geld zum Telefonieren ausgegangen."

Ich wollte noch wissen, wie es Klaus fernab von Heimat und Familie ging, und dann wünschten wir uns gegenseitig einen guten Tag.

Die Kinder fragten gar nicht mehr nach dem Besucher. Sie sahen, dass die Sonne von Himmel hoch schien, da interessierte sie nur eine Frage: Schwimmbad oder nicht?

Zwar hatte ich Sorge, Rainers Anruf zu verpassen, wenn wir nicht zu Hause waren, aber ich wollte den Kindern die Freude machen und doch ins Schwimmbad fahren. Auch mir würde die Ablenkung im Sonnenschein gut tun. Das Auto konnte ich auch ein andermal verkaufen.

Gleich nach dem Frühstück packten wir die große Badetasche und fuhren los. Das Bad war nicht weit weg, öffnete bereits ganz früh, und meistens waren wir unter den ersten Besuchern.

Wir stürzten uns in die jungfräulichen Fluten. Ich staunte über die mutigen Sprünge meiner Jungs. Ohne Nasezuhalten sprangen sie ein ums andere Mal ins Wasser, strampelten zurück bis an den Beckenrand und nahmen erneut Anlauf für den nächsten Hopser. Ich konnte sowas nie! Deshalb zog ich es vor, einige Bahnen kräftig durchzuschwimmen. Herrlich, wie das kühle Wasser meinen Körper umspülte und meine

Arme und Beine immer müder werden ließ! Erschöpft kletterte ich aus dem Becken.

Meine beiden Wasserratten hatten noch lange nicht genug vom Nass. Ich konnte sie getrost weiter im Wasser plantschen lassen. Währenddessen präparierte ich mich auf der Sonnenliege mit Sonnencreme und machte es mir bequem. Die Morgensonne war noch nicht zu heiß, es war wunderbar.

Im Laufe des Vormittags füllte sich das Schwimmbad dann zusehends. Die müden Familienväter und Mütter kamen angeschlappt und brachten eine unübersehbare Schar von plantsch-wütigen Kleinkindern mit. In Kinderwagen schlummerten die Babys. Jugendliche mit Kassettenrekordern und Fußbällen, mit Federballspielen und Kühltaschen – prallgefüllt mit allem, was das Leben versüßt und die Figur versaut! – bevölkerten die Wiesen.

Dementsprechend schwoll der Lärmpegel an.

Und da, ich hatte es geahnt, kam auch Lisbeth mit ihren Kindern. Die wollten doch zu Mutti...? Aber schon hatte sie mich entdeckt.

„Hallo, Christine!"

Irgendwie hatte sie immer etwas in ihrem Tonfall, das in meinen Ohren abfällig klang und meinen kleinen Teufel auf seiner Wippe reizte. Obwohl ich mir relativ sicher war, dass sie mich nicht bewusst provozierte. Es war halt so ihre Art. Na, Teufelchen jedenfalls wollte Spaß.

„Hallo, Lisbeth", grüßte ich sie, „wo hast du denn deinen Götterbruno...äh...Göttergatten gelassen?"

Derlei scheinbare Versprecher meinerseits schien sie entweder gut zu ignorieren oder sie bekam sie einfach nicht mit. Ich vermutete letzteres! Sie breitete ihre Decke auf dem Rasen aus, ging in die Knie und leerte die Badetasche.

„Götterbruno, find ich gut!", grinste sie mit einem Zwinkern – sie war doch aufmerksamer, als ich dachte. Dann wurde sie ernst: „Spaß beiseite! Seine Mutter ist krank. Er besucht sie." – „Ich bin richtig froh, dass du hier bist. Weit und breit habe ich kein einziges bekanntes Gesicht gesehen. Immer muss Bruno springen, wenn seine Mutter mal was hat. Dabei hat sie sich nur den Fuß verstaucht. Und eigentlich wollten wir ja zu meinen Eltern, aber... ach, was soll ich mich schon wieder aufregen? Man muss halt Kompromisse machen."

Ja, ja, dachte ich, was dem Einen der Schwiegervater – und da dachte ich an meinen Ex-Schwiegerdaddy – ist dem Andern die Schwiegermutter. Warum sollte es Lisbeth besser gehen als mir?

„Wie ist das mit deiner Schwiegermutter denn passiert?", wollte ich wissen.

„Sie hat in ihrer grenzenlosen Hektik die letzte Treppenstufe in ihrem Haus übersehen und bums! ist sie hingeknallt!", meckerte Lisbeth kopfschüttelnd. „Wie kann man nur so blöd sein! Lebt allein, braucht eigentlich nicht herum zu hetzen, aber hat keine Ruhe!"

Ich hörte an ihrer Stimme, dass sie doch recht verärgert war.

„Und was tut Bruno jetzt?", fragte sie selbst. „Der kauft Kuchen, kocht Kaffee und guckt mit ihr irgend so 'ne alte Schnulze aus den Fuffzigern, was weiß ich!"

Ein bisschen tat sie mir leid. Mit Andreas war das ja fast genauso. Dem gingen seine Eltern auch immer über alles, die hatten immer Recht, machten alles richtig und überhaupt... wer durfte schon an seinen Eltern zweifeln?

„Dann genieß mit mir zusammen die Sonne, Lisbeth", meinte ich mitfühlend.

Sie verstummte nur für kurze Zeit, und wir sonnten uns.

„Übrigens", begann sie und schob ihre monströse Sonnenbrille hoch, „ich wollte es dir schon neulich beim Einkaufen sagen, aber wenn die Männer dabei sind, kann man über sowas nicht reden."

Ich schaute sie erstaunt an. Was konnte sie mir erzählen, das ich nicht schon wusste?

„Ja", beantwortete sie meinen fragenden Blick, „Andreas und Wanda haben sich getrennt! Bruno hat's mir erzählt. Sie ist ja ein tolles Frauenzimmer, 'n richtiger Hingucker, das geb' ich neidlos zu, aber das mit der großen Liebe war wohl eher alles Fassade! So genau konnte ich nix erfahren, die Männer sind ja so furchtbar wenig redselig!"

Sie fuhr sich mit beiden Händen durch das lange dunkle Haar und schüttelte es locker auf. Die Sonnenbrille zog sie wieder zurück auf die Nase.

„Ich wusste es auch schon", sagte ich gedehnt und streckte mein Gesicht wieder in die Sonne.

„So? Von wem?", fragte sie vollkommen überrascht.

„Von Andreas", log ich.

„Ihr redet wohl wieder miteinander?", fragte sie erstaunt.

„Wir haben immer miteinander geredet, Lisbeth", lachte ich, „aber meistens nicht in der gleichen Sprache! Nein, ich will ganz ehrlich sein: die Kinder haben es mir erzählt."

„Ach so. Ja, jedenfalls geht sie wohl wieder mit ihrem Ex."

„Ich weiß."

„Auch keine Neuigkeit?", meinte Lisbeth ein wenig enttäuscht und drehte sich auf den Bauch.

Mir war doch völlig egal, was Andreas hatte oder nicht und Wanda interessierte mich schon gar nicht.

In meinem Kopf spukte nur ein Gedanke umher: Rainer Feldmann. Was für ein verschmustes Mannsbild er war! Im Job malträtierte er die Patienten, dass denen Hören und Sehen verging, und privat wurde er zum zärtlichsten Schmusetiger, den eine Frau sich wünschen konnte. Ein Schauder lief mir über den Körper bei der Erinnerung an die vergangene Nacht, und die kleinen Härchen auf Armen und Beinen stellten sich auf. Ich lächelte in den blauen Himmel hinein.

„Du musst ja schöne Gedanken haben, Christine", sagte Lisbeth in meine Träumereien hinein. „Aber bestimmt denkst du nicht an Andreas."

Sie kaute an einer Frikadelle und schaufelte Nudelsalat in sich hinein. Ich brachte meine Liege in Sitzposition, angelte nach meiner Kaffeekanne und bot auch Lisbeth eine Tasse an.

„Nein, aber magst du etwas Salat?", fragte sie mit vollem Mund.

„Danke", antwortete ich mit einem Blick in die Salatschüssel, in der die Nudeln in dicker Mayonnaisesauce schwammen. „Ich ernähre mich momentan nahezu fettfrei."

„Bäh", machte Lisbeth. „Das wäre nix für mich. Genauso wie das Rumgerenne im Wäldchen. Wir haben dich neulich gesehen. Ich weiß nicht, wie du das aushältst bei der Hitze."

Ich klärte sie darüber auf, dass ich mich dadurch außerordentlich wohlfühlte.

„Kaum vorstellbar", sagte sie mampfend.

Meine Söhne kamen endlich mal aus dem Wasser.

„Mama, wir haben Hunger!", verkündete Tim atemlos.

„Lass' erstmal sehen, ob ihr keine Schwimmhäute bekommen habt", scherzte ich und rubbelte sie mit großen Badetüchern ab. Ihre Lippen waren etwas bläulich verfärbt, und sie schlotterten ein wenig trotz der Sonnenwärme.

„Wir gehen Pommes mit Mayo und Ketchup essen", sagte ich, „Ich bin in Spendierlaune!"

„Klasse, Mama!"

„Fettfrei, mhm?", feixte Lisbeth und zog die Augenbrauen hoch.

Ich schnappte mir meinen Joghurt aus der Tasche und hielt ihn wackelnd unter Lisbeths Nase.

„Fettfrei!", grinste ich frech.

Die Jungs aßen mit großem Appetit. Für mich reichte der Joghurt vollkommen. Wenn man verliebt ist, wird Essen zur Nebensache!

Wir gingen anschließend zum Liegeplatz zurück. Mit Mühe hatte ich meine Sonnyboys überreden können, sich ein bisschen auf dem Spielplatz zu tummeln, statt mit gut gefüllten Mägen direkt wieder ins Wasser zu springen.

„Zigarette?", fragte Lisbeth und hielt mir ihre Marlboros hin. „Schmeckt nach dem Essen besonders gut. Dann komm ich auch auf dein Kaffeeangebot gern zurück."

„Nein", antwortete ich nicht ohne Stolz, „ich hab's drangegeben!"
Ich schenkte ihr einen Becher Kaffee ein.
„Du lieber Himmel! Gibt's was, das du nicht drangegeben hast?", fragte sie.
Ich lachte sie an.
„Wahrscheinlich legst du noch ein Gelübde ab: Leben ohne Männer! Phh! Unglaublich, du bist ja völlig verdreht!"
Darauf zwinkerte ich lediglich lächelnd und dachte: ohne Männer – bestimmt nicht! Von meinen schönen Gedanken erfuhr Lisbeth aber auch am Nachmittag nichts, so sehr sie sich auch bemühte, mich auszuhorchen.

Wir flohen bald vor dem Lärm und der zunehmenden Enge auf der Liegewiese. Außerdem hatte ich genug Sonne gehabt.

Zu Hause machten Tim und Tobias es sich vor dem Fernseher bequem und sahen einen Zeichentrickfilm. Ich hängte die nassen Sachen auf und setzte mich zu den beiden. Dabei ließ ich das Telefon nicht aus den Augen. Ich hypnotisierte die innenliegende Klingel so sehr, dass ich sie fast schon läuten hörte, obwohl sie das natürlich nicht tat! Wann würde es endlich klingeln? – Es dauerte!

Endlich, nach einer ewig dauernden Wartezeit – wir waren ungefähr eine Dreiviertelstunde zu Hause! – läutete es!

„Martens!?"

„Hallo, Christine", grüßte Rainer.

Diese Stimme floss mir wie warmes Öl in mein Ohr und tropfte wie Balsam auf mein verrückt pochendes Herzchen! Doch das kurze Gespräch war – ich kann es kaum beschreiben – inhaltslos! Vollkommen leer!

„Tschüss, bis bald!"

Er hatte aufgelegt.

Ich starrte verwundert den Hörer in meiner Hand an und begriff überhaupt nichts. Langsam legte ich ihn aufs Telefon zurück. Was sollte das sein? Kein Wort davon, wann wir uns wiedersehen. Kein Wort von letzter Nacht. Ein Pflichtanruf, nur, weil er es versprochen hatte? Ich fand das mehr als eigenartig!

Am liebsten hätte ich das mit Olivia erörtert, aber die war ausgerechnet jetzt nicht da. Mit Wolfgang wollte ich das auf keinen Fall besprechen, auch wenn er selbstverständlich nur zu gerne ein offenes Ohr dafür gehabt hätte. Also brütete ich allein vor mich hin, ohne zu irgendeinem Ergebnis zu kommen. Die ganze Nacht wälzte ich mich in meinem Bett hin und her und war froh, als der Morgen dämmerte.

Als ich am Sonntagmorgen in die Küche trat, wäre ich fast ausgerutscht. Ich stand plötzlich mit nackten Füßen mitten in einer großen Pfütze kalten Wassers! Ich sah gleich, woher das Wasser kam: der Kühlschrank hatte sich aus diesem Leben verabschiedet und war über Nacht abgetaut.

Wie sagt man so schön? Eine Katastrophe kommt selten allein. Ich fand, das Schicksal hatte es zurzeit mächtig auf mich abgesehen! Ich sank auf einen Küchenstuhl und hätte heulen können vor Wut! Seit der Trennung von Andreas hatten meine ansonsten so treuen Haushaltshelfer, die immer ohne jede Macke funktioniert hatten, nacheinander ihren Dienst eingestellt. Erst die Waschmaschine! Dann die Wäscheschleuder! Die Kaffeemaschine, die einem Kurzschlussanschlag zum Opfer gefallen war und jetzt der Kühlschrank! Lebenswichtige Gerätschaften unseres technischen Zeitalters!

Ich putzte das ausgelaufene Tauwasser wutschnaubend auf und rechnete im Geiste schon nach, was mich das nun wieder kosten sollte. Dabei hatte ich nicht die blasseste Ahnung, wie ich das finanziell regeln sollte! Es war zum Verzweifeln! Ich sah mich als Opfer heimtückischer Mächte, die mich einfach auf keinen grünen Zweig kommen ließen!

„Uiiih, Mama!", staunte Tim. „Was hast du denn da gemacht?"

„Ich? Das war ich doch nicht!", fuhr ich ihn heftiger an, als ich wollte, und das tat mir sofort leid. „Ach, Tim, der blöde Kühlschrank ist kaputt gegangen", fügte ich deshalb versöhnlicher hinzu.

Tobias tauchte hinter seinem Bruder auf.

„Uiih, Mama, was ist das denn?", fragte er auch. „Hat der Kühlschrank ein Loch?"

Ich hätte schreien mögen, fluchen – ja, und lachen in einem? Die Kinder konnten nichts dafür. So seufzte ich nur und lächelte bitter. Ich sah die beiden nebeneinander in der Küchentür stehen und amüsierte mich über Tobias lustigen Aufzug. Der Kinderbauch unter dem T-Shirt war so rund, dass es vorn kürzer als hinten war, deshalb lugte sein kleiner Schniepel vorwitzig unter dem Hemd hervor. Wer konnte beim Anblick zwei solch reizender Kinder noch über irgendwas verärgert sein? Was war ein blöder kaputter Kühlschrank schon mehr als ein materieller Verlust? Irgendwie würde ich auch das wieder geregelt kriegen.

Jedenfalls wurde mein Herz in diesem Moment ganz weit.

„Ach, kommt her, ihr beiden", sagte ich und nahm Tim und Tobi gleichzeitig in meine Arme. „Was haltet ihr davon, wenn wir nach dem Frühstück zur Oma fahren? Wir machen uns mit Oma einen schönen Tag und ich spreche mal mit Opa, was wir wegen dem Kühlschrank machen können."

„Och, ja", sagte Tim und strich mit seiner kleinen Linken tröstend durch mein Haar. „Vielleicht kann der Opa den Kühlschank wieder heile machen."

„Kühlschrrrank, mein Schatz, Kühlschrrrank heißt das", verbesserte ich ihn. „Ja, vielleicht kann er das."

Wir fuhren kurz nach dem Frühstück und telefonischer Ankündigung unseres Besuches zu Oma und Opa. Wie ich es mir schon gedacht hatte, konnte mein Vater den Kühlschrank natürlich nicht mehr reparieren. Wir würden auf jeden Fall einen neuen brauchen. Dafür konnte Opa prima mit seinen Enkeln spielen. Meine Wurstvorräte und die Milch hatte ich per Kühltasche mitgeschleppt und lagerte sie in Mutters Kühlschrank zwischen, bis wir wieder nach Hause mussten.

Der Tag verlief nett. Gemeinsames Kaffeetrinken, ein ausgedehnter Spaziergang im schattigen Wald und ein bisschen

Plaudern lenkten mich von meiner Enttäuschung und Verzweiflung etwas ab.

Mein Vater riet mir nochmal dringend, den großen Wagen endlich zu verkaufen, damit ich einerseits meine Schulden bezahlen konnte und die monatlichen Belastungen zurückschraubte. Um einen neuen Kühlschrank wollte er sich für mich kümmern. Er meinte, es gäbe vielleicht was Preisgünstiges, das „von der Palette gefallen ist". Von sowas war ich überhaupt keine Freundin. Es fühlte sich so illegal an, und das kollidierte mit meinem Gewissen und meiner Auffassung von Recht und Ordnung. Aber scherte sich jemand darum, wie ich überleben sollte? Ich sperrte meine Bedenken in die allerhinterste Ecke meiner Gewissenskiste. Möge der Kühlschrank baldigst und billigst den Weg in meine Küche finden!

Am Abend fuhr ich mit meiner Kühltasche und den Jungs - und vor allen Dingen besserer Laune! - nach Hause. Gleich nachdem die Kinder schliefen, setzte ich mich ans Telefon und rief Olli an. Die Feldmann-Sache war ja mindestens ebenso wichtig wie dieser blöde Kühlschrank.

„Was hältst du von der Sache?", fragte ich sie ratlos, nachdem ich ihr die Geschichte von Feldmanns Pflichtanruf erzählt hatte.

„Tja, was soll ich dazu sagen? Seltsam ist wohl das richtige Wort dafür, finde ich. Vielleicht solltest du ihm noch etwas Zeit geben? Möglich, dass es doch nicht so gut war, dass du die Initiative ergriffen hast!"

„Ach, ja? Nun doch nicht? Vielleicht erwarte ich nur zu viel!"

„Nein, glaub ich nicht." Sie überlegte einen Augenblick. „Und wenn er dich nur ein bisschen ausgenutzt hat? So eine nette Unterhaltung und ein bisschen Zärtlichkeit für eine Nacht, und tschüss?"

Der Gedanke war mir auch schon gekommen. Aber ich hatte ihn bis jetzt erfolgreich verdrängt. Der stets so brav und edel erscheinende Feldmann und so eine doofe Tour...? Nein, nein – das schien mir ein völlig absurder Gedanke!

„Ruf ihn doch einfach nochmal an, Christine!", schlug sie vor. „Darüber was Herr Feldmaus denkt oder fühlt können wir beide uns die ganze Nacht den Kopf zerbrechen, enträtseln werden wir die Sache nicht. – Also, frag ihn ganz direkt!"

„Na, ich kann doch nicht einfach fragen: 'Sag mal, wie ist das denn jetzt mit uns?' Das geht nicht. – Übrigens heißt er Feld*mann*! Nicht Maus!"

Olli lachte herzhaft.

„Ich finde Feldmaus aber so schön! – Und warum kannst du das nicht fragen? Du wirst es sonst wahrscheinlich nie erfahren!"

Ich beherzigte ihren Rat. Nun war ich einmal dabei, Klarheit zu suchen, da wollte ich sie auch finden. Kaum lag der Hörer auf der Gabel, hob ich ihn wieder und wählte Rainers Nummer. Der musste auf dem Telefon gesessen haben, denn er war sofort am Apparat.

„Guten Abend, Rainer", säuselte ich in die Muschel.

„Ja, grüß dich", sagte Rainer ohne jede Spur von Begeisterung.

Er wirkte überrascht, vielleicht auch enttäuscht? Hatte er einen anderen Anrufer erwartet? Eine andere Anrufer*in*? Danach fragte ich natürlich nicht, das dachte ich nur und spürte eine unsinnige Eifersucht.

Eine Unterhaltung kam wieder nicht zustande, und statt der einen entscheidenden Frage, die mir so auf den Nägeln brannte, verabredeten wir uns für Donnerstagabend um die gleiche Zeit. Wein wollte er diesmal – bitte! – ausdrücklich keinen.

Der Donnerstag war schneller da, als erwartet. Es war weniger aufregend, eher etwas unheimlich, denn ich hatte das Gefühl, als drohe ein Gewitter.

Kurz nach acht stand Rainer im Rahmen. Küsschen auf die Wange von mir zur Begrüßung, das er seinerseits mit einem verlegenen Lächeln quittierte. Wir gingen ins Wohnzimmer. Er setzte sich in den Dreisitzer, ich in meinen Sessel. Wie gehabt! Wir tranken Sprudel, Wein sollte ja nicht. Unterhaltung über Banalitäten! Bla, bla, blaaa... Ich hatte Sehnsucht nach seiner Nähe und fragte, ob ich mich gemütlich zu ihm setzen dürfe? – Was für eine dämliche Frage, dachte ich im gleichen Moment und hätte sie am liebsten zurückgeholt. Ohne seine womöglich ablehnende Reaktion und Antwort abzuwarten, setzte ich mich schnell zu ihm, kuschelte mich behaglich an seine Brust und legte mir seinen rechten Arm um meine Schulter. Ah, dachte ich, das tut gut!

Dieses Tutgutgefühl hielt nur eine Zehntelsekunde an, denn Rainer wurde mit einem Mal stocksteif. Ich spürte die totale Abwehr sofort und erhob mich wie von der Tarantel gestochen. Schweigend setzte ich mich wieder in meinen Sessel und sah ihn fragend und erwartungsvoll an. Eine peinliche Situation! Für eine Tarnkappe hätte ich jetzt mein letztes Hemd gegeben!

„Ja, weißt du Christine, ich bin heute nur gekommen, um das Missverständnis aufzuklären", begann er mit heiserer Stimme und schaute auf seine zusammengelegten Hände.

Fast wie Andreas, schoss es mir durch den Kopf! Nach jedem Wort suchen, es sorgfältigst aussprechen, ja nicht zu viel sagen. Am besten sollte ihm bitteschön jedes Wort aus der Nase gezwirbelt werden! Ein Dèjá vu! Wie die Bilder sich ähnelten. Oh Schreck, lass nach!

„Wie bitte?", fragte ich noch verwirrter. „Was für 'n Missverständnis?"

„Die Sache von vergangenem Freitag. Da ist... ich wollte das eigentlich nicht. Es sollte nicht dazu kommen. Verstehst du, ich mag dich schon. Du bist eine sympathische Person. Aber... ich bin nicht in dich verliebt... Nur..., der Abend war dann doch so schön, und der Wein und..."

Sympathische Person? *Person*? Nicht mal Frau? Es sollte eigentlich gar nicht...? In meinem Magen begann es gefährlich zu grummeln. Ich hätte sofort kotzen können. Aber stattdessen murmelte ich nur ein schlappes „Ach, was".

„Ich möchte aber nicht, dass du dich jetzt irgendwie ausgenutzt fühlst... oder so. Es ist auch nicht so, dass es unangenehm war... oder dass ich es nötig hätte, solche Gelegenheiten..."

Wie bitte? Unangenehm und nötig haben? Ich hörte wohl nicht recht. „Was heißt denn das?", fragte ich verständnislos.

„Versteh das jetzt bitte nicht falsch. Ich sag ja, es war ein schöner Abend. Die Nacht auch... aber weiter ist da eben nichts."

Anstatt meiner Enttäuschung und meinem Unverständnis heftig Luft zu verschaffen, sackte ich noch in bisschen mehr in mich zusammen. In welchem Film war ich denn hier? Was hätte ich dem Knilch jetzt alles an den Kopf schmeißen können?!

'Die Wasserflasche, du Dummchen!', vernahm ich meinen wütenden kleinen Teufel. Der war genauso perplex wie ich, aber erheblich spontaner und schlagkräftiger. Der hätte dem Rainer glatt die Sprudelflasche um die Löffel gehauen. Echt!

Doch ich war wie gelähmt. Nichts fiel mir ein, das ich hätte sagen oder tun können. Ich hörte eine mir fremde Stimme sagen: „Ist okay. Mach dir nix draus", und erkannte dann, dass es meine eigene war.

Gott, war ich edel!

'Das ist nicht edel', raunzte Teufelchen. 'Das ist blöde, du dumme Gans!'

Unsagbar lächerlich hatte ich mich gemacht, weiter nichts. Ich schämte mich, und es tat weh, sehr weh! Aber was soll's, dachte ich traurig. Mein Schutzengelchen tupfte sich bedröppelt ein Tränchen aus dem Augenwinkel, während der Teufel wutschnaubend in seine Höhle krabbelte. Wir waren jeder auf seine Weise ganz schön enttäuscht!

Rainer floh aus meiner Nähe und aus meiner Wohnung wie die Feldmaus vor der Katze! Die Türe fiel hinter ihm ins Schloss, da hatte ich den Telefonhörer schon in der Hand.

„Na, wie war's? Ich hab die ganze Zeit an dich gedacht, Mausi!"

„Ich komme mir so blöd vor, Olivia! Ich bin so eine blöde Gans! Dass mir das passiert ist, kann ich mir nie verzeihen!", klagte ich ihr mein Leid.

„Erzähl mal der Reihe nach. Ich will jedes Detail wissen."

Und ich berichtete von dem Gespräch. Am Ende meiner Schilderung war auch Olli richtig wütend.

„Der hat doch 'n Knall! Macht sich das ja reichlich einfach! Ich dachte, das ist ein erwachsener Mann, von dem man annehmen dürfte, dass er weiß, was er will und tut!"

„Ist er aber wohl nicht. Er hat wohl doch einfach nur die schöne Gelegenheit genutzt", piepste ich kleinlaut. „Und das Dumme ist, ich hab ihn trotzdem gern."

„Du hättest ihm was um die Ohren hauen sollen!", schimpfte Olli. „So einer hat es nicht verdient, dass du ihn gern hast. Und du begegnest ihm auch noch mit allem Verständnis der Welt. Dich kann ich auch nicht ganz verstehen, Christine."

Der letzte Satz mit dem ollitypischen Kritikpfeil piekte mir mitten ins Herz. Genau dahin, wo es gerade ziemlich wehtat.

„Ich weiß, aber du kennst das doch, der Mensch sei edel, hilfreich und gut!"

„Pah, wer hat denn so einen Unfug verzapft? Aber weißt du was? Vergiss die Feldratte! Hak' ihn ab! Das Leben ist voller Überraschungen, und sicher hast du gute Chancen bei den vielen anderen wirklich netten Männern auf dieser Welt!", munterte mich Olli auf.

„Wenn ich an all den Zinnober denke, den ich betrieben habe, um an den Mann dranzukommen! Ich muss doch komplett irre gewesen sein!"

„Allerdings", bestätigte sie zuckersüß. „Irre verliebt! Na, und? In dem Zustand ist kein Mensch zurechnungsfähig, da gibt es mildernde Umschläge, Christine! Mach dir eine Flasche Sekt auf und lehn' dich bequem zurück!"

Sie lachte ihr herrlich kehliges Olli-Lachen, und das tat mir gut.

„Nimm es einfach mit Humor!", riet sie. „Und denk dran: auch das geht vorbei."

Die ersten Versuche, meinen Humor und Optimismus wiederherzustellen, scheiterten noch. Ich musste erst mal eine große Runde joggen! Nie wieder fuhr ich nach dieser Pleite einen Umweg an der blöden Praxis vorbei! Niemals!

Wenn man aus dem Schatz solcher Erfahrungen Kapital schlagen könnte, wäre ich Millionärin und alle Sorgen los! Aber man kann Erkenntnisse nur in der Rubrik Lebenserfahrung verbuchen, nicht auf dem Bankkonto – leider! Ich würde nie mehr so offensiv sein! Das schwor ich mir. Die Gefahr, mich lächerlich zu machen, lag mir zu dicht um die nächste Ecke.

Samstagmorgen regnete es zur Stimmung passend vom Himmel hoch! Die Temperaturen waren auf nur noch 12 Grad gepurzelt. Der frühe Sommer machte eine Verschnaufpause. Ich fröstelte mit mir selbst um die Wette. Den Kindern ging das ähnlich.

Tim, Tobias und ich fuhren quasi mit dem letzten Tropfen Benzin im Tank auf das Ford-Gelände in Köln, um zum fünften Mal unseren Passat zum Verkauf anzubieten. Wenn es heute nicht klappte, dann säße ich echt in der Tinte. Das Geld für den Kühlschrank hatte Olli mir vorgestreckt. Ich wollte nicht, dass sie unnötig lange auf die Rückzahlung wartete und setzte all mein Vertrauen auf den heutigen Automarkt. Obendrein war auf meinem Konto mal wieder Nullkommanichts.

Wir hockten frierend im Auto und harrten der Käufer, die sich um mein Auto schlagen sollten. Stolze 10.500 Mark waren dem ersten einfach zu viel, aber handeln wollte ich nicht. Dann kam einer, der hätte ihn sofort gekauft, aber leider gefiel ihm die Innenausstattung nicht. Erst kurz vor Ende der Veranstaltung tauchte der erste Interessent erneut auf.

„Also, junge Frau, ich sehe doch, dass Sie den Wagen loswerden müssen", sagte er fest und schaute mir mit einem Anflug von Mitleid tief in die Augen.

Wie kam der denn auf diese Schnapsidee? Deshalb antwortete ich: „Da irren Sie sich", und lächelte nett.

Während ich schamlos log, wich ich seinem Blick nicht einen Millimeter aus, was für mein harmloses Häschengewissen eine Glanzleistung war. In einer winzigen Ecke meines Herzens betete ich ganz viele ‚Vater unser' herunter, dass jemand heute mein Auto kaufen würde.

„Ich zahle Ihnen hier und jetzt sofort 9.000 auf die Hand, und Sie sind die Kiste los", schlug er vor.

Oh, welch' große Versuchung! Die winzige Ecke in meinem Herzen wurde noch viel winziger, meine Gebete allerdings noch eindringlicher. Und der liebe Gott stand mir zur Seite, als ich mich tapfer und fest sagen hörte: „Und ich sagte vorhin schon, ich handle nicht. 10.500! Nehmen Sie ihn oder lassen Sie es!"

Mir war, als würde mir der Frust der vergangenen Tage plötzlich eine ungewöhnliche Energie verleihen. Ich war so stark entschlossen, keinen Meter Boden in diesem Verkaufsgespräch abzugeben, dass es mich selbst sehr erstaunte. Ich wollte die 10.500 haben, die ich mir in den Kopf gesetzt hatte und die deutlich lesbar auf meinem Verkaufsschild standen. Basta!

Die feuchte Kälte zog an meinen Beinen unter die Hose bis ins Kreuz. Ich fror erbärmlich!

Der Autohändler intervenierte: „Ich habe da schon einen Abnehmer für Ihr Auto, aber..."

„Das ist schön für Sie", unterbrach ich ihn und musste schon das Klappern meiner Zähne unterdrücken, weil ich nicht nur wegen der Kühle zitterte. „Doch zuerst müssen sie ihn mal kaufen. 10.500 ist mein letztes Wort. Kaufen oder stehen lassen. Im Übrigen ist mir saukalt, meine Kinder haben Hunger, und ich fahre gleich hier weg."

Der große, dunkelhaarige Mann mit den schmalen, dunklen Adleraugen zauderte. Er kratzte sich nachdenklich die Stirn. Ich öffnete demonstrativ schon mal die Wagentür und sagte den Kindern, dass wir jetzt fahren würden. Ich stieg ein und steckte den Autoschlüssel ins Zündschloss. Gerade wollte ich den Wagen starten, da klopfte es an die Scheibe.

„Also gut, ich nehme ihn zu 10.500", sagte er. „Können Sie mitkommen in mein Büro dort vorne?"

„Aber gern!"

Wir erledigten die Formalitäten, und er legte mir die geforderten 10.500 in wunderschönen bunten Geldscheinen auf die Theke! Ich musste mich schon sehr zusammenreißen, das Geld in aller Gelassenheit nochmal nachzuzählen, einzustecken und ihm die Quittung zu unterschreiben.

Wir wünschten einander alles Gute. Ich nahm die Kinder an der Hand und musste mich beherrschen, keinen Jauchzer mit Luftsprung zu tun, solange wir im Blickfeld des Händlers waren. Erst an der Bahnhaltestelle holte ich das nach, drückte meine Jungs an mich, wirbelte sie ein bisschen durch die Luft, und dabei war uns der Regen, der noch immer unablässig vom Himmel fiel, völlig einerlei.

Während der Heimfahrt wärmte die Heizung unterm Sitz und das Gefühl über den gelungenen Handel mein Gemüt. Meine Erleichterung war grenzenlos. Mit einem Schlag war ich meine Schulden los, und es blieb noch eine kleine Summe, um ein anderes kleineres Auto zu kaufen!

Christine, dachte ich zufrieden, das Schicksal ist ja *doch* gerecht!

In der Woche darauf war nicht nur der Sommer zurückgekehrt, ich erwarb einen kleinen VW Derby zu günstigem Preis und war endlich wieder mobil. Am letzten Arbeitstag fuhr ich meine erste Autobahntour damit und war rundum zufrieden. Der Wagen brauchte erfreulich wenig Benzin, bot genug Platz für uns drei und war einfach nur schnuckelig!

Mein Kontostand sah wieder gut aus, und nach Abzug des Kaufpreises für den Derby konnte ich einen großen Teil des Kredits zurückzahlen sowie die Kinder einkleiden. - Erleichterung ist ein gutes, ein heilsames Gefühl!

Der Abschied im Büro verlief weniger dramatisch, als ich befürchtet hatte. Wir tranken gemeinsam Kaffee und ließen uns den Kuchen, den ich gebacken hatte, gut schmecken. Die Kollegen und Kolleginnen hatten für ein Abschiedsgeschenk zusammengelegt, über das ich mich wahnsinnig freute. Gegen Mittag fuhr ich froh und beschwingt nach Hause.

Am Nachmittag packte ich mit den Jungs gemeinsam die Koffer für ihre kleine Urlaubsreise mit ihrem Papa.

Als er sie am darauffolgenden Morgen abholte, hatten wir Hektik pur! Die Sonne schien wieder vom strahlend blauen Himmel. Ich trug die Taschen der Kinder nach unten, wo Andreas bereits wartete. Er verstaute die Sachen im kleinen Kofferraum seines Sportflitzers. Auch die Kuscheltiere und sonstigen Spielsachen fanden ihren Platz für die Reise. Die Kinder stiegen ein, und Andreas schnallte sie sorgfältig fest.

Ein bisschen fühlte ich mich jetzt traurig. Am liebsten wäre ich eingestiegen und mitgefahren. Eine ganze Woche ohne meine Lausbuben – in diesem Moment erschien mir das undenkbar!

„Na, haben wir jetzt alles?", fragte Andreas, bevor er die Heckklappe endgültig schloss. Wir sprachen nicht viel.

„Meldet euch bitte, wenn ihr angekommen seid, ja?", bat ich.

Ich wünschte ihnen eine gute Fahrt und ein paar schöne Tage, dann stieg auch der Einsachtundneunzigpapi in den Wagen und sie fuhren ab. Ich winkte ihnen nach, bis sie um die Ecke verschwunden waren. Hoffentlich kam Andreas mit den beiden so lange Zeit gut zurecht? Ohne mich – und ich wusste ja schließlich, wie fröhlich anstrengend die blonden Knirpse sein konnten. Aber ich fand es ganz gut, dass die „Männer" mal eine Woche lang miteinander verbrachten? Ich schüttelte die Bedenken ab und hoffte das Beste.

Ein komisches Gefühl blieb jedoch! Noch nie hatte ich eine so lange Zeit für mich allein! Was würde ich bloß mit der vielen Zeit anfangen? Fernab von der Möglichkeit, ganz auf mich allein gestellt meinen Tagesablauf zu gestalten, hatte ich viele

Wünsche und Ideen, aber jetzt, da sich die Situation ganz real ergab, spürte ich eine seltsame Einfallslosigkeit in mir aufkommen. Die Wohnung kam mir unendlich groß vor, ohne Leben und beinahe entsetzlich aufgeräumt. Kein Teddybär, über den ich stolpern konnte, kein Legostein, der sich in meine nackten Füße bohrte und keine Papierschnipsel auf dem ganzen Fußboden verstreut... Wie sollte das werden?

Die Zeit sollte zunächst sinnvoll genutzt werden, beschloss ich, um keine Trübseligkeit einziehen zu lassen. Und so tobte ich erst einmal meinen üblichen Sauberkeitswahn aus. Danach ging ich einkaufen. Mittags zog ich meine Sandalen an, schnappte mir die Badetasche und düste ins Schwimmbad.

Ich ruderte Runde um Runde durchs kalte Nass, bis meine Arme völlig taub waren. Ich lag eine Stunde in der Sonne, ging zum Duschen, machte Kneipp-Güsse – schön eiskalt, denn das härtet ab – föhnte mir die Haare – Friseur war auch mal wieder fällig, stellte ich fest – und fuhr topfit erholungsgepflegt nach Hause.

Die nassen Badesachen hatte ich gerade aufgehängt, da entschied ich kurzerhand, zu Olivia zu fahren. Ich freute mich auf eine gemütliche Plauderstunde von Angesicht zu Angesicht mit meiner besten Freundin, ohne dass ich ständig meine Lausbuben im Auge behalten musste. Da machte sich ein kleines Freiheitsgefühl ganz allmählich breit.

„Königin der sturmfreien Bude", begrüßte Olivia mich herzlich lachend, „du bist wahrhaft zu beneiden!"

„Das finde ich gerade nicht", widersprach ich, „es fühlt sich noch ein wenig merkwürdig an. Zwar kann ich jetzt unverletzt das Kinderzimmer durchqueren, weil keine Legos herumliegen, aber meine Wirbelwinde fehlen mir, wenn ich ganz ehrlich bin, schon. Die Ruhe ist fast unheimlich."

„Kann ich zwar ein bisschen verstehen", meinte Olli, „aber genieße es, meine Liebe, wer weiß schon, wann du die Gelegenheit mal wieder bekommst. Wundert mich sowieso, dass Andreas von sich aus den Wunsch hatte, mit den Kindern eine ganze Woche wegzufahren."

„Hat mich genauso gewundert. Aber ich finde doch, das spricht für ihn. Ein bisschen jedenfalls und ganz gleich, welcher Teufel ihn dabei geritten hat. Allerdings, fühle ich mich etwas einsam, Olli", sagte ich nachdenklich. „Dadurch, dass die Kinder weg sind, spüre ich das erst richtig. Momentan habe ich nicht mal einen Job. Ohne dich hätte ich momentan gar keinen Draht zur Außenwelt."

„Jetzt übertreibst du aber gewaltig, Mausi!"

Olivia blickte gespielt streng. Sie setzte Anna auf den Boden, stützte ihr Kinn in die Hände und ihr Blick wurde wirklich ernst.

„Wäre ja schön, wenn es mit Feldmann geklappt hätte", sagte ich leise und traurig.

„Ach, der! Christine, vergiss ihn doch! Denke lieber mal nur an dich selbst. Pflege dich, schlafe viel, treibe Sport und – geh doch mal wieder aus!"

„Ich? Ausgehen? Allein?", fragte ich entgeistert.

„Na ja, warum denn nicht? Und wenn du nicht allein gehen willst, hast du doch Wolfgang zum Beispiel", schlug Olli vorsichtig vor und blinzelte mich über ihre Tasse hinweg mit einem klitzekleinen, aber tiefgründigen Lächeln an.

„Olivia!", stöhnte ich.

„Ich dachte ja nur!"

„Nein, ich will aber nicht!"

„Hör mal zu, willst du ab sofort in Selbstmitleid ersaufen? Was ist denn aus meiner stets funkensprühenden Freundin Christine Martens geworden? Ein Trauerklößchen, das den Seepferdchenkurs im Mitleidschwimmen absolviert und dabei zu ertrinken droht!"

Sie wirkte ein wenig entrüstet, griff nach der Kaffeekanne und schenkte uns beiden Kaffee nach. Dann setzte sie die Kanne zurück aufs Stövchen.

Ich konnte mir ein kleines Lachen nicht verkneifen, dennoch stellte ich lakonisch fest: „Es hat sich ausgefunkt, Olli. Ich gehe nicht aus! Und die Männer sind mir alle herzlich schnuppe!"

Olivia amüsierte sich: „Davon kannst du mich aber nicht überzeugen. Außerdem: schmeiß' doch nicht alle in einen Topf. Wer weiß, vielleicht läuft dir gerade jetzt der eine Besondere über den Weg!"

„Phh, steck' Männer in einen Sack und hau mit dem Knüppel drauf, du triffst immer den richtigen! Mir läuft zurzeit besser keiner mehr über den Weg! Der Knüppel sitzt mir noch zu locker in der Hand."

Sie schmunzelte und schielte aus dem Augenwinkel schelmisch zu mir herüber: „Höre ich zwischen den Zeilen eine kleine Einschränkung? Das gefällt mir schon viel besser."

„Ha! Einschränkung! Guck mich nicht so an, Olli. Ich bin geschieden und lebe allein, um unabhängig zu sein. Völliger Blödsinn, mich gerade jetzt verlieben zu wollen."

„Es passiert aber nun einmal meistens dann, wenn du nicht damit rechnest oder es überhaupt nicht willst. Ist sozusagen ein ungeschriebenes Gesetz."

„Leider!", stimmte ich zu. „Ich konzentriere mich erstmal darauf, mit mir selbst zurechtzukommen. Und jetzt ist mal Schluss mit dem Einsamkeitsgefasel. Warum bin ich eigentlich so bekümmert? Die Kinder kommen doch wieder!"

Meine liebe Freundin nickte. Überzeugt wirkte sie nicht.

„Du bist trotzdem ein bisschen durch den Wind, meine Liebe", stellte sie sachlich fest und legte mir ihre Hand auf den Arm. „Geh das Leben mal etwas lockerer an. Du hast gerade deine Situation verbessert, darauf kannst du stolz sein und dir eine Atempause gönnen."

Ich sah ihr ins Gesicht. Ihre blauen Augen schauten mich sanft an, wie eine gütige Großmutter und sie lächelte lieb.

„Ach, du hättest Briefkasten-Tante bei der Regenbogenpresse werden sollen, Olli."

„So weit kommt es noch!", lachte sie. „Merke dir, diese Gespräche mit dir sind ein exklusiver Service – und nur für dich!"

„Danke, danke, ich weiß es wohl zu schätzen."

Ich stand auf und verbeugte mich zum Spaß tief vor ihr.

„Du bleibst natürlich zum Abendessen", sagte Olli entschieden und begab sich ins Nebenzimmer, wo Anna meldete, dass sie nun erwacht sei.

Ich blieb natürlich nur allzu gerne. Der Gedanke an die gähnend leere Wohnung landete für ein paar Stunden länger in der Verdrängungskiste, und das tat mir zunächst mal sehr gut. Erst recht war unser Spaziergang, den wir mit Klein-Anna durch den angrenzenden Wald unternahmen, eine Wohltat. Das Sonnenlicht brach durch das Blätterdach und zeichnete Schattenbilder auf den weichen Waldboden. Es duftete nach Sommer, Grün und Erde.

Als wir in Olivias Wohnung zurückkehrten, hatten wir richtig Hunger. Während Anna auf dem Teppich saß und spielte, bereiteten wir uns einen Salat und Pizza-Baguettes. Wenig später, Olli hatte die Kleine gefüttert und ins Bett gebracht, öffneten wir eine Flasche Rotwein und setzten uns im Kerzenschein gemütlich in die Sofas.

„So kann man das Leben genießen", seufzte Olli und streckte sich genüsslich.

„Ja, und Frau auch", fügte ich lachend hinzu.

„Wie geht es eigentlich deiner Schwester?", fragte Olli, denn ich hatte ihr erzählt, dass sie in nächster Zeit wohl wieder öfter bei mir sein würde. Wie immer, wenn sie sich von einem Freund getrennt hatte. Dann lag ihr wieder viel an unserem Geschwisterdasein. Sie verbrachte recht viel Zeit mit mir und den Kindern. Sobald sie aber einen Freund hatte, ruhte unsere schwesterliche Verbindung. Manchmal fand ich das eigenartig, dachte aber auch nicht besonders viel darüber nach. Stattdessen freute ich mich über die Phasen, in denen wir viel gemeinsam unternahmen.

Nun hatte sie gerade ihren Uwe an die frische Luft gesetzt und das führte dazu, dass sie sich wieder öfter meldete.

„Es geht ihr ganz gut", berichtete ich. „Am Ende wollte der Kerl sie sogar schlagen, stell dir das mal vor! Aber mein Schwesterchen ist clever und flink genug gewesen, hat den Braten gerochen und kam ihm zuvor."

„Was? Hat sie... wirklich?!", Ollis Augen waren riesengroß geworden.

„Sie hat! Und ich glaube nicht, dass der nochmal einen Schritt in ihre Nähe wagt."

Wir amüsierten uns, obwohl der Anlass ja beileibe kein lustiger war.

„Da hat sie aber auch großes Glück gehabt."

Olivia wechselte das Thema.

„Und wie geht es Andreas?"

„Ich denke, gut. Zumindest sieht er so aus", sagte ich. „Seit er von Wanda getrennt ist, scheint er allein zu sein. Am liebsten wäre ihm, ich ginge wieder arbeiten, dann hätte er ein paar Kröten mehr im Portemonnaie und eine Sorgenfalte weniger auf der Stirn. Jedenfalls erzählen die Kinder nichts Neues, und unsere nicht zu überhörende Plaudertasche Lisbeth wusste auch nichts weiter zu berichten. Na, und ich persönlich frage da nach nix, versteht sich."

„Ihr habt also die Sache mit dem Unterhalt geregelt", stellte Olivia fest. „Ist er denn immer noch so aufs Geld fixiert?"

„Ph, das kann ich dir sagen! Der hat sich vielleicht aufgeregt, dass ich noch keinen neuen Job in Aussicht habe. Der Ärmste! Immer muss er bluten, das letzte Bisschen muss er für uns geben! - So ein Geizhals!"

„Männer und der schnöde Mammon."

Olivia schlürfte einen Schluck Wein und blickte theatralisch an die Decke.

„Das Geld ist Andreas immer näher als die Menschen, glaube ich. Aber das liegt bei denen in der Familie", erklärte ich. „Vielleicht sollte es mal gentechnisch erforscht werden?"

Ich gluckste bei dem Gedanken leise und Olivia blinzelte lustig.

„Die halten ganz hübsch zusammen, ich weiß", sagte sie. „Andreas war immer der liebe Bub. Aufmerksam, wohlerzogen, hilfsbereit, zuverlässig und stets gut gelaunt."

Sie kannte Andreas schon aus gemeinsamer Schulzeit und musste es wissen.

„So hab ich ihn kennengelernt", sagte ich, „aber die Menschen ändern sich. Die liebenswerten Eigenschaften hat er ins Fitness-Center und auf die Skat-Touren mitgenommen. Zu Hause hat er sich vom Nettsein dann ausgeruht! Ich frage mich manchmal, ob dieses supernette Getue wirklich echt ist."

Ich blickte in mein Weinglas und ein Film kleiner Erinnerungsbilder zog an meinem geistigen Auge vorüber. All die vielen Situationen, wo er von gerade noch ziemlich sauer auf total nett und freundlich umschaltete. Ich hatte mich immer darüber gewundert. - „Aber ich bin ja auch nicht mehr dieselbe!", sagte ich in die kurze Stille hinein, schob die Erinnerungen beiseite und war wieder ganz präsent in Ollis Wohnzimmer.

„Das mit dem aufgesetzten Verhalten ist so eine Sache. Ich habe das auch festgestellt und mich dasselbe gefragt in Bezug auf deine Schwiegereltern... sorry, Ex-Schwiegereltern. Es ist wohl sehr schwer, das wirklich zu beurteilen. Und natürlich hast du Recht, Christine, wir alle verändern uns im Leben. Trotzdem ist es schade, dass Andreas so materiell eingestellt ist." Sie überlegte kurz und sagte mit unverhohlenem Gönnertum in der Stimme: „Lassen wir mal wenigstens ein gutes Härchen an ihm und gestehen, dass wir schließlich auch unsere kleinen Fehlerchen haben, nicht wahr?"

Ich lachte: „Ja, aber wir sind sehr tolerant, wenn es um die Fehler der anderen geht."

„Ihr habt vielleicht zu früh geheiratet?", überlegte Olli. „Klassische Diagnose: zu jung und unerfahren."

„Mag sein", gab ich zu, „aber wenn du mal daran denkst, in welcher Situation ich zu Hause steckte, dieser ständige Ärger mit meinen Eltern besonders wegen Andreas, der ihnen nicht gut genug und viel zu grün erschien... nee, diese Streitereien... Ich musste da einfach raus."

„Ja, aber direkt mit Andreas in eine gemeinsame Wohnung? Und dann auch gleich heiraten?", warf Olivia kritisch ein.

„Oho, ich kann mich nicht erinnern, dass du mich gewarnt hättest, liebe Olli. Und du redest schon fast wie meine Tante. Die hat mir auch was geflüstert von wegen „du flatterst von einem Nest ins nächste" und so 'n Quatsch", regte ich mich auf, obwohl mir längst klar war, dass sie Recht gehabt hatte.

„Aber da liegt der Hase im Pfeffer, meine Liebe", entgegnete Olli und sah mich fest an.

„Ich gebe ja zu, daran ist viel Wahres. Aber die Erfahrung sollte ich wohl selbst machen und habe die gut gemeinten Ratschläge damals nicht hören wollen. Na ja, geheiratet haben wir dann wirklich sehr schnell. Die blöde Bundeswehr, du weißt... ich hatte wahnsinnige Angst, allein zu sein. Und alle unsere Bekannten heirateten damals ja auch."

„Du hast Recht, wir feierten eine Hochzeit nach der anderen", sagte Olivia und verdrehte die Augen. „Ist es nicht blöde, dass einer es dem anderen nachmachte?"

„Vielleicht waren wir von einem geheimnisvollen Virus befallen?"

Olli prustete und schüttelte den Kopf so heftig, dass ihre dunklen Locken um den Kopf wirbelten.

„Ich verschluck' mich gleich noch", lachte sie hustend.

„Irgendwie hatte ich auch das Bedürfnis, meiner Familie zuliebe, unser wildes Beziehungsleben zu legalisieren. Für meine Mutter war es schon furchtbar genug, dass ich mir die Pille verschreiben ließ. Entsetzlich: ohne Eheversprechen und Trauschein! Die hat sich vielleicht angestellt."

„Ich erinnere mich lebhaft", sagte Olli und verzog das Gesicht.

„Ach, was soll's!", winkte ich ab. „Die Zeiten sind ja vorbei und die neuen ändern sich ständig. Vergessen wir die alten Geschichten einfach!"

„Scheint dir aber schwer zu fallen", gab sie zu bedenken

„Ich kapituliere einfach nicht gern, Olli. Ich hatte damals gehofft, dass wir, gerade weil wir so jung waren, zu einer Einheit zusammenwachsen könnten. Ich wünschte mir eine tiefe vertrauensvolle Beziehung, Verständnis, Harmonie. Eben große Liebe und so! Lauter Rosinen und Seifenblasen", sagte ich. „Aber ich war auch erst 19 – eigentlich noch ein Kind. Na ja, und mit einem Mann an der Seite, der auch noch nicht erwachsen ist... es klappte eben einfach nicht!"

„Das verdankst du ja auch nicht zuletzt dem Einfluss von Big-Schwiegerdaddy Martens!", warf Olivia ein.

„Ja, deeer!", sagte ich gedehnt.

„Er hat viel Macht über Andreas. Immer noch?", fragte sie.

„Allerdings! Manchmal glaube ich, mit ihm hat er mehr Zeit verbracht als mit mir! Aber mit Andreas war da nicht zu reden. Der glaubte, ich gönne ihm das nicht. Und er fühlte sich auch seinem Vater immer verpflichtet und in der Schuld. Wir müssen sehr dankbar sein, hat er immer betont. Ich meine, auch Dankbarkeit hat ihre Grenzen. Ich konnte ihm nie klar machen, worauf es mir ankam."

„Und was war dir wichtig?", wollte Olli wissen.

„Einfühlungsvermögen, Rücksichtnahme und Verständnis, Zusammengehörigkeit und die Geborgenheit von familiärer Einheit Olli, und zwar in unserer kleinen Familie: Andreas, die Kinder und meine Wenigkeit! Du lieber Gott, ich klinge wie ein Fachmagazin für Eheberatung. Einfach gesprochen: ich wollte mit den Kindern gemeinsam der Mittelpunkt in Andreas Leben sein. Waren wir aber nicht. Und ich war überhaupt nicht wichtig. Irgendwie verstehe ich diese Familie nicht. Die sind sich nur selbst wichtig und einander verpflichtet. Ich bin doch bloß angeheiratet."

„Wie? Was ist denn das für ein Quatsch? Das wird ja immer bunter."

Ich spürte, dass Erinnerungen in mir aufkamen, die meine Stimmung kippen könnten. Das wollte ich auf keinen Fall. Schnee von gestern, olle Kamellen... nein, vorbei war´s, und das Vergessen würde ich noch lernen.

„Lass uns, bitte, über was anderes reden, Olli. Ich bin ganz anders als die, und deswegen hat es einfach nicht geklappt. Punkt."

Ich dachte kurz nach, nippte an meinem Weinglas und sprach aus, was ich mich gerade fragte: „Vielleicht sollte ich in Zukunft weniger erwarten und mein Herz auch nicht immer auf der Zunge tragen?"

Ollis Augenbrauen zuckten überrascht in die Höhe.

„Wie willst du das denn anstellen?", zweifelte sie. „Da müsstest du dich ja vollkommen umkrempeln. Bleib bloß so, wie du bist! So mag ich dich nämlich."

Lächelnd sah ich zu ihr hinüber, und eine warme Welle schwappte mir übers Herz. Es tat gut, eine solche Freundin zu haben! Und ich mochte sie ebenso.

„Weißt du, liebe Olli, es ist doch wichtig, zu einer Familie zu gehören, und nichts anderes wünsche ich mir. Gibt's eigentlich eine Anleitung zum Glücklichsein?"

„Quatsch, Mausi. Nur weil du ein bisschen Pech hattest, heißt das doch nicht, dass du etwas falsch machst – oder ein Rezeptbuch brauchst, so 'n Blödsinn! Es ist auch nicht einfach, zu einer harmonischen Einheit zu finden und ganz man selbst zu sein."

Wie wahr! Wie wahr!

„Sag mal, Olli, ob Männer sich genauso beschissen fühlen, wenn sie sich in so eine doofe Situation manövriert haben wie ich mit Rainer Feldmann?"

Meine allerliebste Freundin seufzte und zuckte ratlos mit den Schultern: „Keine Ahnung. Ich bin kein Mann, und kann es nur vermuten. Doch wahrscheinlich geht es ihnen auch so. Obwohl ja behauptet wird, dass die Herren der Schöpfung in diesen emotionalen Angelegenheiten eher rational reagieren, während wir Frauen immer so emotional seien, hab ich gelesen."

„Mhm, rational nennt man das also?"

„Ja. Klaus sagt das auch."

„Gefühle sind aber nicht rational", widersprach ich. „Deshalb sprechen Männer wohl auch nicht drüber."

„Zerbrich' dir den Kopf nicht darüber, Christine", sagte Olli energisch. „Du machst dich ja ganz verrückt! Bleib gelassen, für alles im Leben gibt es die richtige Zeit!"

„Hört! Hört! Wie weise du bist! Dann bin ich wohl zur falschen Zeit am falschen Ort und deshalb einsam, was?", sagte ich etwas resigniert.

„Du bist immer genau da, wo das Schicksal dich haben will", antwortete Olivia und schenkte uns Wein nach.

„Schicksal!", schnaubte ich verächtlich.

Beim Aufräumen zu fortgerückter Stunde alberten wir noch ein bisschen herum.

„Vor lauter Geschwafel über Einsamkeit habe ich dir gar nicht erzählt, dass ich mit den Kindern acht Tage Urlaub machen werde."

„Oh", staunte sie. „Wie das? Hast du 'ne Erbschaft gemacht?"

Ich kicherte: „Nein, so weit ist es noch nicht. Mein Vater wird fünfzig. Und weil das zünftig gefeiert wird, trifft sich Verwandtschaft, Bekannte und der unvermeidliche Kegelclub in einer gemütlichen Pension im Westerwald."

„So weit weg? Schafft dein kleines Auto die Strecke noch?", neckte Olli.

„Sag nix gegen meinen Derby! Der schafft alles! Über Derby lass ich nichts kommen", sagte ich überzeugt und knuffte Olli scherzhaft in den Arm. „Außerdem sind es ja nur hundert Kilometer."

„Feiert ihr denn acht Tage am Stück?", kicherte Olli belustigt.

„Um Himmels Willen!", entfuhr es mir. „Aber die Pension ist erstens sehr preisgünstig und zweitens sind die Inhaber ja mit meinen Eltern gut befreundet. Ich kriege quasi einen Vitamin-B-Rabatt. Nun hoffe ich bloß noch auf schönes Wetter. Wenn es die ganze Zeit regnen würde... entsetzlich! Bei meinen beiden Rabauken bliebe ja kein Stein auf dem andern."

„Ach, darum mach dir mal keine Sorgen, Christine. Du bist ein Engelchen, und wenn die reisen, ist bekanntlich immer Schönwetter."

Wir verabschiedeten uns leise im Hausflur, und ich fuhr mit meinem Super-Derby Richtung Köln davon. Der wolkenlose Nachthimmel hing voller Sterne, der Vollmond verbreitete ein silbriges Licht und die Luft war noch schön warm. Ich kurbelte das Fenster herunter und ließ mir den Wind um die Nase wehen.

Schicksal hin – Schicksal her! Manche Dinge im Leben konnte man eben nicht beeinflussen, fand ich. Irgendwo gab es immer einen Weg, auch für zeitweilig einsame Zeitgenossen wie mich.

Die kinderfreie Woche plätscherte gemächlich dahin. Im Briefkasten landeten nur Absagen auf meine Bewerbungen, aber auch zwei neue Angebote vom Arbeitsamt. Also glühte der Hoffnungsschimmer wieder ein bisschen.

Mittwoch konnte ich mit Olli, die einen Babysitter engagierte, nach langer Zeit endlich mal wieder ausgehen. Wir trafen uns in unserem Lieblingsbistro 'Chanel'.

'Unser' Bistro war das gemütlichste Lokal in der City von Leverkusen. Frischer Kaffee nach einem Einkaufsbummel, ein zweites Frühstück oder abends auf ein Glas Bier, Wein oder einen prickelnden Prosecco – das Bistro war eine gute Adresse. Vom kleinen Imbiss bis zum Mehrgänge-Menu konnte man in diesem Lokal beinah rund um die Uhr alles bekommen. Gute, teilweise auch edle Küche, und das zu wirklich akzeptablen Preisen!

Wir waren schon ziemlich lange Zeit nicht mehr da gewesen! Das Publikum aller Altersklassen und verschiedener Nationalitäten war wie immer gut gemischt im Verhältnis eins zu eins, was weibliche und männliche Gäste betraf.

Wir saßen an der Bar, tranken ein frisch gezapftes Pils und aßen leckeren Bauernsalat. Im Laufe des Abends kamen wir mit verschiedenen Leuten ins Gespräch. Alles leicht, entspannt und unkompliziert! Einfach gute und lustige Unterhaltung! Ich genoss endlich einmal wieder die besondere Frischluft der Freiheit.

Später im Auto – ich brachte Olivia nach Hause – lachten wir immer noch amüsiert über den einen oder anderen Witz.

„Was hältst du davon, wenn wir das wieder jeden Mittwoch machen, Christine?", fragte Olli. „Unser kleines Wochenritual hat mir so richtig gefehlt"

„Mir auch! Und von regelmäßiger Abwechslung halte ich sehr viel!"

„Mensch, seit Anna da ist, bin ich nur noch Hausmütterchen und verkümmere so vor mich hin. Vielleicht könnte man ja noch mehr Leute aus unserem Bekanntenkreis dafür begeistern? Frag doch ruhig mal Wolfgang oder deine Schwester, und ich spreche mit Gisela und den anderen."

Wolfgang zu fragen würde ich mir möglichst lange verkneifen, aber mein Schwesterlein konnte ich auf jeden Fall ansprechen.

Als Tim und Tobias am Samstagvormittag mit ihrem Papa wieder wohlbehalten zu Hause eintrafen, war ich die ausgeruhteste Mama der Welt. Und bestens gelaunt obendrein, denn meine gute Freundin Schicksal hatte die dunklen Seiten meines Lebensbuches weitergeblättert. Die Kapitel Liebeskummer, Einsamkeit und finanzielle Sorge waren erstmal abgehandelt. Entspannung stand jetzt im allen Bereichen auf dem Programm.

Ich hatte ausreichend geschlafen, täglich Gymnastik und Jogging betrieben, war im Schwimmbad und in der Sauna gewesen, mal wieder unter die Leute gekommen. Bewerbungen waren auch auf dem Weg und vielleicht ergab sich demnächst ja ein Traumjob. Insgesamt blickte ich auf eine schöne Woche mit ganz besonderem und individuellen 'Kur-Urlaub' zurück!

„Schön, dass ihr wieder da seid!", jubelte ich und umarmte meine Jungs stürmisch. Im Überschwang der Freude hätte ich dann beinahe auch ihren Papa in meine Arme genommen. Aber ich konnte mich gerade noch bremsen und war leicht erschrocken über diesen seltsamen Impuls. Geschiedene Mamas und Papas fallen sich doch eher nicht um den Hals!

„Wie war's?", fragte ich und fühlte, dass mein Kopf ganz warm wurde. Verlegenheitsrot - eine Farbe, die noch kein Modeschöpfer entdeckt hat. Man trägt sie halt nur unter der Haut.

„Du kennst sie ja! Hansdampf und Naseweis! Keine ruhige Minute oder Langeweile! Aber wir hatten eine Menge Spaß! Was, Jungs?"

Die beiden bejahten mit heftigem Kopfnicken.

„Wie schön", sang ich erfreut.

Andreas schloss die Heckklappe seines Wagens mit sattem Plopp und trug die Reisetaschen bis vor die Türe.

„Ja, dann...", meinte er, „ich bin mal wieder weg."

Wir schauten ihm nach und winkten, bis er um die Ecke verschwunden war.

In meiner Wohnung angekommen, redeten die Kinder auf mich ein, was das Zeug hielt. Auf Burgen waren sie geklettert, in einem tollen Schwimmbad mit Riesenrutsche waren sie gewesen („Mama, da müssen wir auch mal hin!") und, und, und...

Es war schwierig für mich, die Geschichten in eine ordentliche Reihenfolge zu bringen. Sie redeten meistens beide zugleich über zwei bis vier verschiedene Ereignisse. Irgendwann brummten mir die Ohren wie der Schädel, und am Abend war ich endgültig geschafft und hatte Mühe, die Urlaubsrückkehrer zu bändigen. Tobias kratzte sich vor dem Einschlafen ein paar Insektenstiche auf. Die blutrünstigen Biester im Pfälzer Wald fanden sein Blut wohl ganz besonders lecker. Der arme Kerl war am ganzen Körper mit rotleuchtenden Mückenstichen geradezu übersät.

Irgendwann, ziemlich spät am Abend war dann endlich (!) Ruhe.

„Gute Nacht, ihr beiden!"

„Gute Nacht, Papi", flüsterten sie im Duett.

Ich hielt einen Augenblick inne: Papi? Na ja..., dann schloss ich leise die Tür und ging lächelnd ins Wohnzimmer.

Die folgenden Tage waren durchweg sonnig und ziemlich heiß. So verbrachten wir fast jeden Tag im Schwimmbad. Morgens um 8 Uhr waren wir die ersten, und abends um 7 Uhr verließen wir als letzte Gäste das Bad.

Meine Schwester Doris hatte vier Wochen Urlaub und schloss sich uns gerne an. Ihre Urlaubsreise mit einem Segelschiff in den sonnigen Süden war nach dem Scheitern ihrer Beziehung sprichwörtlich ins Wasser gefallen. Nun musste sie obendrein ihren Anteil an der kurzfristig stornierten Reise zahlen und war nahezu pleite. Geldnot schien uns irgendwie in die Gene gepflanzt.

Was für ein Glück, dass Deutschland gerade mehr als genug Sonne bot, so war die Flucht in den spanischen Süden überflüssig.

„Ich bin ja richtig froh, dass ich im Urlaub nicht allein rumhängen muss", sagte Doris, während sie sich die langen dauergewellten Haare zurechtschüttelte. „Und was für ein Glück, dass Uwe aus meinem Leben endgültig verschwunden ist. Dieser elende Mistkerl!"

„Das klang vor einem halben Jahr aber ganz anders", stellte ich fest.

„Da haben wir was gemeinsam, Schwesterherz! Vor einem guten Jahr warst du beziehungsmäßig auch noch sehr zuversichtlich", konterte sie mit kraus gezogener Nase.

Was wusste Doris von Zuversicht in meiner Beziehung zu Andreas? Ich hatte sie nie ganz eingeweiht in die Probleme, die in meiner Ehe mit Andreas an der Tagesordnung waren. Eigentlich hatte ich gar keine Gespräche mit ihr über die Schwierigkeiten mit Andreas. Aber jetzt fehlte mir die Lust, ihr zu widersprechen und womöglich eine Diskussion vom Zaun zu brechen. Außerdem war ich gerade wirklich froh, dass sie Zeit mit mir und den Kinder verbrachte. Die Jungs mochten ihre Tante außerordentlich gern, weil man - mich eingeschlossen – mit ihr einen mordsmäßigen Spaß haben konnte. Deshalb verscheuchte ich alle Gedanken daran, dass auch unser Verhältnis zueinander nicht immer so sonnig war.

„Ich begreife immer noch nicht, warum ihr euch getrennt habt", sagte Doris, setzte ihre Sonnenbrille auf und aalte sich auf ihrer Sonnenliege.

Kunststück, dachte ich, bei ihren sporadisch intensiven Gastspielen in meinem Leben konnte sie nicht viel mitbekommen haben und war mehr oder weniger ahnungslos geblieben. Ich sagte nur: „Weißt du, eine Trennung auf Zeit bringt manchmal Klarheit in eine Beziehung. Der Abstand zueinander tut gut, weil man den anderen und sich selbst wieder *sieht*. So hatte ich mir das überlegt und auch mit Andreas abgesprochen. Aber dann ist die Sache aus dem Ruder gelaufen. Sie ist uns sozusagen aus den Händen geglitten. Noch genauer gesagt: Eine bestimmte Person hatte das Ruder übernommen. Du weißt, wen ich meine."

„Das schon, verstehen tu ich's trotzdem nicht! Konntet ihr nicht miteinander reden und euch darauf einigen, dass Andreas Vater sich raushält?"

„Glaub mir, das habe ich versucht, Doris. Aber, weißt du, Andreas sitzt vor mir, und ich höre seinen Vater reden. Was Schwiegerdaddy Martens oder die Familie sagt, ist Gesetz. Da kann niemand gegen anstinken!"

„Scheiß Familie!", schnaubte Doris verächtlich. „Irgendwie überall dasselbe!"

„Meinst du?", fragte ich.

„Klar, unsere Mutter glaubt ja auch, den Stein der Weisen gefunden zu haben. Was glaubst du, was die mir alles gesagt hat, nachdem ich Uwe rausgeschmissen habe!"

„Was hat sie denn gesagt?", fragte ich, obwohl ich bereits ahnte, was da vom Stapel gelaufen war.

„Ach, der übliche Sermon halt, von wegen ‚wir haben es ja gleich gewusst! Der war uns nie geheuer, geschweige denn sympathisch...' papperlapapp! Ich will gar nicht alles wiederholen, sonst sitzen wir nächste Woche noch hier! Typisch Mutter eben."

Doris hatte ohne Zweifel Recht. Allerdings war ich weit davon entfernt, dieses Gespräch an der Stelle vertiefen zu wollen. Enttäuschende Erkenntnisse über die eigenen Eltern hatten letztlich zu meinem großen Krach mit ihnen geführt. Seitdem verdrängte ich die Dinge lieber, statt gut schlafen gelegte Hunde wieder zum Leben zu erwecken.

Statt weiterer innerer Wandlung nahm ich lieber mal eine äußere vor. Ich hatte dem Friseur einen Besuch abgestattet. Satte 65 Mark hatte das veränderte Styling gekostet. Doch das war es mir wert, denn ich fühlte mich gut mit der neuen Frisur. Anschließend war ich dann gleich noch beim Optiker gewesen. Eine neue Brille war längst überfällig. Statt der Brille entschied ich mich allerdings für Kontaktlinsen. Die Eingewöhnungszeit war eine schreckliche Prozedur! Jeden Tag eine halbe Stunde länger tragen, hieß die Devise, also musste ich auch im Schwimmbad die Linsen herausnehmen und sie nach zweistündiger Pause wieder einsetzen. Einmal fiel mir dabei eine Kontaktlinse ins Gras. Das war eine tolle Sucherei! Doris und ich krochen auf allen Vieren über den Boden und drehten jeden Grashalm um, während uns ein Herr auf der Nachbarliege belustigt beobachtete. Schließlich fragte er, ob er uns behilflich sein könne. Als ich ihn anschaute, um ihm zu antworten, hielt er mir seine dickglasige Lesebrille unter die Nase und grinste frech.

„Ha, ha!", machte ich, woraufhin er erst recht lachte.

Aber ich hatte diese Eingewöhnungsphase überstanden. Nun trug ich die Kontaktlinsen den ganzen Tag ohne Probleme und fühlte mich ohne mein Nasenfahrrad so frei wie nie. Meinen Söhnen gefiel ich auch sehr.

„Mami, du siehst klasse aus!", lobte Tim, als ich mich eines schönen Mittwochsabends für das Ausgehen ins 'Chanel' zurechtmachte.

„Danke, mein Schatz!"

„Mit wem gehst du denn weg?", wollte er neugierig wissen.

„Mit Olli, Doris und ein paar Leuten, die du nicht kennst", sagte ich.

„Ist der Wolfgang auch da?"

Wolfgang war mittlerweile auch immer da! Ich hatte mich von Olli und Doris breitschlagen lagen, ihn darauf anzusprechen. Ich empfand nur wenig bis gar keine Begeisterung, während er natürlich überhaupt nicht begeistert werden musste!

So antwortete ich wahrheitsgemäß, aber gedehnt und mit verdrehten Augen: „Jaaa, der Wolfgang kommt auch mit!"

„Ist das dein neuer Freund?", fragte Tobi, der am Türpfosten lehnte und mit dem kleinen Finger in der Nase popelte.

„Tobi, Finger aus der Nase", sagte ich streng.

„'tschuldigung, Mama", kicherte er.

„Nein, ich habe keinen Freund."

„Schade."

Fand ich auch, hatte aber keine Idee, wie ich das ändern sollte.

'Selbst Schuld', konstatierte mein kleiner Teufel altklug.

'Es kommt alles wie's soll', flötete Schutzengelchen von seiner Schmusewolke herunter und blickte wissend drein.

'Was heißt das denn?', wollte der kleine Teufel alarmiert wissen.

'Mein lieber kleiner Höllenfreund', säuselte Engelchen, 'du darfst ja vielleicht so manchen Fauxpas anzetteln, aber in dieser Angelegenheit ist deine Mitwirkung nicht mehr gefragt! Ich habe da so meine Quellen und ein bisschen in die Zukunft geschaut.'

'Ich glaube, ich überwinde mich mal heftig und steige dir auf deine Wolke. Geheimniskrämereien kann ich nämlich gar nicht ertragen.'

'Bleib wo du bist, der Torwächter lässt dich eh nicht rein', erwiderte Engelchen energisch und begann hingebungsvoll damit, sich die Nägel zu feilen.

Der Dialog wurde an dieser Stelle zwar recht interessant, aber ich hatte jetzt Wichtigeres zu tun. Doris wartete in ihrem Käfer unten auf der Straße, wir mussten noch Olli abholen und dann nix wie ins 'Chanel'.

Ein Segen war wie immer meine liebe Nachbarin, Frau Kessler. Sie achtete mittlerweile jeden Mittwochabend freundlicherweise auf meine Lausbuben. So konnte ich unbeschwert meine Abende im 'Chanel' genießen.

Eine Woche vor der Abreise in den Westerwald warf ein großes Ereignis seine Schatten voraus: Tim brauchte einen Schulranzen! Im September sollte für ihn die Schule beginnen!

Wir fuhren also in die Stadt, einen Scout zu kaufen. Tim entschied sich für einen pinkfarbenen Erstklässlerranzen. Vielleicht ein bisschen ungewöhnlich für einen Jungen, fand die Verkäuferin stirnrunzelnd, aber Tim war eben eigenwillig und er ließ sich auf keine Debatte wegen der Farbe ein. Stolz wie Oskar schnallte er sich den leeren Ranzen auf den Rücken und trug ihn durch die Stadt.

Andere Kinder hatten ihren Ranzen vermutlich in die hinterste Zimmerecke verbannt während der Ferien! Tim würde in den kommenden Jahren auch noch dahinter kommen, dass Ferien etwas ganz Besonderes waren und seinen Ranzen dann nicht mehr überall hinschleppen.

Wie ich ihm so hinterher guckte, wurde mir ganz wehmütig. So groß war mein Kleiner schon! Was wir Mütter nur immer haben? Ist doch völlig normal, dass die Kleinen mal groß werden. Und ehrlich gesagt: Gott sei Dank! Alles andere grenzte doch an sentimentale Gefühlsduselei, fand ich und rief mich schnell mal zur Ordnung, richtete mich innerlich auf und ließ die kleine Wehmut in der Versenkung verschwinden. Am Ende der Fußgängerzone lauerte McDonald's auf uns...

Schluss mit Einkaufen! Rein in den Fresspalast! Beliebtestes Ausflugsziel aller Kinder zwischen drei und achtundachtzig!

Hier durfte mit den Fingern gegessen werden, die Tischmanieren konnten vor der Türe Schlange stehen.

Im Gewühl der Menschen, die an die Theke drängelten, fanden wir einen Weg zu einem freien Tisch. Ich war eigentlich schon restlos bedient, und saß ich erstmal mit dem vollgepackten Tablett am Tisch, war ich meist auch direkt satt.

„Du, Mama", sagte Tim mit vollem Mund. „Guckma, der dicke Mann da drüben!"

Und er zeigte – schwupps! - mit dem Finger auf einen wirklich mächtig dicken Herrn, der sich in die Schlange der Hungrigen eingereiht hatte.

„Timmi", ich schluckte und sagte leise, „man zeigt nicht mit dem Finger auf die Leute."

„Aber dann siehst du ihn ja nich!", entgegnete er, womit er Recht hatte. „Der sollte lieber nich so 'n Fastfutt-Zeuch essen."

„Das muss jeder selbst wissen, Schatz", sagte ich leise und hoffte, das Thema sei damit vom Tisch.

„Vielleicht weiß er das nicht!", gab Tim zu bedenken und lutschte an seinem Strohhalm.

„Kann sein. Aber es geht uns nichts an. Jetzt iss deinen Hamburger und halte bitte den Mund beim Kauen."

Ich stocherte lustlos in meinem Salat herum. Das einzige, was mir heute schmeckte, war der Vanilleshake. Den gab es nirgendwo besser als hier. Ob ich noch einen Kaffee...? Weiter konnte ich nicht denken, denn Tim hatte den Mund leergekaut und sprach:

„Soll ich ihm das mal sagen, Mama?"

„Was?", fragte ich verwirrt zurück und hatte den dicken Mann schon vergessen.

„Dass der McDonald's dick macht!"

„Ähem, nein! Untersteh dich, Tim!", mahnte ich und drohte mit dem Zeigefinger.

„Ich mein' ja nur", meinte er kleinlaut.

Tobias mampfte unbeeindruckt seine Pommes mit Mayonnaise.

„Boah!", machte er plötzlich und der Bissen vom Hamburger, den er soeben zu einer Handvoll Pommes in den Mund geschoben hatte, fiel ihm wieder aus dem Mund. „Der is aba fett!"

In diesem Augenblick schaute der dicke Mann zu uns herüber. Er fühlte sich eindeutig angesprochen, und er blickte echt böse drein. Tobias hatte laut genug gestaunt und in seine Richtung gesehen.

Mir war das entsetzlich peinlich. Ich hob den Milkshake-Becher vor meine Nase und versteckte mein Gesicht fast darin.

„Kinder, jetzt ist Schluss mit lustig!", wetterte ich gedämpft und packte entschlossen alle Abfälle auf das Tablett, um es zur Entsorgung zu tragen. Nix wie weg hier, dachte ich. Wo sollte das enden? Die beiden mussten ihre Hamburger im Auto während der Rückfahrt aufessen und über die Krümelei der beiden sah ich ausnahmsweise mal großzügig hinweg.

Am Abend sprach ich mit Andreas.

„Wir sind jetzt eine Woche weg. Mein Vater wird Fünfzig und die Kinder und ich können ein paar Tage Landluft gut brauchen", erzählte ich.

„Ok. – Wie steht's mit der Jobsuche?"

Ja, ja, dachte ich, nüchtern und sachlich wie immer und entgegnete im gleichen Tonfall: „Ich hätte mir denken können, dass du danach fragst."

„Du kannst ganz ruhig bleiben", lachte er, „die Frage stelle ich aus bloßer Neugier."

Nanu? Was sollte das denn heißen: ‚bloße Neugier'? Hatte er klammheimlich im Lotto gewonnen und brauchte sich über Unterhaltszahlungen nicht mehr seinen kahlen Kopf zerbrechen? Ach, jetzt war ich aber gemein! Ts ts ts, Frau Martens! Ich schwenkte zurück auf „nett".

„Ach, was! - Leider immer noch nichts. Aber ich gebe die Hoffnung nicht auf, für die Zeit nach den Ferien etwas zu finden. Momentan ist eben Sauregurkenzeit am Arbeitsmarkt."

„Ich drück dir jedenfalls fest die Daumen", sagte Andreas und verabschiedete sich damit, dass er uns eine schöne Ferienwoche und einen netten Geburtstag wünschte.

Jedes Wort klang geradezu erschreckend ehrlich, stellte leicht verwirrt ich fest. Kein Zwischenton in Schissmoll, der mir Anlass zum Argwohn gegeben hätte. Fast andächtig hielt ich den Hörer noch eine Weile in der Hand, betrachtete ihn ganz durchdringend, so als könnte ich Andreas in der Horchmuschel sehen und eventuell entdecken, dass er vielleicht doch bloß so tat, als ob. Andreas hatte nicht nur ehrlich, sondern auch fühlbar gelassen gewirkt, beinahe herzlich und mir wollte er die Daumen drücken... – Egal, überlegte ich, letztlich hatte er ja auch was davon, also konnte er auch mal richtig nett zu mir sein, seine Daumen drücken und mir Glück wünschen. Damit legte ich den Telefonhörer fest auf seine Gabel zurück.

Am Morgen unserer Abreise in den Westerwald, litten wir drei unter Reisefieber. Tim, ähnlich veranlagt wie ich, hockte alle paar Minuten auf der Toilette. Tobias konnte seinen Teddy nicht finden und ich bemühte mich, den Koffer endlich zu schließen. Doch der Reißverschluss wollte sich einfach nicht zuziehen lassen. Dieses vermaledeite Mistding weigerte sich hartnäckig und klemmte immer wieder fest! Beinahe hätte ich mich geschlagen gegeben und alles wieder ausgepackt, da kam Tim und setzte sich mit seinem Popo obendrauf! Der Koffer ließ sich sofort anstandslos schließen!

„Na, bitte!", triumphierte er und stellte sich in Pose wie ein Showmaster bei der Präsentation des Stargastes.

„Ja, dass ich nicht gleich darauf gekommen bin! Danke, mein Schatz!"

„Dafür bin ich ja der Mann im Haus, ne?", meinte er und klopfte sich an die schmale Brust. „Du kannst ja nich alles alleine machen, Mami!"

Er sprach in väterlichem Gönnerton mit mir und patschte mit seiner Rechten kumpelhaft auf meine Schulter.

Die gesuchten Gegenstände fanden sich und ich überzeugte Tim – und mich selbst im Stillen auch! – dass es unterwegs genug Rastplätze mit Toiletten geben würde und er keine Angst haben müsse, in die Hose zu 'ballern'.

Während der eineinhalbstündigen Fahrt hörte ich abwechselnd 'Die Biene Maja', 'Tim und Struppi' und Zuckowski's 'Lieder für Kinder', bis ich sie auswendig konnte. So verlief die Fahrt ohne irgendwelche Schwierigkeiten und Toilettenpausen.

Ein kleines Nest namens Leisbach war für die nächsten acht Tage unser Zuhause. Ein wirklich winziges Örtchen auf weitem Felde mit mal gerade zehn Häuschen und wunderschön gepflegten Gärten.

Mittendrin die Pension 'Hambacher'. Die sah einladend aus mit Biergarten hinten und Caféterrasse vorn heraus. Hier nächtigten wir in einem Doppelzimmer mit Beistellliege und Vollpension.

Eine Woche lang keine Gedanken über die Wäsche und das Bügeln! Und schon gar nicht darüber nachdenken, was ich für den nächsten Tag kochte. Ich fand das geradezu paradiesisch gut!

Die Wirtsleute waren sehr nett. Inge, die Chefin der Pension wirkte wie die Mutter der Kompanie: klein, gemütlich kugelrund und strotzend vor Energie. Ihre Bewegungen waren schwungvoll und geschickt. Am besten gefielen mir ihre freundlichen, glänzend braunen Augen. Die Frau strahlte jeden Tag mit sich selbst um die Wette.

Wir mochten uns sofort. Sie hatte sich vorgenommen, uns den Aufenthalt so schön wie möglich zu machen – und besonders meinem kleinen Tobi las sie jeden Wunsch von den Augen ab.

Ihr Mann, Walter, wirkte gegen sie wie ein Floh. Er huschte ständig beschäftigt und konzentriert hinter seiner Theke herum, servierte uns kühle Limonade und erklärte uns in einem Schnelldurchgang die Räumlichkeiten von den Fluren bis zu den Zimmern.

Ich rief natürlich pflichtbewusst sofort meine Mutter an, dass wir gut angekommen wären. Ja, und wir haben die Pension ohne Probleme gefunden. Die Leute hier seien sehr nett und ich würde mich freuen, wenn wir am Wochenende den Geburtstag von Papi hier feiern. – Diese besorgten Mütter, dachte ich, ungeachtet der Tatsache, dass ich selbst eine war.

In unserem zum Garten gelegenen Doppelzimmer stand ein riesengroßes altes Bett, wie ich es von meinen Großeltern noch in Erinnerung hatte. Darin würden wir zu dritt Platz haben. Auf der Beistellliege packte ich den Koffer aus, hängte die Sachen in den Wandschrank gegenüber der Zimmertür und verstaute ihn dann unter dem Bett. Die Liege diente anschließend nur noch für das Spielzeug der Jungs.

Die Rückseite des Wandschrankes grenzte an die Wand zu dem kleinen Badezimmer. Toilette, Waschtisch mit Spiegel und eine geräumige Duschkabine waren darin. Alles sehr ordentlich und sauber! – Hier würden wir uns ganz sicher sehr wohlfühlen.

Bis zum Mittagessen hatten wir noch etwas Zeit. Ich setzte mich auf die Terrasse und schaute in die vor mir liegende Landschaft von Getreidefeldern, Weiden und kleineren Waldabschnitten. Die Luft über allem flirrte von der enormen Sommerhitze. Ich fühlte mich wirklich wie in einem Paradies. *Diese* Ruhe! Diese *schöne* Landschaft… hier konnte man es echt aushalten. Von mir aus gerne auch drei Wochen statt einer, dachte ich.

Tim und Tobias erkundeten bereits eifrig die Umgebung. Sie verschwanden gerade in einem Gehöft auf der gegenüberliegenden Straßenseite. Aus einer Scheune gackerte, quiekte und muhte es vernehmlich. Genau das Richtige für die Kinder!

Beim späteren Mittagessen erfuhr ich von Wirtin Inge, wo welches Schwimmbad zu finden war, was wir uns unbedingt anschauen müssten und wo man – außer bei ihr natürlich! – eine gute Tasse Kaffee und leckeren Kuchen zu erschwinglichem Preis genießen konnte.

Inge und Walter waren seit langem mit meinen Eltern befreundet. Walters Kegelbahn war jedes Jahr Treffpunkt des Kegelclubs, dem meine Eltern angehörten, wenn die große Tour mit Kegelwettbewerb angesagt war.

Inge Hambachers fast liebevolle Art, ließ in mir das Gefühl von Ferien mit Familienanschluss entstehen. Sie saß auch bei allen Mahlzeiten gern mit an unserem Tisch, unterhielt sich geduldig mit den Kindern, machte Späße, über die wir sehr herzlich lachen konnten. - Viel lachen können, erschien mir schon die halbe Erholung zu sein. Alle ärgerlichen Angelegenheiten und meine ständig sorgenvolle Unsicherheit waren daheim geblieben. Urlaub für den Körper und besonders für meine Nerven...

Das Essen war abwechslungsreich und vollwertig. Vor allen Dingen sehr, sehr lecker! Auf die Pfunde würde ich hier acht Tage pfeifen müssen, einerseits war das Essen zu schmackhaft und zu üppig und andererseits stellte ich fest, dass ich meine Joggingschuhe zu Hause vergessen hatte. Immerhin gab es aber reichlich Möglichkeit zum Spazierengehen und Wandern. Für mich zumindest wäre das die Alternative gewesen und hätte mir genügend Bewegung verschafft. Tim und Tobias hingegen verabscheuten Spaziergänge, die immer nirgendwohin führten, sondern nur der Bewegung wegen gemacht wurden. Aber wenn es ein lohnendes Ziel gab, wie zum Beispiel eine Eisdiele, eine Pommesbude oder irgendeinen Spielplatz, dann machten sie eifrig mit. Und bei der Aussicht, Ponys zu besuchen, die in einiger Entfernung von der Pension, gleich hinter dem zweiten Haus, auf einer Weide standen, lösten sich ihre gemaulten Einwände in Nichts auf.

Ehrlich gestanden, hatte ich in letzter Zeit auch meine Probleme mit Spaziergängen. Nicht, weil ich ein lohnendes Ziel gebraucht hätte, sondern weil ich gern in Begleitung gewesen wäre. In Begleitung eines Menschen, mit dem eine 'erwachsene' Unterhaltung möglich wäre, der mir nahestehen und mich verstehen würde, hätte auch mir Spazierengehen mehr Freude bereitet, als allein durch irgendeine Pampa zu stapfen.

Eine solche Begleitung hatte ich aber nicht. Die Kinder waren selbstverständlich kein Ersatz, auch wenn sie mal Lust hatten mitzugehen. Stattdessen ging ich doch allein und sah mich mich immer öfter mit mir selbst konfrontiert. So fühlte ich verstärkt meine eigene Unzufriedenheit und Mutlosigkeit im Alleinsein.

Mühsam verscheuchte ich alle trüben Gedanken und baute mich allmählich am schönen Anblick der natürlichen Pracht des Waldes und der ausgedehnten Wiesen auf.

Es war natürlich nicht daran zu denken, meine beiden Lausejungs abends einfach ins Bett zu legen und selbst noch irgendwas zu unternehmen. Sie waren zwei neugierige Entdecker und wären kaum im Bett geblieben, sondern hätten munter das ganze Hotel auf den Kopf gestellt. Davon abgesehen, bot sich für mich in dem kleinen Nest gar keine Gelegenheit, auszugehen. Nicht einmal in die Gaststube ging ich hinunter. Meinem geäußerten Ansinnen, dies vielleicht doch wenigstens mal einen Abend zu tun, setzten Tim und Tobias ihre Angst in dem großen, fremden Haus und in dem riesigen Bett entgegen.

Mir blieb also nichts anderes übrig, als zu gleicher Zeit mit ihnen gemeinsam ins Bett zu gehen. Das war in der Regel halb 9! Ich kann nicht sagen, dass es mir geschadet hätte. Selbst die Fürstin von Monaco sagte einst, dass eine schöne Frau nichts Besseres für ihre Schönheit tun könne, als viel, viel zu schlafen! Also wurde es auch noch ein Schönheitsurlaub! Was wollte ich mehr?

Weil meine Frühaufsteher morgens um 7 bereits im Zimmer herumturnten, war es auch wichtig, so früh schon ausgeschlafen zu sein. Ganz gut war auch, dass wir zurzeit die einzigen Gäste waren! Tim und Tobi hätten vermutlich das ganze Haus geweckt!

Am liebsten wären sie natürlich heimlich auf Wanderschaft gegangen. Doch daran hinderte ich sie erfolgreich, indem ich die Zimmertür abschloss und den Schlüssel unter mein Kopfkissen legte.

Sie prüften morgens alle zwei Minuten, ob ich noch immer schlief, und das mit einer Hartnäckigkeit, die ihresgleichen suchte.

„Mami", flüsterten sie gemeinsam. „Wann gibt's Frühstück?"

„Gleich", murmelte ich verschlafen.

„Mami", ging's kurze Zeit später weiter. „Ist denn schon 8 Uhr?"

Spätestens nach zwanzig Minuten Ringen um jede Minute unterm-Federbett-kuscheln-können gab ich auf. War ich dann aber aufgestanden, hatten sie plötzlich alle Zeit der Welt, friedlich und seelenruhig miteinander zu spielen. Sie trödelten beim Anziehen, wuschen sich nicht oder suchten ihre Schuhe oder sonst was in ihren Augen Wichtiges, das sich partout nicht finden lassen wollte.

Frühstück gab es morgens ab 8 Uhr, wie gesagt. Nachdem wir alle geduscht hatten, standen wir geschniegelt und frisch wie nie pünktlich im Speisesaal.

Der Anblick meiner Strahlemänner machte immer großen Eindruck auf Inge und Walter. Kein einziges Mal durchquerten sie den Frühstücksraum, ohne uns ein herzliches Lächeln zu schenken.

Eigentlich hätte es ganz gemütlich sein können. Doch hier befand ich mich in einem großen Irrtum! Kaum saßen wir nämlich am Frühstückstisch, Tim und Tobias hatten je ein angebissenes halbes Brötchen und den Rest von Pfefferminztee und Kakao auf dem Tisch stehen, wurden sie unruhig. Ade, liebe Gemütlichkeit!

Die Gegend musste natürlich erforscht werden. Tobias verschwand zu 'Tante' Inge in die Küche. Erstens weil Tante Inge einen Narren an meinem süßen Pfiffikus gefressen hatte, was zweifellos auf Gegenseitigkeit beruhte, und zweitens weil dort immer etwas Essbares für ihn abfiel. Nicht etwa sowas Einfallsloses wie Brötchen, Brot oder Cornflakes. Eher Erdbeeren, die Inge für den Mittagsnachtisch putzte oder mal eine knackige Möhre.

Tim fühlte sich dagegen berufen, Walter bei seiner 'schweren' Arbeit zu helfen.

„Schließlich bin ich ja ein Mann, Mama", beteuerte er mit markiger Stimme und brach sich fast den Daumen, als er ihn auf seine kleine Brust presste. Wer wollte diese überzeugende Aussage bezweifeln?

Walter hatte auch nichts gegen seine Unterstützung einzuwenden und forderte ihn richtig. „Der Bub braucht 'ne Aufgabe, dann macht er auch keinen Blödsinn!" Wie Recht er hatte, der gute Walter. Und so hatten Tims Aktivitäten als 'Mann' und 'Kumpel' an Walters Seite meinen erzieherischen Segen.

Tim hantierte konzentriert mit dem großen Besen und fegte Gaststube und Kaffeeterrasse blitzsauber. Anschließend reinigte er zwanzig Aschenbecher mit einem großen Pinsel von Ascheresten. Und zu guter Letzt durfte er mit auf die Kegelbahn. Dort sortierte er die schweren Kugeln der Größe nach und wienerte mit einem Staubtuch die Bahn auf Hochglanz.

Ich grinste vor mich hin und phantasierte mir diesen Eifer in meine heimischen vier Wände... Kinderzimmer aufräumen, das Bad putzen, Spülen... aber ich schnitt den schönen Traumfilm rasch, weil ich wusste, dass Tim derlei Aktivitäten zu Hause nicht in seinem Programmheft hatte.

Innerhalb kürzester Zeit gehörten wir zur Familie und zum Personal.

Unser erster Ausflug führte uns ins Städtchen Hachenburg. Etwa vierzehn Kilometer von Leisbach entfernt war es über die Landstraße gut zu erreichen. Und wir hatten mächtig Glück, denn in Hachenburg gab's 'Äktschen', wie Tim rasch feststellte, nachdem er zunächst etwas maulig einem langweiligen Stadtbummel entgegen sah!

Doch an diesem schönen Sonntag fand im alten Stadtkern ein Kleinkunst-Markt statt. Maler, Töpfer, Grafiker, Goldschmiede und mancherlei Hobbykünstler boten ihre kleinen und großen Kunstwerke zum Kauf an. Batiken, Töpferarbeiten und Schmuck in Silber, Tücher mit Seidenmalerei, Bilder und interessante Collagen konnte man erwerben. Für manches Produkt war der Preis allerdings gesalzen!

Tim und Tobias hätten am liebsten nach Herzenslust eingekauft! Sie brauchten eine alte Gaslampe ebenso sehr wie die antiken Modellautos – gesammelte Liebhaberstücke zu horrendem Preis! Für mich wollten sie Ohrringe erstehen. Eine hübsche und natürlich sündhaft teure Filigranarbeit aus Silber!

Für Papa sollte es eine Uhrencollage sein. Ich hatte keine Ahnung, dass er sich für sowas interessierte. Die Kinder behaupteten es aber felsenfest, sodass ich immer schwankender wurde in meiner Ablehnung. Umso erleichterter war ich, dass das ausgewählte Stück für uns nicht erschwinglich war. Tatsächlich war ich kurz davor, mich hinreißen zu lassen, damit die Kinder ihm eine Freude machen konnten. Schlussendlich schätzte ich mich wieder überaus glücklich, weil die Kinder einsichtig waren und sich mit einer Kleinigkeit für jeden zufrieden gaben.

Am Nachmittag fuhren wir erneut nach Hachenburg. Der Benzinverbrauch stieg, und in meinem Portemonnaie herrschte schon wieder mal ein geheimnisvoller Geldfresser. Aber wir hatten ein tolles Schwimmbad am Ortsausgang entdeckt, das wir unbedingt besuchen wollten.

Der Eintritt kostete ein Vermögen, und wir durften für diesen Preis nur vier Stunden bleiben. Doch da wir nun schon wieder die lange Strecke über die Landstraße, die sich endlos dahinzog, zurückgelegt hatten und die Sonne fast unerträglich heiß brütete, mochte ich die Kinder nicht enttäuschen und zahlte.

Kaum hatte ich meine Liege aufgeklappt, die Decke ausgebreitet, waren Tim und Tobias aus den Klamotten heraus und strebten buntbadebehost dem gut gefüllten Schwimmbecken zu.

Die Massenbaderei in öffentlichen Schwimmbädern gehörte nicht zu meinen besonderen Vorlieben. Ich las lieber ein Buch.

Ich vertiefte mich rasch in meine Lektüre über 'Liebe und Krieg' von John Jakes, die ich mir extra für den Urlaub zugelegt hatte, und blendete den Lärm um mich herum völlig aus. Ab und zu spähte ich hinüber zum Schwimmbecken, um festzustellen, ob meine Lausbuben noch Oberwasser hatten. Solange ich ihre knallbunten Badehosen im Gewühl plantschender Kinder entdeckte, war ich beruhigt.

Plötzlich aber erspähte ich sie nicht mehr.

Ich legte das Buch beiseite und beschirmte meine Augen gegen das Sonnenlicht mit der flachen Hand. Langsam schritt ich hinüber zum Schwimmbecken und ließ meinen Blick über die Menschen gleiten. Aber ich konnte meine Kinder nirgends sehen. Mein Herz schlug etwas schneller. Verdammt, wo stecken die Bengels?

Je länger ich herumguckte, umso fürchterlicher wurden die Phantasiebilder, die sich vor mein besorgtes, geistiges Mutterauge schoben. Eine kleine Panik machte sich in mir breit. Erst jetzt sah ich, dass im Nichtschwimmerbecken das Wasser wie in einem Strudel rundherum wirbelte. Eine schöne Attraktion für die Badegäste, aber mich schreckte im Moment der Gedanke, dass meine beiden Spitzbuben da hineingeraten und nicht wieder herausgekommen sein konnten!

Jetzt packte mich das schlechte Gewissen und die kleine Panik wuchs rasant. Ich hätte mir die Örtlichkeiten besser erst mal angeschaut. Ich, Rabenmutter! Aber für Vorwürfe war es zu spät!

Also im Schwimmbecken waren sie nicht! Etwas erleichtert suchte ich die Liegewiese mit den Augen ab. – Fehlanzeige! Nirgendwo sah ich meine zwei flitzenden Blondschöpfe. Der Kiosk kam noch als Aufenthaltsort in Frage, denn wo es etwas Süßes gab, waren meine Jungs garantiert nicht fern. Doch leider sah ich sie dort auch nicht!

Blieben noch die Halle, wo sich ein weiterer Pool befand und die Umkleidekabinen. Möglicherweise mussten sie ja auch mal auf die Toilette und hatten sich allein auf diesen Weg gemacht.

Mit Adlerblicken forschte ich nach den bunten Badehosen auf der Rutschbahn und im Schwimmbecken: wieder Fehlanzeige! Zum Donnerwetter, sagte ich mir und wurde jetzt ärgerlich, wenn ich die zu fassen kriege! Plötzlich vernahm ich eine vertraute Stimme. Sehen konnte ich aber niemanden.

„Komm, Tim, die nächste auch noch, hi hi", kicherte ein Stimmchen, das eindeutig zu Tobias gehörte.

„Ja."

Immer noch konnte ich sie nicht sehen. Was trieben die denn in der Umkleide? Der Gang war wie leergefegt. Da kam mir ein Verdacht. Ich betrat eine der Umkleidekabinen und kniete mich auf den Boden. Aha! Vier nackte kleine Patschfüße tapsten in den Kabinen weiter hinten herum. Das durfte doch nicht wahr sein! Wenn sich mein Verdacht bestätigte...

Erinnerungen an meine Schulzeit leuchteten in meinem Gedächtnis auf. Damals schlossen wir in der Pause die Toilettentüren von innen zu und kletterten anschließend über die Trennwand. Immer so weiter, bis auch das letzte stille Örtchen geschlossen war. Sehr zum Leidwesen unserer Mitschülerinnen und natürlich zum Ärger der Lehrer.

Und genau das taten meine Spitzbuben in der Umkleide.

'Die Äppel fallen nicht untern Birnbaum, alte Weisheit!', trötete mein inneres Teufelchen fröhlich und machte Ätschebätsch mit seinen schmutzigen Händchen.

Blödmann!

Ich beeilte mich, aus der Umkleide herauszukommen und fing rasch meine beiden Scherzbolde ein, schnappte sie wortlos und wollte gerade die Halle verlassen, da kam uns ein weißgewandeter Bademeister entgegen.

„Ah, Sie haben die Übeltäter schon", stellte der Feldmann-Verschnitt von einem Bademeister fast erfreut fest.

Angestrengt würgte ich den Kloß im Hals hinunter und setzte ein unschuldiges Gesicht auf.

„Welche Übeltäter?", fragte ich mit gespielter Überraschung und schaute mich um.

„Na, die zwei Buben, die hier die Umkleidekabinen zugeriegelt haben."

Er wies auf die Knaben zu meiner Rechten und Linken und stellte sich breitbeinig in den Weg. Jede Flucht in dem schmalen Kabinengang an diesem Koloss vorbei war somit ausgeschlossen.

Mir wurde unterdessen heiß und kalt. Ich fühlte mich, als wäre ich selbst der 'Übeltäter' und wollte meine Kinder auf keinen Fall verraten, obwohl sie eine gerechte Strafe verdient hatten. Solche Situationen hasste ich zutiefst. Schuldbewusst suchte ich krampfhaft nach einer glaubwürdigen Ausrede, während ich in meinem Gesicht die ahnungslose Gelassenheit bewahren wollte.

„Nein, das muss ein Irrtum sein", erklärte ich mit meinem nettesten Lächeln. „Meine Jungs und ich waren nur auf der Toilette."

„Komisch", der Herr Bademeister kratzte sich nachdenklich die Stirn. „Die Frau Müller, unsere Putzfrau, hat genau gesehen, dass zwei Buben die Kabinen zugeschlossen haben. Zwei Buben mit knallig bunten Badehosen!"

Er wies mit dem Daumen erst über die Schulter hinweg zum Bademeisterraum und dann auf die bunten Badehosen von Tobias und Tim.

Ich beteuerte nochmals, ihm nicht helfen zu können und machte mich – immer hübsch blöde lächelnd! – mit meinen Sonnyboys aus dem Staube. Der Bademeister blieb nachdenklich und zweifelnd zurück.

„Hört mal, ihr Gangster", sagte ich zu den beiden Übeltätern, als wir wieder auf der Wiese waren. „Was fällt euch denn ein? Wie kommt ihr auf so eine Idee?"

Die beiden schauten betreten vor sich auf den Boden.

„Nur so. Wir haben Spaß gemacht. Bei den Männerkabinen da hinten haben die Jungs das auch gemacht", erklärte Tim gestenreich, „und wir sollten die Frauenkabinen machen."

„Und wenn die gesagt hätten, ihr sollt in den Rhein springen, dann hättet ihr das auch gemacht, was?", fragte ich mit meinem Lieblingsspruch für derartige Gelegenheiten.

„Mamaaa, du hast geschwindelt", sang Tobias und grinste vergnügt, sodass man über den Pausbacken die blauen Augen nicht mehr sah.

„Ich habe euch gerettet", korrigierte ich und hatte Mühe, ernst zu bleiben. „Wenn ich zugegeben hätte, dass ihr beiden das gemacht habt, dürften wir hier nicht mehr schwimmen gehen!"

„Ach so. 'tschuldigung", murmelte Tim betreten.

Er malte mit dem großen Zeh Kreise in den Sand.

„So, für die Zukunft lasst ihr solchen Blödsinn! Und jetzt ab mit euch ins Wasser, sonst ist die teure Badezeit um! Aber bleibt mir aus dem Strudelbecken da vorne weg, ja!"

Sie machten schleunigst auf den Hacken kehrt und spurteten zum Kinderbecken. Amüsiert blickte ich ihnen nach.

Unsere Badezeit neigte sich dem Ende. Für heute hatte ich auch genug Sonne und vor allem Aufregung. Die Kinder hatten im Wasser schon ganz schrumpelige Haut bekommen. Wir packten unsere Siebensachen und fuhren zurück nach Leisbach.

Wegen des wunderschönen Sommerwetters landeten wir auch am nächsten Tag im Schwimmbad. Tim und Tobi waren gespannt, ob man uns reinlassen würde. Man ließ uns problemlos eintreten, was die Kinder freute und mich erleichterte.

„Gut, dass die Mama genotschwindelt hat", stellte Tim seinem Bruder gegenüber mit ernster Miene fest, als er sich seiner Shorts entledigte. Tobi nickte zustimmend und zog sich rasch seine Badehose über den speckigen Popo.

Ich aalte mich unterdessen auf meiner Sonnenliege. Die Luft duftete förmlich nach Urlaub! Meine Lektüre fesselte mich! Was konnte noch schöner sein?

Bei 'Liebe und Krieg' dagegen schneite es leicht. *George kam gerade vom Arsenal, wo...* „Ja, und die Mami ist mit den Papi geschieden..." *...Billy mit seinem Bataillon lagerte.*

Nanu? Was war denn das!

Ich las den Abschnitt erneut: *Es schneite leicht.* - Das hatte ich verstanden. - *George kam gerade vom Arsenal, wo Billy mit seinem Bataillon lagerte. Billy schien...* „Wir haben keinen Freund..."

Also das gehörte doch eindeutig nicht zum Text des Buches! Und die Stimme kannte ich auch! Ich klappte das Buch zu und hielt Ausschau nach Tim, dessen Stimme ich ganz in der Nähe vernahm.

Tatsächlich! Da hockte er im Schneidersitz patschnass bei einem jungen Mann, der mit dem Rücken zu mir auf seinem Handtuch saß und ließ sich über unsere Familienverhältnisse aus.

Was tun?

'Rübergehen! Bekanntschaft machen!', drängelte der innere Teufel, 'der Bursche sieht nett aus.'

'Nein, Christine, lass es sein! Denk an die Pleite von neulich!', bat der Schutzengel.

Weitere Diskussionen erübrigten sich, denn Tim erhob sich und kam zu mir herüber geschlendert.

„Mama, kommst du mal mit zu meinem Freund da drüben?", fragte er schon, als er noch ziemlich weit entfernt war. Einige Leute schauten mich an. Lächelten sie? Wunderten sie sich? Ich jedenfalls kleidete mich wieder ganz in Verlegenheitsrot.

Tim strahlte übers ganze Gesicht.

„Komm, Mami, komm!", winkte er und meinte es sehr ernst.

„Aber Tim, wieso denn?", fragte ich ratlos und suchte nach einem plausiblen Grund für eine Ablehnung.

„Der ist sehr nett, Mama. Er ist mein Freund und heißt Peter."

„Dann spiel mit ihm."

„Nein, der will nicht mit mir spielen. Der will...", widersprach Tim und ich unterbrach ihn leicht unwirsch.

„...mit mir spielen, oder was?"

„Ja, komm!", rief mein Sohn, begeistert, dass ich ihn sofort richtig verstanden hatte.

„Also Timmi, bitte! Ich möchte nicht!"

Himmel, welch' Peinlichkeit! Wo ist meine Tarnkappe?

„Oooch, Mama! Er ist sooo nett!" bettelte Tim jetzt laut.

Der nette Peter schaute plötzlich zu uns herüber. Na ja, Geschmack hatte mein Sohn! Peter war ein hübsches Kerlchen. Aber zum Spielen für Tim zu groß, und zum Spielen für mich entschieden zu jung!

„Vielleicht kann er..."

„Timmi", sagte ich mit warnendem Unterton.

„Schade, Mama. Er ist ein echter Kumpel."

Tim hob hilflos die schmalen Achseln in des Kumpels Richtung, schüttelte bedauernd den Kopf und warf mir im Weggehen einen verständnislosen Blick über die Schulter zu, der klarmachen sollte, was mir nun entgehen würde.

„Die Mama will nicht!", hörte ich ihn noch laut sagen, dann tauchte ich wieder in den amerikanischen Bürgerkrieg ein.

Der Kumpel lächelte mich noch öfter an, ich lächelte freundlich zurück, wenn ich es merkte. Was mochte denn in Tims Kopf vorgehen, dass er mal einfach so einen wildfremden Mann ansprach? Er sollte sich doch besser in seiner Altersklasse bewegen oder mit Tobi spielen, fand ich.

Die Zeit verging auch heute viel zu schnell.

Das schönste an der Vollpension ist die Freizeit pur, und dass man sich überhaupt um nichts kümmern muss! Die schmutzige Wäsche stopft man in einen Sammelsack für die 'elektrische Omi' zu Hause. Man verschwendet keine Zeit mit Einkaufen, Kochen oder Putzen. Nur erholen, genießen und göttlich viel langweilen! Kurz und gut: unser Nest war ein Paradies.

Ein Besuch bei der Post war auch erfolgreich: Unterhalt und Arbeitslosengeld waren auf meinem Konto gutgebucht! Ich war wieder flüssig!

Leider regnete es Mittwochmorgen. Wir vertrödelten die Zeit im Zimmer, bis uns die Decke auf den Kopf fiel vor lauter

Langeweile genießen. Als es gegen Mittag heller draußen wurde und der Regen aufhörte, beschlossen wir, dem Städtchen Altenkirchen einen Besuch abzustatten.

Das traf sich prima, denn meine Mutter hatte Blumen für den Geburtstag meines Vaters bei mir geordert. In Altenkirchen bestellte ich also zunächst fünfzig blutrote Baccara-Rosen, bevor ich mit Tim und Tobias die Innenstadt unsicher machen konnte.

Die gefiel uns sehr gut. Geschäfte mit Schaufenstern erfreuten mein Frauenherz und ein riesengroßer Spielplatz mitten auf dem Marktplatz das meiner Kinder. Schaukeln, Wippen und Klettergerüste sorgten für genügend 'Äktschen', während Mama ewig vor den blöden Schaufenstern die Zeit vertrödelte. Und vor allen Dingen immer nur guckte und niemals etwas kaufte.

Wir steuerten alsbald ein Eiscafé an, das direkt am Marktplatz lag. Alle Tische draußen und drinnen waren besetzt. Gerade hatte ich mich an das Ende der Warteschlange gestellt, um uns ein Eis auf die Faust zu kaufen, da wurde ein Tisch frei. Wie zwei geölte Blitze schossen meine beiden Lausbuben dorthin und nahmen die freigewordenen Plätze in Beschlag.

Ich liebe den Duft von frischem Cappuccino, Eis und Schlagsahne in den italienischen Eiscafés! Wenn ich die Augen schloss, träumte ich mich nach Italien. Aber mit meinen lebhaften Söhnen am Tisch ließ ich die Träumerei lieber bleiben, wusste ich doch nie, wozu sie gerade aufgelegt waren.

Aus einer Musikbox ertönte ein schönes Lied von der Gruppe 'Black'. *Wonderful Life*, sangen sie, und so fühlte ich mich in diesem Moment! Absolut wonderful!

Die beiden älteren Damen am Nebentisch sahen meine Kinder an, steckten die Köpfe zusammen und lächelten zu uns herüber. Die Kinder lächelten artig zurück.

Etwas verlegen zuckte Tim mit seinen schmalen Schultern und flüsterte seinem Bruder etwas ins Ohr. Sie kicherten.

Der Kellner kam. Wir bestellten zwei 'Schneemänner' und einen Cappuccino.

Draußen am Tisch neben der Eingangstüre saß ein netter Mann und las Zeitung. Er hob den Kopf, schaute über die Zeitung zu uns herüber und betrachtete belustigt die Kinder. Dann wechselte er einen langen, freundlichen Blick mit mir.

Eine warme Welle von Sympathie durchflutete mich bei diesem Blick. Ich schaute schnell wieder weg und achtete auf meine Jungs. Die lasen mir ziemlich laut die Bilder der Eiskarte vor und hatten Spaß an ihren abenteuerlichen Interpretationen der verschiedenen Eisspezialitäten. Auch die Damen vom Nachbartisch konnten sich ein vornehmes Lacherchen nicht verkneifen.

Der Kellner brachte unser Eis.

„Mhm, lecker!", schwärmte Tobias und piekte mit dem Eislöffel zuerst die bunten Schokobonbons, die dem Schneemann als Augen dienten, aus dem Vanilleeiskopf.

„Jetzt isser blind!", stellte Tim lachend fest.

Tobi fischte sich die Schokobonbons aus dem Mund und stopfte sie dem Schneemann wieder in den Kopf.

„So, nu kann er wieder gucken. Guck ma, Tim!"

„Tobias, matsch' bitte nicht mit dem Essen rum!", meckerte ich.

„Ich will ja nur..."

„...essen, mein Schatz!"

Tobi löffelte wieder artig sein Eis.

„Köstlich!", machte er.

„Ja, paradiesisch!", setzte Tim gekünstelt nach. Jetzt kam wieder Werbung! Dabei verdrehten die beiden ihre Augen genießerisch und schwärmten von dem, was sie auf dem Löffel präsentierten. Die Werbefirmen müssten sich eigentlich um sie reißen, dachte ich einen Augenblick.

„Mama, wie schmeckt Ihnen der Kaffee HAG?", fragte Tim vornehm.

Ich spielte natürlich mit, kostete und verbrannte mir prompt die Zunge an dem heißen Cappuccino.

„Geradezu köstlich, James", lobte ich und leckte mir zum Beweis nochmals mit der schmerzhaft verbrannten Zunge über die Lippen.

Wir lachten lauter, als wir es in der kleinen Eisdiele sollten. Es störte jedoch niemanden, ganz im Gegenteil lachten die Damen und der Herr am Ecktisch vorn laut mit.

„Sag mal, Kleiner, schaffst du denn das große Eis?", fragte die kleinere der beiden Damen freundlich.

Tobias war entrüstet: „Klar! Von den Eis kann ich mindestens drei essen! Aber die Mama kauft immer nur eins!"

„Und ich schaffe vier!", brüstete sich Tim kühn.

„Und ich darf hinterher mit Wärmflaschen die unterkühlten Kinderbäuche verwöhnen", ergänzte ich lachend. „Deshalb gibt es eben immer nur eins."

Die Frauen nickten verständig. Wahrscheinlich waren sie sturmerprobte Mütter und Großmütter, die wussten selbstverständlich, wovon ich sprach.

„Das sind ganz reizende Buben", lobte die große vollschlanke Dame. „Geht ihr denn schon in die Schule?"

„Der Tobi noch nich, aber ich gehe nach den Urlaub!", antwortete Tim.

„Und ich geh in den Kindergarten."

„Das sind aber großgewachsene Kinder, gell?", fragte die andere erstaunt. „Ich hätte gedacht, dass beide schon zur Schule gehen."

„Das ist unser Papa Schuld", sagte Tim. „Der ist sooo groß. Der haut sich immer den Kopf, weil er nich durch die Tür passt."

Tobias nickte heftig.

„Und von der Mama habt ihr das fröhliche Gemüt, mhm?"

'Fröhliches Gemüt'? Die Frage stand den Jungs ins Gesicht geschrieben. Damit konnten sie nichts anfangen und widmeten sich ihrem dahinschmelzenden Eis. Sie kratzten das Letzte aus dem Schälchen heraus und drängelten dann nach draußen auf den Spielplatz.

Mir war's recht! Den Platz konnte ich von meinem Tisch aus beobachten. Hier am Tisch würden sie ohnehin gleich quengeln und mir damit die Laune verderben. Aus meinen reizenden Buben würden dann – oh, wundersame Wandlung! – kleine, aufsässige Ungeheuer.

Ich bestellte einen weiteren Cappuccino und kramte mein Buch aus der Tasche.

Als ich nur ganz kurze Zeit später wieder zum Spielplatz blickte, waren meine Buben verschwunden! – Mitten in einer fremden Stadt! Schreck, lass nach! Mir rutschte das Herz ein paar Etagen tiefer!

Schon wollte ich aufspringen und aus dem Café stürmen, da entdeckte ich sie bei dem Mann am Ecktisch. Sie hatten die Ellenbogen auf die Tischplatte gestützt und redeten auf den Mann ein.

Armer Kerl, dachte ich. Schlimmstenfalls würde er aufstehen und genervt das Café verlassen. Also unternahm ich am besten erstmal gar nichts. Ich schaute wieder in mein Buch und linste von Zeit zu Zeit mit einem Auge an der Lektüre vorbei zum Ecktisch hin – mit gespitzten Ohren natürlich!

„…mit Papa geschieden", vernahm ich laut und deutlich.

Oh, bitte nicht schon wieder, betete ich im Stillen. Hatte dieser Lümmel denn kein anderes Gesprächsthema?

Der Mann sah Tim ernst an, lächelte hin und wieder und hörte vor allen Dingen aufmerksam zu.

„Ja, und wir sind mit Mama gaaanz alleine. Sie hat gar keinen Freund", plauderte Tim.

„Doch", widersprach Tobias naseweis, „den Feldmann! Der Mama immer so aua macht!"

„Ach der!", winkte Tim ab. „Da geht die Mama nich mehr hin bei der Massage!"

Das ging mir nun entschieden zu weit! Sollte ich zahlen und mit den Jungs rasch das Weite suchen? Wäre wohl das Beste, denn die Angelegenheit könnte peinlich werden. Doch bevor ich mich entschieden hatte, kamen die beiden mit dem Herrn im Schlepptau an meinen Tisch. Wo sollte ich jetzt hin? Ich errötete bis hinter meine Ohren!

„Guten Tag", grüßte er höflich und lächelte.

Mein Farbwechsel war ihm bestimmt nicht entgangen. Der amüsiert sich garantiert köstlich, dachte ich.

'Halt ruhige Nerven, Süße!' Teufelchen meldete sich zu Wort. 'Ich glaub, der ist was für uns!'

Engelchen schwieg abwartend.

Und ich fand ihn nett, den Mann, nicht den Engel.

„Du kannst dich ruhig hinsetzen", meinte Tim großzügig und zeigte auf einen Stuhl.

„Darf ich?", fragte er mich höflich.

„Bitteschön."

„Sie haben wirklich aufgeweckte Kinder, das muss ich schon sagen!", meinte er schmunzelnd. „Möchten sie noch einen Kaffee trinken?"

Ich mochte. Auf den Schrecken natürlich nur!

„Mama", Tim kam allen Beteiligten wie immer zuvor. „Das ist der Arnold. Ein sehr netter Freund! - Und der hat keine Freundin!"

Mir wurde s e h r heiß im Gesicht!

„Tim", entfuhr es mir entsetzt. „Bitte, entschuldigen Sie meine ach so aufgeweckten Kinder!"

„Nicht doch, Sie brauchen nichts zu entschuldigen. Die beiden sind ok."

Dass die beiden schon recht geraten waren, fand ich ja auch, aber: Offensichtlich versuchten sie sich derzeit als Kuppler, und das passte mir gar nicht in den Kram. Mit einem zweiten Eis wurde den Kupplern das Mäulchen gestopft.

Wir rührten beide schweigend in unseren Cappuccini herum, währenddessen verabschiedeten sich die beiden Damen vom Nebentisch freundlich.

Tim und Tobias tauschten Verschwörerblicke.

„Ja, also ich bin Arnold Becker aus Leverkusen."

„Da wohnst du ja da, wo unser Papa arbeitet!", platzte Tim erfreut heraus.

Ich hätte ihm besser den Mund zugehalten, denn er fügte wie selbstverständlich hinzu: „Und wir wohnen ganz in der Nähe!"

„Ja", sagte ich leichthin, „wir kommen aus Köln."

Schöne große Stadt, dachte ich insgeheim.

„Wir brauchen mit den Auto nur fünf Minuten bis Leberkusen", erzählte Tobias. „Wir gehen da zu McDonald's und einkaufen und so."

„Leberkusen liegt für uns sehr günstig zum Einkaufen", bestätigte ich lachend. „Sie werden es allerdings nicht auf dem Stadtplan finden. Es heißt nämlich Leverkusen, Tobias", verbesserte ich in Tobis Richtung.

Das Lachen entkrampfte die Situation etwas. Ich erfuhr, dass Arnold Becker mit dem Motorrad auf der Durchreise war. In Altenkirchen hielt er sich nur kurz auf, um einer Tante einen Besuch abzustatten. Dass jemand einen richtigen „Urlaub" in dieser Gegend verbrachte, belustigte ihn anscheinend. Doch bei diesem herrlichen Sommerwetter – wenn man mal vom bedeckten Mittwoch absah – könne man gut in Deutschland bleiben, fand er.

„Und Sie sind also frisch geschieden?", fragte er sehr direkt und blickte mir genau so direkt in meine Augen.

„Ja", antwortete ich, und empfand seine Direktheit nicht als aufdringlich.

„Kommen Sie gut zurecht? Ich meine, mit zwei kleinen Kindern stelle ich mir das schwierig vor", wollte er wissen.

„Meine Schwester hat wegen ihrer Kinder auf eine Trennung vom ungeliebten Ehemann verzichtet."

Seine Augen spiegelten Verständnis. Überhaupt vermittelte er mir den Eindruck, dass wir uns schon lange kannten. So ließ ich mich auf diese doch recht persönliche Unterhaltung ein.

„Es ist schon anstrengend. Doch es macht nicht annähernd so viele Probleme wie immer angenommen wird. Ich kann mich recht gut organisieren, zumindest wenn diese beiden Strolche nicht jede Organisation zunichtemachen." Ich lachte, dachte kurz nach und fügte hinzu: „Eine Beziehung aufrecht erhalten der Kinder wegen? Nein, ich glaube, das ist unehrlich den Kindern gegenüber, und vor allem ist es Selbstbetrug."

„Wieso? In einer Partnerschaft kann man... mhm, sagen wir mal diverse Vereinbarungen treffen. Dann kann das Zusammenleben trotzdem gut funktionieren", gab Arnold zu bedenken.

Was er wohl unter 'diversen Vereinbarungen' verstand?

„Ich glaube, das stellt sehr hohe Anforderungen an die menschliche Toleranz, Herr Becker", sagte ich ernst. „Oder haben Sie damit gute Erfahrungen gemacht?"

Herr Becker schaute zum Spielplatz hinaus und schien zu überlegen. Vermutlich hatte er gar keine Erfahrungen mit so etwas. Ich hatte ihn zwar nicht gefragt, aber er schien keine Kinder zu haben und ledig zu sein.

Meine Gedanken glitten kurz zu Günter. Der hatte auch das Ideal einer Beziehung in der totalen Freiheit miteinander und voneinander gesehen. Am besten wäre es in seinen Augen noch gewesen, wenn beide nebenher ihre Affären hätten und Gedankenaustausch über die Erfahrungen betrieben. Und so ganz nebenbei erfüllte man seine Aufgaben als Erziehungsberechtigte. Nein, das konnte ich mir beim besten Willen nicht vorstellen, auch wenn ich unter Günters Einfluss den Gedanken durchaus in Erwägung gezogen hatte. Mir standen aber meine Gefühle im Weg. Ich war für die Monogamie geschaffen. Entweder eine Beziehung funktionierte in guten und schlechten Zeiten auf jeder Ebene, oder ich blieb allein.

Ich konzentrierte mich wieder auf Herrn Becker.

„Ich habe damit keine Erfahrungen", sagte er soeben. „Ich bin solo und ohne Kinder."

„Und ich habe die Absicht, es noch eine ganze Weile zu bleiben! Ich meine solo!", sagte ich fest.

Obwohl es schon ein bisschen wehtut, wenn die Einsamkeit am Herzen knabbert, dachte ich, sagte es aber natürlich nicht.

Arnold Becker sah mich eine Weile offen an, als wolle er in meinem Gesicht lesen. Dann lächelte er und sagte: „Das kann keiner wissen, Frau Martens."

„Nö. Ist auch gut so."

„Wenn Ihre Kinder allerdings weiter die Werbetrommel rühren", schmunzelte er, „dann können Sie sich bald vor Verehrern nicht retten."

„Du lieber Gott!", entfuhr es mir.

„Der hat damit nichts zu tun. Mir bescherte es eine nette Unterhaltung mit einer sympathischen Frau. Schön, dass wir uns kennengelernt haben", sagte er.

„Danke für das Kompliment", sagte ich verlegen.

Die Kinder fanden die Unterhaltung jetzt komisch und liefen wieder auf den Spielplatz hinaus.

„Ja, nur leider", begann Arnold Becker und schaute auf seine Uhr. „Ich muss mich auf den Weg machen, mich von meiner Tante verabschieden und dann geht es weiter nach Bayern runter."

„Schade."

Es tat mir ehrlich leid.

„Ja, aber vielleicht sieht man sich mal in... Leberkusen. Wenn Sie nur ein paar Minuten weit weg wohnen", sagte er und schmunzelte verschmitzt.

Ich lachte: „Ja, vielleicht."

Er drückte mir herzlich fest die Hand, hielt sie länger als nötig und ging. Ich sah ihm nach, als er sich über den Marktplatz entfernte, noch ein paarmal winkte und in einer Nebenstraße verschwand.

Tim und Tobias hatten ihn auch gesehen und kamen direkt zu mir geflitzt.

„Mama", fragte Tim atemlos, „wieso geht der weg? Hast du ihn verjagt?"

„Aber Tim, was denkst du von mir", entrüstete ich mich gespielt und umarmte ihn, „so nette Freunde verjage ich nicht. Er musste weiterreisen."

„Schaaade", maulte Tobias. „Der war sooo nett!"

„Ja, mein Schatz, da hast du Recht."

Wir schlenderten durch die City zum Auto zurück.

Am letzten Tag vor dem Eintreffen der Geburtstagsgesellschaft sprach Inge mich beim Frühstück an.

„Sagt mal, wieso fahrt ihr denn jeden Tag in das teure Bad nach Hachenburg? Du hast wohl zu viel Geld?"

Ich ging davon aus, dass Mutter Inge von meiner dauernden Geldnot berichtet hatte und hinterfragte ihr Ansinnen nicht. Frauenklatsch!

„Und die Fahrt ist auch viel zu weit! Gleich hier in Herschbach gibt's ein Waldbad."

Sie wischte sich den Schweiß mit einer Serviette vom Gesicht und steckte es in die Kitteltasche. Die Sonne meinte es seit gestern wieder gut mit uns, die Temperaturen waren dementsprechend.

„Also für zwei Mark Eintritt könnt ihr den ganzen Tag dableiben. Ist nix Besonderes. Es gibt nur einen Kiosk, aber... Ich geb' euch ein Lunchpaket mit, dann habt ihr heute nochmal einen schönen Tag!"

Wir folgten ihrem heißen Tipp und fuhren gleich nach dem Frühstück los. Über dreißig Grad im Schatten zeigte das Thermometer, und Abkühlung war dringend angesagt.

Ohne Probleme hatten wir das Waldbad schnell ausfindig gemacht und parkten unser Auto auf dem holperigen Waldpfad irgendwo zwischen zwei riesengroßen Kiefern.

Zwei Mark Eintritt für uns drei! Wenn ich das mal schon am Montag gewusst hätte!

Hier schwirrte kein Bademeister herum, der die lieben Kleinen aus dem Wasser fischte, wenn sie kurz vor dem Absaufen waren. Die Eltern mussten selbst aufpassen. Kunststück, dachte ich, bei Einsparung der Personalkosten für den Bademeister, konnte der Eintrittspreis niedrig bleiben!

Die Einrichtung war von Anno Tobak. Die Umkleidekabinen waren aus Holzplatten zusammen gezimmert. Die Türen mit Lamellen wurden nur auf- oder zugeklappt wie bei den Saloons im Wilden Westen. Sie hätten einen neuen Anstrich brauchen können. Wenn man sie berührte, hatte man die Finger voll abgeblätterter Farbpartikel. Das Holz splitterte hier und da, sodass man sich in Acht nehmen musste, um sich an teuren Badeanzügen keine Fäden zu ziehen.

Aber Hauptsache, es gab eine große Liegewiese, einen Kiosk, den man frequentieren konnte, wenn Inges Kühlbox nichts Vernünftiges mehr hergab und jede Menge Wasser! Sogar eine kleine Rutschbahn!

Die Kinder fühlten sich sofort wohl. Vorwiegend einheimische Westerwälder schienen dieses Bad zu besuchen. Zahlreiche Kinder tobten ausgelassen über das weitläufige Gelände. Geraume Zeit später sah ich meine beiden mit einer ganzen Schar anderer 'Wasserratten' beim Spielen.

Die Schwimmbecken hatten ausschließlich Nichtschwimmertiefe und waren strudelfrei, was mich außerordentlich beruhigte angesichts der Tatsache, dass es keinen Bademeister gab. Ich konnte mich gelassen auf der Liege ausstrecken und mich wieder in den amerikanischen Bürgerkrieg hineinlesen...

Weit weg von Herschbach im schönen Westerwald war ich mit meinen Gedanken dort, wo der Kampf zwischen den Nordstaaten und dem abtrünnigen Süden tobte, da wurde es mit einem Mal ganz dunkel.

Ach, wie angenehm, dachte ich, es gibt ein paar Wolken und die heiße Sonne macht Pause. Eine kleine Erholung! Danke! Aber der Schatten ging gar nicht wieder weg. Gab's womöglich ein Gewitter? Widerwillig hob ich den Blick von meinem spannenden Buch, sah prüfend in den Himmel und traf den Blick eines Mannes! Ein Mann – und hinter ihm, wie konnte es anders sein? - zwei kleine Spitzbuben in den mir wohlbekannten knallbunten Badehosen! Hätte ich mir gleich denken können!

„Mamaaa..."

Dann kam das Übliche!

Als wir am Abend zurück in Richtung Leisbach unterwegs waren, sprach ich mit meinen Söhnen ein ernstes Wörtchen. Ich hatte es satt, dass sie mich in derart peinliche Situationen brachten und ich sie immer wieder enttäuschen musste.

„Seht mal, ihr könnt nicht irgendwelche wildfremden Männer ansprechen, die unsere Freunde sein sollen. Das geht nicht!", sagte ich eindringlich.

Die richtigen Worte zu finden, um fünf- und sechsjährigen Jungs diese Dinge verständlich zu machen, war nicht einfach.

„Wieso? Es ging doch", beharrte Tim.

„Warum tut ihr das eigentlich?"

„Weil alle Jungs einen Papa haben und wir nicht!", sagte Tim vorwurfsvoll. „Wir wollen auch einen Papa."

So Mutter, da hast du's! Ich schluckte, Timmi hatte ja Recht. Trotzdem... ich überlegte schnell, was ich sagen konnte.

„Irrtum, Timmi, es gibt genug Familien, die ohne Vater auskommen müssen. Manche sogar ohne Mutter. Außerdem habt ihr doch euren Papa, er wohnt nur nicht bei uns."

War das verständlich genug, fragte ich mich selbst.

„Ehrlich? Ohne Mama?", fragte Tobias ungläubig.

„Ja, leider."

„Aber sind die Mamas gestorben, oder haben die Papas die Mamas rausgeschmissen?", wollte Tim wissen.

„Beides kommt vor", antwortete ich vorsichtig.

Obwohl ich eher glaubte, dass Papas das Rausschmeißen von Mamas lieber unterließen. Wer kümmerte sich sonst um alles, was Papas das Leben angenehm machte? Erst recht, wenn Kinder vorhanden waren.

„Aber willst du denn keinen Freund haben?", fragte Tim ohne jedes Einsehen.

„Sicher, Timmi, das möchte ich schon. Aber da spreche ich nicht irgendeinen Mann einfach an."

'Man lädt ihn auch nicht zum Wein ein', meldete sich mein Schutzengelchen ungebeten zu Wort.

„Menschen finden sich, weil sie sich gern haben, von ganz alleine."

„Und den Papa findest du nich mehr?", fragte Tobi und ich musste lachen.

„Das ist etwas komplizierter, Tobi", antwortete ich ausweichend. „Wenn du ein bisschen größer bist, wirst du es besser verstehen."

„Aber warum hast du unseren Papa weggeschickt?", bohrte er weiter.

Mir war so heiß, und nicht nur von der Sonne und im aufgeheizten Auto. Die Fragen, die meine beiden Knirpse mir so unverblümt stellten, gingen mir echt unter die Haut.

„Weil wir uns nicht mehr verstanden haben. Außerdem, wir waren ja sowieso die allermeiste Zeit alleine. Nie hat der Papa Zeit für uns gehabt. Wisst ihr noch? Wir sind immer alleine schwimmen gefahren, alleine in den Zoo und so weiter und so fort. Wofür brauchen wir den Papa, wenn er nicht für uns da ist?"

Ob ich nun jetzt ungerecht war oder nicht, war mir grade mal wurscht. Irgendwie wollte ich es den Jungs verständlich erklären, ohne dass ich ihnen zu viel Unverständliches sagte und sie noch mehr verunsicherte. Ich hasste es in diesem Augenblick, dass auch für solche Erklärungen immer nur ich allein zuständig war.

„Aber vielleicht hat der Papa *jetzt* mehr Zeit für uns?", fragte Tobi. „Die Wanda ist doch weg."

Für Tobias schien die Sache ganz einfach. Für mich war es ein bisschen zum Verzweifeln. Ich sah ein, dass es schlicht unmöglich war, den beiden wirklich verständlich zu machen, warum es nicht ging, einfach wieder mit ihrem Papa zusammen zu sein. In einem ganz winzigen Winkel meines Herzens schlummerte ja auch dieser Wunsch nach einer Lösung des

Konflikts mit Andreas. Aber die Sache war nun einmal völlig schiefgelaufen und sogar amtlich in Tüte und Papier. Nein, es würde wohl nicht mehr zu ändern sein. Wie auch? Besser, ich dachte darüber gar nicht weiter nach.

Je häufiger die Kinder jedoch auf dieses Thema zu sprechen kamen, umso mehr geriet ich in eine Zwickmühle. Ich musste einfach Farbe bekennen, dass die Einsamkeit ziemlich an meinem Herzen nagte. Einen Freund zu haben war etwas Schönes. Sich anlehnen können, in den Arm genommen werden, das fehlte mir schon sehr.

„Ich möchte, dass ihr mich in Zukunft meine Freunde selbst aussuchen lasst", sagte ich meinen Jungs und wollte das Thema damit beenden.

„Und wenn wir den dann nicht leiden können?", fragte Tim ernst.

„Keine Ahnung", entgegnete ich ehrlich.

Im Rückspiegel sah ich zwei nachdenkliche kleine, sonnengebräunte Kindergesichter unter weißblonden Stoppelhaaren. Sicher, eine komplette Familie war auch immer mein Traum gewesen. Dass normalerweise ein Papa dazugehörte, stand außer Frage. Ich hatte immer gehofft, mit Andreas die richtige, die vernünftige Wahl getroffen zu haben. Wir konnten anfangs eine Menge Spaß miteinander haben. Wir gingen aus, solange wir die Kinder noch nicht hatten, besuchten Freunde, hatten die eine oder andere Party. Dass Andreas von Beginn an auch viel eigene Wege ging – wie zum Beispiel mit seinem Skatclub – konnte ich damals noch akzeptieren.

Der Partner sollte aber auch, so stellte ich es mir vor, eine Stütze sein, wenn's darauf ankam. Jemand, der einen auffangen würde in den so genannten schlechten Zeiten. Und die begannen für mich und für unsere Beziehung, nachdem die Kinder geboren waren. Ständige Finanznot schränkte uns ein. Aber grundsätzlich belastete mich das nicht. Ich liebte Andreas, die Kinder und unser Zuhause, das genügte mir vollkommen. Erst als ich feststellte, wie ungerecht die schönen

Dinge in unserem Leben verteilt waren, wurde ich nachdenklich und unzufrieden.

Andreas war jemand, der es vorzog, sich ein eigenes Leben zu gestalten, in dem die Kinder und ich nur schmückendes Beiwerk zu sein schienen – und das meistens allein. Meine Gefühle für ihn bröckelten nach und nach weg, bis fast nichts mehr da war. Doch ich wollte das nicht akzeptieren. Ich lebte mit den Kindern einen eigenen Rhythmus und er den seinen. Letztlich war er wie ein Gast in unserem Leben.

So hatten wir am Ende kaum noch etwas gemeinsam. Als mir klar wurde, wie weit wir voneinander entfernt waren, wollte ich nicht mehr nur wegen der Kinder bei ihm bleiben. Ich ertrug die Unehrlichkeit mir selbst gegenüber schon kaum noch. Warum sollte ich eine Ehe aufrechterhalten, die nur äußerlich einem knackigen, appetitlichen Apfel glich, während es im Kern unangenehm gärte?

Noch am Abend, als ich den die regelmäßigen tiefen Atemzügen meiner erschöpften Weltmeisterschwimmer und Oberkuppler lauschte, überlegte ich weiter: Was war Andreas eigentlich für ein Mensch?

Naiv kam er mir oft vor. Und die Abhängigkeit von seinem Vater hatte in den Jahren unserer Ehe nie aufgehört – eher im Gegenteil. Manchmal dachte ich, dass er deshalb das Erwachsenwerden irgendwie verschlafen hatte. Und aus heutiger Sicht haben wir viel zu früh geheiratet, dachte ich seufzend. War er an dem Tag damals glücklich? Ich hatte nie gefragt. Und ich?

Ich schob die trüben Gedanken an die Vergangenheit beiseite und versuchte, den Schmerz der Erkenntnis in meinem Herzen zu mildern. Doch Schlaf konnte ich nicht finden. Ich drehte und wendete mich in meinem großen Urlaubsbett hin und her und fürchtete schon, Tim und Tobi zu wecken.

Was bin ich für eine Ehefrau gewesen?

'Gott, was sind wir heute selbstkritisch!', moserte mein kleines Teufelchen knurrig. 'Alles Schnee von gestern, meine

Liebe! Lass' das Grübeln und wende dich erfreulicheren Dingen zu! - Morgen haben wir erst mal: P a r t y !!!'

'Ja, nix als Blödsinn im Kopf!', meldete sich Schutzengelchen zu Wort.

'Ruhe da oben! Du trägst doch Schuld an dieser Selbstzweifelei unserer Freundin', sagte Teufelchen vorwurfsvoll und schoss einen wütenden Blick hinauf zur Wolke 7.

'Unsere Freundin, du sagst es, und ich mache mir ernsthaft Sorgen', sprach Engelchen ungewohnt vertraulich mit dem kleinen Spießgesellen aus der Höhle.

'Ja, ja, da hilft nur, dass sie schnell wieder auf andere Gedanken kommt. Sie ist einfach zu viel allein.'

'Glaub ich nicht.'

Die beiden stritten noch eine Weile. Mir war klar, dass jedes Nachdenken ohnehin zu spät war. Hinterher sind die Dinge immer besser zu beurteilen, aber das hilft nicht.

Vielleicht war es wirklich gut, sich neuen, frischen Gedanken zu widmen. Wenn Tim erst in die Schule ging und Tobi jeden Tag im Kindergarten war, sollte ich wieder arbeiten. Unter Leute kommen, Spaß haben.

Ich freue mich jetzt schon auf Doris, die morgen mit dem Rest der Verwandtschaft zur Geburtstagsparty anreisen würde.

Olli vermisste ich sehr, denn hier konnte ich nicht so viel telefonieren. Bald würde ihr Klaus wieder nach Hause kommen. Ob sie dann noch jede Woche mit ins 'Chanel' gehen würde? Wahrscheinlich eher nicht.

Wolfgang hatte geschrieben. Zum nächsten Treffen würde er seine neue Freundin mitbringen. Ich freute mich für ihn und gleichzeitig versetzte es mir – völlig unnötigerweise, wie ich fand – einen Stich: jeder fand irgendwie einen Partner, der zu ihm passte. Und irgendwie brachten sie es alle scheinbar ohne Probleme fertig, mehr oder weniger dauerhaft glücklich zu sein.

Allmählich fröstelte es mich am ganzen Körper. Ich zog mir die Bettdecke bis über die Ohren. Die Gedanken jagten weiter in meinem Kopf umher, und die Zweifel kamen mir trotz verstandesmäßiger Einsichten immer wieder.

Meine geistigen Mitbewohner Engelchen und Teufelchen sagen im Chor: 'Deinen Überlegungen ist reineweg gar nichts hinzuzufügen und nichts entgegenzusetzen. Sieh zu, wie du klarkommst. Gute Nacht!'

Treulose Tomaten, motzte ich in Gedanken. Ihr seid mir feine Helfer, und dann überkam mich endlich ein tiefer Erschöpfungsschlaf.

Der Tag danach wurde angenehm hektisch. Bei allerbestem Geburtstagssommerwetter trafen meine Eltern, meine Geschwister und der ganze Kegelclub in Leisbach ein, um den Fünfzigsten meines Vaters zu feiern. Alle waren bester Feierlaune, und so begaben wir uns nach dem Frühstück und ein paar ersten Gläsern Bier auf eine Wanderung quer durch die Landschaft um Leisbach herum. Hier und da rasteten wir, um uns mit einem weiteren Bier zu stärken. Ein Wunder, dass wir nicht schon mittags alle beschwipst waren! Ganz hübsch trinkfest waren diese Kegler! Vielleicht lag das an der Bewegung in frischer Luft und an dem grenzenlosen Spaß, den wir alle hatten.

Ungewöhnlich schien mir, dass Tim und Tobias ganz ohne Proteste und lautes Maulen mitliefen. Sie sangen und tobten mit den Erwachsenen herum und zeigten zu keinem Zeitpunkt auch nur ansatzweise irgendwelche Ermüdungserscheinungen.

„Stell dir vor, Tim und Tobi machen hier die Männer für mich an", erzählte ich Doris, mit der ich Arm in Arm durch den Sonnenschein marschierte.

„Klasse, die zwei!"

„Bestärke das noch, Schwester! Ich finde das nicht komisch, sondern peinlich!"

„Sie vermissen den Mann an deiner Seite", sagte sie und grinste.

„Wie das?", fragte ich. „In dem Alter doch nicht."

„Und wenn doch? Also mir ist das völlig klar."

„Mir ja auch! Aber lass' uns das Thema wechseln. Ich will jedenfalls hoffen, dass sie mich nicht mehr in so peinliche Situationen bringen."

„Stell ich mir aber sehr lustig vor! Da würde ich gern Mäuschen spielen", neckte sie mich.

Über die Wanderung hinaus bestand der ganze Tag aus Essen, Essen und wieder Essen! Erst zu Mittag im Wald Erbsensuppe aus dem Riesenpott mit Bockwurst und Brot und – mit Bier natürlich! Nachmittags Kaffee und Kuchen! – Nächste Woche lieber nicht auf die Waage steigen, nahm ich mir schon mal still und heimlich vor. – Und am Abend dann ein großes Menü mit allem Drum und Dran! – Und recht viel Sport zu treiben, war dann mein zweiter wichtiger Beschluss!

Neben Bier, Kaffee, noch 'n Bier und Sekt gab es zum Essen Wein und später gingen meine Schwester und ich wieder zum Sekt über. – Und waren und blieben immer noch nüchtern!

Zu fortgerückter Stunde – die Gesellschaft um uns herum war ganz schön rotwangig und heiter – kamen Doris und ich auf eine lustige Idee: Wir mimten ein Putzfrauenpaar im vertrauten Gespräch. Während wir uns einen Joke nach dem anderen zuwarfen, die Gesellschaft viel und herzhaft schließlich sogar Tränen lachte, wurden wir vom Schriftwart des Kegelvereins gefilmt. Tim und Tobi waren hin und weg: die Mama und die Tante Doris als Filmstars!

„Kinder, ihr gehört in die Karnevalsbütt!", brüllte der Kameramann laut gegen die lachenden Gäste an. „Nein, was seid ihr komisch! Hört endlich auf, ich kann die Kamera vor Lachen nicht mehr halten!"

Müde und matt schlichen wir morgens um 4 in unsere Betten, nun doch mit gehörigem Schwips, aber glücklich! Es war eine tolle Feier!

Am Sonntagmorgen nach dem Frühstück saß die Gesellschaft noch auf ein Bier zum Abschied an der Theke. Nach und nach gesellten sich einige Frühschopper dazu, Runde um Runde wurde gegeben.

Ich hatte mich mit meiner Schwester, Wirtin Inge und den Jungs an einen Tisch gesetzt. Die Kinder schlürften Limonade, und wir Frauen tranken ein Abschiedspiccolo.

„Hach, es war eine wunderschöne Woche!", verkündete ich. „Ich habe mich prima erholt."

Inge hatte mir obendrein einen Super-Sonder-Billig-Preis für Alleinerziehende gemacht, und dafür war ich ihr mehr als dankbar.

„Kannst auch immer wiederkommen", ermunterte mich Inge.

„Kann ich auch kommen?", fragte Doris gespielt kindisch.

„Dich nehme ich überall hin mit, Schwesterlein!"

„Mama, dürfen wir auf die Kegelbahn?", fragte Tim.

„Das muss doch nicht sein", meinte ich und wartete auf Inges unterstützende Ablehnung.

„Lass' sie ruhig noch gehen", sagte die aber, „da kegeln die Örtlichen. Die haben nix dagegen."

Und schwups! schon rannten meine Boys wie die geölten Blitze quer durch die Kneipe zur Türe auf der 'Zur Kegelbahn' stand.

Amüsiert betrachteten wir, wie sich die Geburtstagsgäste von meinen Eltern verabschiedeten. Gott, war das wieder nett, versicherten sich alle gegenseitig. Doris und ich lachten. Wir wussten genau, dass die Schwestern und Brüder des Kegelclubs sich beileibe nicht immer so grün waren. Aber wenn es ums Feiern ging, waren sie eine eingeschworene Gemeinschaft.

Meine Eltern kamen an den Tisch und wollten sich auch auf den Heimweg machen.

„Kinder, ihr kommt ja klar", meinte meine Mutter sachlich wie immer. „Ihr solltet nicht so spät aufbrechen, es ist Sonntag, da ist die Autobahn nachher voll. Für die Kinder wird es dann auch zu heiß im Wagen."

„Keine Sorge", beruhigte ich sie.

So blieben Doris und ich allein zurück und nahmen den letzten Schluck Sekt.

Die Kneipe war ganz schön voll. Alles eifrige Frühschopper und Frühschopperinnen! Mitten in diese Atmosphäre platzte ein Riese, der urplötzlich die Tür von der Kegelbahn aufschmetterte und laut rief: „Wo ist die Wunderfrau?"

Wir schauten uns belustigt unter den Anwesenden um. Vielleicht ist es die junge schlanke Frau mit dem wallenden Blondhaar, die drüben mit den Burschen zusammensteht und etwas erschreckt dreinsieht, dachte ich. Oder die Kleine mit dem viel zu engen dunkelroten Trägerkleid am Tisch neben dem Speisesaal? Der Riese schaute suchend umher, da fiel sein Blick in unsere Richtung. Klar, dass Doris gemeint war, leuchtete mir plötzlich ein und ich sah lächelnd zu ihr hin. Aber die schaute mich an und schüttelte mit dem Kopf, während sie schon mit dem Finger auf mich zeigte!

Der Kegelriese meinte tatsächlich mich, denn er stand schon neben mir und streckte die Hand aus. Hinter ihm – unverkennbar! – meine Lausejungs! Ich sprang unwillkürlich auf und wollte zurückweichen, da stieß ich mir den Kopf am Hirschgeweih, das über mir an die Wand genagelt war. Das sah nun schön blöd aus: Wunderfrau mit Hirschgeweih! Aber alle Fluchtgedanken waren zwecklos. Der Riese war stark, nahm mich in seine muskulösen Arme, ohne zu fragen, ob er das überhaupt dürfe, drückte mir rechts und links einen bärtigen Kuss auf die Wangen und strahlte mich an, als wäre ich der Hauptgewinn einer Lotterie.

Völlig verwirrt grinste ich blöd und schaute zu dem Hünen auf. So musste sich die Schöne neben dem Biest gefühlt haben.

„Ihre Buben, meine Liebe! Aber, hallo!", donnerte er von oben auf mich herab. „Prächtige Buben! Da können Sie sich was drauf einbilden!"

Rübezahl lachte donnernd, dass der Holzdielenboden wackelte und alle Blicke waren belustigt auf uns geheftet, und da alle anderen Gäste schweigsam dem Geschehen folgten, konnten sie jedes Wort hören.

Doris saß derweil da und tupfte sich die Lachtränen aus den Augenwinkeln. Ich wechselte ständig die Gesichtsfarbe, und das verlegene Grinsen war mir wie ins Gesicht gemeißelt.

„Der Tim und der Tobias, die halten seit einer halben Stunde Lobreden auf die Mama, dass uns da drinnen Hören und Sehen vergeht! Da hab ich gesagt, jetzt schau ich mir die Frau mal an!", bemerkte er und bekräftigte seine Worte, indem er mich immer wieder heftig an sich drückte. „Ja, eine wirklich tolle Mama!"

Aha, dachte ich, deshalb womöglich die Jubelrufe und die Anfeuerungen auf der Kegelbahn?

„Klasse! Also ehrlich! Die haben nicht übertrieben! Sie schau'n aus wie eine Superfrau! Und die Buben... wirklich, da gratulier' ich Ihnen!"

Sprach's, küsste mich nochmal auf meine rechte Wange, bevor er mit fröhlichem Gelächter wieder zur Kegelbahn hinüber donnerte.

Ich stand mit hängenden Armen da, die Herren an der Theke amüsierten sich prächtig! Am Stammtisch wurde heftig applaudiert, und ein weiteres Piccolo für Doris und mich wurde an den Tisch gebracht. Prost!

Kopfschüttelnd setzte ich mich wieder hin. Tim und Tobias saßen mir breit grinsend gegenüber.

„Ihr habt geknutscht!", stellte Tim verlegen fest.

Doris bekam daraufhin einen Lachanfall.

„Pah", machte ich und hatte Mühe, ernst zu bleiben.

„Der war nett, ja?", fragte Tobias und kratzte sich verschämt am Kopf.

„Ja, so nett wie die anderen, die ihr anschleppt, um mich zu verkuppeln!", sagte ich gespielt vorwurfsvoll.

„Und der kann ganz doll kegeln!", fügte Tim inbrünstig noch hinzu, und in seinen blauen Augen tanzten kleine Lichter. „Der ist bestimmt Weltmeister!"

Doris hatte sich von ihrem Lachkrampf erholt.

„Wie viele andere haben sie angeschleppt?", fragte sie leise.

„Hör bloß auf! Ich habe sie nicht gezählt! Jeder einzelne ist zu viel, obwohl...", ich hielt inne und dachte an Arnold Becker. Der war wirklich nett.

„Schade!", meinte Doris. „Ich hätte dir den einen oder anderen gerne abgenommen!"

„Da", sagte ich, „wende dich an die beiden hier. Die nehmen dich unter Vertrag!"

Jetzt lachten wir beide los. Ich sollte es einfach nicht so ernst nehmen, denn eigentlich war es doch zu komisch, was die Kinder sich einfallen ließen, um ihrer Mama einen Freund zu suchen.

Die Jungs stürmten nach draußen. Inge und Doris nahmen mich in ihre Mitte, als wir uns wieder hinsetzten. Sie stellten mir einen Schnaps unter die Nase.

„Trink den Klaren", meinte Inge. „Den kannste brauchen. Sei ihnen nicht böse."

„Ich bin nicht böse, Inge, ich bin es leid! Und Schnaps? Ich muss doch gleich auf die Autobahn."

„Ach, Schwamm drüber und Schnaps runter!", sagte Doris energisch.

Das Gesöff brannte mir fast Löcher in meine Kehle, landete dann jedoch wohlig wärmend in meinem Magen.

„Und mit dem Papa der beiden kannst du wirklich überhaupt nicht mehr?", fragte Inge ganz leise.

Sie hatte mir ihren kräftigen Arm um meine Schultern gelegt und ihren Kopf vertrauensvoll an den meinen gelehnt.

„Nee, wäre ich sonst geschieden?"

„Gib doch einfach mal eine Annonce auf", sagte Doris. „'Papa gesucht für zwei einfallsreiche Lauselümmel' oder so."

„Das fehlte grad noch!", stöhnte ich augenrollend.

Der Zeitpunkt unserer Abfahrt rückte näher. Ob wir wollten oder nicht, wir mussten diese Oase der Faulenzerei verlassen. Das Mekka des fertig gedeckten Tisches! Ich trauerte schon jetzt dieser Woche nach, denn ab morgen hieß es wieder: Alltag!

„Kopf hoch", sagte Doris, während wir gemeinsam den schweren Leinensack mit der Schmutzwäsche in meinen Kofferraum hievten. „Die 'elektrische Omi' arbeitet doch ganz alleine. Und nachmittags treffen wir uns im Schwimmbad!"

Urlaub war etwas Besonderes, und das Besondere kann man nicht andauernd haben. Die Abschiedsszenen waren echt rührend. Die dicke Inge drückte Tim und Tobias fest an ihren überdimensionalen Busen, und ließ sich nicht davon abhalten, auch mich nochmals mütterlich in ihre Arme zu schließen.

„Du musst nich weinen, Tante Inge", tröstete Tobi lieb, als er sah, dass Inge ein paar Tränchen über die Wangen kullerten. „Ich komm dich bald wieder besuchen, ja, Mama?"

„Da freu ich mich", sagte sie und wischte sich die Tränen weg. „Ihr drei seid so lieb, ich werde euch vermissen."

„Klar, ist versprochen!", sagte Tim stark und klopfte Tante Inge kameradschaftlich die Hüfte. Bis zur Schulter kam er ja nicht.

„Ja, dann gute Fahrt, kommt gesund heim und tschüss bis bald!"

Die Rückfahrt erschien uns länger, als die Hinfahrt. Wir zockelten hinter Doris rotem Käfer her. Die Autobahn war voll von Urlaubsrückkehrern. Wir rasteten auf der Strecke von einhundertzehn Kilometern sage und schreibe dreimal, weil es zwischenzeitlich kein Weiterkommen gab.

Am Nachmittag trafen wir endlich in heimatlichen Gefilden ein. Doris half uns noch, die Taschen hinauf in die Wohnung zu tragen und startete nach einer schnellen Verabschiedung direkt durch. Es zog sie in die heimische Ruhe ihres Appartements.

Die Nachbarskinder freuten sich, dass Tim und Tobi wieder zurück aus dem Urlaub waren und meldeten direkt ihren Besuch zum Spielen an. Die Parkplätze vor der Tür waren fast vollständig belegt, was darauf schließen ließ, dass auch die Nachbarn alle wieder zu Hause waren.

Gleich im Hausflur lief uns die unvermeidliche Frau Fieger über den Weg.

„Schön, dass Sie wieder da sind, Frau Martens", sagte sie, und ich hatte das Gefühl, sie meinte tatsächlich ehrlich. Bestimmt hatte sie das nervenaufreibende Fußgetrappel in unserer Wohnung vermisst und acht Tage lang niemanden, den sie tyrannisieren konnte. Nachbarschaftliche Zuneigung hatte viele Gesichter, stellte ich insgeheim fest, schmunzelte und schloss schulterzuckend die Wohnungstüre hinter uns.

Wenn man ein Weilchen nicht zu Hause gewesen ist, begrüßt einen die eigene Wohnung wie eine alte Bekannte. Wir warfen unsere Habseligkeiten im Flur auf den Boden und sanken erst mal aufs Sofa.

„Durst?", fragte ich.

„Durst!", antworteten Tim und Tobi im Duett.

Ich öffnete unseren neuen Kühlschrank und entnahm ihm eine Flasche Apfelsaft. Olli sei Dank, dachte ich, sie hatte nicht nur meine Blumen und die Post versorgt, sondern auch ein bisschen eingekauft.

„Ah, lecker Mama!", schwärmte Tobi, als er aus dem Saftbecher wieder auftauchte.

Unsere Schmutzwäsche räumte ich später in die Waschmaschine, als die Kinder schon schliefen. Im Fernsehen liefen noch die Nachrichten. Ich hatte mich gerade mit einem Kräutertee in den Sessel gepflanzt und die Füße auf dem Tisch platziert, wollte genießen, wieder zu Hause zu sein, da klingelte das Telefon. Dieses Gerät schien irgendwelche unsichtbaren Antennen zu haben. Wehe, ich machte es mir gemütlich, ein Anruf war garantiert. Ich hatte gar keine Lust dranzugehen, aber beim siebten oder achten Klingeln hob ich doch ab.

„Hast du schon geschlafen?", fragte Andreas grußlos und ich bereute sofort, den Hörer abgenommen zu haben.

„Nein. Guten Abend! Was verschafft mir die Ehre deines späten Anrufes?", fragte ich lustlos und kurz angebunden.

„Hallo, seid ihr gut wieder zu Hause gelandet?"

„Ja."

Mein 'Ja' hätte einsilbiger nicht sein können. In mir rumorte es plötzlich wieder, weil ich eine neue Variante des Jammerns von Andreas erwartete. Während mein Geist fieberhaft alle Möglichkeiten durchging, was dieser Ex-Gatte schon wieder wollte, begann er eine Unterhaltung in ganz leichter Tonart.

„Hattet ihr eine schöne Woche?", wollte er ungewohnt fröhlich wissen.

Ich entspannte mich ein wenig und meinte kess: „Kann man wohl sagen! Ich brauchte mich eine Woche lang um keinen Haushalt zu kümmern. Und alle Tage lagen mir scharenweise die Männer zu Füßen!"

„Das kann ich nachempfinden."

Hatte der was von 'empfinden' gesagt?

„Seit wann liegen dir denn die Männer zu Füßen?", fragte ich frech.

Er lachte: „Nein, ich meine das mit dem Haushalt."

„Das glaube ich dir nicht", meinte ich noch frecher. „Das war seit zehn Jahren mein erster Urlaub, in dem ich weder Kochen noch Putzen noch Wäschewaschen musste. Mit dir bin ich ins Ferienhäuschen gefahren. Die gleiche Arbeit wie zu Hause! Alles wie gewohnt! Das war dann kein Urlaub, sondern eine befristete Luftveränderung durch Ortswechsel."

„Jetzt übertreibst du aber ordentlich", sagte er.

„Nö, überhaupt nicht! Es stimmt doch! Der einzige, für den sowas Urlaub war, warst du, mein Lieber", bockte ich. „Das musste ich jetzt mal loswerden."

„Gnade, Gnade", jammerte er gespielt flehentlich.

Ob er was getrunken hatte? Oder geraucht? Solche Töne kannte ich ja schon ewig nicht. Nach ein paar Sekunden Stille meinte Andreas leise: „Die Zeiten ändern sich eben."

„Ha! Wer's glaubt, wird selig!", sagte ich. „Aber, na schön, die Zeiten mögen sich tatsächlich ändern. Die Menschen auch?"

Andreas wechselte einfach das Thema, statt zu antworten. Wie gewohnt, schien ihm diese Unterhaltung trotz der Leichtigkeit ein bisschen heikel zu werden.

„Christine, zum Grund meines Anrufs", begann er nach kurzem Räuspern. „Am Dienstagmorgen wird unser Tim eingeschult, nicht wahr?"

„Gut gemerkt", meinte ich anerkennend und wunderte mich schon, denn er konnte sich nicht mal das Geburtsdatum seiner Mutter einprägen.

„Könnte ich mit in die Schule kommen?"

Oh, welch wundersames Ansinnen, schoss es mir durch den Kopf. Was mochte denn in der Woche meiner Abwesenheit mit diesem Mann passiert sein? Aber das würde ich schon herausfinden.

„Sicher", sagte ich. „Kein Problem. Tim wird außer sich sein vor Freude. Darf ich fragen, woher das plötzliche Interesse kommt?"

„Du hast heute ein verdammt kesses Mundwerk, wenn ich das mal so sagen darf", bemerkte er und lachte.

„Du darfst. Ich hab mich so gut erholt, mich erschüttert rein gar nichts mehr. – Also, woher dein Interesse?"

„Es ist doch *unser* Sohn."

Schön, dachte ich, und an solch weisen Einsichten wollte ich nun auch lieber nicht rütteln.

„Was ist denn Besonderes vorgefallen, dass du so gut drauf bist?", fragte er neugierig.

Mhm, ich überlegte kurz, ich war doch eigentlich immer die geborene Frohnatur. Sollte ich das sagen, oder sollte ich ihm von meinen Urlaubseroberungen berichten? Die hatten zwar nicht wirklich stattgefunden, nicht so jedenfalls, wie man sich das vorstellt, aber... der kleine Teufel in mir wollte Spaß!

„Wie gesagt", begann ich meine kurze Schilderung, „die Männer im Westerwald sind reihenweise zu meinen Füßen daniedergelegen. Riesengroße Naturburschen, Joungster in knappen Badehosen, durchreisende Motorradfreaks aus Leberkusen, einer schöner, größer, besser als der andere. Das hat mir viel Spaß gemacht!"

Andreas schwieg eine Sekunde: „Ach, ja?"

Das Teufelchen grinste: 'Hab Mitleid mit ihm und trage nicht zu dick auf. Erstens flunkerst du ja ziemlich und zweitens läufste Gefahr, dass sich womöglich doch mal so etwas wie Eifersucht in diesem Manne regt.'

Ach, woher denn? Andreas und Eifersucht? Völliger Blödsinn.

„Ja, alle angeschleppt von unserem Tim!", klärte ich Andreas lachend auf. Dass Andreas irgendwie konsterniert wirkte, bereitete mir zwar höllisch viel Freude, aber ich wollte es nicht übertreiben.

„Dann machen sie das mit dir auch?", fragte er. „Wenn es nicht so peinlich wäre, könnte man sich köstlich darüber amüsieren."

„Du triffst den Nagel auf den Kopf", sagte ich. „Aber Spaß beiseite! Ich finde es richtig schön, dass du mitgehen möchtest zur Einschulung."

„Wir können mit meinem Wagen fahren", schlug Andreas vor.

„Du traust meinem Derby wohl nicht, was?"

„Quatsch. Wir können natürlich, wenn du willst..."

„Hey, das war Spahaaaß! Also, dann bis Dienstag. Um halb 9 wollen wir los."

Der große Tag kam. Tim turnte seit sechs Uhr morgens durch die Wohnung, zog sich zweimal um und stand immer wieder mit dem Schulranzen vor dem Spiegel. Er drehte und wendete sich, lächelte, schaute überlegen, ernst oder überheblich, stemmte die Hände frech in die Hüften und ließ seine Muskeln spielen. Woher hatte der Junge nur diese Eitelkeit?

Dann zwinkerte er sich zu, hob bedauernd die Schultern hoch und sagte theatralisch: „Der Tag kann kommen!"

„Quatschkopf! Der Tag *ist* da!", lachte ich und fuhr ihm mit den Fingern durchs ungekämmte Wuschelhaar.

„Mensch, Mama, ich hab mich doch schon gekämmt!", protestierte er. So konnte man über ein und dieselbe Sache geteilter Ansicht sein.

„Das glaubst du ja selbst nicht!"

Ich zückte Kamm und Haar-Gel und machte mich an seinem Kopf zu schaffen. So, jetzt sah er gut aus, fand ich.

„Jaaa", meinte er gedehnt und zog die Augenbrauen hoch, „geeefällt mir."

Kopfschüttelnd goss ich mir noch eine Tasse Kaffee ein und ging damit hinüber ins Bad.

Blick in den Spiegel: Spieglein, Spieglein an der Wand, gib Antwort! – Aber der wollte nicht! Auch gut! – Ich kann's mir auch selber sagen: Gut sehe ich aus! Urlaubsbraun auch ohne Sonne des Südens, meine neue Frisur immer noch tadellos in Schuss ganz ohne Wetter, Taft und Haarnetz und ganz besonders im Gesicht barrierefrei! Sprich: ohne Nasenfahrrad. Da konnte man richtig eingebildet werden! Also, wenn ich ein Mann wäre, ich meine, so 'n richtiger mit dem gewissen Etwas und dem Blick fürs echt Schöne... ich würde mich umwerben, bis der Arzt mich von einem erlittenen Herzkasper reanimieren müsste!

'Christine!', warnten mich meine unsichtbaren Begleiter im einstimmigen Duett. 'Werde bloß nicht eitel!'

Was wussten die schon? Ich gefiel mir und genoss es!

Andreas kam pünktlich.

Wir brachten Tobias gemeinsam in den Kindergarten, denn es sollte allein Tims großer Tag sein. Tobias wäre nur zu gern mit in die Schule gefahren, aber so wie ich ihn kannte, hätte er sich nach zwanzig Minuten entsetzlich gelangweilt und pausenlos gefragt, wann das Affentheater denn zu Ende sei.

Frau Klein-Hueber fiel fast die Brille von der Nasenspitze, als sie uns zusammen erblickte. Die werden doch wohl..., schien ihr Blick zu fragen. Sie grinste unsicher und begrüßte Andreas wie einen lange vermissten Gegenstand.

Ich griemelte meinem Sohn auf die Schuhe, als ich sie ihm von den Füßen zog. Sollte die olle Klein-Hueber doch denken, was sie wollte.

Ich war zwischenzeitlich aufgeregter als Tim. Immerhin wird der älteste Sohn nur einmal im Leben eingeschult. Die Schultüte fest zwischen meinen Knien haltend, saß ich vorn neben Andreas im Auto und kämpfte gegen das Bauchgrummeln an. Der Gummibärenkuchen, den ich für Tim noch am Abend zuvor gebacken hatte, war ganz oben auf die Schultüte gepackt und mit Kreppapier und einer Zierschleife festgemacht. Jetzt musste ich aufpassen, dass die Tüte unter dem Gewicht nicht umkippte. Auf Tims Gesicht war ich schon jetzt neugierig gespannt.

Einen Parkplatz zu finden war selbst mit Andreas kleinem Flitzer ziemlich schwierig. Natürlich wurden alle i-Dötzchen von ihren Eltern in die Schule chauffiert, nebst Oma, Opa, Tante und Geschwistern. Nachdem wir den Wagen endlich abgestellt hatten – im Parkverbot neben vielen anderen Autos – gingen wir gemeinsam zum Schulgelände hinüber. Dort tummelten sich haufenweise Kinder mit zum Teil viel zu riesig erscheinenden Tornistern auf schmächtig-schmalen Kinderrücken. Die Mädchen mit langen Zöpfen im Kleidchen und die Jungs in Shorts oder Jeans mit T-Shirt gehörten zu den ebenso sonntäglich gekleideten Damen und Herren Eltern. Dann gab es viele, die in umweltfreundlich gefärbten Trägerkleidern und Shorts mit Birkenstocksandalen umherliefen. Diese gehörten zu den ebenso umweltfreundlich gekleideten Herrschaften, die ich – Verzeihung! – unter der Kategorie: 'Rettet den Wald, die Wiesen und die Tiere vor dem Aussterben!', einordnete. Obwohl ich ebenfalls für dieses Motto plädierte, mochte ich mich nicht unbedingt durch die Kleidung solidarisieren. Christine, du bist ein Snob!, maßregelte ich mich dafür in Gedanken selbst. Man sollte die Leute nicht nach ihrem Äußeren beurteilen.

Die Lehrer hatten mit Hinweisschildern alles gekennzeichnet, was man nur kennzeichnen konnte, damit sich niemand auf dem weitläufigen Gelände oder zwischen den vielen Räumen verlaufen konnte. Auf Papppfeilen stand in bunten Lettern zum Beispiel 'WC', 'Mensa' (da gab's lecker Kaffee!) und 'Hier zur Aula' oder 'Sekretariat'. Alles so groß geschrieben, dass auch Kurzsichtige, die für den heutigen Fototermin aus Eitelkeit die Brille auf dem Küchentisch zu Hause geparkt hatten, lesen konnten, dass man im Sekretariat nicht auf die Toilette gehen konnte und auf dem WC keinen Kaffee bekam. Und da gab es einige, wie mir schien, denn die zusammengekniffenen Augen beim Entziffern der Wegweiser entlarvten sie eindeutig. Ein Grund mehr für mich, meine Kontaktlinsen lieb zu haben.

Zunächst fanden sich alle Eltern und Kinder in der Aula ein. Unser Tim wurde seiner künftigen Klasse zugeordnet und strebte mit seinen Mitschülern zu seiner Sitzreihe ganz vorn, während wir auf einem Heizkörper an der rechten Seitenwand unter großen zugeklebten Fenstern Platz nahmen, weil alle Stühle besetzt waren. Die Aula platzte aus allen Nähten.

„Ganz schön was los hier", stellte Andreas mit der Kamera in der Hand auch fest.

„Volksfeststimmung", bestätigte ich.

„Und ganz hübsch bunt gewürfelt", fügte er hinzu, während sein Blick an einer üppig gebauten Frau mit zotteligem Haar und gebatiktem Hängerkleid hing. „Wie eine Walküre", flüsterte er mir zu.

„Spotte nicht", sagte ich scherzhaft zurechtweisend.

Das laute Stimmengewirr aufgeregt quasselnder Eltern verstummte, als die Erstklässler des vorigen Jahrgangs ein kleines Theaterstück aufführten. Die Kinder brachten die Pointen so lustig rüber, dass der Parkettboden des Saales unter dem lauten Gelächter zu beben schien.

Dann hielt ein Mann in Latzhosen á lá Peter Lustig mit rotkariertem Flanellhemd eine Rede. Zuerst glaubte ich, es handele sich um den Hausmeister, der schon mal klarstellen wollte, dass die Toiletten kein Aufenthaltsraum sind und Papierchen auf den Schulhof werfen verboten sei. Doch es war der Schulleiter! Ziemlich lässig, stellte ich fest. Seine Rede war so abgefasst, vor allem an die Kinder gerichtet, dass jeder sie verstand. Schule, so sagte er, solle in erster Linie Spaß machen. Und dazu wollten die Lehrer der Peter-Petersen-Schule beitragen, versprach er. Kinder lernen am besten spielerisch, so ließ er uns wissen. Seit Jahren sei das Schulsystem nach Peter Petersen erprobt und sehr erfolgreich.

Kein Wort von irgendwelchen Verboten oder gar Drohungen. Ich hatte das Gefühl, unser Tim war hier in guten Händen. Ich gratulierte mir selbst zu der Wahl der Schule, denn ich hätte Tim auch in unserem Stadtteil anmelden können. Aber da ich demnächst bestimmt Arbeit finden würde, stellte sich die Frage nach der Betreuung während des Nachmittags. Hortplätze gab es nicht wie Sand am Meer und finanziert werden musste es ja auch. Die Peter-Petersen-Schule bot mir die Möglichkeit, mein Kind bei Bedarf auch nachmittags betreuen zu lassen, und das zu einem kleinen Beitrag nur.

Die Lehrer muteten teilweise etwas alternativ an, aber Menschen nach ihrer Bekleidung zu beurteilen... ja, das hatten wir schon. Das verkniff ich mir einfach.

Der Schulleiter beendete seine Rede. Tosender Beifall seitens der Lehrkräfte und der anwesenden Schüler plus Eltern gaben ihm Recht. Im Anschluss daran wurden die Schüler in ihre künftigen Klassenräume gebracht, wo sie von den Lehrern und Lehrerinnen in die Gepflogenheiten eingewiesen wurden.

Tim winkte uns mehrfach zu. Seine vor Eifer geröteten Wangen leuchteten im Kontrast zu seinem weißblonden Haar. Mein Herz wurde ganz, ganz weit und wuchs in den Körper hinein, so schien mir. Mein lieber Tim! Ich war mächtig stolz!

„Wollen wir einen Kaffee trinken?", fragte Andreas in meine Versunkenheit hinein.

„Natürlich, gern."

Wir wollten zur Mensa hinüber, brauchten allerdings eine Ewigkeit, bis wir uns mit der schiebenden Menge aus der

Aula wieder auf den Schulhof gezwängt hatten. Die Sonne lugte zwischen ein paar dunklen Wolken hervor.

Der Kaffee war anlässlich der Einschulung gratis und dementsprechend groß war der Andrang. Nachdem wir endlich unseren Kaffee ergattert hatten, saß ich mit Andreas Kaffee trinkend an einem Tisch.

Das war ein komisches Gefühl. Einerseits vertraut und angenehm, andererseits irgendwie fremd und neu. Es war einfach zu lange her, dass wir das hatten, stellte ich fest. Mir wollte gerade auch kein Gesprächsstoff einfallen. So redeten wir über die Baufälligkeit und den offensichtlich dringenden Renovierungsbedarf der Schulgebäude, und dass es im Sommer in den Baracken wohl sehr heiß werden würde. Wir rätselten, ob das Essen in der Mensa für die Kinder gut wäre und was es kostete. Die Unsicherheit zwischen uns war deutlich zu spüren.

Wir gingen wieder hinaus, nachdem wir die Tassen ordentlich an der Küchentheke abgeliefert hatten, wie es ein weiteres Pappschild forderte. Die Kinder waren immer noch in ihren Klassen. Die Weite des Schulhofes und die frische Luft taten mir wohl. Wir liefen schweigend nebeneinander her. Wenn ich Andreas von der Seite ansah, schaute er geradeaus, als wäre es Absicht, mir nicht ins Gesicht zu sehen. Sein blondes, von der Sonne noch heller gebleichtes Haar war oben drauf noch viel dünner geworden. Die Form seines Schnäuzers, wie er ihn jetzt trug, gefiel mir gut. Neuerdings kleidete er sich auch sehr modisch und recht flott.

'Was wird denn das jetzt?', argwöhnte mein kleiner Teufel. Er saß in seiner Wippe mit baumelnden Beinchen und kratzte sich am Kopf.

'Sei ruhig da unten', wisperte das Engelchen. 'Halte dich endlich raus, hab ich dir neulich gesagt. Die Dinge nehmen ihren Lauf.'

'Blödsinn, sag ich dir.'

„Du trägst ja keine Brille mehr", stellte Andreas plötzlich fest.

„Das fällt dir erst jetzt auf?"

„Na, ich..."

„Du guckst nicht so genau hin, ich weiß", antwortete ich für ihn. „Aber das macht nix, ich bin es ja gewohnt."

„Also Kontaktlinsen?", fragte er und schluckte meinen kleinen Seitenhieb, ohne mit der Wimper zu zucken.

„Die sind viel praktischer." Und in Gedanken fügte ich hinzu: Und ohne Brille sehe ich viel besser aus.

Wir schwiegen wieder. Ich erinnerte mich, dass ihm früher nichts an mir auffiel. Komplimente für mich waren in seinem Repertoire nicht vorhanden. Darüber hinaus schien ihm einerlei gewesen zu sein, was ich trug und wie ich aussah, solange es nicht ins augenfällig Negative abrutschte. Lockenwickler und beschmutzte Kittelschürze als Party-Outfit wären ihm wahrscheinlich bitter aufgestoßen und hätten ihn zu einer schlimmen Bemerkung veranlasst. Aber alles andere war normal, hatte anspruchslos und bescheiden zu sein und war vor allen Dingen keiner Erwähnung wert. Aber das, so tröstete ich mich jetzt, gewöhnten sich Männer ab, wenn sie erst mal fest im Sattel der Ehe sitzen. Wozu auch sich noch anstrengen, Komplimente machen und schmeicheln? Völlig unnötiger Aufwand! Schlimmer noch: Andreas hielt sowas für sentimentale Gefühlsduselei!

Die Schulglocke läutete und ich schrak aus meinen Gedanken hoch. Die Knirpse, die jetzt ganz offiziell i-Dötzchen waren, kamen über den Schulhof gerannt. Überall wurden die Fotoapparate gezückt und eifrig drauflos geknipst.

Da stand unser Sohn auf dem Schulhof mit Ranzen und wohlgefüllter Schultüte, strahlte wie ein Honigkuchenpferd und ließ sich ablichten. Er posierte wie ein Profi.

Hier fand etwas wirklich Besonderes statt! Da war Andreas meiner Meinung. Ein neuer Lebensabschnitt stand Tim bevor, und obwohl seine Eltern getrennte Wege gingen, hatten sie hier etwas gemeinsam: Tim!

Wir gingen zusammen zum Auto zurück. Trotz Parkverbot gab es keinen Strafzettel!

Auf der offenen Ladefläche sitzend, öffnete Tim seine Schultüte und packte gespannt aus. Der Gummibärenkuchen, etwas Süßes, Obst und eine Uhr, die ich ihm schon lange versprochen hatte, ließen seine Augen leuchten.

„Boah, Papi, guck mal, so 'ne tolle Uhr!"

Stolz zeigte er seinem Vater das gute Stück und wollte sie verkehrt herum um das Handgelenk schnallen. Ich half ihm, es richtig zu machen.

„Warum hast du dir die Haare abschneiden lassen?", fragte Andreas unvermittelt.

„Wie bitte?", fragte ich überrascht.

„Deine Haare sind so kurz!", meinte er fast vorwurfsvoll.

„Ach so, na und? Tapetenwechsel sozusagen."

„Schade."

Ich wunderte mich mal heftig. Ignorant wie er nun mal war, interessierte ihn doch überhaupt nicht, ob meine Haare glatt oder gelockt waren, lang oder kurzgeschoren, blond oder kastanienrot. Jetzt warf er mir vor, sie abgeschnitten zu haben? Was war denn in den gefahren?

Andreas brachte uns wieder nach Hause. Beinahe hätte ich ihn zum Kaffee eingeladen, aber er musste glücklicherweise ins Büro. Tim war etwas traurig, und der Papa vertröstete ihn auf ein anderes Mal.

Für Tim war es weiterhin ein schöner Tag. Oma und Opa kamen mit Doris zum Einschulungskaffee und brachten auch noch kleine Geschenke mit. Tobias ging dabei natürlich nicht leer aus. Malbuch und Schokolade von Tante Doris und eine Tüte Gummibärchen von Oma besänftigten seine kleine Eifersucht. Der freute sich schon jetzt auf seine eigene Einschulung.

Tags darauf hatte der Alltag uns vollends wieder im Griff. Von Montag bis Freitag klingelte der Wecker um 6 Uhr morgens. Eine Woche nach der Einschulung konnte Tim schon allein mit dem Bus zur Schule fahren. Ich war stolz darauf, so ein selbständiges Kind zu haben!

Beste Nachricht: Ich hatte wieder einen Job! Und es passte alles prima! Tim hatte sich in der Schule gut eingewöhnt, da konnte ich vormittags beruhigt arbeiten. Das Büro war nur wenige Kilometer entfernt. Ich konnte es mit dem Fahrrad erreichen. Was sich allerdings niemals zu ändern schien: die herrschende Ebbe in der Haushaltskasse. Da kam der Job – auch wenn ich weniger verdiente als gehofft – gerade recht!

„Es läuft doch alles wunderbar!", gratulierte mir Olli. „Schule, Job und Kindergarten! Mit Andreas kommst du auch gut aus, was willst du mehr?"

„Ich bin froh, das kann ich dir sagen. So kann es erstmal weitergehen!"

Am Ende der zweiten Schulwoche unterschrieb ich den neuen Arbeitsvertrag. Ich rief Andreas am gleichen Abend an, um ihm die gute Nachricht mitzuteilen.

„Na, Gott sei Dank!", stöhnte er erleichtert.

„Der liebe Gott hat da zwar nix mit zu tun, aber egal, wenn's dich nur erleichtert", frotzelte ich.

„Wann ist eigentlich der erste Elternabend? Der Rektor sagte doch sowas?", fragte Andreas am Ende unserer Unterhaltung.

Die Versuchung, erneut nach seinem unerwarteten Interesse zu fragen, war groß, aber ich schluckte die Bemerkung herunter und sagte ihm nur, ich würde Bescheid geben.

„Fein, ich würde nämlich gern mitkommen."

Seit dem ersten Arbeitstag hatte ich Mühe, morgens die Kurve zu kriegen. Woran das lag, wusste ich selbst nicht so genau. Aber ich hetzte auf die letzte Minute aus dem Haus, lieferte Tobias im Kindergarten ab und brachte Tim zum Bus.

Die Baustelle, auf der ich Arbeit gefunden hatte, lag nur noch ein paar Fahrminuten weiter entfernt. Ich werkelte natürlich nicht direkt auf der Baustelle – das wäre was geworden! – sondern unterstützte den Bauleiter und seine Mitarbeiter als Schreibkraft im Büro. Die Tätigkeit war nicht besonders anspruchsvoll, und die meiste Zeit musste ich der Arbeit hinterher rennen. Die Herren Vermessungsingenieure, Kranführer, Architekten und natürlich auch der Bauleiter selbst legten zu allererst größten Wert darauf, dass immer genügend frischer Kaffee zur Verfügung stand. Die Schreibarbeiten waren häufig privater Natur. Ich arbeitete mich also nicht kaputt, denn von Stress konnte ja keine Rede sein. Obendrein waren die Kollegen ziemlich nett.

Unser Mittwochsabendkränzchen fand sich erfreulicherweise nach den Ferien wieder regelmäßig im 'Chanel' ein.

Es gab eine freudige Nachricht: Wolfgang Lohmann, der unverbesserlich feuerlöschende Schwerenöter, sollte bald unter die Haube kommen! Er hatte sich so sehr in seine neue Freundin Susanne verliebt, dass er ihr spontan einen Heiratsantrag machte. Diese Susanne hatte sowas... was ganz Besonderes an sich. Sie legte den Hobby-Don-Juan konsequent an die Kette, was ihm gar nicht so schlecht zu gefallen schien. Seinen permanenten Jagdtrieb schien er abgelegt zu haben. Am liebsten hätte ich Susanne einen Dankesbrief geschrieben, blieben mir doch nun Wölfchens Annäherungsversuche künftig erspart.

Olli würde noch ein Weilchen zu dem Kreis gehören, denn Klaus hatte seinen Auslandsjob verlängern müssen. Ob sich dann beide gemeinsam unserer Runde anschließen würden, wusste Olli jetzt noch nicht.

Wir hockten gemütlich auf unseren Barhockern im 'Chanel' und unterhielten uns bei einem Glas Sekt, den Wolfgang anlässlich seiner Verlobung mit Susanne großzügig spendierte.

„Und Andreas will mit dir zum Elternabend gehen?", fragte Olli überrascht.

„Ja, ich finde das ganz gut. Weiß der liebe Himmel, woher das plötzliche Interesse kommt, aber Andreas ist ein klassischer Spätzünder – und besser, er zündet spät als gar nicht. Für unseren Tim kann seine Beteiligung nur gut sein."

Es wurde ganz schön spät. Müde und schlapp kletterte ich die Treppe hinauf. Auf dem obersten Treppenabsatz hörte ich das Telefon in meiner Wohnung klingeln. Mit zwei Riesenschritten war ich an der Wohnungstüre und öffnete sie. Gottlob waren die Kinder nicht wachgeworden. Ich hechtete ans Telefon.

„Martens", flüsterte ich in die Sprechmuschel.

„Christine Martens?", fragte eine männliche Stimme.

„Ja, wieso? Wer ist denn da?"

„Entschuldigung, dass ich so spät noch anrufe. Vielleicht erinnern Sie sich noch? Arnold Becker aus Leberkusen?"

Arnold... Arnold Wer? Du liebe Zeit, es war halb 12 in der Nacht, da sollte ich einen Arnold Sowieso erkennen? Leberkusen? Ja, es dämmerte und ein Lämplein ging mir auf.

„Woher haben Sie meine Telefonnummer?"

„Auskunft angerufen. Wie geht es Ihnen?", fragte er.

„Ich bin reichlich müde, Herr Becker", gab ich reserviert zur Antwort. „Es ist mitten in der Nacht, und morgen wartet ein anstrengender Arbeitstag auf mich. Also, was gibt es Wichtiges, dass Sie zur nachtschlafenden Zeit hier anbimmeln?"

„Tut mir leid, aber ich hatte den ganzen Abend schon vergeblich versucht, Sie zu erreichen. Könnten wir uns ganz spontan für Freitag zum Abendessen verabreden? Ich würde Sie gern wiedersehen und unser Gespräch von Altenkirchen fortsetzen."

Spontan? Meine unsichtbaren Untermieter schüttelten ratlos ihre weisen Häupter. – Vielleicht lieber nicht?

„Warum nicht", sagte ich.

„Im 'Chanel' in Leberkusen."

Dieses Leberkusen machte ihm offensichtlich Spaß.

„Wann?", fragte ich müde.

„Am Freitagabend so um 20 Uhr würde ich vorschlagen."

„Okay, dann gute Nacht."

„Gute Nacht, Christine."

Aufgelegt. Und schon nagte der Zweifel in mir. War das jetzt richtig?

'Vielleicht wäre etwas mehr Zurückhaltung besser gewesen', äußerte mein kleines Schutzengelchen zögernd.

'Ja, ich weiß auch nicht', rätselte der kleine schwarze Teufel ungewohnt unsicher herum. 'Wir kennen den doch gar nicht.'
Na schön, sagte ich mir, anschauen kann ich's mir ja mal. Und eine Einladung zum Abendessen? Hatte ich doch schon lange nicht mehr.
Erschöpft kletterte ich unter meine Bettdecke.
Tim brachte am nächsten Tag die Einladung zum Elternabend mit und legte auch einen zweiten Zettel auf den Tisch, mit dem das diesjährige Straßenfest angekündigt wurde. Die Einladung hatte er irgendwie in seine Schultasche gestopft, und ich musste sie erst wieder zusammenflicken, denn sie war nicht nur arg zerknüllt, sondern auch an entscheidenden Stellen eingerissen und mit Fettflecken vom Frühstücksbrot übersät.

„Was ist das?", wollte er wissen und zeigte auf die Ankündigung des Straßenfestes.

„Am Wochenende ist Straßenfest", erklärte ich.

„Gehen wir da hin, Mami?"

„Natürlich, mein Schatz, das lassen wir uns nicht entgehen!"

„Tobi, Tobi!", brüllte Tim erfreut und flitzte ins Kinderzimmer. „Die Mami sagt, wir gehen zum Straßenfest. Da gibt es Karussells und..." was es dort noch gab, hörte ich nur mit halbem Ohr.

Mit Mühe konnte ich entziffern, dass wohl am Dienstag kommender Woche um 19 Uhr 30 im Klassenzimmer von Tims Klasse der Elternabend stattfinden sollte. Da rief ich rief rasch Andreas im Büro an, damit er den Termin in seinen Zeitplan einbinden konnte.

„Hallo", grüßte ich kurz. „Ich wollte dir nur sagen, dass der Elternabend am Dienstag ist."

„Moment", sagte er und schien zu überlegen. Ich hörte ihn in Papieren blättern. Das war's wohl mit dem Enthusiasmus, dachte ich bei mir. Hat ja nicht lange vorgehalten.

„Ja, geht in Ordnung", hörte ich ihn sagen. „Ich hab mir den Termin notiert. Mit deinem oder mit meinem Wagen?"

„Das ist mir gleich."

„Gut, ich hole dich ab. Gegen 19 Uhr."

'So kann man sich täuschen', raunzte mein Schutzengelchen von seiner Kuschelwolke herunter. 'Du solltest nicht immer so negativ denken.'

Alter Gerechtigkeitsfanatiker.

Beim Einkauf am Nachmittag begegnete ich Lisbeth.

„Hallo", rief sie erfreut.

„Auch hallo."

„Wir haben uns ja eine Ewigkeit nicht gesehen! Wie geht es dir? Sag mal, hast du eine Ahnung, wieso dein werter Ex-Gatte nicht mit Bruno zum Trainieren geht? Er hat vorhin angerufen und für Dienstagabend abgesagt. Ich konnte ihn nicht fragen, wieso, weil er nur aufs Band gesprochen hat."

Auf eine Antwort nach meinen Befindlichkeiten hatte sie nicht gewartet. Daraus schloss ich, dass sie sich eigentlich nicht wirklich dafür interessierte, wie es mir ging. Vielmehr wollte sie wissen, welche dringende andere Sache Andreas vom heißgeliebten Bodybuilding-Training abhielt.

„Verflixt ist das!", schimpfte sie. „Der Bruno geht nicht gern allein, und ich habe meine Freundinnen zum Pizzaessen eingeladen. Zu ärgerlich! Wenn Bruno nun doch zu Hause ist, dann ist's Essig mit meinem gemütlichen Abend. Bei sowas stört der nur!"

„Wir haben Elternabend", erklärte ich und belustigte mich an Lisbeths überraschtem Gesichtsausdruck. Ihre dünngestrichelten Augenbrauen zuckten in die Höhe und ihre Augäpfel, die immer etwas unnatürlich groß wirkten, fielen fast aus ihren Höhlen.

„Ach, was! Da geht ihr *zusammen* hin?"

„Sicher."

„Aber du hast doch das Sorgerecht."

„Was hat das damit zu tun?", fragte ich.

„Du kannst alles allein entscheiden. Andreas brauchst du nicht mitzunehmen, dann kann er mit Bruno zum Training", sagte sie und wirkte erleichtert.

„Andreas hat entschieden, dass er mit zum Elternabend geht. Ich finde das gut so. Und mit dem Sorgerecht hat der Elternabend gar nichts zu tun."

„Ach so. Tja, dann..." stammelte sie leicht angespannt. „Das ist nun blöd. Aber das ist ja nicht dein Problem. Muss ich eben sehen, ob Bruno nicht doch mal allein trainieren kann."

Sie hatte es plötzlich sehr eilig. Wie ich sie kannte, würde sie erstmal alle Hebel in Bewegung setzen, damit sie Dienstagabend ihren Bruno zum Training schicken könnte. Anschließend würde sie sich darum Gedanken machen, warum ein nicht sorgeberechtigter Vater mit seiner Ex-Gattin am Elternabend teilnehmen wollte.

Doch die Überraschung war bei meinem Sohn noch weitaus größer.

„Der Papi kommt zum Elternabend?", fragte er stirnrunzelnd, als ich nachdenklich vor der Tiefkühltruhe stand, ohne recht zu wissen, wonach ich suchte.

„Ja, mein Schatz."

„Geht das denn?", fragte er beinah etwas entrüstet.

„Warum sollte das nicht gehen?"

Ich fischte ein Päckchen Spinat aus der Truhe und hielt Ausschau nach den Fischstäbchen.

„Weil du mit Papi geschieden bist. Der ist doch keine Eltern mehr!"

Ich lachte.

„Mama! Das ist kein Papa-Abend, das ist Elternabend!" Tim guckte mich mit großen Augen fragend an. Die Sache nahm er sehr ernst.

„Doch, Tim. Das ist so: Der Papa bleibt immer dein Papa und wir – Papa und ich – bleiben immer deine Eltern. Auch wenn wir geschieden sind."

„Tobis Eltern auch?"

Ich nickte.

„Und warum kann der Papi dann nicht bei uns wohnen?"

Ich schluckte.

„Das geht eben nicht, Tim. Ich hab dir's schön öfter erklärt."

„Ach, der kann doch in meinem Bett schlafen. Ich mach mich ganz klein", meinte er erleichtert und winkte ab.

Eine Dame auf der gegenüberliegenden Seite der Eistruhe spitzte deutlich ihre Ohren und folgte unserem Dialog mit unverhohlenem Interesse, während sie sich offenbar für kein Fertiggericht entscheiden konnte. Derweil hatte ich endlich die Fischstäbchen aus der Truhe geangelt und schob Tim vor mir her, damit wir den Lauschangriff hinter uns lassen konnten. Aber Tim blieb noch stehen.

„Bitte, Mami, das geht! Der Papi stört mich überhaupt nicht!", sagte er im tiefen Brustton der Überzeugung.

Die Dame lächelte auf eine Packung Hühnerfrikassee, legte es wieder weg und schaute mit beständiger Neugier zu uns herüber.

Die Einfachheit des Denkens, die mein Sohn an den Tag legte, beeindruckte mich. Dennoch musste ich ihm widersprechen.

„Leider, Timmi, das geht *nicht*."

Entschlossen drehte ich der Kühltruhe den Rücken und schob mit meinem Einkaufswagen weiter Richtung Kasse. Aber Tim wäre nicht mein Sohn, wenn er sich mit so einfachen Erklärungen abfinden würde.

„Dem Felix seine Eltern sind auch nicht verheiratet. Aber sein Papa und seine Mama wohnen im selben Haus", berichtete er. „Und der Felix ist unehelich."

„Wer ist Felix?"

„Der geht in meine Klasse."

„Mama, was ist unehelich?", fragte Tobias und verschluckte sich fast am letzten Wort.

Auch das noch!

„Ich erkläre dir das später, Tobi."

„Kann der Papa nicht eine Wohnung in unserem Haus kriegen?", bohrte Tim.

„Nein, Tim. Es ist nicht unser Haus. Das sind Sozialwohnungen."

„Was ist eine Sozialwohnung?"
'Teufel noch mal, bist du blöd!', hörte ich meinen kleinen Teufel maulen. 'Musst du immer solche Sachen sagen, die die Kinder zu neuen Fragen veranlassen? Nimm dich doch mal ein bisschen zusammen.'
Da hatte ich den Salat. Nun musste ich ausführlich erklären, was Tim und Tobias bestimmt nicht verstehen würden.
„Das sind Wohnungen für Menschen, die nicht so viel verdienen, dass sie sich eine andere Wohnung leisten können. Oder gar ein eigenes Haus."
„Für *arme* Menschen?", wollte Tim mit mitleidigem Unterton wissen.
„Kann man so sagen."
„Dann kann Papi auch so eine Wohnung haben", entschied er erfreut und seine Augen strahlten.
„Quatsch! Der ist nicht arm!", meinte ich ärgerlich.
„Doch, Opa Heinz sagt: 'Eure Mama zieht dem armen Papa den letzten Pfennig aus der Tasche.'"
Ja, Big-Schwiegerdaddy, ich hätte mir denken können, dass der sowas verzapft! Der hatte doch noch nie eine gute Meinung von mir! Ich war nicht die perfekte Schwiegertochter, und seit ich Andreas den Laufpass gegeben hatte, sah er all seine düsteren Befürchtungen bestätigt.
Das sagte ich Tim natürlich nicht!
„Das kann der Opa nicht wissen, Tim", sagte ich ernsthaft. „Der Papa hat ja eine Wohnung, also braucht er keine in unserem Haus. Und er verdient so viel Geld, dass er eben keine Sozialwohnung mehr bekommen kann. Und nun lass es gut sein, mein Schatz."
Tim seufzte. Dieses Gespräch war zu keinem für ihn befriedigenden Ergebnis gekommen. Deshalb entschied er einmal mehr, dass Erwachsene ganz schön doof sein konnten. Am Abend hängte ich mich an die Strippe und berichtete Olli von Arnold Beckers überraschendem Anruf.
„Gestern Abend, kaum war ich zur Türe rein, da rief er an."
„Na, und? Ist er nett? Hat er auch keine Freundin?"

„Du klingst wie Timmi! Angeblich ist er solo. Danach hat Tim ja in Altenkirchen wohl schon gefragt. Aber eigentlich kenne ich ihn ja gar nicht. Und jetzt gehe ich mit ihm zum Essen aus."

„Mein Gott, Christine, lass dich doch einfach mal überraschen", brauste sie auf. „Ich höre bei dir schon wieder tausend Zweifel! Wirf deine Vorbehalte über Bord und lass die Dinge ein bisschen auf dich zukommen! – Oder soll ich als Anstandswauwau ...?"

„Quatsch! Ich denke nicht,... ähem... Ph, ich gehe einfach nicht hin!", sagte ich entschieden.

„Du bist blöd, Mausi! Natürlich gehst du hin! Lass dich ein bisschen verwöhnen!"

Ich hatte das Gefühl, Olli gegenüber zu sitzen. Mir war, als schaute sie mich geheimnisvoll grinsend von unten her an und zwinkerte.

„Mhm, na ja... kann ja nicht schaden!", gab ich mich geschlagen.

„Vielleicht wird es sogar schöner als du glaubst? Ein neuer Mann bringt etwas frischen Wind in dein Leben. Wer weiß, wer weiß", frohlockte sie. „Was ziehst du an?"

„Keine Ahnung."

„Etwas Reizvolles", überlegte Olli und schien in Gedanken durch meinen Kleiderschrank zu spazieren.

„Auf gar keinen Fall!", wehrte ich ab. „Reizvolle Klamotten hab ich sowieso nicht. Ich ziehe meinen dunklen Hosenanzug an, der passt immer!"

„Wo wollt ihr denn hin?", fragte sie.

„Rate mal: ins 'Chanel'."

„Ist doch prima. Und da kennt dich jeder!"

„Ach, Olli! Ich hab so ein komisches Gefühl! Der ist zwar nett gewesen, aber... verflixt!"

„Hasenfuß! Wenn die Feigheit bei dir siegt, dann sag doch ab!" Olli war es offensichtlich leid, mich zu ermutigen und warf das Handtuch.

„Kann ich nicht! Ich habe weder Telefonnummer noch Adresse, und die Auskunft konnte auch nicht helfen."

„Aha, du hast es also schon versucht", stellte sie fest und fügte resigniert hinzu: „Du bist tatsächlich ein Feigling."

„Danke, weiß ich selbst."

„Also, dann bleibt dir nichts anderes übrig, als hinzugehen. Und ich finde das richtig gut! Berichte mir ja haarklein, wie es war, hörst du?"

Olivia hatte gut reden. Sie steckte nicht in meiner Haut.

'Sie weiß einfach nie, was sie will!', klagte Schutzengelchen, der sich mit seinem schneeweißen Gewand in die Hölle begeben hatte und dort bei einem Glas Wein mit Teufelchen zusammenhockte.

'Das ist ja das Problem!', stimmte der Kleine zu. 'Gut, dass sie aus dieser Sache erstmal nicht rauskommt. Der Motorradheini könnte interessant sein.'

'Meinst du?'

Woher dieser zeitweilige Frieden bei den beiden herrührte, wusste ich nicht. Aber sie lagen richtig mit ihrer Einschätzung.

Der Freitagabend kam für mein Empfinden viel zu schnell. In meinen dunklen Hosenanzug gewandet stieg ich in mein Auto und fuhr in die Leverkusener City. Schon von weitem erkannte ich die Statur von Arnold Becker, der mit einem kleinen Blumenstrauß in der Hand vor dem Bistro auf und ab ging. Blümchen, dachte ich belustigt, der ist ja süß!

„Hallo, Christine!", grüßte er freundlich, drückte mir die Blümchen in die Hand und einen zarten Kuss auf die Wange.

„Hallo, danke schön, das ist nett."

„Gehen wir hinein?"

Arnold Becker trug eine schwarze Lederhose, ein weißes weitgeschnittenes Hemd, und mit seinen dunklen Locken sah er fast aus wie ein Zigeuner. Sein Eau de Cologne duftete dezent und verführerisch.

In Altenkirchen war mir gar nicht aufgefallen, dass er so umwerfend gut aussah. Eigentlich erinnerte ich mich nur an seine sanften braunen Augen und die Ehrlichkeit, die er ausstrahlte. Ich spürte, wie er mich betrachtete, als ich vor ihm in das Lokal ging. Die Kellner grüßten freundlich, und einige der Gäste erkannten mich, hoben kurz zum Gruß die Hand.

„Also, wollen wir erst mal das förmliche Sie unter den Tisch fallen lassen?", fragte er, bestellte zwei Gläser Champagner und stieß mit mir an.

„Ist ja lange her, seit wir uns in Altenkirchen so zufällig getroffen haben", begann ich. „Wie war denn Ihr... dein Motorradtreffen in Bayern?"

„Ach, ich habe ein paar alte Freunde wieder getroffen, wir haben nächtelang geredet, gesoffen und so", sagte er und blickte mich mit seinen braunen Augen unentwegt an.

Gesoffen? Hatte ich richtig gehört?

„Und du? Wie geht es deinen beiden Söhnen?"

„Gut geht es uns. Tim ist eingeschult worden und ich arbeite wieder. Tims Vater war sogar zur Einschulung dabei."

Arnold hob überrascht die Augenbrauen.

„Dein Ex-Mann mit zur Einschulung?"

„Ja, fand ich gut, weil es sein Wunsch war."

Was erzählte ich Arnold von Andreas? Der hatte doch hier wirklich nichts verloren!

„Wir wollen jetzt aber nicht über deinen Ex-Gatten reden, mhm?", stellte Arnold ganz richtig fest und sein Blick veränderte sich, wurde richtig zärtlich.

Ich wurde etwas rot, bekam Herzklopfen, als er nach meiner Hand fasste. In dem Augenblick wünschte ich mir, doch zu Hause geblieben zu sein. Eine Möglichkeit zur Flucht hatte ich auch nicht. Es hätte wohl auch ziemlich albern gewirkt, wenn ich jetzt das Lokal fluchtartig verlassen hätte.

'Sei nicht so zimperlich!', forderte mein Teufelchen. 'Nun bist du hier, also geh mal ran!'

'Wirst du dich da raushalten! Teufel noch mal!', schalt der Schutzengel. 'Ich habe alle Hände voll zu tun, ja?'

'Du sollst doch nicht fluchen, Engelchen! Und wieso hast du alle Hände voll zu tun? Wir waren uns doch einig, dass …'

'Ja, ja, aber einer muss doch aufpassen!'
Ich entspannte mich ein bisschen.
„Tja, das hatte ich auch nicht vorgehabt", stotterte ich herum. „Was machst du denn beruflich?"
Ich suchte nach einem unverfänglichen, aber ergiebigen Gesprächsthema.
„Ich arbeite in einer Werbeagentur als Grafiker. Nicht besonders aufregend, aber die Kohle stimmt", erzählte er leichthin.
„Das ist doch eine interessante Tätigkeit."
„Du bist für mich viel interessanter", meinte er leise und beugte sich über den Tisch, um mir tief in die Augen zu schauen.
Ich schluckte. Ich hatte Arnold Becker irgendwie zurückhaltender in Erinnerung. Doch gerade jetzt stellte er sogar Wölfchen Lohmann in den Schatten. – Ich fühlte mich schrecklich unsicher.
„Sei doch nicht so verlegen", sagte Arnold leise.
„Ich bin doch nicht verlegen", log ich entrüstet.
„Doch, du bist rot geworden. Und nicht nur einmal. Aber das macht nichts, ich mag Frauen, die so natürlich sind wie du."
„Natürlich nennst du das? Ich habe eher das Gefühl, du machst mich ganz schön an, und ich gebe ehrlich zu, dass ich sowas nicht gewohnt bin."
Schwups! – Es war ganz ehrlich gesagt und konnte nicht mehr zurückgenommen werden!
'Recht so!', unterstützte mich mein Schutzengelchen.
'Pah, Weiber!', meckerte Teufelchen und kroch in seine Ecke. 'Euch kann man nichts recht machen! Macht man euch nicht an, seid ihr beleidigt und geht man ran wie Blücher, dann seid ihr entrüstet. Macht doch, was ihr wollt!'
„Ich kann ja etwas zurückhaltender sein, wenn dir das lieber ist", schlug Arnold vor. „Es ist nur so, seit wir uns in Altenkirchen begegnet sind, muss ich immer öfter an dich denken. Oder glaubst du, sonst hätte ich dich angerufen und

mich mit dir verabredet? Du kannst mir glauben, das passiert mir nicht alle Tage."

„Na, schön. Du bist mir ja auch nicht unsympathisch."

Der Kellner kam mit der Speisekarte, und ich war froh, für kurze Zeit hinter der meinen verschwinden zu können. Mir war so heiß, so anders!

Wir bestellten unser Essen.

Arnold sah mir lange in die Augen, und ich hatte Mühe, seinem Blick standzuhalten.

„Ich glaube fast, ich habe mich schon längst in dich verliebt", stellte er plötzlich fest. „Das gibt's doch gar nicht, dass mir eine Frau einfach nicht mehr aus dem Kopf geht! Das kannst du getrost für bare Münze nehmen, Christine."

Der raspelt ja noch viel mehr Süßholz als Wolfgang, schoss es mir durch den Kopf.

„Du ähnelst einem sehr guten Freund von mir", sagte ich denn auch nicht ohne entsprechenden Unterton, „der macht einem schmeichelhafte Komplimente wie sie in keinem Buche stehen! Der einzige Unterschied ist, meinen Freund kenne ich sehr gut, da kann ich's einschätzen, aber dich kenne ich gar nicht. Und du mich nicht!"

Arnold lachte. Herzhaft und markant. Dabei entblößte er die makellosesten Zähne, die ich je zu Gesicht bekommen hatte.

„Du gehst anscheinend nicht oft aus", stellte er amüsiert fest.

„Doch, schon."

„Lass dich doch ein bisschen treiben", forderte er mich auf. „Lass dich ein bisschen überraschen."

Er schaute mich geheimnisvoll tiefgründig an. Und da dachte ich an Olli...

„Du scheinst eine Frau zu sein, die gern die Kontrolle behält, mhm?", fragte er und reizte mich zum Widerspruch, weil er einen wunden Punkt berührte. So sagte ich lieber gar nichts, lächelte einfach und widmete mich dem Essen, das serviert wurde. Wir tranken Rotwein.

„Auf einen schönen abenteuerlichen Abend", sagte Arnold. „Auf eine Reise ins Ungewisse?"

„Nein, danke", widersprach ich lächelnd. „Auf einen schönen unterhaltsamen Abend reicht mir persönlich für heute."

'Sehr schön', lobte Schutzengelchen und lehnte sich entspannt zurück.

Der Teufel ließ sich nicht mehr blicken.

Arnold fütterte mich mit Pommes frites, mit Trauben und zu guter Letzt mit Eiscreme. Der Rotwein war schwer, schmeckte umwerfend vollmundig und meine Stimmung entspannte sich zusehends. Wir lachten viel und tauschten einander auch sehr Persönliches aus.

Allerdings schien er Herzensdinge recht leicht zu nehmen. Für ihn wäre es kein Problem, auch über das Ende einer Beziehung hinaus mit der Ex Sex zu haben, erzählte er. Auch Seitensprünge wären für ihn eine Bereicherung des Lebens, wie er es nannte.

„Bist du am Ende prüde?", fragte er und richtete sich gespielt entrüstet auf.

„Prüde? Nein. Das würde ich nicht sagen, aber ich würde mit Sicherheit nicht mit meinem Ex-Mann schlafen. Unvorstellbar!"

„Also, ich finde, das kann man sehr gut trennen", dozierte er. „Liebe ist das eine, Sex das andere. Das eine geht sehr tief und ist bleibend. Das andere ist einfach Spaß und geht vorüber."

Das Gespräch ging den ganzen Abend noch so weiter. Mir gelang nicht, es in andere Bahnen zu lenken. Sehr spät, das Lokal wollte schließen, verließen wir das Bistro. Arnold begleitete mich zu meinem Auto. Bevor ich die Türe aufschloss, nahm er mich behutsam, aber sehr entschieden in den Arm und küsste mich leidenschaftlich. Meine Knie wurden butterweich, in meinem Kopf fuhr ein Karussell und Arnolds Zärtlichkeit berührte mich bis ins Knochenmark. Seine Hände fanden unter dem Blazer, was sie suchten und es hätte nicht viel gefehlt... Aber ich hörte auf meinen Schutzengel! Diesmal nicht, dachte ich mir. Und der Teufel schnarchte ohnehin in seiner Höhle vor sich hin.

„Schade", flüsterte Arnold. „Du bist so eine anziehend schöne Frau, so begehrenswert."

„Ja, aber ich will jetzt nach Hause. Und eine Frau für die erste Nacht bin ich nicht", sagte ich mühsam.

„Treffen wir uns bald wieder?"

„Ja."

Hatte ich „ja" gesagt? Ich konnte nicht mehr ganz klar denken. Ein „Vielleicht" hätte es fürs erste auch getan. Engelchen, wo steckst du, rief ich in Gedanken. Aber der weißgewandete Himmelsbote hörte mich nicht.

Arnold Becker dagegen war begeistert: „Ich hole dich morgen Abend mit dem Motorrad ab, was hältst du davon?"

„Morgen schon?", fragte ich - fast entsetzt - bemühte mich aber, ihn das nicht merken zu lassen.

„Ja, das wird eine Mordsgaudi, komm schon!", forderte er. „Das Leben besteht aus vielen Wundertüten, man sollte an keiner achtlos vorbeigehen!"

Ich brachte es nicht fertig, ihm das abzuschlagen, weil es mich viel zu sehr reizte, in die Wundertüte Arnold Becker zu schauen. Er küsste mich zum Abschied nochmals heiß und ließ mich dann ins Auto steigen. War ich vom Wein oder von Arnold so kirre im Kopf?

'Beides', meinte der Schutzengel gähnend und nickte weise.

Aha, fauchte ich in Gedanken, da bist du ja. Wo hast du denn eben gesteckt? Aber der Huldvolle beantwortete meine Frage nicht. Stattdessen säuselte er: 'Möglich, dass du ...ach, was, so schnell geht das heutzutage nicht mehr. Fahr jetzt heim, schlafe gut, und morgen sehen wir weiter.'

Danke, dachte ich und sank daheim in einen seligen Schlummer.

Samstagmorgen! Rummel, wie immer bei Martens!

„Mensch Mama, ich hab Hunger!", meckerte Tim, der neuerdings zum Vielfraß geworden war. Der Schulalltag kostete ihn wohl viel Energie.

Ich linste auf den Wecker. Halb 11? Das durfte doch nicht wahr sein! So lange hatte ich ja noch nie geschlafen!

„Ihr habt vollkommen Recht!", rief ich und schwang die Beine aus dem Bett. Eine Spur zu rasant, denn ich kratzte die Kurve aus meinem Schlafzimmer zu schnell, rempelte mit der Schulter an den Türrahmen und eierte leicht benommen ins Bad. Autsch, verflixt! Das würde einen fetten blauen Fleck geben! Ich machte eine Katzenwäsche, zog T-Shirt und Jeans über und tappte mit nackten Füßen in die Küche. Im Nu machte ich unser Frühstück fertig. Wir saßen am großen Esstisch im Wohnzimmer, und neben Butterbrotschmieren und Kakao ausschenken angelte ich nach dem Telefon. Tobias sah das und sagte schnell: „Die Olli hat schon zweimal angerufen. Ich hab gesagt, die Mama schläft noch. Du sollst anrufen, wenn du wach bist."

„Danke, Tobilein", sagte ich und wuschelte ihm durchs Haar.

„Von Pape", meldete sich Olli.

„Hallo, Olli", grüßte ich.

„Na, du klingst ja gut. Ich bin gespannt wie ein Flitzebogen. Wie war es gestern Abend? Erzähl!"

Ich erzählte ihr haarklein, was sich zugetragen hatte.

„Bist du verliebt?"

„Nö, nicht die Spur. Irgendwie ist der Mann mir unheimlich, aber vielleicht reizt mich gerade das ungemein. Ganz schlau werde ich daraus allerdings nicht. Was hältst du davon?"

„Macht doch nix! Wär' doch sonst langweilig!", meinte sie hintersinnig. „So ein bisschen Abenteuer ist doch mal was anderes, oder?"

„Heute Abend holt er mich mit dem Motorrad ab."

„Klasse! Freu dich! Das Wetter ist gut, und Motorradfahren hat doch was!"

„Ja, schon. Hoffentlich fährt der nicht so wie er küsst."

„Du harmloses Primelblümchen", neckte Olli mich, „tu doch nicht so, als gefiele dir das nicht! Geh' doch selbst mal ran, und hör' auf dein kleines Teufelchen!"

Mir blieb die Spucke weg. Wie redete die denn? Und woher kannte sie meinen kleinen Teufel?

„Ist mir da was entgangen? Wie sprichst du denn mit mir?"

Olli lachte: „Nein, ich beneide dich nur um deine Freiheit! Genieße, Mausi, genieße!"

„Ja, ich kann sowieso keinen Rückzieher mehr machen, denn ich habe zugesagt und immer noch keine Adresse oder Telefonnummer von Arnold. Ich bin ihm also auf Gedeih und Verderb ausgeliefert!"

„Klingt ja spannend? Hast du etwa Angst?"

„Also Angst bestimmt nicht, aber …!"

„Du hast eben immer auf Sparflamme gelebt! Es wird Zeit, dass du mal Gas gibst!", spornte sie mich an.

„Du bist mir richtig unheimlich, Olli. Du hast doch keinen Werbevertrag für Arnold Becker?"

„Nein", kicherte sie. „Aber höre endlich auf, ein zartes Veilchen im Moose zu sein. Und dass du mir morgen ja alles berichtest!"

Ich ließ also das Abenteuer auf mich zukommen.

Am Abend zog ich Jeans an und einen warmen Pulli. Dann brachte ich Frau Kessler von nebenan die Schlüssel hinüber. Sie war wie immer gern bereit, ein Ohr und Auge auf meine Knirpse zu haben.

„Oh Mama, gehst du schon wieder weg?", fragten die Kinder ein kleines bisschen vorwurfsvoll.

„Ja, ich bin eingeladen", sagte ich, und mir tat es echt leid, dass ich sie schon wieder allein ließ. In solch einem Augenblick fühlte ich mich wie zwischen zwei Stühlen sitzend. Am liebsten hätte ich jetzt spontan abgesagt. Was wollte ich denn eigentlich? Doch für diese Überlegung war es jetzt definitiv zu spät. Außerdem reizte mich diese Geschichte mit Arnold Becker aus Leverkusen ungeheuerlich. Neulust wird es sein, stellte ich fest. Und den Kindern gegenüber musste ich kein schlechtes Gewissen haben, ich brauchte mich auch nicht zu rechtfertigen. Sie waren versorgt und nicht unbeaufsichtigt. Und ich durfte heute Abend eben glücklicherweise noch einmal ganz an mich selbst denken.

'Ganz recht', gähnte mein kleiner Teufel. 'Außerdem bin ich ziemlich neugierig, ob der Kerl es bringt.'

Wo steckte denn mein Schutzengelchen?

Arnold stand pünktlich vor meiner Haustüre. Sein großes Motorrad erregte einiges Aufsehen in der Straße, und als ich mich gut behelmt auf den Sozius schwang, taten mir die bewundernden, erstaunten, neidischen und skeptisch fragenden Blicke meiner Nachbarn wohl. Das war doch mal was; Olli hatte völlig Recht! Abenteuer, ich komme!

Arnold brauste mit mir über Berg und Tal. Die spätsommerliche Abendluft war betörend, der Fahrtwind streichelte mich, und das Vibrieren des Motors, auf dem wir saßen, ließ alle Lebensgeister in mir tanzen. Die Fahrt hätte nie enden müssen... Doch irgendwann trafen wir in Leverkusen ein. Mit langsamer Fahrt bog Arnold in eine kleine Seitenstraße in der City ein und hielt vor einem Altbauhaus.

„So, Christine, wir sind da", sagte er, nachdem er den Helm abgenommen hatte.

Sein rechter Arm umfing mich, und er küsste mich wie am Vorabend. Wir gingen hinauf in seine Dachwohnung, wo uns überraschenderweise eine junge Dame öffnete.

„Darf ich dir Nadine vorstellen?", fragte Arnold. „Sie wohnt bei mir."

Ich dachte, jemand hätte mir einen Eimer Eiswasser über den Kopf gegossen. 'Sie wohnt bei mir.' Was hieß denn das? Erst recht sah ich überrascht, dass die Mitbewohnerin Arnold mit einem vertraut wirkenden Kuss begrüßte und in Richtung Küche entschwand.

'Vorsicht!', schrie der kleine Teufel, und darüber wunderte ich mich sehr. Dem konnte mein Leben doch nicht risikoreich genug sein. Wo steckte denn – verflixt noch eins! – der Schutzengel?

Nadine kam mit einem Tablett ins Wohnzimmer, wo wir uns gemütlich niedergelassen hatten. Eisgekühlter Champagner, drei Gläser und diverses Knabbergebäck standen auf dem Tisch. Ein mehrarmiger Kerzenleuchter rundete die romantische Atmosphäre ab. Was sollte das hier werden?

Nadine mochte so um die fünfundzwanzig sein, zierlich, vollbusig, mittelblondes Haar, das lose auf ihre Schultern fiel. Ihr schmales Gesicht wirkte etwas verlebt. Vielleicht, weil sie viel rauchte. Im Nu war das Zimmer völlig vernebelt. Arnold legte eine CD auf. Er merkte, dass mir tausend Fragen durch den Kopf gingen und schmunzelte mir zu.

„Nadine und ich sind nur noch gute Freunde", erklärte er, während er sich neben mich aufs Sofa setzte und mich wie selbstverständlich an sich zog. „Es stört dich doch nicht, dass sie noch da ist? Später ist sie verabredet. Gib dich ganz frei, du kannst über alles offen reden."

„Klar. Kein Problem."

Das sagte ich so selbstverständlich klingend dahin, aber in meiner Magengegend vibrierte ein seltsames Gefühl totaler Verunsicherung. Eine Spannung, die der beim Zahnarztbesuch glich, bevor der mir in den Mund schaute und vielleicht irgendwas zum Bohren fand.

„Wir waren einige Zeit zusammen, haben die Wohnung hier gemeinsam gemietet und nach einer Weile festgestellt, dass wir uns nicht mehr verstehen. Du weißt ja, wie das ist."

„Ja, ja."

„Aber Arnold hat mich nicht vor die Tür gesetzt. Wir sind schließlich erwachsene Menschen. Wir tolerieren uns und kommen besser als vorher miteinander aus", erläuterte Nadine mit rauer Stimme. „Aber, wie gesagt, wenn ich euch störe, kein Problem. Ich geh später sowieso zu Sascha runter."

Das fehlte noch, dachte ich in dem Moment. Bleib bloß bei mir. Unbehaglich wie ich mich fühlte, wäre lieber *ich* gegangen. Und am liebsten schnell nach Hause.

'Dann hau jetzt ab!', flüsterte plötzlich das Teufelchen ungewohnt feige.

„Ja, was machst du so?", fragte ich Nadine, nur um irgendwie Konversation zu machen.

„Ich arbeite in der Telefonzentrale von der Werbeagentur. Langweiliger Scheißjob! Aber krieg mal was anderes. Kannste vergessen. Und dass, obwohl ich das Abi nachgemacht habe!"

„So?", fragte ich. Es klang überrascht, was mir gleich leid tat, denn es signalisierte ein verstecktes Vorurteil Nadine gegenüber. Aber sie merkte es nicht.

Es entstand eine Gesprächspause. Arnold hob sein Glas zum ich weiß nicht wievielten Mal, und wir prosteten uns zu. Dann zog er mich vom Sofa hoch und tanzte mit mir. Ein klein wenig beschwipst vom Champagner, romantisch gestimmt durch die Musik und gereizt durch die Nähe dieses attraktiven Mannes, ließ ich mich gehen. Ein ganz klitzekleines Bisschen nur, ich schwöre. Dass Nadine die Wohnung verließ, bekam ich nicht mit.

Arnold erstickte mich fast mit heißen Küssen, trug mich irgendwann auf seinen starken Armen ins... Schlafzimmer, vermute ich mal. Er zog mich aus, ich zog ihn aus. Lippen, die sich immer wiederfanden. Körper, die in Harmonie miteinander vergingen. Gott, war das schön. Das tat mir so unendlich gut! Heiß und verschwitzt lagen wir nebeneinander. Guter Sex macht auch betrunken, stellte ich fest. Es hätte glatt so weitergehen können, wieder und wieder. Ich hatte eine Menge Nachholbedarf.

Arnold streichelte mich aufreizend, und ich wandte mich ihm erneut zu. Da sah ich plötzlich Nadine hinter ihm. Ich kniff die Augen feste zu, schaute wieder hin, weil ich dachte, es wäre eine Fatamorgana. Nein, sie war immer noch da! Splitterfasernackt lag sie hinter Arnold im Bett, streichelte seine schön behaarte Brust und streckte ihren Arm nach mir aus.

„Wie... was... äh, Moment mal!", stotterte ich und schob Arnold von mir. „Was macht denn Nadine hier?"

„Lass sie doch", murmelte Arnold nicht ganz bei sich und versuchte, mich wieder in die Kissen zu drücken.

„Nein, wieso...", protestierte ich völlig nüchtern.

Nadine schmiegte sich weiterhin unbeeindruckt von meinem Entsetzen an Arnolds Rücken. Dabei lächelte sie mich an wie eine Katze, wachsam, verlockend und mit verführerischem Glanz. Und Arnold schien das sehr zu genießen. Ich dagegen war vollkommen irritiert und sprang aus dem Bett.

„Ich glaube ja nicht... also, jetzt reicht's aber!"

'Ja, das finde ich auch!', meldete sich endlich (!!!) mein Schutzengel zu Wort. 'Mach, dass du hier wegkommst und such das Weite!'

'Ich bin ausnahmsweise mal deiner Meinung, Engelchen', vernahm ich die Stimme meines Teufelchens. 'Auf einen flotten Dreier sind wir nicht erpicht. Marsch, raus hier!'

Die beiden Gestalten im Bett bekamen scheinbar gar nicht mit, dass ich den Kampfplatz Matratze verlassen hatte? Die Nadine schien völlig weggetreten. Arnold schaute plötzlich doch leicht verwirrt von einer zur anderen, ohne allerdings irgendetwas zu unternehmen.

Mir wurde schlecht! In Windeseile schlüpfte ich in Jeans und Pulli, griff im Rauslaufen nach meinen Turnschuhen und ließ die Tür krachend hinter mir ins Schloss fallen. Ich rannte die Straße hinunter und fand ein Taxi.

Noch in der Nacht rief ich Olivia an. Ich war so aufgewühlt, dass ich es wagte, sie aus dem Bett zu klingeln.

„Es ist ja nicht so, dass... aber als Nadine... Und meine Unterwäsche hab ich vergessen!", entrüstete ich mich.

„Unterwäsche? Egal, und nach allem, was er dir alles so erzählt hat, von wegen, dass er auch mit einer Ex... Aber zu dritt?! Schon eine recht pikante Angelegenheit!", meinte Olli.

Ich hatte mich wieder beruhigt.

„War's wenigstens gut?"

„Oh, ja!", sagte ich und erinnerte mich wirklich gern.

„Na, immerhin, Mausi", kicherte Olli. „Vergiss, was sich danach abgespielt hat."

„Ja, schade eigentlich. Ich will nur noch schlafen, Olli. Danke dir und verzeih, dass ich dich aus dem Schlaf geklingelt habe."

„Kein Problem. Schlaf gut."

Ich schlief einen unruhigen Schlaf, träumte wildes Zeug und wurde am frühen Morgen aus dem Bett geklingelt. An der Haustür stand ein Bote mit einem riesengroßen Blumenstrauß und einer Nachricht.

Ich öffnete den kleinen Umschlag und las: „Entschuldige bitte! Es tut mir leid. Ich rufe dich an. Arnold."

Es haute mich um. Der hatte doch wohl nicht alle Tassen im Schrank! Wenn der glaubte, ich würde noch ein einziges Wort mit ihm reden, dann...

Mein Telefon klingelte am nächsten Morgen in aller Herrgottsfrühe. Die Uhr zeigte 8! Sonntag!

„Martens", bellte ich unwirsch in die Muschel des Hörers.

„Hi, hier Arnold!", hörte ich kleinlaut leise.

Ich war sprachlos, wollte losschimpfen und toben, aber ich kriegte plötzlich keinen Ton raus!

„Ist wohl ein bisschen dumm gelaufen vorgestern Abend", begann er. „Ich weiß gar nicht, was in Nadine gefahren ist! Die hat sich mit Sascha 'ne Tüte geraucht und... aber daran hab ich gar nicht gedacht, als..."

„...du mit zwei Frauen gleichzeitig im Bett sein konntest?", sagte ich bissig.

Ich war so laut, dass die Kinder in der Wohnzimmertüre aufgeschreckt lauschen wollten.

„Moment!", sagte ich, legte den Hörer auf Seite und wandte mich an Tim und Tobias. „Seid so lieb, lasst die Mami mal kurz telefonieren. Ich mache gleich Frühstück."

Ich schloss die Wohnzimmertüre und klemmte mir den Hörer ans Ohr.

„Hast du meine Blumen bekommen?"

„Ja, ich habe sie gleich in den Mülleimer verfrachtet", sagte ich grimmig. „Ihr Männer glaubt wohl immer noch, mit Blumen sei alles aus der Welt geschafft?!"

„Nein. Die hätte ich dir, nur unter anderen Umständen, gern und sowieso geschenkt."

„Die Worte höre ich wohl, allein mir fehlt der Glaube!"

„Das verstehe ich gut, Christine."

„Hat es wenigstens Spaß gemacht? Mit Nadine, meine ich!"

Arnold lachte.

„Scheint so, wenn du lachen kannst!"

„Nein..."

„Fein, geschieht dir Recht!", fauchte ich.

„Sie ist direkt nach dir aus der Wohnung verschwunden. Vollkommen high!"

„Schöne Sitten bei euch, ich muss schon sagen!"

„Komm schon! Was Nadine tut und lässt, ist allein ihre Sache. Ich schlafe seit über einem Jahr nicht mehr mit ihr, und daran ändert sich auch nichts."

„Du bist mir gegenüber nicht zur Rechenschaft verpflichtet, Herr Becker! Tu oder lasse was du willst, aber nicht mehr mit mir!"

Ich wollte den Hörer auflegen, aber Arnold sprach weiter.

„Bitte, Christine, nicht so! Ich kann doch nicht mehr tun, als mich entschuldigen", sagte er und klang wieder wie der Motorradfreak, der mir in Altenkirchen im Eiscafé begegnet war.

„Wie *denn*?"

„Du hast mich doch völlig in der Hand", sagte er sanft. „Ich bin hin und weg von dir. An allem anderen bin ich unschuldig, glaub es mir."

„Vorsicht! Ich erinnere mich an deinen Gesichtsausdruck, als du gemerkt hast, dass da noch jemand hinter dir liegt."

„Welcher Mann träumt nicht davon, dass..."

„Siehste, es hätte dir also sehr gefallen, mhm?"
„Sicher."
„Na, wenigstens bist du ehrlich", stellte ich fest und fühlte, dass ich einlenkte.
„Was jetzt? Sehen wir uns wieder?", wollte er wissen.
„Vielleicht, Herr Becker! Ich muss mich erstmal ein paar Tage abkühlen."
'Uaah!' Teufelchen kroch schlaftrunken aus seiner Felsenhöhle. 'Lass ihn ruhig noch 'n bisschen zappeln, Süße.'
„Na, dann kann ich ja noch hoffen!", hörte ich Arnold erleichtert sagen. „Du bist eine fantastische Frau, Christine."
„Wie du meinst. Du kannst mich ja mal wieder anrufen", stellte ich in Aussicht und verabschiedete mich.
„Schönen Sonntag noch, meine Liebe."
Ich schaute nachdenklich aus dem Fenster. Das sah den Männern ähnlich, dachte ich böse und verallgemeinerte die Herren der Schöpfung wieder mal. In verlockenden Situationen rutschte der Verstand unter die Gürtellinie, und sie dachten mit dem gefühlvollen Körperfortsatz zwischen den Schenkeln! Aber ich glaubte Arnolds Geschichte. Wir waren ja beide nicht ganz nüchtern gewesen. Und im Nachhinein, fand ich, hatte ich vielleicht ein bisschen überreagiert. Einfach wegzurennen, war ja keine Lösung.
'Sag mal, jetzt hörst du dich an wie der!', rief der kleine Schutzengel aufgeschreckt von seiner Kuschelwolke herunter. 'Wie kannst du ihm *das* verzeihen?'
'Ruhe da oben!', zischte der schwarze Teufel. 'Sie ist halt klug genug, ihr eigenes Verhalten zu analysieren und Fehler zu erkennen. Ich kann verstehen, dass sie ihm großzügig verzeiht, denn schließlich hatte sie auch ihren Spaß dabei!'
'*So* kann man das natürlich auch betrachten', höhnte Engelchen und wollte noch was sagen, aber der Teufel kam ihm zuvor.
'Ich will noch eine Runde schlafen, Engelchen, halt die Klappe!'

Ich betrachtete den üppigen Blumenstrauß. Natürlich hatte ich ihn *nicht* in den Mülleimer geworfen. Der war viel zu schön! Und die Blumen waren ja auch unschuldig. Woher er den Strauß so früh am gestrigen Morgen bekommen hatte, war mir ein Rätsel. Aber der ganze Mann war ein wandelndes Rätsel.

„Mamiii!!!", rief Tobias aus dem Kinderzimmer.

Ich ging hinüber. Tim und Tobias stritten um ein Micky Maus-Heft.

„Kommt Kinder, wir machen Frühstück!", sagte ich. „Tim, gib deinem Bruder das Micky Maus-Heftchen zurück!"

Tim reagierte ungewöhnlich prompt. Wir gingen in die Küche und deckten gemeinsam den Tisch.

„Von wen hast du die Blumen, Mami?", frage Tobi.

„Von Arnold Becker."

„Wer ist das?"

„Der Motorradfahrer aus unserem Urlaub", erklärte ich.

„Uiii, toll, Mami!", rief Tim. „Wann besucht der uns? Bringt er sein Motorrad mit?"

„Mama, wieso schenkt der dir Blumen?", fragte Tobias.

„Einfach so, um mir eine Freude zu machen. Ob er uns besucht, weiß ich nicht."

„Mhm."

Die Kinder gaben sich glücklicherweise mit meinen spärlichen Antworten zufrieden.

Später traf ich mich mit meiner Schwester im Eiscafé. Ich erzählte ihr von meiner Begegnung mit Arnold Becker, sparte aber die pikanten Details lieber aus.

„Gefällt er dir?", wollte sie wissen und nahm einen tiefen Zug aus der Zigarette.

„Er ist wirklich nett."

„Hast du mit ihm geschlafen?"

Ich errötete.

„Musst du immer so direkt sein?"

„Also du *hast* mit ihm geschlafen!", lachte sie.

Ich nickte stumm und blickte interessiert in meinen Cappuccino.

Doris grinste: „Du tust ja so, als wäre das verboten. Ich fasse es nicht! Meine große Schwester stellt sich an wie eine Jungfrau."

„Hör auf, zu lachen! Was weiß ich, wie sich Jungfrauen verhalten? Ich bin doch keine!", sagte ich gespielt beleidigt. „Und es ist natürlich *nicht* verboten."

„Bist du verliebt?"

„Nein, das ist es ja eben."

Doris verdrehte die Augen und grinste frech. „Ist doch praktisch! Das macht es unkompliziert."

Jüngere Schwestern hatten schon eine ganz andere Einstellung zu Liebe, Sex und Partnerschaft als ich. Manchmal fühlte ich mich alt wie Methusalem und vermisste nur das schlohweiße Wallehaar und den Rauschebart.

„Bringst du ihn mal mit ins 'Chanel'?", wollte sie wissen.

„Vielleicht."

Dienstagabend maulten die Kinder, dass ich schon wieder weg wollte. Da ich mit Papa zum wichtigen Elternabend musste, drückten sie ihre vier blauen Äuglein gnädig zu und akzeptierten, dass Frau Kessler auf sie achtgab.

Frau Kessler zerstreute wie immer meine Bedenken.

„Gehen Sie mal ruhig, Frau Martens. Ich guck dann schon auf Ihre Jungs, die sind doch so brav."

Kurz nach 7 kam Andreas.

Die braven Kinder riefen ihn ins Kinderzimmer, um ihm gute Nacht zu sagen. Ich beobachtete, wie er sich mit jedem kurz unterhielt, sie sorgfältig zudeckte und ihnen nochmal zärtlich den Kopf streichelte. Dann stand er auf und wollte das Kinderzimmer verlassen.

„Du kannst leider keine Wohnung bei uns haben", teilte Tim ihm unvermittelt mit, und er drehte sich wieder um.

„Was?"

„Ja, die Mami sagt, du hast zu viel Geld dafür. Und der Opa ist ein Schwindler!"

„Wie kommst du denn darauf, Tim?"

Andreas kehrte zu ihm zurück und setzte sich erneut auf die Bettkante.

„Der Felix, Papa, der wohnt mit seinem Papa *und* seiner Mama zusammen in *einem* Haus. Das geht! Und da wollte ich für dich eine Wohnung in unserem Haus. Das wäre so schön! Aber die Mama sagt, das sind Wohnungen für arme Leute. Pech, dass du nich arm bist."

„Timmi, das kannst du Papa ein anderes Mal erzählen", rief ich aus der Diele. „Wir müssen jetzt fahren."

Das brisante Thema war erledigt.

Andreas ging ins Wohnzimmer, entdeckte den üppigen Blumenstrauß und stieß einen anerkennenden Pfiff aus.

„Donnerwetter! Selbst gekauft?"

„Seh' ich aus, als ob ich mir sowas leisten könnte?", fragte ich etwas schnippisch.

„Also hast du ihn geschenkt bekommen?"

„Ja."

„Alle Achtung!"

„Und bevor zu fragst, sag ich dir's: Ein Freund, den unsere Kinder im Urlaub angeheuert haben, hat ihn mir geschickt."

„Den müsst ihr ja mächtig beeindruckt haben", meinte er und suchte in meinen Augen nach... keine Ahnung, wonach.

„*Ich* habe ihn beeindruckt, mein Lieber!"

Andreas sagte nichts mehr. Sein demonstrativer Blick auf die Uhr bedeutete den Startschuss. Wir mussten los. Die Autofahrt dauerte mir viel zu lange. Ich suchte wieder mal krampfhaft nach einem Gesprächsthema. Sonst war ich beileibe nicht auf den Kopf, geschweige denn auf den Mund gefallen, aber in unseren häufigen Gesprächspausen fehlte mir der Stoff. Das stille Neben-Andreas-Sitzen verursachte mir Unbehagen. Vielleicht war es nur komisch, mit dem Ex etwas gemeinsam zu tun?

„Da haben wir was Hübsches fabriziert, mit unseren beiden Rackern, mhm?", meinte Andreas in meine Gedanken hinein. „Was wollte Tim denn vorhin erzählen, von wegen Opa ist ein Schwindler!"

„Dein Vater hat Tim erzählt, ich würde dir den letzten Pfennig aus der Tasche ziehen, und du wärst ein ganz armes Schwein", gab ich nicht ohne eine gewisse Streitlust zur Antwort.

„Da hat er nicht Unrecht!", entgegnete Andreas und lenkte dann ein, als er meinen bösen Blick bemerkte: „Du kennst meinen Vater doch, er meint das nicht so! – Und ich auch nicht."

„Tim hat es aber genauso verstanden", konterte ich. „Er wollte dann, dass du bei uns einziehst, weil du doch sooo arm bist. Du kannst großzügigerweise in seinem Bett schlafen, er macht sich ganz klein und stört dich überhaupt nicht!"

Andreas lachte.

„Auf Ideen kommt der!"

„Kann man wohl sagen. Und die Eltern von irgendeinem Felix in seiner Klasse sind wohl nicht verheiratet und wohnen im selben Haus. Felix ist unehelich, hat Tim gesagt!"

„Ich bin jetzt mal auf die Eltern gespannt, die heute Abend erscheinen!"

Noch zwei Kurven, dachte ich, dann sind wir wieder unter Menschen.

Die Elternschaft war überraschend vollzählig anwesend. Aus den Schilderungen meiner Mutter wusste ich, dass Elternabende nicht sonderlich beliebt waren. Zum ersten kommen noch erstaunlich viele, erzählte sie mir, und später sind es immer nur noch dieselben wenigen Figuren, die sich engagieren. Aber das sei ja auch einerlei. Wichtig wäre, dass die Kinder etwas Gescheites lernen, dafür gingen sie schließlich zur Schule.

Heute Abend saßen zwanzig Elternpaare aufmerksam versammelt im Klassenraum, der mich nur wenig an meine eigene Schulzeit erinnerte. Es gab eine Leseecke, eine Bastelecke und eine Spielecke, schließlich noch eine Ruheecke mit einem kleinen Sofa. Gruppenarbeit wurde ganz groß geschrieben im Unterricht. Die Kinder sollten das konstruktive und tolerante Miteinander erlernen.

Wir stellten uns der Reihe nach vor. Alles ganz locker, wie am Tag der Einschulung vom Schulleiter propagiert.

„Wer mich duzen möchte, der kann das gerne tun", verkündete Sigrid, die Lehrerin der Klasse mit heuverschnupfter Stimme, „der bekommt von mir ein DU zurück. Wer mich lieber siezen möchte, bitte, der bekommt ein SIE zurück. Im Übrigen sage ich euch, dass die Kinder mich alle duzen. Das macht den Umgang miteinander gleich viel einfacher."

Sigrid mochte Ende Dreißig sein und ledig, schätzte ich – weiß auch nicht wieso – eine sportliche durchaus hübsche Frau mit etwas herben Gesichtszügen.

Wir lachten etwas verschämt. Das war doch nicht üblich, den Lehrer zu duzen! Wenn ich Mutti das erzähle, dachte ich und grinste innerlich. Die würde wieder einen Vortrag vom Stapel lassen von wegen Respekt, Anstand und „zu unserer Zeit"!

Als die Reihe an Andreas war, nach mir, sagte er: „Ja, und ich bin Andreas Martens und auch der Vater von Tim."

Plötzlich brachen alle in schallendes Gelächter aus. Andreas sah erstaunt in die Runde. Hatte er was Falsches gesagt?

„Irre Vorstellung!", fand der dicke bärtige Vater, der uns gegenüber saß. „Wie viele Väter hat denn der Tim?"

Er schlug sich mit donnerndem Lachen auf den Oberschenkel.

Andreas blickte etwas verlegen drein, lächelte und korrigierte seinen Versprecher. Dann legte noch eins drauf, indem er sagte: „Ist ja manchmal die Frage, aber solange ein Kind nicht zwei Mütter hat..." Ha, ha, ha! Wo da der Witz lag, war mir dann nicht ganz klar! Aber die Eltern lachten entkrampft mit, gaaanz locker!

Sigrid verteilte Zettelchen, denn wir sollten sofort die Wahl der beiden Elternvertreter hinter uns bringen. Lächelnd meinte Sigrid, dass das ja immer ein Problem sei, weil sich die meisten Eltern davor drücken wollten. Aber es sei nun mal eine Vorschrift seitens der Schulbehörde und auch Wunsch der Elternschaft.

Keiner meldete sich freiwillig, wie erwartet! Es dauerte also geraume Zeit, bis die Meute der Feiglinge sich vier Opfer ausgeguckt hatte, die man heftig bedrängte, sich zur Wahl zu stellen. Ob die sich echt sträubten oder nur so taten, als ob sie nicht wollten, konnte ich nicht ergründen. Jedenfalls hatten wir vier Elternteile zur Auswahl. Da keiner keinen kannte, taten wir uns alle mit der Entscheidung schwer.

Auf den ersten Blick war der korrekt gekleidete Herr – weißes Oberhemd, tadellos gebügelt, dunkle Hose, blankgewienerte Schuhe Marke English Style – mit dem Namen Robert – wir Eltern duzten uns ja auch – mein Favorit. Ich sah ihn schon am Tag der Einschulung in ein Gespräch mit einer Lehrerin verwickelt. Er machte einen kompetenten Eindruck auf mich. Aber – wie schon mal erwähnt – machten Kleider etwa Leute? Wenn das nun ein Ober-Spießer war? Ein Pedant? Ein Kleingeist? Ein paragraphenreitender Korinthenkacker?

Der andere Vater hieß Aloisius und sah auch so aus! Er erinnerte mich an die Begegnung mit dem kegelnden Rübezahl in Leisbach. Langes wirres Kraushaar, ein ungebändigter langer, kringelhaariger Bart, kariertes Flanellhemd, an dem zwei Knöpfe fehlten, Jeans und ausgelatschte Sandalen an nackten Füßen. Mit diesem Erscheinungsbild hätte er gut 'in a Hütt'n g'passt'. Er erzählte uns, dass er schon zwei Kinder in dieser Schule hätte, die Älteste ginge aufs Gymnasium und der Kleinste in den Kindergarten. Das allerkleinste Kind würde erst im Februar geboren. Donnerwetter: Das waren dann fünf. Alle Achtung!

Die beiden Mütter – damit war der Quotenfrage Genüge getan – die wir wählen konnten, schätzte ich auf etwas späte Mädchen. So Ende Dreißig mochten sie sein, wirkten auf mich wie die alternativen Umweltschützer, die den Abendnachrichten zufolge immer mal irgendwelche Startbahnbauten, Atommeiler oder sonst was bestreikten.

Gegen alternative Umweltschützer hatte ich nichts, aber... an der Zusammenstellung ihrer Kleidung... - Ja, ja ich weiß! Ich bin ein kleiner Snob!

Die eine trug ein grelloranges Wallehemd, dessen Ärmel so lang waren, dass gerade mal die schwarzlackierten Fingernägel herausschauten. Dazu steckten ihre Beine in lila gebatikten Leggins, die Füße in verstaubten Espadrilles. Die Haare hatte sie ungleichmäßig kupferrot gefärbt, und sie waren zudem noch von unterschiedlicher Länge, was beabsichtigt erschien. Dazu baumelten an den Ohren passende schwarze Federbüschel an Blechohrringen. – „Wo, bitte, parkt Ihr Besen, Gnädigste?" Vielleicht fuhr die ja kein Auto? Oder: „Eine Warze für die Nase gefällig, Frau Hexe?" - Ich amüsierte mich im Stillen ganz schön böse!

Die andere sah nicht viel anders aus. Ich gebe zu, dass mich der Anblick dieser Mütter ein wenig entsetzte. Mit Mühe kehrte ich vom Gedanken an den Blocksberg mit auf Besen tanzenden Hexen wieder zurück zu unserer kleinen Wahl der Elternvertreter. Ganz sicher waren auch diese beiden Frauen liebende Mütter. Vielleicht gefiel ihnen meine Erscheinung ja auch nicht so gut wie mir selbst?

Ich weiß auch, dass ich mich ja hätte melden können, wenn mir diese Auswahl nicht in den Kram passte. Aber leider, leider gehörte ich zum großen feigen Teil der anwesenden Meute. Und außerdem hatte ich mich bereits im Kindergarten erfolgreich vor solchen Ämtern drücken können. Es war einfach nicht meine Sache. Also Christine, dachte ich, jetzt wirf' mal alle Bedenken über Bord und wähle!

Schließlich suchte ich nach dem Columbus-Prinzip aus. Alle vier Namen schrieb ich auf den Zettel, schloss die Augen und zeigte auf: Alosius, den bärtigen Mehrfachpapi. Der wurde dann auch mit überwältigender Mehrheit als erster Vertreter gewählt. Vielleicht prädestinierte ihn die Anzahl seiner Kinder für diesen Posten? Robert, der Akkurat-Gebügelte, wurde Vertreter. In dieser Endausscheidung war dann die Quotenregelung wieder dahin. Teufel, aber auch! Ob es eine gute Wahl war, würde sich ohnehin erst im Laufe des Schuljahres herausstellen.

Sigrid unterrichtete uns darüber, was die Kinder noch dringend brauchten. Die Liste vom Einschulungstag war ja schon lang gewesen, aber es fehlten immer noch diverse Dinge. Und das kostete schon wieder eine Menge Geld! Sie ließ sich nochmals umfassend über das Lehrprinzip aus. Wegen der Förderung der Klassengemeinschaft sei auch gleich im ersten Schuljahr eine Klassenfahrt geplant. Wir würden rechtzeitig schriftlich informiert werden über den Termin und die Kosten.

„Ja, liebe Eltern, das war's dann für den ersten Abend. Wenn ihr noch irgendwelche Fragen habt, stehe ich gern zur Verfügung. Ansonsten wünsche ich euch noch einen schönen Abend."

Unsere Versammlung löste sich langsam auf. Nur ein kleiner Teil von Eltern, die offensichtlich miteinander bekannt waren, blieb noch und hielt Smalltalk.

Auf dem Heimweg im Auto unterhielten wir uns.

„Ich wusste beim besten Willen nicht, wen ich wählen sollte. Ging es dir auch so?", fragte Andreas.

„Ja, aber dann hab ich einfach den Aloisius gewählt. Was für ein Name!"

Wir lachten.

„Ich glaube, dass Tim da gut aufgehoben ist", stellte Andreas sachlich fest. „Schon toll, was die für die Kinder alles auf die Beine stellen."

„Ausschlaggebend ist für mich, dass ich das Geld für einen Hortplatz spare. Obwohl mir jetzt schon schwindlig wird bei dem Gedanken, was die Schule sonst noch kostet!"

„Wird schon nicht die Welt sein."

Ich wünschte mir Andreas' Gemüt.

„Abwarten. – Ansonsten werden wir dir armem Papa noch ein bisschen mehr auf der Tasche liegen."

„Was soll denn die Stichelei?", fragte Andreas nun doch etwas angeranzt.

„Ganz einfach. Ich verstehe nicht, wieso dein Vater den Kindern so einen Blödsinn auftischt! Der sollte vorsichtig sein mit dem, was er so von sich gibt!"

„Ich sag's ihm bei Gelegenheit", meinte Andreas.

„Mhm", brummte ich ungläubig. „Das wäre ja was ganz Neues!"

„Du bist ganz schön streitlustig heute. Kann das sein?", fragte er.

„Ist mein gutes Recht. Ich hab lange genug den Mund gehalten. Ihr habt alle keine Ahnung, was das für Balanceakte sind mit zwei Kindern allein!"

„Du wolltest es doch so", verteidigte sich Andreas. „Jetzt willst du dich beschweren?"

„Davon hab ich wohl kaum was, mein Lieber. Aber ein bisschen mehr Verständnis deinerseits wäre manchmal angebracht bis wohltuend."

Für einen Moment herrschte Schweigen. Andreas waren diese Diskussionen verhasst. Ich wusste nicht mehr, was ich noch zum Thema sagen sollte.

„Sag mal, wie gefällt dir dein neuer Job?", wechselte Andreas das Thema.

„Solche Unterhaltungen schmecken dir nicht", stichelte ich. „Aber bitte, hat sowieso keinen Zweck! – Der Job gefällt mir vier bis fünf! Er stellt keine übermenschlichen Anforderungen. Ich sitze in erster Linie meine Zeit ab und koche pausenlos Kaffee."

„Wenn's doch gut bezahlt wird?"

„Es geht so. Ich wünschte, es würde mich geistig etwas mehr fordern. Und dann brauche ich auch mal Anerkennung und Bestätigung."

Andreas nickte, sagte aber nichts mehr dazu. Wir bogen auch schon in die Siedlung ein.

„Mensch, ich bin überhaupt noch nicht müde", stellte Andreas fest.

„Ich auch nicht. Die Quatscherei hat mich ganz rappelig gemacht."

Ich sah ihn von der Seite an. 'Komm schon', wisperte mein kleines Teufelchen. 'Lad ihn auf einen Kaffee ein.'

Das Engelchen sprang von seiner watteweichen Wolke und protestierte entschieden. 'Wozu soll das gut sein?'

„Wir könnten ja bei mir noch was trinken", schlug ich vor.

'Schön, so!', lobte Teufelchen und rieb sich geschäftig die Hände.

'Ja, typisch! Und so impulsiv wie immer!', meckerte Schutzengelchen von oben herab. 'Aber, na schön, diesmal bin ich ja bei ihr! Fehlte noch, dass sie uns wieder so reinfällt wie Samstagabend.'

'Pah, doch nicht mit dem Ex!', spottete der kleine schwarze Höllenfreund. 'Aber es geht nix über ein vernünftiges Betriebsklima. Und da scheint die Gelegenheit heute günstig.'

Engelchen runzelte bedenklich die Stirn.

Im Hinterkopf vernahm ich noch andere Stimmen. Tim und Tobias: „Geht das denn?"

„Worüber lachst du?", fragte Andreas, als er bemerkte, dass ich vor mich hin kicherte.

„Ich dachte an die Kinder. Und an Engelchen und Teufelchen."

Mit dieser Antwort konnte er nichts anfangen und lächelte nur unsicher. Andreas ging nie irgendwelchen Dingen auf den Grund.

„Ach, ist auch egal", winkte ich ab. „Lass' uns raufgehen."

Ich schloss die Wohnungstüre leise auf. Wir entschieden uns, ein Glas Wein zu trinken. Andreas saß auf dem einen Sofa und ich, wie gewohnt, in meinem Ohrensessel. Das Radio spielte etwas leise Musik, wir tranken schweigend unseren Wein.

„Wie geht es dir eigentlich? Ich meine, jetzt nachdem du wieder frei bist und ohne Nörgelei von irgendwem tun und lassen kannst, was du willst?", fragte ich, einem unbestimmten Gefühl folgend. Es interessierte mich tatsächlich, ob er in seiner jetzigen Lage, wo er sich alles einrichten konnte, wie es ihm passte, glücklich und zufrieden war.

„Wie soll's schon gehen? Viel Arbeit, ein bisschen Training und der Skatclub jede Woche. Das ist alles. Eben immer so weiter", erzählte er.

„Reicht das? Ist das alles nicht ein bisschen eintönig?"

„Ach, nee", winkte er ab. „Ich bin schon zufrieden."

„Ja, bloß keine Komplikationen im Leben, was?"

Er schmunzelte, nippte an seinem Weinglas und blieb anschließend mit dem Blick wieder an dem Blumenstrauß hängen. Das Schmunzeln wich einem Anflug von Resignation.

„Soll ich ihn wegstellen?"

„Was? – Nein, wieso? Er ist verdammt schön", meinte er anerkennend.

„Ich dachte nur."

„Schade eigentlich."

„Was?", fragte ich.

„Dass alles so gekommen ist", sagte Andreas ernst.

Ich schaute ihn an und fühlte das mir bekannte Unbehagen wieder aufsteigen. Zwischen uns standen so viele ungeklärte Fragen.

„Es ist immer schade, wenn eine Beziehung auseinander bricht, Andreas", sagte ich sehr allgemein.

„Na ja, du hast wenigstens die Kinder."

„Mhm. Ich glaube nicht, dass du sie wirklich ständig bei dir haben wolltest", gab ich zu bedenken.

„Das wäre ja auch schlecht machbar. Ich arbeite den ganzen Tag und...", wollte er sich rechtfertigen.

„Ich weiß, ich weiß und deine tausend anderen Aktivitäten, die dir so unendlich wichtig sind und immer waren."

„Wir sollten besser keinen kalten Kaffee aufwärmen", schlug er vor.

Ich überlegte einen Moment. Es gab an der Vergangenheit nichts mehr zu rühren, das war mir lange klar. Aber mit der

Gegenwart sollten wir besser zurechtkommen können und so machte ich einen gewagten Vorschlag

„Andreas, ich stimme dir zu! Aber wir sollten versuchen, eine Möglichkeit zu finden, entspannter miteinander umzugehen. Ich möchte dieses merkwürdige Unbehagen loswerden, das uns offenbar beide befällt, wenn wir zusammentreffen."

„Unsere Kinder können das besser als wir", sagte er und lächelte etwas unsicher.

„Eben. Und deshalb sollten wir es genauso machen. Anstatt uns nach Möglichkeit aus dem Wege zu gehen, könnten wir zum Beispiel versuchen, auf anderem Terrain zu einem guten, vielleicht freundschaftlichen Umgang miteinander zu finden."

„Wie soll das gehen?", fragte er ungläubig zweifelnd.

„Ich treffe mich mit Doris, Olli und ein paar anderen Bekannten treffen jeden Mittwochabend im 'Chanel'. Du könntest doch mal mitkommen", sagte ich leichthin. „Dann hockst du nicht allein rum, und wir haben die Chance, in neutraler Umgebung an unserem Umgang miteinander zu arbeiten."

Andreas schüttelte bedächtig den Kopf. Er drehte sein Weinglas zwischen den Händen und schien in der Neige des Weines irgendeine Antwort zu suchen.

„Womöglich mit deinen Verehrern, was?", fragte er leise.

„Du hast nach all den Jahren, die wir uns kennen, doch wohl keine verspätete Eifersucht entwickelt?"

Ich lachte überrascht.

„Nein, das nicht, aber komisch ist das schon", gab er leicht verlegen zurück.

„Na ja, eine Begegnung mit Wanda hätte ich mir auch gern erspart", sagte ich zustimmend. „Wir sind geschieden. So liegen die Dinge nun mal. - Aber... vielleicht sollten wir zum Beispiel mit den Kindern mal was gemeinsam unternehmen. Den beiden täte es gut und wir... na ja... ich halte das für eine Idee, die wir uns mal überlegen sollten."

Mein Schutzengelchen lag bäuchlings auf seiner Schmusewolke und biss vor Anspannung in seine Hand, während der Teufel mit seiner Wippe heftig schaukelte.

„Ich weiß nicht recht..."

„Ja. Im Interesse unserer Kinder Hansdampf und Naseweis", bekräftigte ich. „Überleg' dir's in aller Ruhe. Wir müssen ja nicht gleich morgen damit anfangen."

„Ich muss darüber erst nachdenken", sagte er.

Nachdem Andreas gegangen war, fühlte ich mich seltsam erleichtert. Vielleicht würden wir wirklich einen Zustand erreichen, in dem wir miteinander und gemeinsam mit und für die Kinder auskommen konnten. Ich dachte auch an die unliebsame organisatorische und finanzielle Seite. Die ständigen Magenkrämpfe, wenn sich wieder mal die Situation änderte und eine Unterredung mit Andreas fällig war, setzten mir auf Dauer ganz schön zu. Aber das hätte dann möglicherweise ein Ende.

'Also ich finde, das hat sie prima hingekriegt', flötete der Teufel nach oben.

'Ich gebe es nicht gern zu', entgegnete Engelchen, 'aber du hast Recht.'

'Sie werden in friedlicher Eintracht miteinander auskommen, meinst du nicht?' Das Teufelchen schaukelte selbstzufrieden hin und her und nuckelte an einem seiner drei schmutzigen Fingerchen.

'Ist mir neu, dass du mich nach meiner Meinung fragst. Ich fühle mich geehrt und schließe mich dir an.'

Zufrieden und hundemüde sank ich in tiefen Schlummer.

Mittwochmorgen fand ich eine Karte in meinem Briefkasten. Auf dem Weg ins Büro überflog ich die wenigen Zeilen. 'Hallo, Christine! Bin am Samstag auf dem Straßenfest. Würde mich freuen, dich zu treffen. Lieben Gruß, Arnold Becker.' Unten drunter hatte er seine Telefonnummer aufgeschrieben.

Was sagte man dazu? Höflich, förmlich, rücksichtsvoll! Schien tatsächlich der 'alte' Arnold Becker zu sein. Eine Begegnung auf dem Straßenfest war unvermeidbar, denn ich hatte den Kindern schon hoch und heilig versprochen, dass wir dorthin gehen würden. Die kleine jährliche Veranstaltung war immer recht überschaubar.

Doris würde da sein, und ein paar der vielen bekannten Leute aus unserem 'Dorf' träfe ich dort auch. Ich freute mich.

Im Büro war nix los. Alle Mitarbeiter waren zur Betriebsversammlung ausgeflogen. Ich hütete die Kaffeemaschine und das Telefon, das ich für ein langes Privatgespräch mit Olli nutzte.

„Dass du diesem Arnold das verziehen hast, finde ich echt edel, Mausi", sagte sie.

„Du wirst ihn vermutlich demnächst kennenlernen", lockte ich.

„Ach, was?"

„Ja, vielleicht erscheint er demnächst im 'Chanel'. Doris wird er bestimmt gefallen."

„Willst du deinen Söhnen Konkurrenz machen und die Leute verkuppeln?", lachte sie.

„Na und? Ich denke nicht, dass sich zwischen ihm und mir nochmal ernstlich was abspielt, auch wenn er glaubt, von mir hin und weg zu sein. Es beruht nicht auf Gegenseitigkeit. Er ist einfach nur nett", erzählte ich.

„Und da glaubst du, es könnte nicht schaden, wenn deine Schwester auf diesem Wege mal wieder an eine feste Beziehung kommt?"

„Wer weiß das schon?"

Ich erzählte ihr natürlich auch von meinem Gespräch mit Andreas.

„Weißt du, Olli, ich will mich nicht mehr so schlecht fühlen, über ihn schimpfen und alte Geschichten immer wieder in mir hochkochen lassen. Durch die Kinder haben wir eben doch noch viel miteinander zu tun. Mir wäre ein friedlich-freundliches Miteinander ganz recht."

„Ihr seid erwachsene Menschen, da sollte es selbstverständlich sein."

„Normalerweise schon. Aber wenn du mit dem Betreffenden mal ein paar Jahre Tisch und Bett geteilt hast, Olli, sieht es anders aus."

„Verstehe."

„Sehen wir uns auf dem Straßenfest?"

„Höchstwahrscheinlich, ich besuche am Wochenende meine Eltern, und die haben das Straßenfest sicher eingeplant", antwortete sie.

„Fein, dann bis Samstag!"

„Ciao!"

Ich rief Arnold nicht an, um ihm freudestrahlend mitzuteilen, dass wir uns natürlich treffen würden. Wir würden uns schon über den Weg laufen.

Schon früh um 6 hüpften Tim und Tobias aufgeregt durch die Zimmer. Ich gähnte und drehte mich nochmal genüsslich auf die andere Seite, aber die beiden ließen mir keine Ruhe.

„Wir haben schon gefrühstückt, Mami, können wir runter zum Straßenfest?", fragte Tim.

„Ach, Timmi, da ist doch noch gar nix los. Lass mich noch ein bisschen schlafen", maulte ich.

„Aba die bau'n schon auf", beharrte er. „Da kann ich helfen!"

„Aber nicht um 6 Uhr morgens, mein Schatz. Raus jetzt, ich will noch eine Runde dösen!"

Sie zogen unwillig wieder ab. Sie hatten schon gefrühstückt? Vor mein geistiges Auge drängten sich mit Macht Schreckensbilder von meiner Küche im Chaos. Vielleicht sollte ich doch besser aufstehen?

Ich hatte Glück! Die Jungs hatten Cornflakes verspeist. Ordentlich auf ihre Schalen verteilt und nur ein wenig Milch daneben geschüttet, die jetzt plopp... plopp... plopp... auf den Boden tropfte, weil die Tischplatte zur Wand hin etwas abschüssig war. Gut, dass Tapeten heutzutage auch abwaschbar sein konnten!

Mit nicht ganz offenen Augen kochte ich Kaffee und verkrümelte mich gemütlich in meinen Ohrensessel. Tim und

Tobias hatten sich wieder ihrem Spiel gewidmet, und ich blieb noch eine kleine Weile ungestört.

Um halb elf waren wir dann doch schon auf dem Festplatz. Hier und da wurden noch einige Stände gerichtet, aber tatsächlich waren schon viele Kinder da, die mit einem kleinen Mokick ihre Runden unter Aufsicht der Eltern drehen durften.

Das Fest richtete die örtliche Karnevalsgesellschaft einmal im Jahr aus. Andreas gehörte seit unserer Trennung zu diesem Verein. Erklären konnte ich mir das nur damit, dass er über Bruno Brausen und dessen Familie in diesen Verein eingetreten war, weil er Gesellschaft brauchte. Zu den Karnevalsfreunden gehörte er eigentlich nicht wirklich. Im Gegenteil, solange wir uns kannten, flohen wir vor den tollen Tagen immer zum Wandern in Deutschlands Süden.

Nun hatte sich das alles nach unserer Trennung verändert. Andreas war Karnevalist geworden. Daher war er natürlich auch auf dem Straßenfest anwesend. Er zapfte Bier in einem der Pavillons.

Die Kinder wollten unbedingt eine Runde Mokick fahren. Ich kämpfte mit Argumenten dagegen an. Aber sie waren sauer und uneinsichtig. Erst als plötzlich ihr Papa auftauchte und ihnen erklärte, dass die ersten beiden Kinder schon einen schlimmen Sturz hatten, gaben sie ihr Protestgejaule auf.

„Grüß dich!", sagte er.

Sein Blick wanderte von meinen Haarspitzen über das Gesicht bis hin zu meinem sportlich-schicken Outfit und wieder zurück in meine Augen. Er lächelte erfreut über das ganze Gesicht. Erschreckend erfreut, wie ich feststellte.

„Ja, hi", grüßte ich nett zurück und schaute angelegentlich nach den Kindern. „Unfälle gab es also schon? Wieso habt ihr dann die Geräte hier?"

„Ach, der Bruno fand das einfach mal toll, den Kindern sowas zu bieten. Bloß sind die Dinger so rasant schnell, dass keiner mehr die Kontrolle behält", murrte er. „Unverantwortlich, finde ich das."

„Allerdings. Aber es gibt ja genug andere Vergnügungen, unsere Jungs werden sich schon beschäftigen", sagte ich leichthin und hielt Ausschau nach meiner Schwester.

„Ja, dann wünsche ich euch viel Spaß. Wir sehen uns sicher noch", meinte Andreas und entschwand.

„Na, hallo was seh' ich denn da?", tönte eine Stimme von hinten an mich heran, die unverkennbar zu meinem Schwesterherz gehörte.

„Hallihallo!"

„Trautes Geplänkel mit dem Ex?", neckte sie.

„Quatsch! Wir haben gerade gemeinsam Aufklärung betrieben. Die Kinder wollten unbedingt Mokick fahren, und da war ich anderer Meinung."

„Sieht ja toll aus, wenn ich mir das so angucke. Aber die fahren viel zu schnell."

„Eben."

„Hallo, Tante Doris!" Der Jubel bei den Jungs war groß, und sie konnte sich gerade noch retten, als beide an ihr hochspringen wollten.

„Mami, kann ich eine Cola?", fragte Tobias.

„Cola? Bestimmt nicht, mein Schatz. Aber eine Limo könnt ihr euch kaufen. Ich hole Bons."

„Lass mal", entgegnete meine Schwester, „die ersten Bons kauf ich!"

Wir holten uns Kaffee und setzten uns unter einen der riesigen Sonnenschirme.

„Das Video ist fertig", erzählte Doris.

„Welches Video?"

„Das von Vaters Geburtstag", sagte sie. „Ich hab mir's gestern angeguckt. Du lachst dich weg!"

„Glaub ich gerne."

„Wir sollten wirklich im Karneval auftreten, Schwester, wir sind echt gut!", lachte sie. „Ich habe mich nochmal köstlich amüsiert."

„Ich bin froh, dass das im Familienkreis bleibt", sagte ich.

Die Kinder fuhren Karussell, ritten einige Runden Pony und versuchten sich im Dosenwerfen. Gegen Mittag gab es die übliche Bratwurst mit Brötchen, dann waren sie müde. Völlig erschöpft brachten wir sie nach Hause und legten sie auf die Sofas.

„Ich verstehe gar nicht, warum die so erschossen sind", sagte Doris.

„Die wollten schon heute früh um 6 zum Fest!"

„Ach so, kein Wunder. Wann kommt denn Olli?"

„Die wird gleich zum Kaffee auftauchen."

„Und dieser Arnold Becker? Kommt der auch?", fragte sie und schaute mich von unten her an.

„Keine Ahnung, möglich."

„Tu doch nicht so, das macht dich ganz schön unruhig", frotzelte sie.

Ich gab mich unbeteiligt, aber im Innern freute ich mich auf ihn. Dieser Tag würde schön abgerundet durch seine sehr männliche Gesellschaft, dachte ich froh.

Tim und Tobias schliefen tatsächlich geschlagene zwei Stunden. Olli ging mit ihren Eltern allein zum Kaffee, während Doris und ich den unseren zu Hause auf dem Balkon tranken. Erst am frühen Abend gingen wir mit den Jungs wieder zum Fest.

Die Abendsonne tauchte das gut besuchte Straßenfest in orangefarbene nach Grillwürstchen duftende Atmosphäre. Einige der Besucher schwankten schon recht bedenklich, gut alkoholbetankt heimwärts, andere schunkelten singend – oder besser laut grölend – mit der Band auf der Bühne.

Wir drei Mädels ließen uns von der Stimmung anstecken und schunkelten mit. Das Bier schmeckte an der frischen Luft besonders gut. Andreas stand mit uns zusammen und reichte uns die Getränke an.

Olli musste sich mit Klein-Anna und ihren Eltern leider schon früh verabschieden, was Doris und meine Feierlaune aber keineswegs schmälerte. Ich brachte nach Einbruch der

Dunkelheit die Kinder ins Bett, gab Frau Kessler den Schlüssel und kehrte dann rasch zu den anderen zurück.

Lisbeth war angekommen und tanzte gerade mit Bruno einen flotten Foxtrott. Ganz außer Atem stellte sie sich zu uns.

„Na, ihr beiden? Gute Stimmung hier, was?"

„Uns gefällt's!"

„Sind deine Kinder schon zu Hause?", wollte sie wissen, nachdem sie sich suchend umgesehen hatte.

„Ja, die schlafen schon selig!", sagte ich.

„Glaube ich nicht!", lachte sie plötzlich. „Guck mal da hinten. Die beiden Blondschöpfe kommen mir sehr bekannt vor!"

Doris und ich schauten in die gleiche Richtung und trauten unseren Augen nicht. Tim und Tobias turnten an der Bühne herum. Ich lief sofort hinüber, um die Sache zu klären.

„Ooooch, Mami", säuselte Tim. „Ich konnte gar nich schlafen. Das Fest ist so laut bis zu Hause."

„Und wir soll'n den Männern noch abbau'n helfen", fügte Tobi hinzu, während er geschäftig ein dünnes Kabel aufrollte.

„Na schön", entschied ich spontan „Ihr dürft noch bleiben!"

Denn auf dem Parkplatz hatte ich Arnold gesichtet, der offensichtlich nach mir suchte. Ich kehrte zu Doris und Lisbeth zurück.

„Was ist los mit deiner Babysitterin?", wollte Lisbeth wissen.

„Ich dachte, die beiden schlafen schon und bin gegangen. Frau Kessler wollte später nach den beiden sehen", erklärte ich.

„Dann ruf sie lieber an, und sag Bescheid, dass die beiden hier sind, sonst fällt sie in Ohnmacht, wenn sie die leeren Betten nachher sieht", riet Doris.

Frau Kessler war auch gerade auf dem Sprung in meine Wohnung als ich sie telefonisch erreichte. Ich erklärte den Sachverhalt, bedankte mich bei ihr und wünschte noch einen schönen Abend.

Lisbeth tauchte mit ihrer Schwiegermutter in der Menge unter.

„Gott sei Dank!", sagte ich zu Doris, als ich von der Telefonzelle zurückkehrte. „Die sind wir los. Da hinten kommt nämlich Arnold Becker!"

„Wo?"

Doris entdeckte ihn, als er uns auch schon erspäht hatte.

„Nett", stellte sie fest. „Du hast wirklich Geschmack."

Arnold kam lächelnd auf mich zu. Er breitete seine Arme aus und legte dieselben fest um mich.

„Hey", flüsterte er. „Du siehst toll aus."

„Hallo, Arnold. Darf ich dir meine Schwester Doris vorstellen? Doris, das ist Arnold Becker aus... ähm... Leberkusen!"

„Leberkusen?", fragte sie erstaunt.

„Ja", lachte ich. „Du kennst doch Tobias Probleme mit dem 'v'."

„Ach so!"

Wir lachten. Arnold schüttelte Doris die Hand und bestellte bei Andreas dann gleich mal ein frisches Kölsch für jeden von uns. Einen Augenblick lang überlegte ich, ob ich die beiden miteinander bekannt machen sollte, ließ es aber bleiben. Wir unterhielten uns zu dritt und hatten eine Menge zu lachen. Arnold schien auch Doris nett zu finden, und wir waren ein gut harmonierendes Trio. Die Uhr zeigte schon etwa 11, als Doris sich verabschiedete.

Ich spähte zwischenzeitlich immer mal nach meinen Rabauken, die tatsächlich beim Abbau der Bühne kräftig mit hinlangten. Derart beruhigt, widmete ich meine ungeteilte Aufmerksamkeit Arnold.

Andreas stellte uns gerade zwei frische Kölsch hin, als Arnold mich unvermittelt in die Arme schloss und küsste. An Arnold vorbei linste ich in Andreas Gesicht, das sich urplötzlich verschloss und dessen Augen winzig schmal wurden.

Zugegeben, ich war unwahrscheinlich gut gelaunt und auch ein kleines bisschen angeschwipst. Ich genoss das Zusammensein mit Arnold und wir knutschten ganz schön heftig. Nichts Ungewöhnliches auf einem Straßenfest, wenn zwei sich mochten. Aber in Gegenwart des Ex-Gatten ein merkwürdig prickelndes Reizgefühl. Die Kölschgläser knallten bei jeder neuen Bestellung immer heftiger auf die Theke, bis Andreas auf die gegenüberliegende Seite des Pavillons flüchtete und ein Kollege von ihm uns bediente.

Ich registrierte das eher flüchtig. Immer noch schaute ich zwischendurch nach meinen Kindern und wunderte mich, wie fit die noch waren. Da klopfte mir jemand auf die Schulter. Bruno Brausen.

„Hi, Christine, willst du nicht langsam mit den Kindern nach Hause?", fragte er. Sein Blick landete missbilligend auf Arnold.

Ich war vollkommen überrascht, dass der sowas fragte.

„Wieso?", fragte ich verdattert zurück und sah meine Kinder immer noch putzmunter herumwirbeln.

„Schau mal auf die Uhr, es ist doch schon so spät."

„Was soll denn diese Besorgnis, Bruno? Ich gehe, wenn ich es für richtig halte", entgegnete ich.

Auf der anderen Seite des Pavillons erkannte ich Lisbeth, die mit Andreas zusammenstand und mich beobachtete. Also, die konnten mir mal den Buckel runterrutschen!

„Grüß deine Gattin von mir", sagte ich zuckersüß, „ich schätze ihre mitfühlende Anteilnahme für die Kinder. Ich weiß aber auch sehr gut ohne sie, was ich tue."

Ich drehte mich wieder zu Arnold und küsste ihn demonstrativ leidenschaftlich. Seine Hände wanderten ungeniert unter meinen geöffneten Blazer und streichelten gefühlvoll meinen Busen.

Keine fünf Minuten später stand Lisbeth wie aus dem Boden gestampft neben uns.

„Christine, deine Kinder sind müde. Und du solltest allmählich nach Hause gehen", sagte sie vorwurfsvoll.

„Also, was ist denn heute mit euch los?", fragte ich sauer.

Arnold entschuldigte sich, er müsse zur Toilette, und ließ mich mit Lisbeth allein. Sie warf einen strengen Blick hinter Arnold her und starrte mir dann eindringlich in die Augen.

„Alle Welt hat dich hier im Visier!", sprach sie betont leise. „Du bist gerade dabei, dich zum Hauptgesprächsthema im Dorf zu machen! Besser, du gehst mit den Kindern nach Hause."

„Das interessiert mich nicht die Bohne, Lisbeth! Die sollen sich um ihre eigenen Angelegenheiten kümmern, genau wie du und dein Götterbruno! Und *jetzt lass mich in Frieden!*", giftete ich sie an.

Sie drehte auf dem Absatz um, wirbelte mir ihre langen Locken durchs Gesicht und schwirrte in Andreas Richtung ab. Blöde Ziege, dachte ich erbost.

Arnold stand hinter mir, umfing mich mit seinen starken Armen und fragte, was die eigentlich alle von mir wollten.

„Alles blöde Spießer!", schimpfte ich.

Andreas Kollege hatte sich verabschiedet. Nun war er allein für die Bedienung zuständig. Ich bestellte mir zur Abwechslung mal wieder ein Glas Mineralwasser und für Arnold ein Kölsch, und die Gläser landeten wiederum fast unverschämt heftig auf der Theke. Das war ja nun fast schon ein wenig amüsant, stellte ich fest. Die Straßenfestler spinnen alle!

„So, mein lieber Arnold", sagte ich. „Wir trinken auf den schönen Abend, und dann darfst du mich mit den Kindern nach Hause bringen."

„Gern", sagte er leise, und in seinem Blick keimte deutlich die Hoffnung auf eine gemeinsame Nacht.

Wir fingen die Kinder ein und schlenderten Arm in Arm von dannen. Zuschauer Andreas und Familie Brausen blickten hinter uns her.

Die Kinder freuten sich trotz der fortgerückten Stunde über das unverhoffte Wiedersehen mit 'ihrem' Freund Arnold. Die beiden waren immer noch hellwach mit eifrig geröteten Gesichtern von der schweren Arbeit an der Bühne.

Vor der Haustüre in unserer Straße verabschiedete ich mich von Arnold.

„Kann ich nicht auf einen Kaffee mit raufkommen?", bettelte er.

„Nein, ich will nicht. Ich bin müde und muss die Kinder ins Bett bringen."

„Schade. Wir haben doch noch die ganze Nacht."

„Nein, wirklich. Bitte lass mich allein", bat ich und küsste ihn zum Abschied nochmal.

„Bis bald."

Kaum hatte ich die Kinder in ihren warmen Betten, schliefen sie ein. Es war, als hätte ich einen unsichtbaren Schalter betätigt. Decke drauf und weg waren sie. Wenn das doch immer so wäre!

Und ich selbst huschte rasch durchs Bad und in meine kuschelige Koje. Was war das für ein schöner Tag, dachte ich noch und tauchte in meinen wohlverdienten Schlummer.

Tim hatte am Sonntagmorgen seinen eigenen Langschläferrekord gebrochen und war erst um halb 8 erwacht! Er brachte es fertig, seinen kleinen Bruder schlafen zu lassen, war zu mir in die Federn gekrabbelt und wir knuddelten noch eine Viertelstunde, ehe sich auch Tobias völlig zerstrubbelt und verpennt dazugesellte. Dann war es mit der Gemütlichkeit unter der Bettdecke vorbei und wir standen auf. Froh gelaunt ein Liedchen trällernd alberte ich mit den Kindern beim Frühstück herum.

„Kann ich noch ein Ei haben?", fragte Tim.

„Keins mehr da, mein Schatz. Zu viele Eier sind auch nicht gesund", belehrte ich ihn.

„Schade, dann geh ich mit Tobi spielen", meinte er und hopste vom Stuhl. Aber Tobi mampfte noch sein Nutellabrot.

„Gehen wir noch bei den Straßenfest, Mami?", fragte er mit vollen Backen kauend.

„Da ist doch heute nichts mehr los, mein Schatz."

„Doch, Mami", widersprach Tim. „Heute ist da noch die Mimi-Playback-Show und Reibekuchen und Cola und Papa."

„Au, ja", jubelte Tobias.

„Ich weiß noch nicht, Kinder. Geht spielen, dann kann ich besser nachdenken beim Geschirrspülen", sagte ich und scheuchte die beiden ins Kinderzimmer.

Meine gute Laune hielt noch an, während ich die Teller spülte. Im Badezimmer sang ich beim Zähneputzen und fragte mein Spiegelbild, ob ich den Kindern den Wunsch, nochmal zum Straßenfest zu gehen, erfüllen oder lieber auf meine Haushaltskasse Rücksicht nehmen sollte. Meine Überlegungen wurden vom Klingeln an der Tür unterbrochen.

Tim und Tobias stritten sich wie immer um die Klinke und den Summer, während ich rasch in einen Pulli und die Jeans schlüpfte. Ich schob die Streitenden auseinander und öffnete die Türe, vor der unerwartet Andreas stand.

„Euch hört man bis auf die Straße runter streiten", meckerte er nicht ganz ernstgemeint.

Bevor Tim eine Erklärung abgeben konnte, drückte Andreas ihm und Tobi einen Geldschein in die Hand.

„Hier, für jeden von euch ein Sonntagsgeld mit lieben Grüßen vom Opa", sagte er.

„Uiii, Mami!", freute sich Tim. „Guck mal! Tausend Mark! Jetzt gehen wir doch noch zu den Straßenfest!"

Tausend Mark? Schön wär's, dachte ich. Dieser Opa mit seinen so genannten Sonntagsgeldspenden! Aber die Großzügigkeit reichte im Falle zweier fünf und sechs Jahre kleiner Spitzbuben selbstverständlich nur bis zur Zehnmarksgrenze.

„Es ist ein Zehner, mein Schatz", sagte ich matt.

„Hallo, Christine", grüßte Andreas plötzlich ganz ernst.

„Na, den gestrigen Abend noch gut überstanden?", fragte ich leichthin und ignorierte seinen ernsten Blick.

Andreas machte einen höchst merkwürdig reservierten Eindruck auf mich. In der Hand hielt er Tims Jeansjacke, die wir gestern im Eifer des Gefechtes vergessen hatten. Er lief hinter mir her in die Küche, schloss die Tür hinter sich und legte die Kinderjacke auf den Stuhl.

Ich stutzte einen Augenblick über die geschlossene Küchentür. Vielleicht sollte ich ihm Kaffee anbieten?

„Ich schon! Und du?", meinte er und konnte den Missklang mühsam beherrschter Aggression in der Stimme nicht ganz unterdrücken.

Ich brauchte gar nicht lange rätseln, welcher Wurm ihm über die Leber geschleimt war, denn er fragte sofort weiter: „Wie war denn deine Nacht?"

Nein, keinen Kaffee, entschied ich.

„Wovon sprichst du?", fragte ich ruhig zurück.

„Von deinem Benehmen gestern Abend mit dem Kerl – *vor den Kindern!*"

Ich hatte es geahnt! Sein Gesichtsausdruck vom gestrigen Abend war mir noch lebhaft in Erinnerung. Aber ich blieb gelassen, stellte mich sogar bewusst ein bisschen blöde.

„Benehmen?"

„Die Knutscherei! Das ganze Dorf zerreißt sich das Maul über dich", meckerte er. „Du nimmst nicht mal Rücksicht auf die Kinder! Schämst du dich gar nicht?"

„Nein, wofür?"

„Typisch! Du setzt dich immer über alle Regeln hinweg", regte er sich auf und stemmte die Hände in die Hüften.

„Regeln! Dass ich nicht lache! Jetzt hör mir mal zu", holte ich aus. „Was ich mache, geht das sogenannte Dorf überhaupt nichts an. Die reden schon lange über mich und eh nur das, was ihnen gerade gefällt. Ich vermute, dass die Klatschriege sowieso in erster Linie aus Familie Brausen und deinen merkwürdigen Karnevalsgesellen besteht."

„Es war verdammt spät für die Jungs und eine Frau wie du sollte sich in der Öffentlichkeit nicht so gehen lassen", gab er bissig zurück.

Ich zog die Augenbrauen hoch.

„Eine Frau wie ich?", fragte ich provozierend. „Was heißt das denn? Die sogenannte Öffentlichkeit kann mich mal...! Und dir bin ich keine Rechenschaft schuldig, mein Lieber."

„Christine, schon im Interesse unserer Kinder..."

„...ho, ho, ho! Das Interesse unserer Kinder?", unterbrach ich ihn.

Seine Augen wurden schmal und finster.

„Öffentlichkeit und die Kinder!", sagte ich bitter. „Ich glaube eher, dass es *dich* stört. Ich frage mich bloß, warum?"

„Mich?", fragte er. Ein unsicheres Lächeln huschte über sein Gesicht. „Ich bin nicht etwa eifersüchtig oder so, falls du das meinst. Aber *ich* muss mir hinterher das Gerede der Leute gefallen lassen, und *das* stört mich gewaltig."

„An Eifersucht habe ich gar nicht gedacht", log ich.

Andreas holte tief Luft und ließ sie deutlich hörbar mit einem Seufzer wieder hinaus.

„Ich habe mich prächtig amüsiert. Gefühle zu zeigen ist kein Verbrechen und den Kindern schadet es auch nicht. Du liebe Zeit, wenn ich ..." – mir lag was ganz Süffisant-Pikantes auf der Zunge, aber ich schluckte es herunter. – „... wir haben doch nur ein bisschen geknutscht! Obendrein waren die Kinder beschäftigt! Also, worüber regst du dich auf?!"

„Das ist wieder typisch für dich! Ich habe eben meine eigene Meinung dazu! Und-dein-Verhalten-ist-einfach-nicht-ok!", zeterte er eingeschnappt.

„Vielleicht bist du doch eifersüchtig?", fragte ich leise und eher nachdenklich an mich selbst gerichtet als an Andreas.

„Quatsch!", entrüstete er sich und seine Augen wurden wieder größer.

Dieses ganze Gerede ging mir auf die Nerven.

„Die Diskussion ist beendet!", sagte ich entschieden und dann beschwichtigend. „Wollten wir nicht versuchen, wie erwachsene Menschen miteinander umzugehen? Es sollte dir doch einerlei sein, mit wem ich flirte. Und was die Leute betrifft: die tun und denken sowieso, was sie wollen."

Andreas schien keineswegs überzeugt und schwieg mit unzufriedenem Gesichtsausdruck.

'Ich sage, er ist eifersüchtig!', behauptete das Schutzengelchen.

'Wieso ist der mit einem Mal eifersüchtig?', tönte das Teufelchen aus seiner Höhle.

'Er hat eben auch Gefühle', konstatierte Engelchen. 'Hab ein bisschen Nachsicht.'

'Nachsicht!', spottete der kleine schwarze Teufel und fuchtelte mit seinem Dreizack verärgert herum. 'Nachsicht ist, was es heißt: Nach Sicht! Hinterher Gefühle zu entwickeln ist meistens erheblich zu spät!'

'Da kann man geteilter Meinung sein! Und überhaupt: mit dir rede ich über diese Dinge besser nicht mehr. Das gibt nur Streit', entschied Engelchen weise und lullte sich in seine Kuschelwolke ein. Es war schließlich Sonntag, er wollte noch etwas schlummern.

Kurz bevor wir zum Fest hinuntergehen wollten, standen meine Eltern überraschend vor der Tür. Doris hatte sie spontan eingeladen, und wir spazierten gemeinsam zum Platz.

Während die Kinder mit dem Karussell Runde um Runde drehten, saßen wir gemütlich auf einer Bank unterm Sonnenschirm und tranken Kaffee.

„Weißt du, Große, Eugen und Hanna kommen nächste Woche für zwei Tage zu Besuch", erzählte meine Mutter – in mir grummelte ein Widerspruch, denn ich hasse es, wenn sie mich ‚Große' nannte. „Sie haben eine Reisegenehmigung bekommen und würden am liebsten natürlich uns alle treffen. Wie sieht das denn bei dir aus? Kannst du am Dienstagnachmittag mit den Kindern kommen?"

Da gab es nichts zu überlegen. Meine Tante und meinen Onkel aus der DDR sah ich nicht häufig, ein Treffen war selbstverständlich.

„Gut. Dann können wir uns auch gemeinsam das Video vom Geburtstag anschauen", freute sich meine Mutter. „Es ist so schön geworden!"

Nach der Mini-Playback-Show fuhr Doris mit den Eltern wieder nach Hause. Auch ich beendete mit Tim und Tobias diesen Wochenend-Straßenfest-Marathon früh.

Andreas hatte nur die Kinder kurz begrüßt und eine Limo spendiert, ansonsten blieb er für uns unsichtbar.

„Das war aba schön", flötete Tobias selig und legte mir seine Arme um den Hals.

Ich zog ihm die Jeans und die Socken aus, damit er in die Badewanne gehen konnte, in der sich Tim bereits aalte.

„Ja, und im nächsten Jahr geh'n wir wieder hin", beschloss Tim.

Gleich nach dem Abendbrot brachte ich die beiden ins Bett. Doch bis sie Ruhe gaben, dauerte es geraume Zeit.

Dienstagnachmittag machte ich meine Boys ausgehfein und fuhr zum Besuch des Besuchs aus der DDR hinüber zu meinen Eltern. Die Freude war immer ganz groß, wenn Onkel Eugen und Tante Hanna zu uns reisen durften. Mutter las den beiden die Wünsche von den Augen ab und fuhr schweres Geschütz auf. Onkel Eugens Lieblingsspeise, wie Oma sie früher kochte, und natürlich Marmorkuchen und Apfelstreuseltorte gab es reichlich. Tante Hanna konnte sich kaum lassen vor Freude, meine Kinder wiederzusehen.

„Meine Liebe! Die sind aber gewachsen!", seufzte sie ein ums andere Mal. „Und du, Tim, gehst schon in die Schule, hab ich gehört?"

„Mhm", mampfte mein Sohn und nickte artig mit dem Kopf.

„Gehst gern?", wollte Onkel Eugen wissen.

„Klar!"

„Pah", warf Tobias dazwischen. „Aba nich immer! Der schläft morgens so lange. Die Mami muss den so oft wecken!"

Tim schoss seinem Bruder einen bösen Blick über den Tisch zu.

„Du gehst ja noch in den Kindergarten", stichelte er.

„Aba bald nich mehr."

Nach dem Kaffeeklatsch saßen wir alle brav zusammen und schauten uns das Geburtstagsvideo an. Doris hatte wirklich Recht. Wir konnten beide herzhaft über uns selbst lachen. Der Film endete, Vater schaltete das Gerät aus.

„Da fehlt aber einer ganz doll", sagte Tante Hanna unvermittelt in einen Moment der Stille hinein. Alle sahen sie fragend an.

„Na, euer Vati", rief sie aus und verstand unser Erstaunen überhaupt nicht. „Habt ihr den nicht vermisst?"

Ich sicher nicht! Unmut regte sich in mir. Was sollte diese Gefühlsduselei? Andreas gehörte zu einer Geburtstagsfeier meiner Familie nicht mehr dazu.

„Also, wirklich, Tante Hanna", entfuhr es mir. „Wie kommst du darauf?"

„Die Mama ist mit den Papa geschieden", sagte dann Tobi in einem Ton, der die Sachlage eindeutig klären sollte.

„Ja, der kann doch nicht Opas Geburtstag mitfeiern", bestätigte Tim und schüttelte mit ernstem Blick den Kopf.

Da stand ich auf und ging meiner Mutter in der Küche beim Abwasch helfen.

„Was will die denn bloß?", regte ich mich leise auf, damit die anderen es nicht hörten.

„Was regst du dich auf?", antwortete meine Mutter besänftigend. „Sie kann immer noch nicht begreifen, dass so ein schönes Paar wie ihr beide es gewesen seid, nun geschieden ist."

„Schönes Paar! Ja, wir *waren* es! Ganz richtig", bekräftigte ich. „Das ist aber Vergangenheit!"

„Am liebsten würde sie euch wieder verkuppeln!", sagte Doris, die gerade in die Küche trat.

„So 'n Blödsinn!"

„Frag sie selbst! Gerade hat sie diesen Wunsch geäußert."

„Das ist doch nicht zu glauben! Wie soll das denn gehen?", empörte ich mich.

„Sie sind eben sehr harmoniebedürftig, diese Leute aus der DDR", meinte Doris. „Schau sie dir doch an: die Kleidung, die Bescheidenheit - alles wie vor dem Krieg. Und damals hielten Familien noch feste zusammen, wie wir alle wissen. Scheidung ist bei denen ein Tabuthema!"

Doris klang ein wenig spöttisch, und unserer Mutter passte das nicht.

„Halt dich ein bisschen zurück, Doris. Und was wisst ihr vom Krieg?", fragte sie verständnislos. „Seid doch froh, dass ihr solche Zeiten nicht erlebt habt."

Doris und ich lachten: „Du auch nicht! Du bist bloß mittendrin geboren!"

„Die Zeiten danach waren schlimm genug, und diese Erinnerung reicht mir völlig", gab Mutter energisch zurück. „Im Übrigen ist es doch nicht verkehrt, wenn ein paar Menschen auf der Welt noch was für eine gewisse Ordnung im Leben übrig haben. Scheidungen gibt's hüben und drüben. Wir finden es alle schade, wenn das in der eigenen Familie passiert. Das solltet ihr einfach akzeptieren."

Mutter, die Gestrenge! Ich beschloss, den Mund zu halten, denn unsere Vorstellungen gingen zu weit auseinander. Meine Mutter hatte in der speziellen Angelegenheit meiner Scheidung von Andreas ein gespaltenes Herz. Einerseits plädierte sie dafür, in guten und schlechten Zeiten den Kopf oben zu behalten, die Augen zuzukneifen und durchzuhalten. Andererseits hatte sie geäußert, vielleicht ähnlich wie ich zu handeln, wenn sie in der heutigen Zeit vor der Entscheidung stehen würde. Doch für sie war das nicht mehr wichtig, denn ihre Kinder waren aus dem Gröbsten raus und selbständig. Überdies hatte sie, so betonte sie immer, die schlechtesten Zeiten mit dem Partner hinter sich.

Dieser Nachmittag jedenfalls war für mich genug Familientreffen gewesen. Mein Bedarf war gedeckt. Tante Hanna versuchte mehrmals, mich in ein Gespräch zu verwickeln, in dem es um Ehe und Familie ging. Aber ich konnte ihr rechtzeitig entwischen. Ich vermied überhaupt jede Diskussion über die Familie. Zuletzt wurde meistens nur noch über die Nichtanwesenden hergezogen, da beteiligte ich mich aus Prinzip nicht.

Die Kinder waren mit Opa und Onkel Eugen beschäftigt. Sie spielten 'Mensch ärgere dich nicht'.

Gleich nach dem Abendessen begab ich mich mit den Kindern auf den Heimweg.

Tags darauf im 'Chanel' berichtete ich Olli von Andreas Besuch bei mir zu Hause.

„Irgendwie hab ich ihn ja absichtlich provoziert auf dem Straßenfest", gab ich zu.

„Warum?"

„Ich weiß nicht. Da war etwas in seinem Blick, das mich reizte. Andreas war noch nie eifersüchtig. Ich erinnere mich, dass wir uns irgendwann mal gestritten haben, als ich seiner Behauptung widersprach, dass es wohl kaum Männer gäbe, die eine Frau mitsamt zwei Kindern vom Fleck weg heiraten würden", sagte ich.

„Und?"

„Er hat mich ausgelacht."

„Wer hat dich ausgelacht, meine Süße!", tönte Wolfgangs Stimme laut in mein Ohr. Er stand an der Garderobe und hängte die Jacke seiner Verlobten auf einen Kleiderbügel.

Hinter ihm betrat auch Doris in Begleitung von Arnold das 'Chanel'. Wir begrüßten uns alle sehr herzlich.

„Sag schon, wer wagt es, dich auszulachen?"

„Ach, vergiss es!", winkte ich ab und zu meiner Schwester gewandt: „Wo habt ihr euch denn verabredet?"

Sie knuffte mir in die Seite: „Wir sind uns auf dem Parkplatz über den Weg gelaufen."

„Aha. Wo bleibt denn Andreas?", fragte ich mehr mich als die anderen.

„Wieso Andreas?", stutzte Wolfgang.

„Welcher Andreas?", wollte Arnold wissen und legte mir vertraut den Arm um die Taille.

„Christines Ex!", antwortete Olli trocken und freute sich diebisch über die erstaunten Männergesichter.

„Ach, das kannst du ja gar nicht wissen", sagte Doris zu mir gewandt. „Mutti hat ihn für heute zum Abendessen eingeladen."

Ich war ich an der Reihe überrascht zu schauen.

„Sie hat – waaas?"

„Ja, da staunste, mhm?", grinste Doris.

„Wieso?"

„Dieser DDR-Besuch ist ein Trauma", stöhnte sie theatralisch. „Das ganze Theater drückt immer so auf die Tränendrüse! – Aber im Ernst: Tante Hanna und Onkel Eugen haben so lange gebettelt, bis Mutti Andreas im Büro anrief und ihn höflich gefragt hat, ob er denn heute Abend Zeit hätte."

„Ja, und nach unserem kleinen Disput am Sonntagmorgen drückt er sich hier und hat er es vorgezogen, Tante Hanna und Onkel Eugen wiederzusehen", schlussfolgerte ich.

„Was soll der denn auch hier?", fragt Wolfgang unwillig.

Wolfgangs Frage beantwortete ich mit einem um Verständnis bittenden Lächeln. Eine Diskussion mit ihm hätte mir gerade noch gefehlt.

Arnold verstrickte sich mit Doris in eine intensive Unterhaltung über die Werbung im Privatfernsehen, wobei sich beide in ihrem Element befanden. Während sie die ständigen Werbunterbrechungen mitten in den spannendsten Filmen furchtbar fand, war Arnold völlig anderer Ansicht.

Wolfgang malte seine bevorstehende Hochzeit in den schillerndsten Farben aus. Dabei hielt er seine Susanne die ganze Zeit fest im Arm und blickte sie hin und wieder mit glänzend verliebten Augen an. Das wirkte ein bisschen wie Besitzerstolz.

Olli und ich hörten aufmerksam zu, bis sie schweigend in ihr Glas schaute und sich gedankenverloren für einige Augenblicke in sich zurückzog. Ich brauchte nicht zu fragen, worüber sie nachdachte. Obwohl sie es nicht zugeben würde, wusste ich, dass Klaus ihr nun doch fehlte.

Aber Klaus käme wenigstens in den nächsten Tagen nach Hause. Ich blieb allein. Und so glitten meine Gedanken in die Vergangenheit, als ich selbst meine Hochzeit plante, voller Hoffnung in die Zukunft schaute und mir alles so schön vorgestellt hatte.

'Ja, aber es ist viel Wasser den Rhein runtergeflossen!', vernahm ich die Stimme meines inneren Teufels. 'Und das war manchmal verdammt trübe!'

'Ist es jetzt besser?', fragte ein zartes Stimmchen von Wolke 7 zweifelnd. 'Wenn ich die Monate bedenke, die sie nun allein mit den Buben lebt, kann ich nur sagen, dass sie von einem Tag zum nächsten balanciert.'

'Die Freiheit hat ihren Preis', stellte Teufelchen lakonisch fest. Er lümmelte in seiner Hängematte herum und paffte eine dicke Zigarre.

Ruhe jetzt, befahl ich den beiden im Innern. Dass diese Erinnerungen mich so traurig werden ließen, gefiel mir nicht. Sentimentale Rückblicke änderten an der Situation ja auch nichts. Zum Trost verlangte ich entgegen meines guten Vorsatzes eine Zigarette.

„Ich will jetzt eine Zigarette rauchen!", forderte ich an meine Schwester gewandt.

Wolfgang schaute erschreckt.

„Du rauchst wieder?"

„Na, und? Mir ist jetzt danach!"

Doris reichte mir ihre Packung.

„Das ist aber höchst ungesund!", stellte Arnold streng fest.

„Weiß ich, ist mir im Moment aber völlig schnuppe", antwortete ich, bestellte mir auch noch ein Glas Sekt dazu.

War es dieser Sekt oder die Zigarette? Beides zusammen? Lag es an dem Gefühl meiner auf wackeligen Beinen stehenden Freiheit? Jedenfalls war ich froh, dass Olli mich nach Hause brachte. Ich war nicht wirklich beschwipst, aber in meiner sentimentalen Stimmung philosophierte ich mit Gott, Engeln und Teufel um die Wette.

„Aber sonst geht es dir gut?", fragte Olli lächelnd.

„Bestens, meine Liebe, bestens", gab ich vor.

„Na?", meinte sie vorsichtig. „Du siehst aus, als ob du gleich in Tränen ausbrichst."

Und da war's schon passiert. Ich schniefte vor mich hin und hätte bequem einen Eimer mit meinen Tränen füllen können.

„Ach, Olli, ich weiß überhaupt nicht mehr, was richtig ist", klagte ich.

„Wieso denn, Mausi?"

„Alle scheinen irgendwie glücklich", antwortete ich, „und ich bin eine geschiedene Frau."

„Das ist nichts Neues."

„Alleinerziehend obendrein, und alles wächst mir langsam über den Kopf", klagte ich.

„Ja, und du ertrinkst gerade in Selbstmitleid, meine Liebe."

„Vielleicht", sagte ich nachdenklich. „Aber sonst hat ja keiner Mitleid mit mir. – Ich habe das doch alles nicht gewollt."

„Das musst du mir erklären", forderte Olli mich auf.

Sie fuhr langsam in unsere Straße ein, parkte den Wagen und wir blieben noch eine Weile darinnen sitzen.

„Ich hatte mir das alles ganz anders vorgestellt! Eine Scheidung stand nicht im Konzept! Und weil sich Andreas Vater immer eingemischt hat, weiß ich doch gar nicht, was *er* eigentlich wollte. Vielleicht wollte er auch nicht, dass es so kommt, wie es jetzt ist?"

„Andreas wollte bei dir bleiben, frisch gewaschene, gebügelte Wäsche, wohlerzogene Kinder, eine aufgeräumte Wohnung, seinen Hobbys frönen und gelegentlich Gebrauch von deinem weiblichen Körper für diverse männliche Triebe machen", gab Olli prompt zur Antwort. „Ich bitte dich, das hatten wir doch alles schon!"

„Das dachte ich bis jetzt auch genauso. Abfällig, frustriert, gemein", sagte ich leise. „Aber ist das nicht der Alltag, mit dem wir letztlich umgehen müssen?"

„Also, ich bitte dich, Christine! Es hat dich aufgeregt, es hat dich an den Rand der Verzweiflung gebracht und jetzt... woher kommt denn dieser drohende Sinneswandel?", fragte Olli aufgebracht.

„Keine Ahnung!", sagte ich ehrlich. „Vielleicht liegt es an dem komischen DDR-Besuch oder an Wolfgangs Hochzeitsvorbereitungen..."

„... Oder hoffst du, Andreas empfindet noch was für dich?", fiel sie mir ins Wort. „Ich meine, wegen dieser Eifersucht auf Arnold?"

Ich fühlte mein Gesicht etwas heiß werden, weil Olli die Dinge stets so unverblümt beim Namen nannte und sagte: „Ich weiß es nicht."

Sie seufzte laut, sah mir fest in die Augen und sagte: „Was Andreas fühlt oder nicht, kannst du schwerlich beurteilen. Es ist wichtiger, dass dir endlich klar wird, was *du willst!*"

Ich zuckte mit den Schultern.

„Dachte ich mir! Dann hast du jetzt was zum Nachdenken, meine Liebe", sagte sie. „Und wenn du weißt, was du willst, dann finde gefälligst einen Weg, dich durchzusetzen! - So, und jetzt raus aus meinem Auto. Es ist verdammt spät geworden, ich will nach Hause, sonst ist der Babysitter beleidigt."

Ich bedankte mich bei ihr und entschuldigte mich im gleichen Atemzug für meinen Gefühlsausbruch. Nachdenklich stieg ich die Stufen in die zweite Etage empor und schlich leise in die Wohnung.

Tim und Tobias schliefen selig in ihren Betten. Lang ausgestreckt und wie immer nicht zugedeckt, lagen ihre schlanken Körper nur mit einer Unterhose und dem Lieblings-T-Shirt bekleidet entspannt da. Keine Spur mehr vom Babyspeck. Ich lächelte gerührt und deckte sie sanft zu. Was sie wohl träumten?

Im Büro war der Teufel los! Oder besser gesagt: in der Küche. Die Kaffeemaschine hatte nicht nur den eigenen Geist aufgegeben, sondern gleich den Kühlschrank und den Zweiplattenkocher mit ins Grab genommen. Ein Kurzschluss wegen der durchgebrannten Kaffeemaschine hatte allen Geräten ein jähes Ende bereitet. Bevor die Truppe meutern konnte, musste ich mit meinem Chef in einen Großmarkt fahren und von der Stelle weg auf Firmenkosten die Geräte heranschaffen. Wir ließen sie in den Transporter packen und kehrten zur Baustelle zurück. Zwei starke Männer luden die Dinger ab, schlossen sie fachgerecht in der Küche wieder an, und schon lief der Küchenbetrieb wieder auf vollen Touren.

Ich freute mich im Nachhinein, denn in einer Stunde hätte ich schon Feierabend und brauchte nur ein paar Briefe und Rechnungen tippen – außer Kaffee kochen in Unmengen!

Das Telefon klingelte an diesem Morgen nur ein einziges Mal, und ich hatte Andreas an der Strippe.

„Hallo, Christine", sagte er mild.

Keine Spur mehr vom Ärger des vergangenen Sonntags.

„Was gibt's, Drückeberger?", fragte ich locker.

„Von wegen Drückeberger!", sagte er. „Ich wäre vielleicht besser mit euch ins Bistro gegangen. Woher weißt du davon?"

„Doris hat's erzählt. War's so schlimm?"

„Es ging so, würde ich sagen. War ja nett, dass Eugen und Hanna zu Besuch hier sein durften und mich gern sehen wollten", berichtete er.

„Muss doch komisch gewesen sein", meinte ich neugierig. „Wie hast du dich dabei gefühlt?"

Andreas sprach natürlich nicht über seine Gefühle, sondern druckste ein bisschen herum und meinte dann ausweichend: „Die Vorstellung, die du mit deiner Schwester gegeben hast, die war es wert!"

Ich erschrak leicht! Sie hatten Andreas das Video vorgeführt? Sowas Tolles war weder der Geburtstag noch die Geschichte mit dem Putzfrauen-Klön.

„Um Himmels Willen", sagte ich dann auch. „Wie hast du *das* überstanden?"

„Ich sag ja, es hat mir gut gefallen. War lustig, und du warst in deinem Element! Der Rest – na ja, ganz schön trinkfest die Gesellschaft! Aber das ist bei Kegelclubs ja üblich!"

„Nicht nur bei Kegel-Clubs!", bestätigte ich und zielte gern genau mitten in des Skatbruders Herzchen. Andreas ging aber nicht darauf ein. Er hatte nur ein Anliegen, er konnte am Wochenende die Kinder nicht abholen. Sein Auto sei in der Werkstatt, und er müsse mit der Abteilung verreisen!

'Muss' war das einzige Wort neben 'verreisen', das ich hörte. War ja wieder typisch!

„Aber", begann er mit einem mir unbekannten Unterton, „ich habe einen Anschlag auf deine Küchenkünste vor."

„Wie bitte?", fragte ich verwirrt und gleichzeitig huschten meine Augenbrauen bis unter den Pony. Im Spiegelbild des Computermonitors sah ich meine Augen kugelrund groß werden.

„Ja, ich brauche für heute Abend ein hervorragendes Tsatsiki", sagte er.

„Und da hast du gedacht, ich könnte..."

„Klar, kannst du! Ich nämlich nicht! – Leider. Könntest du mir diesen Gefallen tun?", bat er sowas von nett, dass mir nicht eine Sekunde einfiel, es abzulehnen.

„Na, schön. Meinetwegen."

„Fein, ich bringe alle Zutaten nachher vorbei und hole das fertige Tsatsiki gegen halb 8 bei dir ab", flötete er gut gelaunt und verabschiedete sich ziemlich eilig. Es machte Klick in der Leitung und weg war er. Hätte ja sein können, dass ich doch noch schaltete und ihm eine Absage erteilte.

Ich schaute das Telefon noch eine kurze Weile erstaunt an. Was soll's, dachte ich, dabei brach mir kein Zacken aus der Krone. Im Gegenteil, ich stellte fest, dass es mir schmeichelte, wenn Andreas meine Küchenkünste schätzte.

'Klar, wenn er schon sonst nix an dir schätzt', meckerte der kleine Höllenfreund und schaute zweifelnd drein.

'Ist vollkommen i.O.', säuselte der Schutzengel von oben. Eines seiner zarten weißen Beinchen baumelte von der Wolke, auf der er entspannt mit hinter dem Kopf verschränkten Armen lag.

Die Kinder waren wenig begeistert, als sie hörten, dass ein gemeinsames Wochenende mit Papa ins Wasser fallen würde.

„Aber dafür kommt der Papa gleich mal vorbei", versuchte ich zu trösten.

„Heute?" Tobias Augen leuchteten.

„Klar", sagte ich leichthin. „Er hat einen Auftrag für mich."

„Arbeitest du für Papa?", wollte Tim wissen und runzelte die Stirn.

„Könnte man so sagen", antwortete ich. „Ich mach für Papa eine Schüssel Tsatsiki."

„Was ist Satiki?" fragte Tobias.

„Ein Quark mit Gurken und Knoblauch drin", erklärte ich.

„Bäh!", machte Tim. „Knoblauch!"

„Schmeckt doch gut", sagte ich lächelnd.

„Aber es stinkt!", erwiderte er und hielt sich die Nase demonstrativ zu. „Der Okan stinkt immer nach Knoblauch, seine Mama ist Türke, und Okan sitzt neben mir!"

„Knoblauch ist sehr gesund, Tim."

„Nä! Ich esse niemals Knoblauch und bin ganz gesund. Der Okan war zwei Wochen krank!"

„Siehste", machte Tobias altklug.

Na schön, was sollte ich da noch sagen? Die beiden gingen wieder spielen.

Olli überraschte mich mit ihrem Besuch. Sie hatte auf dem Weg zum Flughafen, wo sie Klaus abholen wollte, Klein-Anna bei ihren Eltern abgeliefert.

„Hallo, wie geht's?"

„Danke, ganz gut.

„Hast du dich vom gestrigen Tief wieder erholt?", wollte sie wissen.

„Ja, aber selbst bei Tageslicht kann ich in dieser Sache nicht klar sehen, Olli."

„Und ich kann dir nichts raten. Lass dir Zeit, deinen Gefühlen auf die Spur zu kommen", sagte sie und setzte sich. „Ich hab noch ein bisschen Zeit. Kochst du uns einen Tee?"

Machte ich gern! Außer unseren Mittwochsabendtreffs waren solche Besuche viel zu selten.

„Dann wird's demnächst wohl nichts mehr mit unserem Mittwochstreff im 'Chanel'?", fragte ich.

Olli zuckte mit den Schultern.

„Der Babysitter kann bleiben. Und Klaus geht einfach mit! Den überzeuge ich schon davon, dass dieser Abend einmal pro Woche eine sinnvolle Veranstaltung ist", entgegnete sie grinsend.

„Prima."

Ihr fiel auf, dass ich öfter auf die Uhr schaute.

„Wieso guckst du ständig auf die Uhr? Willst du mich etwa loswerden?"

„Nee, Andreas kommt gleich", sagte ich.

„Was will er denn um die Zeit? Hat er frei?", fragte Olli erstaunt.

„Vermutlich. Ich soll Tsatsiki machen."

„So, so!" Ollis überraschten Gesichtsausdruck hätte ich mit der Kamera festhalten sollen. Ich musste lachen.

„Also, berichtige mich, wenn ich mich irre, heute ist Donnerstag, Skattag... und du machst das Essen für die Skatbrüder? Oder gehört das zur Strategie des besseren Verstehens mit Andreas? - Okay, okay", winkte sie ab und schüttelte die langen dunklen Locken. „Ich komm da einfach nicht mehr mit."

„Er hat mich sehr nett darum gebeten", sagte ich entschuldigend. „Ich weiß auch nicht, ich konnte es ihm einfach nicht abschlagen."

Olli schwieg und sah mich amüsiert stirnrunzelnd an.

„Hat er eigentlich was vom gestrigen Abend erzählt?", wollte sie neugierig wissen.

„Mhm. Er musste sich das Geburtstagsvideo anschauen", berichtete ich.

„Na und, da ging ja die Zeit schnell rum. Hat es ihm gefallen?"

„Ja, besonders der unterhaltsame Blödsinn, den ich mit meiner Schwester abgezogen hatte!", sagte ich und verzog das Gesicht.

Olli lachte: „Das will ich auch mal sehen!"

„Kannste haben! Ich kriege demnächst eine Kopie davon!"

Gleich nachdem wir unseren Tee getrunken hatten, brach Olli auf, um rechtzeitig am Flughafen zu sein. Sie gab Andreas quasi die Klinke in die Hand.

„Hallo, Andreas", grüßte sie und langte nach der Plastiktüte, die er trug. Sie warf einen Blick hinein, schaute von ihm zu mir und wieder zurück. „Also, ich dachte, du würdest Rosen mitbringen. Die Masche mit den Gurken ist mir neu."

Sie winkte uns zum Abschied lächelnd zu und ging rasch die Treppen hinunter.

„Wie meint sie das?", fragte Andreas und zwirbelte etwas verlegen an seinem Schnäuzer.

Meine Gesichtsfarbe hatte sich normalisiert und ich antwortete leichthin: „Keine Ahnung."

„Na, ist auch egal! Hey, hier sind die Zutaten für dein tolles Tsatsiki!", grüßte er sehr nett und ging flotten Schrittes schnurstracks in die Küche, während ich die Türklinke noch in der Hand hielt und ihm hinterher schaute.

Donnerwetter, dachte ich, hat der sich aber fein gemacht! Sah richtig gut aus. Weiße Jeans, blaues Polohemd und eine neue Brille, Mokassins und – mein Blick wanderte wieder nach oben – konsequent zur Glatze stehend das Haar neuerdings ganz kurz geschnitten. Gefiel mir gut!

'Typisch', brummelte mein Teufelchen, 'kaum macht man ihr ein Kompliment, isse hin und weg!'

Der olle Meckerfritz.

'Wenn ich erinnern darf, mit dem warst du verheiratet, Süße!', rief er vom Höllenfeuer. 'Haste dir den vorher nicht richtig angeguckt, oder was?'

Schon, überlegte ich, aber es war eine Veränderung geschehen.

'Konzentrier' dich jetzt gefälligst aufs Wesentliche!', mahnte der kleine schwarze Geselle. 'Tsatsiki ist angesagt – keine Brautschau!'

'Ach, ich weiß nicht, was soll es bedeuten, dass mir so wohlig zumute ist', summte Schutzengelchens zartes Stimmchen von Wolke 7 herunter. 'Ich finde übrigens auch, er sieht sehr gut aus.'

'Du schon wieder?', brummte Teufelchen und griff zum Dreizack. 'Du wolltest dich doch raushalten, mhm?'

'Das hast du wie immer missverstanden, Teufelsbraten! Ich diskutiere nicht mit dir, habe ich gesagt. Von raushalten war keine Rede!'

'Ha, immer diese leeren Versprechungen!', höhnte er. 'Guck mal richtig hin! Da hat der Ex ihr ein bisschen Honig ums Maul geschmiert, gockelt in neuem Outfit locker in ihre Behausung – und sie findet Gefallen an ihm.'

'Nun lass mal die Kirche im Dorf', beruhigte ihn Schutzengelchen, 'schließlich arbeiten wir derzeit an einem angenehmen Waffenstillstandsklima zwischen den beiden. Was kann es schaden, wenn er ihr gefällt?'

'Ich kenne sie besser! Wart 's ab, das endet wieder...'

'Papperlapapp!', winkte Engelchen mit zartem Händchen unwillig ab. 'Seit wann bist du fürs Hellsehen bekannt?'

Gebt Ruhe, dachte ich insgeheim und wusste gar nicht, was die beiden hatten. Gerade weil ich mit Andreas mal verheiratet war und wir immerhin schon zehn Jahre unseres Lebens geteilt hatten, durfte ich mir die Bemerkung erlauben, dass er sich positiv verändert hatte, meinte ich – und dachte: rein äußerlich natürlich.

„Danke", sagte Andreas. „Es war an der Zeit."

„Tja", machte ich nichtssagend, weil mir nichts anderes einfiel und guckte erwartungsvoll auf die Tragtüte, die er mitgebracht hatte und festhielt. Eine Ewigkeit schien zu vergehen, bevor er mir die Tüte beinahe entschuldigend in die Hand drückte.

„Ja, hier hab ich... ich meine, Gurken, Knoblauch, Quark und so", radebrechte er, „... Magerquark ist doch richtig?"

„Magerquark? Ja, schon okay!"

Mit der Tüte in der Hand ließ er mich stehen und verabschiedete sich bis gegen halb 8. Genauso schnellen Schrittes wie er gekommen war, verließ er die Wohnung.

Komisch, die Kinder hatten ja gar nicht um den Türsummer gekämpft, um die Klinke gerangelt und Papa...? Die Tüte landete mit Schwung auf dem Küchentisch und ich hastete ins Kinderzimmer.

Volltreffer! Meine Kinder lagen bäuchlings auf dem Boden und hatten sich eine Schachtel 'Mon Cherie' geteilt. Mit schokoladenverschmierten Gesichtern und Fingern schauten sie mich schuldbewusst an. Den Inhalt der ganzen Schachtel Schokolade mit alkoholgetränkten Kirschen hatten sie verputzt.

„Tim! Tobias! Euch kann man nicht fünf Minuten aus den Augen lassen!", schimpfte ich und sammelte die Bescherung ein. Selbst der Teppichboden hatte seine Ration zugeteilt bekommen. Schokoladenkrümel überall und Alkoholtropfen waren tief ins helle Gewebe eingezogen.

Die beiden widersprachen nicht, als ich das 'Sendung mit der Maus'-Verbot verhängte und sie ins Bad schickte.

„Wann kommt der Papi endlich?", fragte Tim.

„Hättest du dich nicht mit der Pralinenschachtel und deinem Bruder im Kinderzimmer zum Naschen versteckt, dann hättest du ihn gesehen!"

„Oooch, schade!", maulte Tobias. „Kommt der nochmal wieder?"

„Ja, aber dann seid ihr beide wahrscheinlich im Bett!"

„Mamaaa..."

„Gib dir keine Mühe, Tim", sagte ich, „ich bin sauer auf euch! Ihr habt nicht meine Pralinen zu klauen! Ich nasche eure Gummibärchen ja auch nicht!"

„Mhm."

„Hoffentlich wird euch nicht schlecht!", sagte ich, aber da war's auch schon zu spät. Gerade Tims empfindlicher Magen rebellierte gegen die Pralinen ganz erheblich und – schwups! – waren sie auf der Badezimmergarnitur gelandet, bevor ich reagierte und Tims Kopf über die Toilette halten konnte.

Ich reinigte Kind und Badeteppich, drückte Tim und Tobi Schwämme und Waschpulver in die Hand und schob beide vor mir her ins Kinderzimmer.

„So, ihr kleinen Übeltäter! Wenn ihr die Schweinerei hier so und so", ich zeigte ihnen, wie die Flecken aus dem Teppich rauszureiben waren, „ein bisschen sauber macht, helfe ich euch gleich noch beim Aufräumen. Wenn ihr eifrig mit anpackt, könnte ich mir das mit der Maus im Fernsehen nochmal überlegen."

„Au, ja!", jubelte Tobias.

„Aufräumen!", klagte Tim und griff sich völlig fertig an den Kopf.

„Marsch, an die Arbeit!"

Ich überließ sie ihrer schweren Aufgabe und bereitete flott eine Schüssel voll Tsatsiki. Mein kleines Teufelchen riet mir, möglichst viel Knoblauch hinein zu fabrizieren, weil Ex-Schwiegerdaddy, dieser Ober-Big-Skat-Häuptling, es so gerne mochte und Ex-Schwiegermama es hasste, wenn der nach Knoblauch duftete. Ich fühlte mich wie eine Giftmischerin, als ich mein fertiges Produkt in der Schüssel betrachtete und dieselbe mit Alufolie abdeckte!

Beinahe gleichzeitig waren die Kinder mit dem Fleckentfernen fertig und ich gesellte mich zu ihnen, um Ordnung zu schaffen. Wir waren total vertieft in unsere Arbeit, als es klingelte. Ich schaute auf die Uhr: kurz nach halb 8! Die Zeit hatte ich völlig vergessen.

Wir stürmten zu dritt an die Tür, und da stand Andreas.

„Der Papi ist da!"

„Tja, also", machte ich schon wieder mal.

„Papi, kommste Kaffee trinken?", wollte Tobias wissen.

„Nein, Tobi, nur was abholen."

„Schade", maulte Tim, er hatte gehofft, sich ums Aufräumen drücken zu können.

Die beiden trollten sich ins Wohnzimmer, während ich die abgedeckte Quarkschüssel an Andreas überreichte, bemüht, ein freches Griemeln zu unterdrücken.

„Hoffentlich ist nicht zu viel Knoblauch drin", sagte ich Besorgnis heuchelnd.

„Es wird schon gehen. Meine Mutter meckert sowieso morgen mit meinem Vater, wenn der auch nur nach einem Hauch von Knoblauch stinkt. Und sie riecht es zehn Meilen gegen den Wind."

Eben, eben, dachte ich schadenfroh. Diesmal würde sie es noch viel früher wahrnehmen. Rache ist halt so schön süß! Ich hatte so viel Knoblauch hineingeschnippelt... das stellte selbst die Mama von Tims Schulfreund Okan in den Schatten! Gott, was würden die Männer von Kartenspielverein gesund stinken!

Andreas zog mit der Schüssel ab, nachdem er den Jungs je eine Tafel Schokolade in die Hand gedrückt hatte, und ich machte artig winke-winke! Die Schokolade kassierte ich und schloss sie mit strenger Miene in den Wohnzimmerschrank.

„So, ihr kleinen Gangster! Zähneputzen mit besonders viel Mühe und dann geht's in die Betten. Fertig aufgeräumt wird heute nicht mehr! Fürs Fernsehen ist's zu spät. Ich bin völlig erledigt!"

Mühsam schleppte ich meine Einkaufstüten die Treppen hinauf und kämpfte mich dabei hinter Tobias her, der mit seinen kurzen Beinen nur langsam vorankam, als ich Doris Stimme von oben her hörte.

„Hey, brauchst du Hilfe?"

„Dich schickt der Himmel!", rief ich und setzte die Tüten ab.

Sie kam sportlich die Treppe herunter und nahm mir einen Teil der Last ab, klemmte sich auch noch Tobi untern Arm, und wir waren schnell oben angelangt.

„Ich denk, du bist allein am Wochenende?", fragte sie erstaunt.

„Dachte ich auch. Aber Andreas muss zum Betriebsausflug."

„Aha. Schade, ich wollte mit dir in die Sauna!"

„Da muss ich dich enttäuschen. Außerdem kann ich mir diesen Luxus gar nicht leisten!"

„Macht nix", sagte sie. „Ich hab dir übrigens das Video mitgebracht. Mutter war vorhin bei mir."

„Danke, ich werde es Olli leihen! Willst du Kaffee? Ich brauche jetzt einen."

Während ich Kaffee aufsetzte und die eingekauften Sachen im Kühlschrank verstaute, erzählte Doris vom Abend mit Andreas beim Verwandtenbesuch aus der DDR.

„Das hättest du sehen müssen! Andreas hat Tränen gelacht! Tante Hanna hatte ihn ständig mitleidig im Blickfeld, sie ließ ihn keine Sekunde aus den Augen. Dann sang sie die übliche Litanei von wegen 'wie schade, so ein nettes Pärchen' und 'die armen Kinder' und 'das sind ja so prächtije Burschen'. Er hat sich ziemlich gewunden und dann gerettet, indem er sich in eine Diskussion mit Eugen vertiefte. Der Ärmste, er war ganz schön tapfer!"

„Er hat es offensichtlich überlebt", stellte ich fest. „Gestern hat er Tsatsiki bei mir bestellt."

„Was?"

„Ja, ein Anschlag auf meine Kochkünste, sagt er."

Doris schaute einen Augenblick nachdenklich drein.

„Was denkst du?", fragte ich.

„Ach, nichts", schüttelte sie den Kopf.

Wir hockten uns mit dem Kaffee auf die Couch und plauderten noch eine Weile über dies und das. Statt in die Sauna gingen wir gemeinsam mit den Kindern spazieren und planten für den nächsten Vormittag einen Zoobesuch.

„Ich lade euch ein", meinte Doris großzügig.

„Danke, die Schwindsucht in meiner Kasse ist unheilbar", sagte ich, „aber so schnell, wie wir das Geld verbrauchen, kann ich es gar nicht verdienen."

„Kinder kosten eine Menge Geld, stimmt's?", fragte meine Schwester. „Trotzdem will ich mal welche haben. Fehlt nur noch der passende Papi."

Ich stimmte ich ihr zu und blickte meinen Söhnen nach, die am Rhein Steine ins Wasser warfen. „Aber mit dem passenden Papi ist das so eine Sache. Vor allem, wenn man vom leiblichen geschieden ist."

„Hab Geduld, Schwesterherz. Es ist sicher nicht einfach, wenn ein Mann gleich eine komplette Familie bekommt! Aber hat es nicht auch Vorteile?"

Vorteile? Ich überlegte einen Moment, während wir den Spaziergang genossen.

„Weißt du, wenn man wie Andreas und ich so jung in diese Sache hineinwächst, ist es leichter. Sich in eine schon vorhandene Familie zu integrieren halte ich für schwieriger."

Die Luft war schon reichlich kühl. Die Sonnenuntergänge im Frühherbst genoss ich immer ganz besonders. Das mattrot-orange Farbenspiel stimmte mich allerdings auch melancholisch. Energisch verscheuchte ich die Nachdenklichkeit und fragte Doris: „Triffst du dich eigentlich mit Arnold?"

„Nein, danke", sagte sie und hob abwehrend die Hände. „Der ist ja noch anhänglicher als Wolfgang! Lieb und nett, aber der vereinnahmt einen völlig, da fehlt mir die Luft zum Atmen!"

„Ja, das ist auch nichts für mich. Ein gewisses Maß an Freiheit will ich in Zukunft auch für mich bewahren. Und von wegen, dass immer nur einer das Leben genießt und der andere kann zusehen, wo er bleibt. Auch das kommt nicht mehr in Frage!"

Es dämmerte bereits, als wir den Weg vom Rheinufer hinauf zum Schlosspark mit seinem alten mächtigen Baumbestand einschlugen.

Doris seufzte.

„Bei unseren Ansprüchen scheint es mehr als schwierig, den richtigen Partner zu finden, auch wenn es angeblich für jeden Pott den passenden Deckel gibt. Den gibt's bei mir nicht mal im Küchenschrank!"

„Ha, kein Wunder! Bei deinem abenteuerlichen Sammelsurium! Ich meine natürlich nur die Töpfe!"

„Wie gnädig, Schwesterherz! Ich kann nur nicht drüber lachen!"

„Spaß beiseite: Das Schlimme für mich ist, dass man mit jedem Partner von vorn anfängt, ohne zu wissen, ob es am Ende zusammenpasst", sagte ich.

„Man müsste so eine Art Männerbarometer eingebaut haben, damit man möglichst ablesen kann, wann es der richtige fürs Leben ist!"

Wir sahen uns an und mussten über die absurde Vorstellung lachen.

„Ich sehe schon, wir stehen vor einem nicht lösbaren Problem!", stellte ich fest. „Das ist wohl die Aufgabe des Schicksals." –

Das Schicksal bescherte mir am Sonntagabend einen erneuten Besuch von Andreas. Da war ich hübsch erstaunt: gleich drei Besuche innerhalb einer Woche? Er platzte mitten in die Fortsetzung unserer Aufräumaktion des Kinderzimmers. Die Spuren der Schlacht um Schloss Schreckenstein waren zusätzlich zu beseitigen. Sie wurde diesmal mit Legosteinen ausgetragen, das verlangte nun mühseliges Einräumen auch winzigster Legosteinchen.

Andreas stand uns im Türrahmen gegenüber: mir, einer völlig zerzausten, abgekämpften und außer Atem geratenen Frau in den ältesten Jogginghosen und einem Pulli der Marke Langverwaschen & Außerform und seinen, in kunterbunte Schlafanzüge, gehüllten Kindern, die mit leuchtenden Augen zu ihm aufsahen.

„Papi!", jubelten die Kinder erfreut und hüpften wild herum. Sie zeigten keine Spur mehr von der Erschöpfung, die der Zoobesuch am Vormittag noch verursacht hatte und die grundsätzlich wiederkehrte, wenn eine meiner berühmt berüchtigten Aufräumaktionen bevorstand.

„Du?", fragte ich, platt vor Erstaunen.

„Hey!"

Die Haribos, die er mitgebracht hatte – eine ganze Tüte für jedes Kind! – konfiszierte ich sofort, bevor die Kinderaugen Notiz davon nahmen. Strafe muss sein!

„Ich dachte, ich schau mal rein", sagte Andreas ungewohnt heiter.

Haste was getrunken, wollte ich erst fragen, aber ich hielt den Mund und wartete.

„Und?", fragte ich.

„Also, dein Tsatsiki war fabelhaft und hat mich gerettet am Donnerstagabend", begann er lobredend. „Ich hab natürlich nicht erzählt, dass *du* es zubereitet hast."

Er senkte den Kopf und schien auf irgendetwas zu warten.

„Natürlich nicht? Du schmückst dich mit fremden Federn!", sagte ich leicht vorwurfsvoll. „Hattest du Angst, den anderen könnte der Appetit vergehen, weil ich die Küchenchefin war?"

„Mhm...na jaaa,... fremde Federn? Ich habe eher deshalb nichts gesagt, um dich zu schützen", meinte er und lächelte vielsagend. „Die reichlich vorhandene Knoblauchportion habe ich auf meine unprofessionellen Kochkünste schieben können."

Ich lief puterrot an und war sprachlos.

„Dacht' ich mir 's doch", sagte er grinsend. „Absicht? Mhm? – Na schön, dir sei verziehen. Ich möchte mich trotzdem mit einer kleinen Überraschung als Dank bei dir revanchieren."

'Überraschung, Überraschung!', jodelte das Teufelchen lauthals und tanzte um sein Höllenfeuer.

'Pah', schnaubte mein Schutzengelchen verächtlich, 'dass sie ihm aus der Klemme geholfen hat, stieß bei dir nicht auf Begeisterung. Aber wenn's was zu feiern gibt, 'ne Belohnung oder so, dann biste dabei!'

'Klar', meinte Teufelchen unbekümmert. 'Ich nehme das Leben so wie's kommt. Solange ich meinen Spaß haben kann.'

'Siehste, das ist der Grund, weshalb du da unten haust und ich... ' belehrte Engelchen etwas hochnäsig.

'Nänä nänä näää!', sang der Höllengeselle und drehte Engelchen eine Nase. 'Deine Weisheiten sind mir schnuppe!'
'Ph.'

„Bleibst du noch bei uns, Papa?", fragte Tim und hoffte mal wieder, der lästigen Aufräumerei zu entgehen.

„Nein, Timmi, ein andermal vielleicht."

„Schade, Papa", maulte Tim und trollte sich wieder ins Kinderzimmer.

Und ich saß zwischen allen Stühlen. Weder jodelte ich wie das Teufelchen, noch teilte ich Engelchens Kritik an ihm. Mal sehen, was Andreas auf Lager hatte.

„Na, und was?", fragte ich gespielt gelassen.

„Wäre ja keine Überraschung, wenn ich es verrate", antwortete er und lächelte sein sympathisches Blendaxlächeln.

Was war denn mit dem passiert? Schade, dass ich nicht in die DDR telefonieren konnte. Da würde ich meiner Verwandtschaft mal auf die Zahnwurzeln fühlen, was sie Wundersames mit ihm veranstaltet hatten.

„Na, schön. Meinetwegen", sagte ich ohne mich beeindruckt zu zeigen. „Lass mich nur wissen ..."

„Dienstagabend solltest du hungrig sein und zwischen... sagen wir 19 und circa 21 Uhr ein bisschen Zeit haben", verriet er. „Ich hole dich ab. Tschüss, Kinder! Bis Dienstag!"

Die Tür fiel hinter ihm ins Schloss und wir drei blickten hinterdrein.

„Was ist am Dienstag?", fragte Tobias und sah mich erstaunt an.

„Wahrscheinlich hat Papa mich zum Essen eingeladen", antwortete ich, nahm ihn auf den Arm und brachte ihn ins Kinderzimmer. Tim folgte auf dem Fuße.

„Du gehst mit *Papa* essen?", wollte er wissen.

„Wahrscheinlich."

„Wir gehen mit!", verkündete er entschlossen.

„Bestimmt nicht!", sagte ich zu ihm und stupste ihm mit dem Zeigefinger auf seine Nase.

„Wieso denn nich?", meckerte Tobias.

Wusste ich auch nicht. Also sagte ich nur, dass es für sie zu spät würde.

„Und für euch nich?"

„Nee, Erwachsene brauchen nicht mehr so viel Schlaf wie Kinder in eurem Alter", erklärte ich.

„Wieso nich?"

„Die wachsen nicht mehr."

„Aba ich, wachse noch! So groß wie der Papi!", behauptete Tobi.

„Aber du wächst hinter mir!", rief Tim von der oberen Etage des Bettes herunter. „Du bist jünger als ich."

„Na, wir werden es erleben. Jetzt Augen zu, damit das Wachsen auch passieren kann, ihr Naseweise!"

„Immer gehen die Erwachsenen alleine weg!", meuterte Tim und verschränkte die Arme bockig vor dem Körper.

„Ins Kamel gehst du auch ohne uns", fügte Tobi hinzu. Er meinte zwar das 'Chanel', aber Kamel gefiel ihm besser.

„Aber Timmi, das ist doch spätabends, und du musst morgens früh in die Schule gehen, nicht wahr?", versuchte ich ihn zu trösten.

„Ich könnte aber auch mal nicht gehen", wandte er ein. „Ich kenne mich da schon ganz toll aus. Da kann ich mal nicht..."

„Bedaure, mein Süßer!"

„Schade."

„So, und jetzt macht eure Augen zu und schlaft schön."

„Gute Nacht, Mami."

Erste Amtshandlung im Büro am Montagmorgen war ein Anruf bei Olli. Die hatte wohl noch geschlafen. Ich wollte schon wieder auflegen, weil es so lange klingelte, aber dann hatte ich sie an der Strippe.

„Wo hast du gesteckt?"

„Ach, du bist 's!"

„Langschläferin!", schimpfte ich gespielt.

„Von wegen! Klaus hat Tonnen von Wäsche mitgebracht. Ich stehe seit 7 Uhr heute in herzlichem Dauerkontakt zur Waschmaschine", sagte sie. „Wenn ich das alles geschafft habe, rate mal – dann fliegt Klaus nach Indien!"

„Ist nicht wahr!", rief ich aus. „Er ist doch grade erst nach Hause gekommen!"

„Hat er seinem Chef auch gesagt. Aber den hat es nicht weiter beeindruckt. Die Maschinen müssen aufgebaut und eingerichtet werden und Klaus sei sein bester Mechaniker", erklärte Olli. „Hauptsache, wir haben diese ganze Woche für uns Zeit. Vorausgesetzt, ich bin mit dieser Wascherei bald fertig."

„Stell dir mal vor, Olivia, Andreas überrascht mich für meine Küchenkünste wahrscheinlich mit einem Abendessen."

„Was heißt 'wahrscheinlich'?"

„Er hat nur Andeutungen gemacht, dass ich hungrig sein sollte und etwas Zeit haben müsse."

„Na, sowas. Ich hab ja geahnt, dass sich da was anbahnt."

„Ich weiß nicht, das hat vielleicht nichts zu heißen!"

„Denk, was du willst du, aber ich habe Augen im Kopf."

„Und mehr hast du nicht zu sagen?", fragte ich.

„Was möchtest du denn hören?", neckte sie mich. „Du weißt immer noch nicht, was du willst."

„Weißt du, Olli, ich habe ihm nur einen Gefallen getan, er revanchiert sich und Punkt. Es ist nicht mehr und nicht weniger!"

„Ich enthalte mich der Stimme, Mausi!"

Mein kleines dummes Herz war völlig verunsichert und in meinem Kopf überschlugen sich die Gedanken. Positive jagten Negative und umgekehrt. Meine unsichtbaren Mitbewohner schwiegen und betrachteten das chaotische Treiben in meinem Innern mit Neugier.

Ich fragte mich, ob ein Abend zu zweit nicht doch wirklich zu weit ging für das Verhältnis, das Andreas und ich zu einander hatten, betrachtete man mal die Tatsache, dass wir geschieden waren. Und ich konnte ja auch nicht davon ausgehen, dass Andreas in irgendeiner Ecke seines Herzens noch etwas mehr für mich übrig hatte, als rein menschliche Sympathie. Auch wenn Olli da schon ganz was anderes zu sehen glaubte. Miteinander auskommen – wie weit durfte das gehen? Wurden die Kinder nicht am Ende verunsichert, wenn sich der geschiedene Papa mit der Mama verabredete?

Von der Mama ganz zu schweigen.

'Die weiß ja selten, was sie will', stöhnte Schutzengelchen. 'Was machen wir nur mit ihr?'

'Ich habe keine Ahnung', entgegnete Teufelchen und nahm auf dem Felsklotz vor seiner Höhle Platz. 'Ständig schießt sie irgendwie übers Ziel hinaus.'

'Himmelhoch jauchzend – zu Tode betrübt. Das passt hier wie die Faust aufs Auge'.

'Lass das deinen Boss nicht hören', mahnte Teufelchen. 'Ich schlage vor, wir lassen die Angelegenheit nicht aus den Augen, Engelchen.'

'Was denn? Willst du etwa mit mir zusammenarbeiten?', zweifelte der Geflügelte auf seiner Wolke ungläubig.

'Klar, mein Lieber! Wenn es einer guten Sache dient, arbeiten Himmel und Hölle Hand in Hand.'

Nicht ganz überzeugt ließ Schutzengelchen sich von seiner Wolke gleiten und reichte dem Kleinen aus der Hölle die zarte weiße Hand. Teufelchen wischte sich die seine am haarigen Hinterteil sofort ab, und Engelchen reinigte sich die Hand mit einem Federwisch auf der Wolke.

Gott sei Dank war ich den ganzen Tag über mit allem Möglichen beschäftigt und mein Gedankenkarussell konnte mal ausruhen. In meiner Küche brannte das Waffeleisen durch, und anschließend funktionierte die Steckdose nicht mehr.

„Scheiße!", fluchte ich.

Während ich mich aussichtsloserweise an der Steckdose zu schaffen machte, telefonierte Tim mit Oma.

„Die Mama hat den Waffeleisen kaputt gemacht", klagte er ernst. „Jetzt kann sie den Teig wegschmeißen und das Waffeleisen auch."

Was Omi darauf sagte, konnte ich aus Tims Antwort schließen.

„Wieso soll der Papi das reparieren?", hörte ich Tim fragen.

Das fragte ich mich allerdings auch und spitzte die Ohren noch ein wenig mehr, damit mir nichts entging.

„Ja, der wohnt nicht weit weg", bestätigte Tim. „Der ist immer lieb!"

Da legte ich den Schraubenzieher beiseite und ging ins Wohnzimmer.

„Omi, die Mami will dich mal sprechen, tschüss Omi."

„Hallo, Omi", lachte ich in den Hörer. „Ja, ich wollte mich für das Video bedanken."

„Ach, Große", seufzte Mutter, „du hättest mal sehen sollen, wie sich alle amüsiert haben. Dein Mann hat Tränen gelacht."

„So, so", machte ich.

„Ja, Andreas war ganz hingerissen."

„Ich hörte davon", sagte ich und gab mich uninteressiert. „Freut mich, wenn ihr alle so viel Spaß hattet."

„Tim hat mir grade erzählt, dass du versuchst, die Steckdose zu reparieren", erzählte sie. „Also ich habe allergrößten Respekt vor Strom, Große! Du weißt, ich bin nicht zimperlich, aber bei Strom – nein, da lasse ich die Finger von."

„Ich aber nicht. Ich brauche die Steckdose."

„Frag doch mal Andreas, vielleicht...", begann sie.

„Danke, aber ich schaffe es auch allein."

„Ich meine ja nur."

„Natürlich", sagte ich.

„Gut. Aber, wenn du nicht klar kommst, sag Bescheid. Vater kann dir ja helfen, wenn du Andreas nicht bitten magst."

„Danke, Mutti. Schönen Abend noch, bis bald."

Fehlte mir noch, dass ich nach der Hilfe meines Ex-Gatten rufen sollte! Also fuchtelte ich noch eine Weile in der Steckdose rum, bis ich einen kleinen Stromschlag erhielt.

„Autsch!"

Ein hübscher rotbrennender Streifen in meiner Handfläche leuchtete mir entgegen und schmerzte höllisch. Eine heiße Welle schwappte über meinen Körper und trieb mir klitzekleine Schweißperlchen auf die Nase! Das war ja grade nochmal gut gegangen!

„Hast du fertig repariert?", fragte Tim und kam schnell zu mir, als er mein schmerzverzerrtes Gesicht erblickte. „Mami, was hast du gemacht?"

„Ich hab mir wehgetan", sagte ich. „Keine Sorge, das geht wieder vorbei!"

„Du hättest besser Opa gerufen. Männer kennen sich aus mit Strom", sagte er schlau.

„Danke, mein Sohn, demnächst vielleicht. Für heute reicht's mir."

Die Salbe für Verbrennungen, von der sonst genug in der Hausapotheke war, hatte ich für Tobias Sonnenbrand fast aufgebraucht. Wenn ich schon mal was brauchte! Ich kühlte stattdessen meine Hand ewig lange unter dem fließenden kalten Wasser und schmierte Heilsalbe drauf. Die war für alles gut.

Frau Kessler war am darauffolgenden Dienstagabend nicht nur bereit, auf meine Söhne aufzupassen, sie lud sie sogar zum Hamburger-Essen ein. Zum Schlafengehen war es noch zu früh.

Pünktlich um Viertel vor 7 stand Andreas im Türrahmen. Noch im Anzug vom Büro mit einem Schraubenzieher in der Hand.

„Was willst du denn *damit*?", fragte ich entgeistert.

„Ich hörte, du hast eine defekte Steckdose", feixte er etwas schadenfroh.

Er ging direkt in die Küche und wusste auch sofort, um welche Steckdose es sich handelte. Schnell war die Abdeckung abgeschraubt, mit dem Spannungsprüfer checkte er das Innenleben, und dann nahm er den gesamten Inhalt heraus. Sorgfältig legte er alle Einzelteile auf das Fensterbrett.

„Pass auf, dass die Jungs alles so liegen lassen, wie ich es hier hingepackt habe, sonst suche ich mir morgen einen Affen", ordnete er sachlich an und drehte sich wieder zu mir um: „Können wir gehen?"

„Ja."

„Wo hast du denn unsere Kinder versteckt?"

„Bei Frau Kessler zum Hamburger-Essen."

Andreas nahm die Innereien meiner defekten Küchensteckdose mit und drängte zum Gehen. Ich trottete hinter ihm drein und war verdattert über das, was hier vor sich ging. Er setzte sich in seinen Wagen, nachdem er mir die Beifahrertür geöffnet hatte und schaltete das Radio ein.

„Haben dir die Heinzelmännchen geflüstert, dass die Steckdose im Eimer ist?", fragte ich endlich.

„Deine Mutter hat sich bei mir nochmal dafür bedankt, dass ich bereit war, Tante Hanna und Onkel Eugen zu treffen", sagte er. „Na ja, und wie das halt so ist, man redet über dies und jenes ..."

„Was habt ihr denn zu reden?", unterbrach ich ihn.

Er warf mir einen leicht triumphierenden Seitenblick zu.

„Na, zum Beispiel, dass du dir nicht zutraust, eine Steckdose zu reparieren", meinte er.

„Was heißt hier nicht zutrauen?", protestierte ich und zeigte ihm meine lädierte Handinnenfläche. „Bitteschön, zugetraut hab ich mir das sehr wohl! Ich möchte mal gerne wissen, was meiner Mutter einfällt, dir so einen Blödsinn zu erzählen!"

Andreas lachte.

„Was gibt's da zu lachen?"

„Das da", er wies auf meine Hand, „ist der eindeutige Beweis, dass das Steckdosenreparieren nicht dein Spezialgebiet ist."

Er hatte Recht, und das gefiel mir nicht.

„Man kann ja nicht überall zur Spitzenklasse gehören", sagte ich geknickt.

„Kein Grund, den Kopf hängen zu lassen. Ich repariere dir die Steckdose, und fertig!"

„Meinetwegen. Aber ich hätte das Ding *auch* ausbauen und neu kaufen können", sagte ich bockig.

„Bitte, da liegt es. Geh und kauf es dir selbst, wenn du das brauchst", meinte er und verdrehte die Augen.

„Nein, du hast es angefangen, dann bring es auch zu Ende. Basta!"

Wir schwiegen geraume Zeit, während er den Wagen über die Rheinbrücke steuerte.

„Wohin willst du überhaupt?", fragte ich.

„Du wirst schon sehen."

„Komm schon, mach kein Geheimnis mehr draus. Das ist ja kindisch!"

Andreas ließ nicht mit sich reden. Er fuhr weiter und von der Brücke wieder runter Richtung Kölner Innenstadt. Am alten Amtsgericht suchte er nach einem Parkplatz. Der Wagen war abgestellt, und wir gingen einige Schritte bis zu einem italienischen Lokal. Vier kleine Stufen führten dort in ein Souterrain hinunter und in das Restaurant hinein. Die Wände waren weiß verputzt und die Decke schien so niedrig, dass selbst ich den Kopf einzog, weil ich fürchtete, mich zu stoßen. Ein kleiner Vorraum und das Speiselokal waren durch einen großen Rundbogen voneinander abgegrenzt. An den Wänden hingen Bilder italienischer Landschaften. Licht spendeten nur die in den Fenstern stehenden nostalgischen Lampen und die Kerzen auf den Tischen, an denen jeweils zwei oder vier Personen Platz fanden. Die rot und grün karierten Tischdecken bildeten einen schönen Kontrast zu den schneeweiß getünchten Wänden.

Andreas hatte reservieren lassen, und wir saßen direkt an einem der kleinen Fenster. Im Hintergrund hörte ich leise Opernmusik, und wenn ich es nicht besser gewusst hätte, ich glaubte tatsächlich, in Italien zu sein.

Der Kellner brachte die Speisekarte und ein Körbchen mit diesen leckeren kleinen Brötchen aus Pizzateig und ein Schälchen mit Kräuterbutter, um unseren Appetit anzuregen.

Leider begann mein Magen zu rebellieren. Ich hatte keinen Appetit! Keinen Hunger! Überhaupt nichts!

Vielleicht lag es an der intimen Atmosphäre, in der wir zu zweit nach vielen Monaten zusammen waren, oder an der ganzen Situation überhaupt? Jedenfalls las ich die umfangreiche Speisekarte von vorne bis hinten und blätterte sie umgekehrt nochmals durch, ohne mich entscheiden zu können.

„Hast du denn keinen Hunger?", fragte Andreas, der mich aufmerksam beobachtete, was meine Unruhe nur noch verstärkte.

Ich schüttelte zaghaft den Kopf.

„Na, sowas! Wir bestellen erstmal einen Aperitif. Vielleicht bekommst du dann etwas Appetit."

Schließlich wählte ich Tortellini alla panna. Ich hoffte im Stillen, die Portionen wären vornehm überschaubar, sprich klein, denn ich wollte Andreas nicht vor den Kopf stoßen.

Andererseits: ihm könnte ja auch vor lauter Aufregung der Appetit vergangen sein. Falls er aufgeregt war, meinte ich, aber diesen Eindruck hatte ich bisher nicht. Er zeigte keine Spur der unsicheren Anspannung, die vorhanden war, wenn wir uns sonst begegnet waren.

Der Kellner brachte zwei Gläser Campari, und wir prosteten einander zu.

„Warst du schon öfter hier?", nahm ich die Konversation auf.

„Zwei- oder dreimal."

Es entstand eine unangenehme Gesprächspause.

„Ich weiß eigentlich gar nicht, wie ich zu der Ehre komme", sagte ich und fand, dass ich ziemlichen Unfug redete.

„Weil du mir einen Gefallen getan hast. Das sagte ich doch schon."

„Aber das ist doch nix Besonderes", winkte ich ab. „So 'n bisschen Quark!"

„In unserem Falle ist das nicht selbstverständlich, Christine. Und außerdem wäre ich wirklich aufgeschmissen gewesen, wenn ich das allein fabriziert hätte."

„Ehrlich?", zweifelte ich.

„Du glaubst mir nicht?", fragte er und legte die Rechte aufs Herz. Ich sah ihm in die Augen und erkannte ein verräterisches Zwinkern.

„Ehrenwort!", beteuerte er mit gespielter Verzweiflung.

Beinahe hätte ich ihn ernst genommen. Jetzt musste ich lachen.

„In der Küche macht dir so schnell keiner was vor. Das wusste ich immer zu schätzen", fügte er leise hinzu.

Ich betrachtete intensiv den Messingkerzenständer mit der roten Kerze. Das Kompliment machte mich verlegen.

„Tatsächlich?", fragte ich vorsichtshalber.

Er nickte.

„Warum hast du mir das früher nicht gesagt?"

Andreas wurde der Antwort enthoben, denn der Kellner servierte unser Essen. Leider hatte sich auch nach dem Campari kein Appetit eingestellt. Ich kaute die Tortellinis kreuz und quer, obwohl sie fabelhaft waren, und würgte sie hinunter, bis das Gericht kalt war.

Wir sprachen kein Wort, obwohl ich das Gefühl hatte, wir sollten uns eine Menge erzählen. Doch ich traute mich nicht, meine Gedanken zu unserer jetzigen Situation auszusprechen. Er hätte ja sagen können... oder vielleicht... Aber er sagte nix! Und ich war feige und ertrug die gespannte Stille mit Übelkeit im Magen.

Gern hätte ich in Andreas Kopf geschaut. Besser noch in seinen Bauch, von wegen der Gefühle und so.

„Macht der neue Job Spaß?", fragte er unvermittelt in meine Gedanken hinein.

„Du hast mich das schon mal gefragt", antwortete ich. „Von Spaß kann immer noch nicht die Rede sein. Da turnen lauter fleißige Schwerstarbeiter herum, die 'ne Menge vom Bau verstehen. Es sind echte Kapazitäten, aber wenn die mir ein Manuskript in die Hand drücken für einen Geschäftsbrief oder Lagebericht, oh là là da lege ich regelmäßig die Ohren an. Null Ahnung von der Rechtschreibung, von der Zeichensetzung ganz zu schweigen. Aber bis jetzt wusste ich immer noch, was sie mit ihren Briefen sagen wollten und konnte sie ausgestalten."

Einerseits war ich dankbar dafür, irgendetwas Unverfängliches erzählen zu können, andererseits redete ich Blech! Ich plapperte wie entfesselt drauflos, als hätte Andreas einen Knopf gedrückt.

„Warum die so händeringend eine Sekretärin suchten, ist mir nach wie vor schleierhaft. Das einzige, was wirklich oft zu tun ist: Kaffeekochen!"

Andreas ließ mich reden. Überrascht stellte ich fest, dass er sogar zuhörte.

„Eine deiner leichtesten Übungen", bemerkte er schmunzelnd und lächelte mir mitten ins Herz.

„Ja,... ähem, und am Monatsende werde ich erröten, denn mein Gehalt bekomme ich dann fürs Kaffeekochen. Teurer Kaffee für die Firma!"

„Na, na! So schlimm kann das doch nicht sein! Hauptsache, du hast wieder einen Job, oder?"

Eigentlich bist du darüber froher als ich, dachte ich. Aber gleich schimpfte ich mich wieder ungerecht.

„Ja, aber leider nur für die kommenden sechs Monate mit Option für drei weitere", sagte ich stattdessen.

Dazu äußerte sich Andreas nicht.

Auch er schien wenig Appetit zu haben, denn er metzelte gelangweilt an seiner Pizza herum. Nach kurzer Zeit gab er es auf und schob die kalte Pizza beiseite. Wir bestellten noch einen Espresso, und eine gute Viertelstunde später fuhren wir heim.

Ich ging allein nach oben. Andreas hatte sich nach der schweigsamen Fahrt im Auto von mir verabschiedet.

Das Unbehagen war noch immer vorhanden und die wenigen Tortellinis, die ich gegessen hatte, lagen mir schwer im Magen. Wir hatten nicht eine Silbe über uns gesprochen. Wahrscheinlich gab es gar kein 'uns'? Nur ein Du und ein Ich, wie zwei Kollegen, die am Projekt Kindererziehung zusammenarbeiteten.

Olivia hatte Recht. Das Einfachste war doch, ein offenes Gespräch zu führen. Ich sollte Andreas sagen, dass wir vielleicht noch eine Chance hätten, weil ich ihn trotz allem, was hinter uns lag, noch immer gern hatte. Dann mal abwarten, wie er reagieren würde.

Im gleichen Augenblick, da ich dies dachte, krampfte sich mein Magen zusammen. Ich war viel zu feige, so eine Unterhaltung zu führen. Schließlich lag die Enttäuschung möglicherweise gleich um die nächste Ecke. Die Erinnerung an die Abfuhr kurz vor dem Scheidungstermin lag mir noch auf der Seele. Das wollte ich nicht noch einmal erleben.

'Christine!', schimpfte mein Schutzengel. 'Du selbst hast gesagt, dass alle Zeit der Welt vorhanden ist, daran zu arbeiten.'

Ja, schon... aber da wollte ich auch nur, dass wir beide unbefangener werden. Die Dinge lagen aber jetzt ein bisschen anders. Ich glaubte zu fühlen, dass Andreas sich um mich bemühte. Das berührte eine andere Saite in mir. Wenn ich mich nicht täuschte, wollte ich möglichst schnell Klarheit, denn diese unangenehme wortleere Kluft zwischen uns empfand ich als unerträglich. In meinen Gedanken waren die Dinge immer furchtbar einfach und schnell entwickelt. Vielleicht irrte ich mich ja komplett?

Seufzend ließ ich meine Anziehsachen auf den Sessel fallen. Heute war ich zu müde, um irgendeine Entscheidung zu treffen. Ich schlich sehr nachdenklich in mein Bett.

„Mamaaa, wann machst du Frühstück?", flüsterte Tobi dicht an meinem Ohr.

Ich wollte ihm nicht antworten, weil ich noch viel zu müde war.

„Mamaaa, hörst du nich? Ich hab Hunger!", sagte er etwas lauter.

Irgendein grässliches Geräusch drang an mein Ohr.

„Mensch, Mama!", sagte Tim vom Flur draußen. „Der Wecker klingelt die ganze Zeit! Hau den mal eins drauf!"

Wecker? Klingeln? – Ach so, es war Wochentag!

Ich tat wie mir geheißen und schlug dem Wecker eins auf die Glocken. Ganz dicht nahm ich die Uhr vor die Augen und stellte fest, dass wir eine halbe Stunde verschlafen hatten.

Tim war schon angezogen, Tobi stülpte ich rasch Pulli und Jeans über, dann düste ich ins Bad. Während ich die Zähne putzte, schmierte ich etwas ungelenk einhändig ein Brot für Tim und packte Tobias Banane und Apfel in den Rucksack, zwei Fruchtzwerge für jeden – fertig. Zurück ins Bad gehen, Mund ausspülen, Makeup aufs Gesicht, Bürste durch die Haare – entsetzlicher Anblick!

Erstaunlich, wie schnell man Entscheidungen in Kleiderangelegenheiten fällt, wenn einem die Zeit zum Wählen fehlt! Rein in die Hose, Bluse drüber, Jacke, Schlüssel, Tasche, Regenschirm und raus aus dem Haus!

Völlig abgekämpft setzte ich meine Jungs ab und fuhr ins Büro. Die Baustelle war wie leergefegt. Ich wunderte mich sehr. Wo steckten die denn alle? Auf der Türe fand ich einen Zettel: Liebe Frau Martens, überraschend anberaumte Konferenz in der Zentrale! Kommen erst gegen Mittag: Sie haben frei!

Mein Herz tat einen erfreuten Doppel-Rittberger! Ich stieg schnell wieder in meinen Derby und fuhr nach Hause!

Mit Kaffee und einem frischen Brötchen setzte ich mich ans Telefon und rief Olli an.

„Hallihallo", flötete ich fröhlich. „Ich habe heute frei!"

„Schön. – Wie war dein Abendessen?"

„Ich hatte keinen Hunger, die Konversation machte Probleme und dann haben wir uns im Auto schnell verabschiedet."

Olli sagte zuerst nichts.

„Was ist bloß los mit euch?"
„Wenn ich das wüsste! Seit unserem Gespräch vom Abend nach dem Elterngespräch haben wir mehr Kontakt als zuvor, und seit dem Besuch meiner Verwandten von drüben habe ich das Gefühl, Andreas bemüht sich irgendwie um mich."
„Irgendwie? Der ist ganz hübsch rot geworden, als ich ihn fragte, warum er keine Rosen mitgebracht habe", lachte Olli. „Warum redet ihr nicht einfach drüber?"
„Ich dachte mir, dass du das sagen würdest", sagte ich.
„Was soll ich ihm denn sagen?"
„Zum Beispiel, dass ihr jetzt noch einmal über eine Chance für eine Beziehung nachdenken solltet", schlug sie vor.
Olivia war überzeugt davon, dass unser Problem darin bestand, uns nicht offen zu unseren doch noch vorhandenen, aber verborgenen Gefühlen zu bekennen.
„Ist das nicht ein bisschen weit vorgegriffen?"
„Alles andere halte ich für Zeitverschwendung", antwortete Olli sachlich. „Denk an die Unterhaltung kurz vor eurer Scheidung. Vielleicht ist *jetzt* der richtige Zeitpunkt, noch einmal an dieses Gespräch anzuknüpfen?"
„Und wenn nicht?"
„Dann weißt du wenigstens, woran du bist. Was hast du schon zu verlieren?"
„Stimmt. Geschieden bin ich ja schon", meinte ich.
„Du, Christine, sei mir nicht böse, aber ich muss mit Klaus noch in die Stadt fahren. Wir wollen Anna im Kindergarten anmelden. Sehen wir uns heute Abend?"
„Ich komme auf jeden Fall."
„Was ist mit Andreas?"
„Keine Ahnung."
„Na, dann bis später!"
Der Hörer war noch warm, als Andreas anrief.
„Führst du wieder Dauergespräche?", wollte er fröhlich wissen.
„Woher weißt du, dass ich zu Hause bin?"

„In deinem Büro läuft ein Anrufbeantworter!"
„Aha. Was gibt's?"
„Wann fahrt ihr denn ins 'Chanel'?", fragte er.
Mir wurde sofort ganz warm.
„Um halb 8 wollte ich los."
„Nimmst du mich mit?"
„Ja."
„Dann bis nachher, ich freu mich! Tschüss!"

Die zweite Brötchenhälfte brachte ich nicht mehr herunter. Ich weiß nicht, ich weiß nicht, sagte ich mir selbst. Das war doch eine total verrückte Geschichte. Hektisch räumte ich mein Bücherregal aus, staubte es ab und räumte es anschließend vollkommen um. Ich wusste vor Unruhe nicht, was ich als nächstes anstellen sollte. Ich putzte die Treppe, dabei fiel mir ein, dass ich mich schon lange nicht mehr mit Frau Fieger gestritten hatte. Irgendwie trafen wir nicht mehr auf dem Flur zusammen. Kurz vor 12 machte ich mich, mit dem Regenschirm geschützt, zu Fuß durch den Regen auf den Weg zum Kindergarten, um Tobias abzuholen. Der war nicht begeistert, dass Mama nicht mit dem Auto kam, aber ich überhörte sein Gemaule. Bewegung tat auch ihm gut!

Vor der Haustüre erwartete uns Tim. Pudelnass und mit missmutigem Gesicht sah er uns entgegen.

„Blödes Wetter", motzte er und schüttelte sich das Regenwasser aus den Haaren.

„Ich mache uns einen leckeren Kakao zum Aufwärmen!", schlug ich vor.

Im Briefkasten fand ich Post von Tante Hanna. Während die Kinder ihren Kakao schlürften, machte ich es mir im Ohrensessel bequem und entfaltete den Brief. Tante Hanna schrieb Loblieder über Andreas. Hätte ich mir denken können! Sie meinte, dass zwei Menschen wie wir eine zweite Chance verdient hätten. Nur, weil eine Sache einmal schiefgelaufen sei, müsse das nicht für immer und ewig so bleiben. Wir sollten uns ganz auf uns selbst konzentrieren und – vor allem im Interesse der Kinder! – einen Neuanfang wagen. Sie glaubte, wenn ich ganz ehrlich mit mir wäre, müsste ich erkennen, dass ich Andreas immer noch gern hätte. Dann sprach sie noch von all den Schwierigkeiten, die das Leben als alleinerziehende Mama so mit sich brächte. Diese Belastung müsse ich mir nicht antun. Das sei unvernünftig und auf Dauer unerträglich. Sie bat mich letztlich eindringlich, mit mir ins Gericht zu gehen und eine erwachsene Entscheidung in dieser Sache zu fällen.

Ich legte den Brief beiseite. Im Grunde genommen war ich der gleichen Ansicht wie Tante Hanna. Wie ausgerechnet sie, die unsere Geschichte nur vom Hörensagen kannte, diese Meinung vertreten konnte, war mir ein wenig schleierhaft! Bestimmt hatte sie mit Andreas bei ihrem Zusammentreffen genauso gesprochen. Vielleicht sollte ich ihn danach fragen?

Eine erwachsene Entscheidung! War es erwachsen, alles Gewesene rückgängig zu machen und von vorn zu beginnen? Wenn das alles so einfach wäre...!

Gegen 7 hatte ich die Kinder fertig gebadet und wütete noch im Badezimmer mit den letzten Aufräumaktionen, als Andreas unerwartet früh im Rahmen stand.

„Bist du fleißig?", fragte er offenbar belustigt, als er mich im Kittel arbeiten sah.

Mein Gesicht war rotgeschwitzt, meine Haare wirr und wuselig – ich musste einen schauderhaften Anblick bieten!

„Ja, Mittwoch ist Hauptkampftag, weißt du doch! Staubwischen, Aufräumen und Putzen und andere nervtötende Aktivitäten. Obendrein musste ich die Treppe noch putzen, sonst habe ich wieder das zweifelhafte Vergnügen einer Unterhaltung mit Frau Fieger."

Ich richtete mich auf. Andreas kam direkt aus dem Büro, was ich an dem Anzug erkannte, den er trug.

„Und die Kinder haben gebadet, wie du siehst!"

„Ja, ich erinnere mich! Land unter!", lachte er. „Wann wollen wir los?"

„Hab ich dir doch gesagt", staunte ich. „In einer halben Stunde."

„Schaffst du das so schnell?", fragte er und sah zweifelnd an mir herunter.

„Jawoll!", sagte ich. „Du wolltest aber wohl nicht in diesem feinen Zwirn mitgehen?"

„Eben deshalb bin ich hier, wollte nochmal wissen, wie viel Zeit ich habe. Ich gehe mich umziehen und bin pünktlich zurück."

Die Kinder waren enttäuscht, dass der Papa so schnell wieder wegging. Aber er tröstete sie damit, dass er ja gleich nochmal wiederkäme.

„Mamaaa", fragte Tobias, „geht der Papa mit ins 'Schanäl'?"

„Ja, mein Schatz."

„Timmi!", rief er seinem Bruder durch die Diele zu. „Der Papa geht mit ins 'Schanähääl'. Mit der Mama!"

„Ist denn Elternabend im 'Schanäl'?", wollte Tim wissen.

„Nein, wieso? Der Papa möchte halt mal ausgehen."

„Mit *dir*?" Tims Augen wurden tellergroß.

„Ja, mit mir!"

Die Kinder schauten sich verwirrt an! Das war ja nicht zum Aushalten mit den Erwachsenen!

„Aber du hast gesagt, wenn man geschieden ist, macht man alles alleine!", sagte Tim verständnislos.

„Manchmal gibt's Ausnahmen."

„Elternabend?", fragte Tim.

„Zum Beispiel."

Er schüttelte verständnislos den Kopf.

„Sieh mal, Tim, alleine wär's doch schrecklich langweilig für den Papa", erklärte ich, um mich vor weiteren Fragen zu schützen. „Da nehme ich ihn einfach mal mit."

„Ach, so!" Langeweile war etwas Furchtbares! Das konnte Tim verstehen.

Ich musste mich sputen. Die Putzutensilien landeten in der Abstellkammer, der Kittel im Wäschebottich und ich unter der Dusche. Rasch die Haare geföhnt, ein bisschen Makeup aufgetragen und rein in die Augen mit den Kontaktlinsen.

Ich stellte jeden rasenden Reporter mit meinem Tempo in den Schatten! Gerade als ich aus dem Badezimmer trat, klingelte Andreas. – Wow!

'Donnerwetter!', zischte der kleine Teufel, 'nimm dich zusammen! Für Komplimente ist der Herr der Schöpfung zuständig. Lass ihn nicht merken, wie gut er dir gefällt.'

Der Schutzengel verschränkte die Arme und nickte zustimmend. Welch ungewohnte Einigkeit!

Im 'Chanel' war die Hölle los. Wir drängelten uns dicht beieinander durch die Reihen der Gäste, die um die Theke standen.

Die Überraschung bei Wolfgang und Klaus war groß. Bis auf Olli und meine Schwester hatte keiner gewusst, dass Andreas heute kommen würde. Alle kannten ihn und begrüßten ihn mit freundlichem Hallo!

Allerdings waren Andreas und Wolfgang ganz offensichtlich vom beiderseitigen Anblick wenig erfreut.

„Wieso ist *der* denn hier?", fragte Andreas mich leise.

„Warum sollte er nicht?", entgegnete ich leichthin.

„Ich kann den nicht ausstehen."

„Das weiß er. Er dich übrigens auch nicht."

„Und jetzt?"

„Das ist ein öffentliches Lokal, mein Lieber, da können wir ihn nicht dir zuliebe hinauskomplimentieren", sagte ich keck. „Gestatte ihm, hier zu bleiben. - Außerdem ist er doch gar nicht so übel."

Andreas knurrte etwas Unverständliches in seinen Schnäuzer und wandte sich an Klaus, mit dem er sich in eine Unterhaltung über dessen Auslandsaufenthalte verstrickte.

„Na, meine Schöne", sagte Wolfgang leise und wies mit einer Kopfbewegung auf Andreas. „Wie kommt denn das? Ich hatte das neulich nicht ganz ernst genommen, als du sagtest, dass er mal mitkäme."

„Wir hatten zufällig den gleichen Weg", witzelte ich.

„Das glaube ich dir nicht."

„Musst du auch nicht." Ich lachte. „Wo ist denn Susanne heute?"

Er verzog das Gesicht und druckste ein bisschen herum.

„Ja, da habe ich leider... also, ich war mit Petra zum Kaffeetrinken, weil – es ging ihr halt nicht so gut – und da kreuzte Susanne plötzlich auf...", stotterte er herum.

„Du wirst auch nicht schlau, Wolfgang", stellte ich fest und legte meine Hand tröstend auf seinen Arm. „Warum kannst du alte Freundinnen nicht wirklich Vergangenheit sein lassen?"

„Irgendwie verstehen mich die Frauen nicht", jammerte er. „Ich bringe es einfach nicht fertig, eine weinende, traurige Frau sich selbst zu überlassen, nur, weil ich keine Beziehung mehr mit ihr habe."

„Hast du Susanne das erklärt?"

„Sie hat gar nicht zugehört! Aber da lass ich nicht locker! Ich krieg sie schon noch zu einem Gespräch", sagte er fest. „Weißt du, ich liebe sie nämlich wirklich sehr, Christine."

„Da drücke ich dir ganz fest die Daumen, mein liebes Wölfchen."

Er hauchte mir ein Küsschen auf die Wange und schaute mich mit seinen schönen braunen Augen sanft an.

Doris verdrückte sich überraschend früh, sie hätte noch eine Verabredung.

„Mit wem denn?", wollte ich wissen, bevor sie an mir vorbei war.

Sie zwinkerte mir zu: „Mit Insalata Capricciosa!"

„Aha?"

„Dein Gesicht ist zum Schießen!", lachte sie. „Mein neuer Nachbar hat mich zur Einweihung eingeladen."

„Heute? Mitten in der Woche? Zu wie vielen seid ihr da?"

„Wenn du alles weißt, hört deine Neugierde auf, Schwesterherz! Zu zweit! Und jetzt muss ich weg, sonst wird der Salat kalt!"

Ich schaute ihr nach. Doris war die personifizierte Lebenslust und Unbekümmertheit!

Olli zog mich zu sich heran.

„Wie fühlst du dich?"

„Gut."

„Seid ihr zusammen mit einem Wagen gefahren?"

„Logisch", antwortete ich.

„Bekommt euch gut, wie mir scheint."

In kurzen Worten berichtete ich von dem Brief meiner Tante. Olli fand vernünftig, was die Tante zum Thema schrieb.

„Sie hat Recht! Ich finde auch, dass ihr ein hübsches Paar abgebt. Aber hüte dich vor einer Vernunftsentscheidung, Mausi. Vernünftig sein musst du, wenn es um die Gewichteverteilung in deiner Partnerschaft geht", warnte Olli mich. „Wenn ihr beide aus euren Fehlern nicht gelernt habt und wirklich etwas verändert, dann geht sowas garantiert wieder nicht gut. Höre Ollis Empfehlung: Achte auf deine Gefühle und vertraue deiner Intuition."

„Natürlich, Frau Doktor von Pape", gab ich lachend zurück. „Soweit ich mich in meinem Innern noch auskenne."

Olivia beobachtete sekundenlang ihren Ehemann, der immer noch vertrauensvoll mit Andreas sprach. Klaus und Andreas erinnerten mich an Pat und Patachon. Andreas der lange (nicht mehr ganz) Dürre und Klaus der kleine (ganz hübsch) Dicke.

„Klaus hat seine Koffer schon wieder gepackt", seufzte Olli und sah mich wieder an. „In der Nacht von Donnerstag auf Freitag geht sein Flieger. Dann bin ich für sechs Monate wieder Strohwitwe!"

„Genießt du es immer noch?"

„Vielleicht...", überlegte sie und warf an mir vorbei einen langen Blick auf Wolfgang, dann schmunzelte sie und ihre blauen Augen verfinsterten sich geheimnisvoll, „ich könnte endlich wahrmachen, wovon ich schon lange träume!"

Ich wusste, was sie meinte und knuffte sie in den Oberarm.

„Na ja, so ein Mann für gewisse Stunden", kicherte sie.

„Wolfgang ist zu anhänglich!", warnte ich sie. „Und gerade in trostbedürftiger Verfassung."

„Anhänglich? Oh, nein danke!"

Zu ziemlich fortgerückter Stunde leerte sich das Bistro plötzlich. Auch Olli und Klaus brachen auf, nachdem sich bereits Wolfgang verabschiedet hatte.

Nur an einem kleinen Tisch in der Ecke hockten noch vier Gestalten, die sich müde angähnten. Andreas und ich waren mit plötzlich fast allein in dem Lokal. Ob uns das bewusst war oder nicht, weiß ich nicht genau! Jedenfalls ging uns schlagartig der Gesprächsstoff aus. Es war so viel einfacher über die Auslandsreisen von Klaus zu reden, Wolfgang bei seinen Witzen zuzuhören, die er schauspielerisch richtig gut und pointiert zum Besten gab oder über Gott und die Welt zu reden. Aber Andreas und ich – ich und Andreas? Da war immer sowas... sowas nicht Greifbares, Unausgesprochenes...

Vielleicht waren wir schon viel zu weit voneinander entfernt? Oder es war schlicht unmöglich, nach einer gemeinsamen Zeit und Trennung zu einem unkomplizierten Umgang zu finden. Anderen mochte das gelingen. Wolfgang zum Beispiel, der eine unüberschaubare Anzahl ehemaliger Liebschaften auf freundschaftlicher Ebene weiterhin pflegte. Ich konnte es offensichtlich nicht.

Die Folge war, dass ich ohne Hand und Fuß, ohne Punkt und Komma redete, redete, redete... Mir entging dabei, dass Andreas tatsächlich aufmerksam war, zuhörte und seine Augen nicht einen Moment von mir abwandte. Er beobachtete, wie ich gestikulierte, Grimassen schnitt, und er lachte sogar an den richtigen Stellen. Auf dem Heimweg sagte er es mir.

„Niemandem kann ich so interessiert zuhören, wie dir!"

„Ich höre wohl nicht recht!", prustete ich aufgekratzt.

„Doch."

„Und das fällt dir gerade jetzt auf?"

„Sorry, ich habe es wirklich heute erst erkannt!"

„Hilfe! Andreas, der Erleuchtete!" Ich versuchte, verlegen geworden, einen Witz daraus zu machen.

„Wenn du so willst", meinte er ernst und lachte überhaupt nicht mit, sondern reichte mir die Hand, als ich vor seiner Tür angehalten hatte.

„Es war ein lustiger, schöner Abend", sagte er. „Das werden wir öfter tun."

„Ja, ich fand es auch in Ordnung", sagte ich höflich und entzog ihm meine Hand.

„Ich habe viel über uns nachgedacht", meinte er, nachdem er ausgestiegen war. Er blickte noch einmal kurz durch das offene Fenster der Beifahrertüre und sagte mit ruhigem Blick: „Vielleicht gibt es einen Weg für uns. Gute Nacht, Christine!"

Andreas hatte mich sprachlos gemacht und ich krächzte leise ein „Gute Nacht."

Schneller als beabsichtigt wendete ich den Wagen auf der Straße und brauste in die Sackgasse auf den Parkplatz. Im Kinderzimmer brannte noch Licht. Ich schaute leise hinein, doch jede Besorgnis war überflüssig, denn Tim und Tobias lagen tief schlafend in ihren Betten.

Müde war ich, konnte aber keine Ruhe finden. So kochte ich mir einen Becher Milch mit Honig und nahm ihn nebst einem Gedichtband mit ins Bett.

Samstagmorgen – Ausschlaftag!

„Mama, kannst du aufstehen?", hörte ich leise ein zartes Stimmchen, das zu Tobi gehörte.

Ich stellte mich schlafend.

„Bitte, Mami", säuselte er, „ich hab Riesenhunger!"

Tim kniete vor meinem Bett und krabbelte meine Wange. Das kitzelte zum Verrücktwerden. Ich verzog das Gesicht. Die beiden glucksten vergnügt.

„Die Mama denkt, is' eine Fliege", prustete Tim.

„Mama, komm steh doch auf, bitte, bitte, bitte", bettelte Tobias.

„Na, schön, ihr habt gewonnen!"

In Wirklichkeit war ich längst wach gewesen, genoss es aber, mich romantischen Träumereien hinzugeben. Mein Plumeau umarmte mich kuschelig immer wieder aufs Neue.

„Tim holt Brötchen!", ordnete ich an und warf die Decke zurück. Brötchenkaufen machte er nur allzu gern. Schon holte er mein Portemonnaie aus der Küche. Die Bäckerfrau gab ihm immer zwei Rosinenweckchen gratis.

„Wann darf ich denn alleine Brötchen holen?", fragte Tobias.

„Wenn du in die Schule gehst", entschied ich, wuselte durch seinen von der Nacht zerzausten Blondschopf und drückte ihn an mich. „Wir beide decken jetzt schnell den Tisch, ja?"

Ich summte ein Liedchen vor mich hin, und Tobias machte seine Faxen dazu.

Später saß ich allein am Tisch mit Lärmstopstöpseln in den Ohren und meinem Buch unter der Nase. Den Krach, den die Schwarzfuß-Indianer im Kampf gegen die Plattfüße veranstalteten, wollte ich mir nicht anhören.

Wie hielt Frau Kessler das nur aus? Ihre Schlafzimmerwand grenzte direkt an unser Kinderzimmer. Sie beklagte sich nur ein einziges Mal, weil Tim im Schlaf lauthals: „Oh lá lá, willst du eine Pizza!" gesungen hatte. Ansonsten hätte sie einen Schlaf wie ein Stein, und ich sollte mir keine Sorgen machen.

Das Telefon klingelte, und beinahe hätte ich es nicht gehört. Ich pfriemelte die Stöpsel aus den Ohren und ging dran.

„Martens."

„Guten Morgen, Langschläferin."

„Guten Morgen, Wolfgang. Von wegen Langschläferin! Meine Jungs sind auf dem Kriegspfad, da ist nix mit lange schlafen!"

„Von dir hört man ja so gar nichts!", beschwerte er sich. „Wenn ich dich nicht anrufen würde...!"

„Stimmt ja gar nicht", wehrte ich mich. „Außerdem haben wir uns Mittwochabend erst gesehen."

„Siehst du! Und wenn du Interesse an meinem Seelenleben hättest, würdest du mich angerufen haben. Keiner sorgt sich um mich!"

„Schwimmt es sich gut im Selbstmitleid? Was soll das jetzt werden?", fragte ich und trommelte mit den Fingern ungeduldig auf dem Couchtisch herum.

„Nein, ich wollte mich verabschieden! Susanne und ich haben uns Donnerstag endlich mal ausgesprochen."

„Gratuliere!"

„Wir fahren eine Woche weg", erzählte er. „Nur ein bisschen nach München runter, um mal ganz für uns zu sein. Unsere Hochzeitsplanung bleibt wie sie ist – und du bist doch nach wie vor meine Trauzeugin?"

„Klar, es bleibt wie abgesprochen. Und ich bin echt froh, dass du das wieder hingebogen hast, Wölfchen!"

„Wie geht's Andreas?", fragte er und mir glitt eine warme Welle über den ganzen Körper. Ich zögerte ein wenig mit der Antwort.

„Ich nehme an, gut."

„Warum so reserviert?"

„Ich bin nicht reserviert."

„Ich kenne dich mittlerweile so gut, Christinchen, mir machst du nichts vor", sagte Wolfgang ernst. „Ich denk seit Mittwoch darüber nach, was da zwischen dir und deinem Ex abläuft. Das beschäftigt mich so, dass ich schon nicht mehr richtig schlafen kann. - Ich sage dir: Du willst ihn wieder haben!"

„Aber Wolfgang!", entrüstete ich mich. „Was kümmerst du dich um ungelegte Eier?"

„Ungelegte Eier", äffte er mich nach. „Du müsstest dir mal zuhören! Ich sehe die besonderen Blicke, die ihr zwischendurch tauscht!"

„Besondere Blicke? Davon weiß ich nichts!"

„Komm schon, meine Süße, mir machst du wirklich nichts vor! Und dein Andreas schon gar nicht", sagte er. „Hast du dich etwa wieder in ihn verliebt?"

„Nein", sagte ich ehrlich. „Aber ich habe schon noch was für ihn übrig, schließlich waren wir fast zehn Jahre zusammen."

„Papperlapapp", machte er und fügte düster prophezeiend hinzu. „Sowas geht nie gut! Das kannst du mir ohne weiteres glauben. Ich hab's oft genug versucht!"

Wie ein solcher Versuch bei Wolfgang ausschaute, konnte ich mir lebhaft vorstellen. Ich selbst war mir aber noch nicht einmal klar darüber, dass ich wollte, was er mir schon jetzt unterstellte. So schwieg ich.

„Du willst also tatsächlich wieder mit ihm zusammen sein?", fragte er.

„Ich habe noch nicht so weit gedacht", gab ich zu. „Ich kann es auch nicht ausschließen."

„Na, bitte!", sagte Wolfgang und ich glaubte, ihn auf die Tischplatte schlagen zu hören. „Deinen Ex-Gatten wird's freuen! Seinem Bankkonto tut das nur gut, wenn die Unterhaltszahlungen wegfallen! Außerdem lebt es sich viel praktischer in der Familie als allein. Jetzt muss er sich um alles selbst kümmern. Nachher hat er dich wieder dafür."

„Das sind ja furchtbare Prognosen", meinte ich und schüttelte mich regelrecht. „Sprichst du aus Erfahrung? Oder willst du mir die Sache nur miesmachen?"

„Führe dir meine Prognosen ruhig vor Augen. Ich seh die Dinge schließlich mit dem Blick eines Mannes in ähnlicher Situation wie dein Ex. Menschen ändern sich nicht einfach!"

„Meinst du nicht, dass da zwei dazugehören? Und glaubst du, ich hätte nicht dazugelernt?", warf ich ein.

„Ich möchte nur nicht, dass du dir Illusionen machst und enttäuscht wirst, Christinchen. Ehe du dich versiehst, haben sich alle lieben alten Gewohnheiten wieder eingeschlichen – quasi durch die Hintertür, ohne dass du es zunächst merkst. Dann hast du all das wieder, was dir so verhasst war und wovon du so erfolgreich losgekommen bist. – Aber, bitteschön, ich glaube, der gute Andreas wird da nur zu gerne mitspielen.

Ich kann ihn nur zu gut verstehen, denn ich bin auch ein Mann."

Ich sah im Geiste Wolfgang an seinem Telefon sitzen. Grinsend womöglich und mit roten Hörnern wie mein kleiner Teufel in mir auf seiner Gartenschaukel. Ein bisschen die Schadenfröhlichkeit in Person.

'Na, erlaube mal!', protestierte Teufelchen, 'mit dem Kerl habe ich gar nix gemein! Dass das mal klar ist, ja? Lass dir von dem nix weismachen!'

'Schön, schön', flötete Schutzengelchen, ‚du solltest deiner Intuition vertrauen!'

Gott, waren die sich aber einig!

„Ich sagte dir gerade, ich habe aus meinen Fehlern gelernt und bin sicher, dass ich achtgeben würde, für den Fall, dass..."

„Und ich sage dir noch was: Für dich ist es reine Bequemlichkeit, ihn dir wiederzuholen!"

Wie bitte? Was fiel Wolfgang bloß ein, das zu sagen?

„Also, erlaube mal, was hat das mit Bequemlichkeit zu tun?", regte ich mich auf.

„Du hast Angst vor einer ganz neuen Beziehung. Das weiß keiner besser als ich!"

„Aber das stimmt doch gar nicht, Wolfgang", sagte ich beherrscht. „Du kannst dir derartige Anzüglichkeiten sparen! – Ach, ich weiß überhaupt nicht, warum ich mit dir darüber spreche!"

„Weil ich dich dazu bringe. Und du solltest gründlich drüber nachdenken, Christinchen. Ich habe dich verdammt gerne, und ich möchte nicht, dass dir wehgetan wird, verstehst du? Ich will nicht, dass du blindlings in eine neue Verbindung mit deinem Ex-Gatten stolperst... aus Angst, oder so. – Weißt du, ich könnte dich so gut verstehen."

Mein Hals war mit einem dicken Kloß verstopft, der mich schweigen ließ.

„Das Alleinsein ist zum Kotzen! Die Verantwortung, die Kinder... ach, all das, meine Süße! Pass auf dich auf, ja, versprich mir das!"

Wolfgang war eine gute ehrliche Haut, stellte ich fest. Auch wenn seine Ehrlichkeit manchmal wehtat. Ein lieber Kerl, auf den trotz aller Widersprüche immer Verlass war.

„Tja, Wolfgang, im Moment weiß ich noch gar nichts", seufzte ich. „Wir werden uns überraschen lassen, was kommt. Aber ich kann dich beruhigen, ich werde nichts Unüberlegtes tun."

„Es beruhigt mich schon, dass ich mit dir darüber sprechen konnte. Und wenn Not am Mann ist, im wahrsten Sinne des Wortes, dann weißt du..."

„...wo ich dich finde", beendete ich seinen Satz lachend. „Ja, das würde ich tun. Und jetzt wünsche ich dir eine gute Reise. Kommt gesund wieder!"

„Versprochen!"

Ich war schon mehr als nachdenklich geworden nach diesem Gespräch. Leider war Olli telefonisch heute nicht greifbar, denn sie hielt sich den ganzen Tag mit Anna und ihren Eltern in Düsseldorf zum Einkaufen auf. So machte ich mit den Kindern einen ausgedehnten Spaziergang durch das Wäldchen, in dem ich sonst immer nur meisterschaftsreif joggte.

Die Kinder rannten rechts und links des Weges durch das heruntergefallene bunte Laub. Das raschelte so schön. Die Luft war erfrischend kühl, und unser warmer Atem fabrizierte lauter kleine Rauchwölkchen.

Meine Gedanken kreisten allerdings ständig um Andreas. Tim und Tobias merkten schon, dass ich ihnen gar nicht richtig zuhörte.

„Mami! Ich muss mal!", verschaffte sich Tim energisch Gehör.

„Entschuldige, mein Schatz."

Wir huschten in ein Gebüsch und ich half ihm aus der Jacke, damit er die Hose aufmachen konnte. Während er vor sich hinstrullerte, sagte er: „Du bist komisch, Mama."

„So, wie denn?"

„Die Frau Kessler hat gesagt, du bist verknallt!"

Sah ich etwa so aus?

„Mama, bist du verknallt?"

Was nun?

„Mhm, vielleicht ein bisschen", antwortete ich äußerst vorsichtig und wunderte mich, dass Tim überhaupt zu wissen schien, was ‚verknallt' bedeutete.

„Autsch!", rief er, weil er sich den Finger im Reißverschluss eingeklemmt hatte.

„Komm her, ich helfe dir."

„Also, bist du verknallt oder sowas?", wollte er wissen, legte seinen Kopf schief, damit er mir ins Gesicht sehen konnte.

„Ich sage doch: ein bisschen vielleicht!"

„Mit wem denn? Mit Papi, ja?"

Tim schien nichts natürlicher, als dass Mama sich in den Papa verliebte. Und jetzt? Farbe bekennen? Und wenn meine Gefühle für Andreas nun nicht...? Ach, verflixt und zugenäht! War das kompliziert! Was sollte ich Tim denn nur sagen? So wie ich ihn kannte, würde er das bestimmt sofort mit Tobias besprechen und es auch sonst überall ausplaudern.

„Kannst du ein Geheimnis bewahren?", fragte ich verschwörerisch flüsternd in sein Ohr.

Tims blaue Kulleraugen wurden tellergroß. Er beugte sich nach vorn, stützte die Hände auf die Knie und hielt mir sein Ohr erwartungsvoll hin.

„Klar, Mama."

„Aber du musst mir dein Indianer-Ehrenwort schwören!", forderte ich.

„Mein Indianer-Ehrenwort, natürlich!"

„Ich hab den Papa schon noch ein wenig lieb."

„Boh!", machte Tim und hielt sich die Hand schnell vor den Mund. „Und das weiß er nich?"

„Das darf er noch nicht wissen, Indianer-Tim. Das ist erst mal unser großes Geheimnis. Deins und meins! Aber wenn die Zeit gekommen ist, mein Häuptling, gebe ich dir ein Zeichen, dass wir es ihm sagen, klar?"

„Das heißt „how", Mama."

„How, Indianer-Tim."

Tobias rief aus der Ferne vom Spielplatz herüber und wollte wissen, ob Tim endlich fertig gestrullert hätte.

„Kann Tobi das Geheimnis wissen?", frage Tim.

„Er ist doch *kleiner Bruder*, Indianer-Tim! Ich glaube, so ein schweres Geheimnis schafft der nicht", antwortete ich diplomatisch.

Tim nickte verständnisvoll mit stolz geschwellter Brust und wir kletterten aus dem Gebüsch. Ich hoffte inständig, Tim würde wenigstens ein paar Tage nicht plaudern.

Der Herbst begann kühl und stürmisch. Das Laub färbte sich immer bunter, der Wind wurde eisig. Es kam die schöne Zeit für Tee mit Rum und Kerzenlicht in warmen Wohnstuben.

Tim hatte unser Geheimnis offensichtlich wirklich bewahrt. Möglich, dass er auch nicht weiter darüber nachdachte, denn er war doch ein Kind mit vielen Interessen und meistens ganz schön zerstreut.

Anders Olli, die sich Wolfgangs Aussagen zum Teil anschloss. Ich sollte achtgeben auf meine Gefühle und mich nicht in romantische Träumereien verirren.

„Ansonsten haste meinen Segen", lachte sie.

Andreas rief öfters an, um zu fragen, wie es uns geht, was die Kinder machten und überhaupt, um Kontakt zu halten. Er war sogar einen Nachmittag zum Kaffee gekommen. Die Kinder freute es über alle Maßen, und ich plapperte wieder ohne Luftholen auf ihn ein, um verzweifelt jede Gesprächspause, jede Stille zwischen uns zu vermeiden. Andreas duldete es stumm, lächelte mich ein ums andere Mal fast amüsiert an, und wir verabredeten uns für den darauffolgenden Mittwoch.

Immer noch nagten Zweifel an meinem Herzen, wie ernst Andreas gemeint hatte, was er vergangene Woche sagte. Von der Chance für uns. Ich hatte ja nicht hinterfragt, wie er das gemeint haben könnte. Ich hatte ihn gern. Wirklich gern. Darüber war ich mir mittlerweile im Klaren. Ich fand die Lage, in der wir uns seit der Trennung befanden, völlig daneben. Kommt es am Ende nicht immer so, wie es das Schicksal bestimmt, fragte ich mich. Seit der Scheidung waren wir allein. Jeder für sich hatte genug Zeit zum Nachdenken. Müsste jetzt nicht mal was passieren?

'Ganz recht!', meldete sich mein kleines Teufelchen und hockte schmollend mit schlapp hängenden Hörnern und baumelnden Beinen auf einem Schemel.

'Was willst du denn?', fragte nun mein Schutzengelchen. 'Bist du denn blind? Siehst du nicht, *dass* etwas passiert? Schließlich geht ihr miteinander aus, der Mann hört dir wirklich mal zu, du hast seine Aufmerksamkeit!'

'Ja, ja, ja', sagte Teufelchen aufgebracht, 'aber langsam wollen wir mehr! Was Konkretes!'

'Bloß nicht zu enthusiastisch! Nicht zu impulsiv!'

'Ach, quatsch keine Opern, Engelchen! Wir wollen jetzt mal zu Potte kommen', entgegnete der kleine Teufel und die Hörner richteten sich kampflustig auf.

'Ich ahne schon, wie!'

Das Teufelchen grinste, der Engel schüttelte den Kopf und ich stand vor meinem Badezimmerspiegel und grinste ebenso. Recht hatte er, der Kleine, ich wollte endlich mehr, und zwar Action! Aber sollte ich wieder die Initiative ergreifen? Oh, nein! Mich womöglich wieder blamieren? Die Geschichte mit Rainer stand mir noch deutlich vor Augen. Das war mir eine Lehre für den Rest des Lebens.

Meine Gefühle für Andreas waren nicht himmelhochjauchzend verliebter Natur. Konnte ja nicht! Wenn man sich so lange schon kennt. Oder? Ich wusste immerhin mittlerweile, woher die Gesprächspausen kamen. In diesen Stille-Phasen sollten wir uns Dinge sagen, die wir uns nicht trauten auszusprechen, weil wir fürchteten, der andere könnte sie missverstehen oder sie würden ins Leere fallen, weil wir uns in diesem Punkt nicht einig waren. Herausfinden konnte ich das aber nur, wenn wir endlich die Dinge beim Namen nannten. Und tat Andreas dies nicht, musste ich es notfalls übernehmen.

Langsam schminkte ich mich ab.

„Wenn es so einfach wäre, darüber zu reden!", sagte ich laut zu meinem Gesicht im Spiegel. „Furchtbar!"

Ich putzte wie wild meine Zähne, und noch wilder kämmte ich meine Haare. So ging das unmöglich weiter! Da musste endlich was passieren! Wenn bei zweien immer einer auf den anderen wartet, treffen sie sich nie!

'Recht so!' Teufelchen turnte auf dem Schemel herum, dass einem vom Zuschauen schwindlig wurde.

'Vorsicht!', mahnte mein Engel.

„Keine Sorge, ich blamiere mich schon nicht und werde nichts überstürzen! Aber ich werde demnächst sagen, was ich wirklich sagen will und nicht irgendwelchen hanebüchenden Blödsinn verzapfen. Wann?"

Ich zuckte mit den Schultern, lächelte meinem Spiegelbild nochmal zu und sagte: „Das weiß ich auch noch nicht und werde es jetzt nicht entscheiden."

Stattdessen kroch ich unter mein Federbett und schlief erstaunlich schnell ein. Süße Träume!

Zunächst sollte ich keine Gelegenheit finden, etwas zu unternehmen. Olli rief an.

„Na, wie geht's, wie steht's?", fragte ich.

„Außer blöden Kopfschmerzen ganz gut", antwortete sie. „Dabei gab es gestern gute Nachrichten. Klaus ist wieder zu Hause! Aus irgendeinem Grund hat der Arbeitgeber die Monteure zurückgepfiffen."

„Ist doch fein!"

„Aber ich wollte noch was ganz anderes von dir wissen", begann sie. „Ihr wart doch letzten Mittwoch allein übrig, mhm? Wie war's denn?"

„Es ging so", druckste ich. „Ich habe mich genauso unmöglich aufgeführt wie sonst, Olli. Geredet wie ein Wasserfall!

Der arme Andreas ist mit klingelnden Ohren nach Hause gegangen, da wette ich drauf."

„Ist doch nichts Neues für ihn", meinte sie trocken.

„Besten Dank, fabelhafte Freundin! Aber es kam noch besser: er hat beim Abschied gemeint, ich sei der einzige Mensch, dem er ewig aufmerksam zuhören könne. Was sagst du jetzt?"

„Späte Einsicht, aber nicht die schlechteste."

„Und dann sagte er noch, dass wir ja vielleicht eine Chance hätten. Und ich habe keinen Schimmer, ob er es so gemeint hat, wie ich es verstehen möchte. - Er ruft an, fragt wie's geht und gestern haben wir gemeinsam Kaffee getrunken. Aber diese verflixten Gesprächspausen bringen mich noch um den Verstand", erzählte ich.

„Ich weiß", tönte sie gespielt gelangweilt. „Es geht ihm genauso."

„Woher weißt du das?"

„Er hat es Klaus erzählt."

„Klaus?"

„Ja, die beiden haben nicht nur über Afrika gesprochen", sagte Olli. „Du kennst mich gut genug. Als ich da so eine Ahnung hatte, habe ich mit Klaus ganz belanglos über euch gesprochen."

„Dachte ich's mir doch! Ich hab sie nämlich satt, diese Quasselei über nichts! Am Mittwoch werde ich mal sagen, was zu sagen ist!"

„Das wäre schön, meine Liebe. Aber ausgerechnet an dem Mittwoch haben sich Klaus und Andreas zum Squash verabredet", entgegnete Olli. „Sie konnten keinen anderen Termin kriegen."

„Auch gut, soll'n sie. Sport ist gesund!"

„Ja, nur am Mittwoch ist..., sag mal, Christine, weißt du nicht, welcher Tag am Mittwoch ist?", fragte Olli erwartungsvoll.

„Mittwoch, nehme ich doch an", lachte ich und glaubte, sie wollte mich veralbern.

„Natürlich. Und euer Hochzeitstag!"
Ich überlegte.
„Meine liebe Olivia, das war einmal und ist nicht mehr. Schon vergessen? Mama ist mit Papa geschieden!", entgegnete ich. „Das ist jetzt quasi verjährt."
„Klar, aber da solltet ihr meiner Meinung nach, unter Berücksichtigung der sich verändernden Umstände, zusammen sein!"
„Quatsch! Das vergisst Andreas sowieso!", behauptete ich.
„Woher willst du das wissen?"
„Weil es schon immer so war und weil es ihm nichts bedeutet! Darum!"
„Trotzdem!" Olli ließ nicht locker. „Ihr solltet euch im 'Chanel' treffen."
„Wenn Andreas dich hören könnte", amüsierte ich mich. „Er würde sagen: Sentimentale Gefühlsduselei, von wegen Hochzeitstag, ho, ho, ho!"
„Denk, was du willst, ich finde, es wäre schön..."
„Olli, bitte mach dich nicht lächerlich! Andreas wird nicht daran denken und ich lieber auch nicht."
Olivia war so schnell nicht zu entmutigen. Wenn die sich was in den Kopf gesetzt hatte…, oh là là! Sie wollte mich dazu bringen, in dem kommenden Mittwoch was Besonderes zu sehen, aber ich wollte nicht! Und doch hatte sie etwas mit ihrem Vorschlag erreicht. Nämlich, dass ich nervös wurde. So ein Hochzeitstag war ja schon was! Vor allen Dingen… Aber, nichts da! Wir waren geschiedene Leute und ich glaube, da ist so ein Datum einfach ungültig!
Ich brauchte mir ja auch keine Sorgen machen, denn Andreas war ohnehin schon verabredet. So freute ich mich auf den Abend allein mit Olli und meiner Schwester. Wir drei Weiber allein, das würde wieder mal mehr als lustig – und wahrscheinlich auf Kosten unserer Herren welcher Schöpfung auch immer.

Tatsächlich meldete sich auch Andreas kurze Zeit später und teilte mit Bedauern mit, dass er am Mittwoch leider verhindert sei. Er freute sich, dass Klaus endlich mal wieder Zeit für eine Partie Squash hatte und wollte auf keinen Fall dieses Match versäumen.

Na, bitte! An sowas Sentimentales wie ein ehemaliges Hochzeitsdatum hatte er zu keiner Zeit gedacht, und mir war es recht. Ich würde gegebenenfalls mit meinen beiden Begleiterinnen ein Gläschen Sekt schlürfen und diesem Tag eine Schweigeminute schenken.

'Wenn dieser Andreas an diesen Tag gedacht hätte', spottete Teufelchen. 'Ha, das wär' 'ne Premiere! Völlig ausgeschlossen!'

Doch Schutzengelchen hockte auf einer Blumenwiese und zupfte Blümchen für Ja, Nein, Ja, Nein... 'Man sollte auf alles vorbereitet sein', flötete er süß und lächelte huldvoll.

Ich hielt es mehr mit dem Teufel, und das Thema war für mich erledigt. Obendrein hatte ich eine Menge zu tun. Ich putzte Fenster, obwohl es draußen Bindfäden regnete. Bei einem unerwarteten Aufeinandertreffen mit Frau Fieger hatte die gemeint, zum Fensterputzen wäre es mal wieder höchste Zeit, damit ich wieder rausschauen könne. Worum die sich alles kümmerte! Sie hatte Glück, dass ich bester Laune war!

Ich wienerte meine Edelstahlspüle auf Hochglanz. Die Teppichböden hatten eine Grundreinigung verdient. Und Schrubben tut dummen Gedanken gut, stellte ich fest. Ich ertappte mich dabei, darüber nachzudenken, welche Vorteile sich für uns daraus ergeben würden, wenn ich mit Andreas wieder zusammenkäme. Ist das nicht berechnend, fragte ich mein Gewissen ein wenig zweifelnd. Doch ich erinnerte mich an Wolfgangs Aussage, dass Andreas womöglich auch die Vorteile sah, die darin steckten. Ich schüttelte diese Gedanken rasch ab und widmete mich den Kleiderschränken. Raus mit dem ganzen Plunder! Was nicht passte, flog raus. Was nicht mehr gefiel, steckte ich in die Altkleiderbox.

Dienstag fuhr ich zum Großeinkauf mit den Jungs in die Stadt. Sie waren aus allem schon wieder rausgewachsen. Die Hosen waren eine Handbreit zu kurz, die Schuhe zu klein und der Winter kam bald, da mussten neue Jacken her! Ich gab das Addieren der Beträge im Kopf sehr schnell wieder auf, es hatte eh keinen Zweck! Die Kinder wuchsen schneller, als mein Geldbeutel erlaubte.

Bepackt mit Kleidertüten von C&A und Kaufhof betrat ich den Schuhladen. Boots, wünschten die jungen Herren.

Die Verkäuferin maß die Füße dreimal, um festzustellen, dass sie nicht kleiner wurden, sondern tatsächlich schon so groß waren.

„Sowas", murmelte sie, zog ins Schuhregal ab und kam mit einigen Kartons zurück.

„Da staunst du, was?", fragte Tim stolz. „Ich krieg mal so große Füße wie mein Papa!"

„Ja, mit dieser Schuhgröße bist du auf dem richtigen Weg, junger Mann!", sagte die Verkäuferin und band ihm die Schuhe zu.

„Mama sagt immer, das sind richtige Elbkähne!"

Allgemeines Gelächter der umstehenden Muttis.

„Und ich werde mal so groß wie mein Papa", tönte Tobias und streckte sich mit hoch erhobenen Armen. „Weil ich bin dem Papa so furchtbar ähnlich in den Aussehen!"

„Ha, und dann kriegst du auch Papas Schnäuzer und Glatze!", lachte Tim.

„Papa hat doch keine Glatze!", fand ich.

„Doch!", behauptete Tim.

„Na ja, ein bisschen schütteres Haar vielleicht", gab ich zu.

„Aber auf einer Glatze sind gar keine Haare mehr und Papa hat da schon noch welche."

„Is' ja nich schlimm, Mama! Brauch er auch nich mehr schneiden", meinte Tobias versöhnlich.

„Ja, und nicht mehr föhnen!", winkte Tim ab. „Die Mama muss immer so viel föhnen, dass der arme Fön ganz heiß wird."

„Und das dauert!", stöhnte Tobias und griff sich einer Ohnmacht nahe an die Stirn, die Augen lustig verdrehend.

Meine Herren Söhne unterhielten den ganzen Laden. Die Verkäuferin hörte schmunzelnd zu.

„So, Jungs", mit leichtem Seufzer erhob sich die junge Dame, nachdem auch Tobias seine Schuhe an hatte.

„Dann geht mal ein paar Schritte, damit wir sehen, ob die Schuhe in Ordnung sind."

„Die sehen cool aus", staunte Tim und flitzte los.

Er spurtete zwischen den Regalen hindurch, kratzte gefährlich die Kurven und riss fast einen runden Schuhständer um. Die anwesenden Mütter brachten aufgeschreckt ihre Kleinsten in Sicherheit.

Tobias wollte es seinem großen Bruder natürlich nachmachen, doch er stolperte ungelenk über seine eigenen Füße. Die dünnen Beinchen in den Boots wirkten wie Blumenstängel in zu großen Blumentöpfen. Er rappelte sich aber wieder auf und rannte erneut los. Mit einem gut imitierten Bremsenquietschen kam Tim dicht vor mir zum Stehen.

„Klasse, Mama!", lobte er. Keck die Hände in die Hüften gestützt stand er breitbeinig vor uns. „Die nehme ich!"

Tobias brauchte etwas länger, bis er oben um die Sandalen-Restangebote rum war, um dann 'volle Pulle' auch zu uns zu stoßen. Auch er war total begeistert, und ich kaufte beide Paar Knabenboots zu je schwindelerregenden achtundfünfzig Mark fünfundneunzig.

Aus dem Laden rausgekommen, standen wir prompt gegenüber dem Lieblingslokal meiner frischgebackenen Bootsinhaber.

McDonald's!

„Guck mal, Mama, gehen wir da was essen?", fragte Tim.

Unnötig, zu erwähnen, dass ich damit gerechnet hatte. Ehe ich reagierte, waren die beiden schon drin.

„Mama, ich krieg 'ne Juniortüte mit dem Ufo da oben!", ordnete Tobias an und zeigte auf ein von der Decke baumelndes Pappungetüm in Lila.

„Ich hab' schon Strohmhalme organisiert und Putztücher! Wir setzen uns an den Tisch bei der Spielecke!", rief Tim mir zu, rannte an mir vorbei und stürzte sich auf einen freien Tisch. Von dort rief er mir seine Bestellung zu. Bitte, Juniortüte, Milk Shake und Ufo in Pink!

Ich stand da mit meinen dicken Einkaufstüten in der Schlange der Wartenden, bis ich mein Sprüchlein aufsagen durfte: „Zweimal Juniortüte mit Milk Shake Vanillegeschmack und je ein Ufo in Lila und Pink, einen Salat und einen Kaffee. Alles zum hier Essen!"

Da war ich – wie gewohnt - schon wieder satt!

In der Nacht schlief ich schlecht. Lampenfieber oder Vollmond? Wer war verantwortlich? Ich träumte von Kontoauszügen mit Beträgen in Millionenhöhe, von Gerichtsvollziehern, die uns das Liebste nehmen wollten: den Fernseher! Eine Rechtsanwältin im Brautkleid versuchte, das zu verhindern, aber der Gerichtsvollzieher war gnadenlos! Er schrie, ich hätte als Kind auch jahrelang nur Hörfunk gehabt und solle mich nicht so anstellen. Meine Kinder hüpften mit Blumensträußen durch die Szenerie…! Und dabei sollte ich gut schlafen? Ich wachte auf und fühlte mich wie gerädert!

Mittwoch! Na, und? Ein Tag wie jeder andere! Doch leider war er das nicht! Mir fiel alles aus den Händen und am liebsten wäre ich wieder ins Bett gegangen. Da hätte ich schlimmstenfalls herausfallen und auf dem Teppich landen können! Aber ich musste im Büro Kaffee kochen und vergaß das Kaffeemehl in den Filter zu geben. Auf dem Nachhauseweg vergaß ich glatt, mein Kind im Kindergarten abzuholen und musste nochmal umkehren. Kaum war ich zu Hause, bimmelte das Telefon. Ich guckte wütend hinüber und dachte, das kann nichts Gutes sein an so einem verkorksten Tag. Aber die Neugierde siegte wie immer.

„Hallohallo, rate mal, wer heute Abend ins 'Chanel' kommt?", flötete eine überaus gutgelaunte Olli heiter.

„Sean Connery? Richard Gere? – Ich will es gar nicht wissen!", murrte ich in die Muschel des Hörers.

„Hey, was ist denn los? Mit Superstars kann ich nicht dienen, Mausi", sagte Olli unerschütterlich fröhlich. „Andreas wird da sein."

„Dann geh ich vielleicht lieber nicht hin. Ist nicht mein Tag heute. Alles geht schief, und ich bin total neben der Kappe. Geschlafen habe ich so gut wie gar nicht und bin hundemüde."

„Hasenfuß!", neckte Olli. Sie ließ das Wort genüsslich auf der Zunge zergehen. „Kommt nicht in Frage! Du hast ja keine Ahnung, wie viel Mühe es mich gekostet hat, Klaus davon zu überzeugen, dass er heute nicht Squash spielen kann."

„Du hast...? Du bist manchmal ganz schön gerissen, liebe Olivia", schimpfte ich. „Was versprichst du dir davon?"

„Das weiß ich vorher nie! Also, bis nachher, Christine, ich zähl auf dich! Komm ja nicht auf die Idee, dir ein Bein zu brechen."

„Ja, bis dahin! Verzähl dich bloß nicht!"

„Hoffentlich humpelt Klaus weiter so gut, denn er hat Andreas erzählt, dass er sich den Fuß vertreten hat. Warum und wieso hab ich ihm nur teilweise erläutert. Männer müssen ja nicht alles wissen!"

„Schwindlerin!", zischte ich in das Telefon. „Wer andern eine Grube gräbt..., du kennst den Spruch, meine Liebe!"

„Alles Unfug! Ich hab da so eine Ahnung", sang sie und verabschiedete sich.

Langsam ließ ich den Hörer auf die Gabel sinken. Ich zweifelte sehr daran, dass Olli – ganz gleich, was sie sich erhoffte – irgendeinen Erfolg mit ihrer albernen Aktion haben würde. Und ob Andreas nun dem 'Chanel' den Vorzug geben würde, nur weil Klaus nicht Squash spielen konnte, war auch nicht sicher.

Ziemlich unlustig machte ich mich am Abend im Badezimmer zurecht. Den Versuch, mich aufwändig zu schminken, ließ ich besser bleiben. An so einem Tag war das völlig zwecklos, anschließend sähe ich bestenfalls aus wie Charlie Rivel.

Die Kinder standen in der Tür und beobachteten jeden meiner Handgriffe wie die Kritiker eines Schauspielwettbewerbs. Heute gab's Comedy á lá Mami Martens!

„Gehst du heute schon wieder weg?", fragte Tim.

„Heute ist Mittwoch, Timmi. 'Chanel'-Tag. Und es ist wieder eine ganze Woche vergangen."

„Geht der Papa auch?"

„Keine Ahnung! Er hat nicht angerufen."

Da klingelte das Telefon. Am liebsten wäre ich nicht hingegangen, aber das besorgten sowieso die Kinder. Sie flitzten wie geölte Blitze ins Wohnzimmer.

„Tim Martens, hallo?", meldete er sich artig.

„Mhm, hallo Papi!" – „Ja, die Mami ist im Badezimmer und macht sich chic!"

Vor Schreck setzte ich eine Kontaktlinse so blöd aufs Auge, dass sie mir unters Augenlid rutschte. Verdammt, tat das weh!

„Mamaaa!", rief Tim. „Papi ist am Telefon!"

Mit einem offenen und einem halboffenen Auge tastete ich mich tränenblind zum Telefon.

„Hallo, Andreas, was gibt's?"

„Was ist los? Geht's dir nicht gut? Du klingst so angespannt?", fragte er mit besorgtem Unterton.

„Kunststück! Mir ist die Kontaktlinse unters Oberlid gerutscht und... das tut verdammt weh!"

„Das kann nicht passieren, wenn du Brille trägst", sagte er leicht belustigt. „Klaus hat sich dummerweise den Fuß vertreten. Wenn wir uns schon mal was vornehmen, ist immer irgendwas anderes! Wir haben den Squash-Court abgesagt. Ich kann doch mit ins 'Chanel' gehen. Kannst du mich abholen?"

„Ach, ja gern... kein Problem", stotterte ich rum und fragte scheinheilig: „Kommen denn Olli und Klaus trotzdem ins 'Chanel'?"

Gott, wie ich dieses Versteckspiel hasste! Na warte, Olli! 'Das kommt davon', kritisierte mein.

„Ja, da braucht Klaus nicht rennen und springen."

„Ach, wie gut!", gab ich mich erleichtert. „Ich hole dich ab."

Ich düste schnell wieder ins Bad. Die Linse unter dem Lid bereitete Höllenschmerzen.

Die Kinder turnten auf dem Wannenrand rum.

„Mama, hast du den Papi wieder lieb?", fragte Tobi.

Gerade hatte ich die Linse aus dem Auge gefischt und mich von einem Schrecken erholt, da zuckte ich zusammen und die Linse plumpste mir vom Finger ins Waschbecken.

„Verdammter Mist!", fluchte ich und an Tobias gewandt: „Wie kommst du darauf?"

Ich befühlte jeden Millimeter des Waschbeckens mit den Fingerspitzen, weil ich vor lauter Wassertropfen die Linse nicht sah.

„Der Tim hat das gesagt", erzählte er treu und grinste verschmitzt. „Aba das ist ein Indianer-Geheimnis, und du darfst das auch nicht weitersagen, Mami."

Ja, super! Tobi weihte mich in mein eigenes Geheimnis ein. Aber ich sagte nur: „So, so."

„Ja, Mensch, Tobi!", rief Tim, der sofort angebraust war, aufgeregt. „Du bist ja blöd, Manno! Wieso petzt du der Mama unser Geheimnis, du Doofie!"

„Kinder, streitet euch nicht!", sagte ich.

Ah, da hatte ich die Linse wieder aufgefischt, gottlob! Während ich sie abspülte, wandte ich mich an die Indianer.

„Na schön, ihr Plattfuß-Indianer! Ja, ich mag euren Papa wieder ganz gerne."

Was sollte die Geheimniskrämerei? Ich war es leid! Von mir aus konnte die ganze Welt wissen, dass ich Andreas wiederhaben wollte! So!

„Hurraaa! Dann kann er ja wieder bei uns wohnen!", jubelte Tim und schnappte sich Tobias, mit dem er im Flur Ringelreihen hüpfte.

„Mo..., Mo..." Jetzt lag die Linse richtig auf dem Auge. „Moment mal!", mahnte ich die beiden Räuber. „Nicht so schnell mit den jungen Pferden. Das wird noch eine ganze Weile dauern!"

„Ooooch!", maulten sie gedehnt.

„Ihr müsst mir noch etwas Zeit geben. Das geht nicht so fix! Der Papa weiß doch von unserem Geheimnis noch nichts. Wir wollen auf keinen Fall, dass er einen Schrecken bekommt, wenn er so plötzlich davon erfährt."

War das jetzt diplomatisch und verständlich genug?

„Ach, der Papi ist doch ein starker Typ!", protzte Tim. „Das haut den nich um!"

Aber mich vielleicht, überlegte ich und lachte.

„Trotzdem, ich möchte es ihm schon gerne selbst sagen. Okay?"

„Mhm. Immer müssen wir warten! Schrecklich!", meckerte Tobi und klang wie sein großer Bruder.

„Erwachsene!", sagte Tim verächtlich, nahm seinen Bruder bei den Schultern wie einen alten Kumpel, und sie verließen das Badezimmer.

Ich brachte eine halbe Stunde später die beiden zu Bett und nahm ihnen das hochheilige Versprechen ab, dass sie unser Geheimnis noch ein Weilchen bewahren würden. Tim versicherte mir, dass sie den Papa sehr lieb hätten und einverstanden waren, dass ich ihn auch lieb hätte. Von ihnen aus, wäre die Sache so klar, dass er wieder einziehen konnte. Was waren das doch für herzige Kerlchen! Wäre ich ein Kind, dachte ich, das Leben wäre um viele Komplikationen ärmer!

Ich musste einmal tief Luft holen, damit ich die Tränen der Rührung runterschlucken konnte, die mir sonst die Kontaktlinsen womöglich wieder aus den Augen geschwemmt hätten. Leise schloss ich die Haustür, gab einen Ersatzschlüssel an Frau Kessler und ging hinunter zum Auto.

Millionen kleiner Ameisen leisteten Schwerstarbeit in meinem Bauch. Es kribbelte am ganzen Körper. Heute würde ich ganz offen, so hoffte ich zumindest, mit Andreas reden.

Mein altes Autochen sprang gehorsam an, und ich fuhr die fünfzig Meter zu Andreas Wohnung. Zu ihm hinein ging ich nicht, sondern wartete im Auto, wenn ich ihn abholte.

Noch zehn Minuten Zeit, dachte ich und drehte den Kassettenrecorder etwas lauter.

Da sah ich Andreas im Halbdunkel zu seinem Wagen gehen. Hatte er etwa vergessen, dass ich ihn abholen sollte? Er hatte mich doch selbst gefragt, ob...? Ich beugte mich vor, machte die Musik leiser und kurbelte das Fenster runter. Als ich den Kopf wieder hob, hatte ich meine Nase in einem dicken Blumenstrauß!

„Ich dachte, zu unserem Ehrentag wären Blümchen angebracht", sagte er und küsste mich sanft auf die Wange. „Alles Liebe!"

Ich war platt! Schlimmer noch: Ich war sprachlos! Selten, dass mir das passierte, aber hier und heute hatte Andreas es fertig gebracht.

Hatte womöglich Olli...? Da hätte ich noch was mit ihr zu bereden.

Er stieg ein. Ich startete den Motor und fuhr los.

„Du sagst ja gar nichts", stellte er schmunzelnd fest.

„Ja", meinte ich tonlos.

Sprachlos war ich auch die ganze Fahrt über. Und ich hatte mit Andreas reden wollen! Von wegen Offenheit und so! Wie sollte ich jetzt noch irgendetwas herausbringen?

„Da muss ich mich von meiner Frau rausschmeißen lassen, eine Scheidung auf mich nehmen, meiner Ex-Gattin zum nicht mehr gültigen Hochzeitstag einen Strauß Blumen schenken, damit ich sie mal zum Schweigen bringe! Dass ich das erleben darf!", sprach Andreas mit zum Gebet gefalteten Händen und lachte. „Und übrigens: Niemand musste mich an die Bedeutung des heutigen Tages erinnern."

Sein Lachen, in das ich mit einstimmte, wurde noch herzlicher. Ich stimmte amüsiert mit ein. Es befreite.

Ich parkte den Wagen wie gewohnt am Rathaus und wir schlenderten nebeneinander her zum Bistro. Erst trennten uns anderthalb Meter, dann streckte Andreas wortlos die Hand nach mir aus. Hand in Hand – nach über einem Jahr – gingen wir ins 'Chanel'.

Als Andreas unsere Mäntel zur Garderobe brachte, bestellte ich Sekt. Im gleichen Augenblick traten Olli und Klaus ein, der brav humpelte, und hinter ihnen tauchten unerwarteterweise auch Wolfgang und Susanne auf.

Das Wetter in München war so schlecht, dass sie nach zwei Tagen wieder nach Hause wollten.

„Gibt's was zu feiern?", fragte Susanne. „Hast du Geburtstag?"

„Nein, Hochzeitstag."

Ich wechselte einen langen Blick mit Olli, die mich schelmisch anlachte.

Andreas kam zurück und wir stießen an.

Ganz ohne Worte brach das Eis zwischen uns. Wir ließen einander nicht mehr aus den Augen, und unsere Hände trennten sich den ganzen Abend nicht.

„Ist ja nicht zum Aushalten", maulte Wolfgang zwischendurch leise in mein Ohr. „Wenn das nur gut geht!"

„Du weißt nie, ob deine Erwartungen erfüllt werden, wenn du eine Reise antrittst, mein Lieber", sagte ich zu ihm. „Ich liebe Überraschungen."

Ich fühlte mich, als wäre ich von einer langen Reise endlich heimgekehrt.

Als wir später im Auto saßen, beinah zu Hause angekommen waren, sagte Andreas herzhaft gähnend: „Und morgen früh muss ich um 6 Uhr aufstehen. Das schaffe ich nie!"

„Ich wüsste einen Ort, an dem du bestimmt pünktlich geweckt wirst und obendrein ein gutes Frühstück in angenehmer Atmosphäre bekommst!", sagte ich frohlockend.

Der kleine Teufel zu meiner Linken turnte fröhlich auf seiner Gartenschaukel herum und der Schutzengel tupfte sich mit seinem Gewand ein Tränchen der Rührung aus dem Augenwinkel.

„Ja?", fragte Andreas – überrascht?

„Ja, bei mir zu Hause."

„In echt?"

„In ganz echt!"

Wir sahen uns an und verstanden uns.

„Timmi würde sagen: aber das geht doch nicht!", lachte Andreas.

ENDE

Die Autorin:

Angelika Fleckenstein

… wurde im Februar 1960 geboren und wuchs in Köln auf. Seit der Kindheit schreibt sie leidenschaftlich gern Geschichten. Grundlage ihrer Ideen sind eigene Erlebnisse und ihre Lebenserfahrung, gute Menschenkenntnis und die Liebe zum Leben. Neben der Betreuung ihrer Familie mit drei Kindern studierte sie 6 Semester Kreatives Schreiben an der Axel-Andersson-Akademie in Hamburg, machte eine Fortbildung zur TV-Autorin bei Michael Nitsche (Story-Company Köln) mit einem Praktikum bei der Daily Soap „Verbotene Liebe" und arbeitete für ein Kölner Wochenblatt als Reporterin.

Sie absolvierte ein Studium als Personal Coach/psychol. Beraterin. Ihre Talente und Fähigkeiten sowie ihre Kompetenz durch permanente Weiterbildung fließen in ihre Arbeit als freie Lektorin ein. Sie unterstützt Autoren/Autorinnen bei der Realisierung ihrer Buchprojekte durch Lektorat/Korrektorat, Ghostwriting, Buchumschlaggestaltung, Bildbearbeitung, technische Abwicklung beim Selfpublishing sowie beim Marketing.

Angelika Fleckenstein lebt und arbeitet in Troisdorf (Rhein-Sieg-Kreis).

Bisher erschienene Bücher:

Alle Bücher sind erschienen beim tredition Verlag GmbH, Hamburg - Bezugsadresse: **http://tredition.de/buchshop/**

Weitere Informationen und Kontakt:

feh|ler|frei

- Rechtschreibung, Grammatik und Formulierung
- Texterstellung, Satz und Autorenservice
- Für Privat, Gewerbe und Kommunen

Unverbindliches Angebot anfordern:
angel@spotsrock.de / 0160 7662252
53840 Troisdorf / ☎ 02241 1692699

Angelika Fleckenstein
Freie Autorin, Journalistin und Lektorin

www.spotsrock.de

www.tredition.de

Über tredition

Der tredition Verlag wurde 2006 in Hamburg gegründet. Seitdem hat tredition Hunderte von Büchern veröffentlicht. Autoren können in wenigen leichten Schritten print-Books, e-Books und audio-Books publizieren. Der Verlag hat das Ziel, die beste und fairste Veröffentlichungsmöglichkeit für Autoren zu bieten.

tredition wurde mit der Erkenntnis gegründet, dass nur etwa jedes 200. bei Verlagen eingereichte Manuskript veröffentlicht wird. Dabei hat jedes Buch seinen Markt, also seine Leser. tredition sorgt dafür, dass für jedes Buch die Leserschaft auch erreicht wird

Autoren können das einzigartige Literatur-Netzwerk von tredition nutzen. Hier bieten zahlreiche Literatur-Partner (das sind Lektoren, Übersetzer, Hörbuchsprecher und Illustratoren) ihre Dienstleistung an, um Manuskripte zu verbessern oder die Vielfalt zu erhöhen. Autoren vereinbaren unabhängig von tredition mit Literatur-Partnern die Konditionen ihrer Zusammenarbeit und können gemeinsam am Erfolg des Buches partizipieren.

Das gesamte Verlagsprogramm von tredition ist bei allen stationären Buchhandlungen und Online-Buchhändlern wie z. B. Amazon erhältlich. e-Books stehen bei den führenden Online-Portalen (z. B. iBook-Store von Apple) zum Verkauf.

Seit 2009 bietet tredition sein Verlagskonzept auch als sogenanntes "White-Label" an. Das bedeutet, dass andere Personen oder Institutionen risikofrei und unkompliziert selbst zum Herausgeber von Büchern und Buchreihen unter eigener Marke werden können.

Mittlerweile zählen zahlreiche renommierte Unternehmen, Zeitschriften-, Zeitungs- und Buchverlage, Universitäten, Forschungseinrichtungen, Unternehmensberatungen zu den Kunden von tredition. Unter www.tredition-corporate.de bietet tredition vielfältige weitere Verlagsleistungen speziell für Geschäftskunden an.

tredition wurde mit mehreren Innovationspreisen ausgezeichnet, u. a. Webfuture Award und Innovationspreis der Buch-Digitale.

tredition ist Mitglied im Börsenverein des Deutschen Buchhandels.